有爱的青春陪伴者

燃烟流星

江小渌 著

江苏凤凰文艺出版社
JIANGSU PHOENIX LITERATURE AND ART PUBLISHING

图书在版编目（CIP）数据

炽焰流星 / 江小绿著. -- 南京：江苏凤凰文艺出版社, 2025.5. -- ISBN 978-7-5594-9407-8
Ⅰ. I247.5
中国国家版本馆CIP数据核字第2025Z95K01号

炽焰流星

江小绿 著

责任编辑	王昕宁
特约编辑	欧雅婷
出版发行	江苏凤凰文艺出版社
	南京市中央路165号，邮编：210009
网　　址	http://www.jswenyi.com
印　　刷	天津睿和印艺科技有限公司
开　　本	880mm×1230mm 1/32
印　　张	10
字　　数	370千字
版　　次	2025年5月第1版
印　　次	2025年5月第1次印刷
书　　号	ISBN 978-7-5594-9407-8
定　　价	42.80元

江苏凤凰文艺版图书凡印刷、装订错误，可向出版社调换，联系电话025-83280257

目录

第一颗星星 ★ 001
大明星同学

第二颗星星 ★ 032
像天上星

第三颗星星 ★ 062
我们

第四颗星星 ★ 096
独有的青春

第五颗星星 ★ 125
信号连接

目录 / Contents

第六颗星星 ★ 158
星星被你抓住了

第七颗星星 ★ 186
官宣

第八颗星星 ★ 215
初吻月亮

第九颗星星 ★ 249
秀恩爱

第十颗星星 ★ 274
宇宙两端 / 你和我 / 连成线

番外小星星 ★ 308
小颂

第一颗星星 ★
大明星同学

"繁市地处江南，文化古迹众多，风景秀丽。今年五月，祝星焰正式成为城市旅游推广大使，繁市暑期游客创新高，多处旅游打卡地爆火……"

夏日炎热未退，清晨送来一丝微风，阳光充满客厅。

柜上的老式电视机里播报着新闻，实木桌上，一家三口正在吃早餐。

宋时月埋头喝粥，听到旁边的宋清和赵司茜随口闲聊。

"今年市里旅游好像突然火起来了。"

"嗯，路上老碰到不少年轻人打卡拍照。"宋清盛了一碗粥，努力回想，"是不是有个叫祝星焰的男孩子代言推广了？他好像是我们繁市人……"他话里有种不自觉的骄傲，"大明星，多亏了他。"

"现在的小孩……"赵司茜摇摇头，明显对这个话题不感兴趣。

宋清想到什么，饶有兴味地看向一旁的女孩，问："月月，那个祝星焰好像和你年纪差不多大，你喜欢他吗？"

"我们月月从来不追星。"赵司茜不赞同地皱眉。

宋时月几口喝完碗里的粥，放下筷子，如实回答："爸，我没太关注。"

"你平时也学学大力，多参与一些文娱活动，没事看看剧、刷刷小游戏，别整天关在房间里背单词。"宋清兴致勃勃地建议，一片老父亲之心。

他身旁的赵司茜扭头，不满道："你瞎说什么呢？我们月月爱学习是好事。"

"爸妈，我吃饱了，先回房间了。"宋时月在两人斗起嘴来前连忙出声告别，溜之大吉。

繁市热闹了一个暑假，开学之际，随着燥热夏天褪去的，除了汹涌的人流外，还有如火的温度。

秋风带来了第一缕凉意。

干净整洁的街道上，随处可见蓝白校服，斑马线对面，过了红绿灯就是繁花二中的校门。

宋时月穿着短袖校服，双手拉着双肩书包的带子，小白鞋无心踏过一片落叶。

旁边好友大力挽着她的胳膊，正在唠唠叨叨。隔了半个暑期未见，小姐妹间有说不完的话。

宋时月听她分享完乡下外婆家的日常，前方音像店伴随着清晨微凉传来旋律，鼓点鲜明澎湃，每一击都带着蓬勃朝气的生命力。

音像店门口还围着几个女生，她们拿着手机拍照打卡，身上穿着统一的橙红色T恤，在平平无奇的街道上，成为独有的一景。

大力情不自禁地感慨："这些都是祝星焰的粉丝吧？他真的超火，今年暑假繁市全是他的身影，人气简直比夏天四十度的高温还要火热。"

随着她话音落下，宋时月不经意侧眸一瞥，看到了身旁音像店临街的落地玻璃上贴着的大幅海报——广袤无际的夜空中，流星下坠四溢，炽热光芒拖着长长的尾巴划破黑暗，像熊熊燃烧的火焰。海报正中心站着一个少年，仰望上空，伸出手去试图摘星，一抹炽热恰好点亮他的指尖。

海报上方，用极张扬的笔锋印着两个字。

——星焰。

祝星焰最新的专辑名称。

即便宋时月不追星，也时常在学校女生手中见到这张专辑，大街小巷都是他的影子，广播站隔三岔五响起的歌声，旋律已经让人耳熟能详。

星星就高悬在上空，不用刻意追随，一抬头，就可以毫不费力地看到。

"听说祝星焰老家是我们市的，他偶尔还会回来探亲。你说我们要是运气好，能不能在路上碰到他？"

"天哪，那我到时候一定要他个十张八张签名。"大力已经激动地展望起来。

宋时月回忆几秒，困惑地确认："……你的偶像好像不是他吧？"

"还好啦！我是他路人粉，但是！你知道祝星焰的签名有多值钱吗？在海鲜市场已经卖到了这个数。"大力神秘兮兮地朝她竖起了四根手指。

宋时月不解，但尊重，默默咽了下，小声叹息："厉害。"

两人一路闲聊八卦，在教学楼里分开，各自去到教室。

当初高一分班，宋时月和大力惨遭拆散，一个在一班，一个在十二班，刚好头尾，宛如隔着天堑，遥遥相望。

繁花二中是市里最好的中学，师资雄厚，管理风格年轻现代化，分班顺序也不讲究成绩排名，而是根据学生个人特质综合评定的，但评定标准至今无人知晓。

宋时月进教室时，同桌已经戴着耳机在记单词了，见到她，时隔一个暑假的第一声招呼是兴奋地让她帮忙听写。

宋时月无奈。

虽然摸不到分班规律，但他们班的学习氛围浓郁是真的，大家都没心思关注娱乐八卦，外号是一群书呆子。

而大力他们班似乎更注重兴趣与特长培养。

宋时月每次去十二班找她，总能感受到课间热闹的气氛，同一班的安静枯燥不同，那里连空气中都弥漫着轻松和自由。

第一节早读课，班主任张风照例在台上进行新学期的思想交流，总结过去展望未来。外形平平无奇的中年男老师语速不急不缓，条理分明，面容带着股天然的沉稳和从容，被学生赐予"张指导"的外号。

他发言完，时间掐得刚刚好，下课铃声即将响起前，提起新学期班里将会转来一位新同学。

闻之，大家反应平淡，比起这位转学生，大家更关注接下来的课间休息。

张风卷起手中的资料敲了敲讲台，临走时又特意叫了句宋时月："班长，下课来我办公室一下。"

教师办公室，门窗敞开，四面八方的风自在地灌进来。

宋时月站在张风的桌前，见他拉开抽屉，从里头拿出一本证书和一个崭新的塑封盒子，递给她。

"上学期英语作文比赛的奖状、奖品发下来了，第一名的奖品是个最新款的 MP3，刚好用来给你记单词。"

"谢谢张老师。"宋时月伸手接过，礼貌地道谢。

张风瞧着面前面如止水的女生，内心无奈。

他们班长哪儿哪儿都好，就是太温静了些，没有十几岁小女生的活泼。不过，这也是他对她放心的原因。

"下个月市里的英语演讲你多准备准备，我们班就指望你拿个一等奖回来了啊。"

"我会努力的。"宋时月面上波澜不惊地保证，心里已经想要出声告辞了。

"对了，还有个事情要交给你。"张风叫住她，再度伸手拉开抽屉，拿出一份档案资料，"我们班这次新来的转学生身份比较特殊，可能不会经常来上课，所以就要麻烦你课余或空闲时费心给他传达一下课后资料或者一些重要事项。"

"这是他的联系方式，你回去加上他，然后把我们这个学期的课表发过去。"

他拿过笔在纸上抄下了一串号码，撕下来递给宋时月。似乎是怕宋时月对这额外多出来的小任务有意见，他又苦口婆心地额外补充了一句："你知道祝星焰同学在这次市里文旅宣传中做出了重大贡献，上面领导特意交代，要老师和同学们在生活学习上多多提供帮助，务必让祝星焰同学在繁花二中心无旁骛地学习，德智体美全面发展。"

张风闲谈般淡定吐出了这个重磅消息，还不忘语重心长："所以班长，组织对你寄予厚望啊！"

宋时月直到走出教师办公室都没反应过来，大脑雾蒙蒙的，像在梦里。

回到教室，一切如常。

吊扇呼呼吹着，同学们坐在课桌前埋头苦读，偶尔有几个人在过道间走动，交谈声很低。其他人都不知道班上即将转来一个大明星。

宋时月在自己座位上坐下，消化几秒，折好手中的字条夹进书本里，打开下节课要用的课本提前预习。

同桌肖思敏一反常态，趁着最后一丝课间时间刷手机。

"你知道吗？祝星焰好像要转回繁市读书。"似乎是看到了什么大消息，肖思敏从手机里抬起头来，忍不住和宋时月分享。

宋时月翻书的手停住一瞬，还没来得及说话，又见肖思敏控制不住地自言自语："如果他真的转回来，会不会刚好在我们学校？繁花是市里最好的中学……对了，早上张指导说要来一个转学生……"设想到某种可能，她两眼都开始冒光，激动得双颊泛红。

宋时月不知道该怎么回答，理智告诉她要尊重别人的隐私，但又在心底侥幸想这是大家迟早会知道的事。

她想起临走前张风让她暂时先不要宣扬的叮嘱，最终理智还是战胜了情感。

宋时月稍作试探："你是他的粉丝？"

刚才一闪而过间，她似乎看到了肖思敏手机上的超话页面，然后很快联想到上学期被她忽视的，肖思敏课桌上偶尔出现的祝星焰周边。

"算是吧。"肖思敏纠结了下，"我很喜欢他的舞台，第一次感觉一个人会发光。"

"其实……"宋时月迟疑，陷入思维拉扯。

上课铃声突然响起，肖思敏朝她竖起手指，"嘘"了一声，慌忙从桌肚里拿出书本准备预习。

宋时月的话音戛然而止，心里莫名松了口气。

最后一节课结束，夕阳洒满地面，大家收拾着东西准备离开，教室里窸窣作响。

宋时月写完最后一点笔记，直起身，整理桌面时，想起了夹在书里的那张字条。

此时教室里只剩几个人，空气突然安静下来。

宋时月从书里拿出那张字条，不自觉地抿唇，打开手机 QQ，在搜索栏键入数字。

很快，底下跳出账号。

简单的黑色头像，中间有一团模糊火焰，昵称是个单字"星"。

无形中散发着高冷。

宋时月申请添加，验证消息只写了简略的介绍。

——班长，宋时月。

申请发过去，一时无人回复，宋时月关掉手机，收拾书包回家。

卧室外的香樟绿意盎然，写完各科作业，宋时月坐在书桌前按了按脖子放松。

她随手拿起桌上的手机，才发现好友申请不知何时已经通过，列表里出现一个新的头像。

对话框里有两个字。

星星：你好。

宋时月找出课表，发给他。

月亮：祝同学，这学期的课表，班主任让我发给你，请查收。

宋时月的头像是个小月亮，系统自带的符号，安静地躺在界面上。

消息宛如石沉大海，毫无声响。

宋时月没有再看，打开今天新得的 MP3，开始听力练习。

直到临睡前，她重新拿起手机，才看到对方许久前发来的回复。

陌生的账号横亘在黄色小月亮的下方，仿佛是一个空白符号突然活了过来。

星星：谢谢。

窗外的蝉鸣彻底终止在一个含露的清晨，繁市正式入秋。

一转眼，开学已经快一个月了。

传说中的转学生迟迟未出现，那张特意搬过来的桌椅已经在教室角落空置许久，落满灰尘，课余空闲时，班里偶尔会议论几句。

"张指导不会骗我们吧，哪有什么转学生？"

"对啊，桌椅都搬来这么久了。"

"这人难道把学校给'鸽'了？"

"牛啊，什么背景？"

……………

猜测声纷纷，其中不乏八卦，但都转瞬即逝，充当闲暇的调料。

新学期步入正轨，宋时月一如往常上下课，往返于学校和家里之间，生活没有太大变动，只休息时完成张风的嘱咐，抽空例行公事给那位"特殊同学"发过几次消息。

月亮：同学，这周的作业汇总。

月亮：同学，老师列的参考书单。

月亮：同学，各科课堂小结。

……………

她逐渐敷衍，连前面那个"祝"都省掉了，对方的回复也从客气到简略。

星星：谢谢。

星星：收到。

星星：好。

大多数资料都是各科老师整理下发给班里同学的，祝星焰长期没在学校，宋时月作为班长，职责所在，顺手再单独发给他一次。

宋时月从张风那边知道了祝星焰正在剧组拍戏，随组有老师一对一教课，尽量同步学校进度。

十月底，市英语演讲比赛如期进行。

宋时月为了这个比赛，提前准备了半个月，英语老师也单独给她修改了好几版稿子，她课后一遍遍地练习。

比赛在上午，举办地点是市大礼堂，学校总共有八名参赛学生，由年级英语组组长统一带队过去。

前排坐的都是市领导，参赛选手卧虎藏龙，其中有好几个熟面孔，是宋时月从小到大的竞争对手。

宋时月站在台上，沉着冷静地把自己的稿子讲完。

大礼堂正中，女生头顶聚光灯，扎高马尾，穿西服正装，全程脱稿演讲，发音标准流畅，偶尔穿插着语调轻松的临场发挥，情绪恰到好处，整个人

/ 006

散发着游刃有余的自信，有种月辉静谧的耀眼，温柔有力量。

演讲结束，掌声雷动。

带队老师迎上来，面带骄傲的笑意，兴奋地拍了拍她的肩膀，鼓励道："表现很好，有望夺冠。"

所有选手演讲完，经过现场十位评委紧锣密鼓地讨论和打分，名次现场公布。

宋时月与另一位男生并列第一，巧的是，刚好是个熟人。

领奖台上，两人并肩接过奖杯。

等领导走远后，宋时月听到旁边男生带笑的嗓音："嗨，宋时月，又见面了。"

一行人赶在午休结束前回到学校。

短短的一个上午，往日平静的校园好像变了天，沸反盈天。

校门口就聚集着学生，一个个伸长脖子探头往外望，朝里走，人丝毫没有减少，以往清净的林荫道上四五成群，大家都在兴奋地讨论着什么。

似乎今天整个学校的人都从教室跑出来了。

隐隐约约中，听见了祝星焰的名字。

身旁刚比完赛的人也忍不住好奇八卦起来，正探头想要打听之际，宋时月一眼在前方人堆中看到了张熟悉的脸，正是大力。

她才朝那边招了招手，就见大力眼睛一亮，激动地冲她跑来。

"月亮！刚刚祝星焰来学校了！啊啊啊，他这学期竟然转到我们学校读书了！天哪天哪！"大力握着宋时月的手尖叫，控制不住力道，把宋时月的手掐得通红。

"什么？"

"真的假的？"

"我们这一个上午到底错过了什么……"

旁边刚回来的同学绝望地看天。

"人刚走，在学校报了个到。你是不知道围观的人有多少，差点没把我的头挤掉。"大力双颊泛红，激情给他们现场回播。

"祝星焰也太帅了！第一次见到活的明星！那脸简直就像艺术品，女娲精心打造绝美成品，本人又高又瘦，气质绝了。快快快，我给你们看我偷拍的照片！"她兴奋地翻开手机，把刚才拍的照片给他们看。

相片画质模糊，只看见一道黑色瘦高身影，戴着鸭舌帽低头，露出一截白皙分明的下巴，轮廓清秀。

仅仅是这样一张模糊不清的偷拍，里头人的光芒都要呼之欲出，自带大明星气场。

这个下午，学校贴吧被祝星焰屠版。

关于他的消息照片疯传，很快粉丝闻风而动，在当天冲上了热搜。

——#祝星焰转学#

热搜只维持了短短十几分钟，不知道被谁压了下来，消失在末尾。

宋时月回到教室时，同桌肖思敏在拿着手机发呆，神情木然愣怔，待她坐下，才幽幽转过头。

"你知道我们班的那个转学生是祝星焰吗？"

宋时月心头一跳，差点以为肖思敏知道了什么，努力定了定神，回答："知道。"

下一秒，肖思敏扭过头，望向教室角落不知道已经被谁擦得油光锃亮的空桌椅，喃喃出声："那张，就是祝星焰的课桌。老天爷，我不是在做梦吧，天哪，来道雷劈醒我吧！"

眼见着又快疯一个，宋时月拿起保温杯喝了口水，压惊。

之后的几天，一班格外热闹，关注度前所未有的高，每到课间都有不少学生过来到教室后头虔诚地摸一摸祝星焰还没坐过的那张空桌椅，并合影留念。

提前和大明星的课桌合影。

宋时月空隙一刷动态，被同款课桌打卡照刷屏，如此沸沸扬扬的声势持续了许多天。

周一，全校升旗大会。

校长站在上头，先是严肃批评了学校最近的娱乐风气，接着强调祝星焰在学校里只是一名普通同学的身份，最后颁发一则新校规——

未经允许把同学私人信息传到网上者，一经发现，扣除学分。

这条规定一出来，学校里浮躁的气氛霎时收敛，大家瓜也不吃了，明星也不讨论了，老老实实地收心回到学习上。最主要的是，这次全校大会上，校长明确地说祝星焰只是借读身份，并不会常来校。

涌动的心思慢慢冷却下来，犹如重新回归平静的湖面，课间也变得清静了，嘈杂不再。

宋时月悄然松了口气，仿佛窥见一场狂欢闹剧落幕，舞台恢复正常，秩序再次无声运作。

初秋早晨，围墙内火红的三角梅探出头，校门口雾气稀薄，学生进进出出，保安严格站岗。

宋时月和大力穿过斑马线，看到校门边挤着好些个年轻女孩，互相轮流打卡拍照，对着镜头开心比耶。

望见她们穿着校服走来，其中一位女生眼睛一亮，走过来热情地搭讪。

"同学，你们是繁花中学的吗？"对方努力按压着激动，笑容里也藏着兴奋。

两人迟疑地点头，就见那个女生立马手握拳，不由自主地扬起音调追问："那你们见过祝星焰吗？"

话一落，其他拍照的人也都停下动作，纷纷围了上来，期待地看着她们。虽然这些天也会偶尔看见祝星焰的粉丝在学校外头打转，但主动搭话的，还是第一次遇到。

宋时月和大力对视一眼，缓慢地点头。

"远远看到过一次，他就报到那天来过学校，很快就走了。"大力回答，观察着对方的神情，很快又补充一句，"后来都没来过了。学校说他只是借读，可能不会经常来学校。"

大力一五一十、老老实实地交代，对面一群人顿时面露失望，颓下来的神色很明显。

气氛一时沉默，大力见状，趁机拉着宋时月溜之大吉。

进了学校，校门在身后缓缓关上，四周清静，树木掩映。

大力松了一口气，好似刚历劫结束。

"祝星焰的粉丝太夸张了，都追到学校来了，幸好他那天只出现过一次。"说到这儿，她不免庆幸起来，丝毫没有了之前的期待。

流量的双面效应来得太迅速。

"可见当明星也不是一件容易的事。"宋时月附和点头，一脸同情。

大力大笑："尔等就不要妄议大明星的烦恼了，可能他们最大的烦恼就是被太多人喜欢了怎么办。"

宋时月深以为然，再度赞同地点头，夸奖道："大力，你真是锐评。"

众人议论的大明星，在她的好友列表里，只是一个静静躺着的字符。

学校发下最新的辅导资料，是厚厚的几本印刷书。

课后，张风把宋时月叫到办公室，照例交代完最近班里的几件事情，才从桌上把剩下的最后一沓资料拿过来，递给她。

"这是上面发下来的教辅资料，学校特意整理的，外面买不到。你问祝星焰要个地址，帮忙给他寄个快递。

"对了，寄到付就行了啊，千万不要自己垫付。"

宋时月抱着这堆资料出办公室前,还听到他在后头的扬声提醒,她微微汗颜,但还是乖巧地应和。

"记住了。"

月亮:同学,最新发的教辅资料,老师说让我寄给你,麻烦你提供一个方便的地址。

宋时月前脚出门,转头就把消息发了出去,发完关掉手机,没有等候对方回复。

这是这些天与这位大明星同学打交道积累的经验,他似乎事务繁忙,很少会即时回复,所以宋时月每次给他发完消息,便当作已完成任务,等自己闲下来时才会去看一眼。

一个下午满课,忙忙碌碌整理完笔记和思路,宋时月放下笔,揉了揉发酸的手腕,脑中紧绷的思绪稍作缓解。

她慢吞吞地整理东西,看到课桌里那沓资料时,才想起还有事情没处理完。她拿出手机,登录上去。

列表里有个新消息小红点,内容却与以往的简洁不同,是两人加上联系方式后真正意义上的第一句话。

星星:你在学校吗?方便的话,我让司机过去拿一下。

发送时间是几个小时前。

宋时月看了眼右上角,稍作沉吟,给他回复。

月亮:在,那我在校门口等他?

对方这次的答复很快回了过来。

星星:谢谢,大概需要十五分钟,这是他的手机号码。

后面跟着一串数字。

宋时月又在教室待了一会儿,写好英语作业,看了眼手表,等时间差不多才收拾书包准备出去。

学校此时已经空无一人,走到外面,她才发现天空阴沉,像是风雨欲来的模样。

宋时月背着书包在校门一侧等候,路上行人稀少,天边有惊雷一闪而过,没两分钟,淅淅沥沥掉起了雨珠。

她眉眼不免染上焦急,环顾四周,举起书包顶在头上,往旁边的便利店小跑过去,登上台阶,有了屋檐遮挡。

雨势瞧着吓人,很快就漫起了朦胧。

路面一点点被打湿,街道彻底空了下来,便利店亮起灯。她拿出手机,给对方打电话,告知自己的具体位置。在得到几分钟内会抵达的回复后,她独站在檐下，双手抱着书本等待，放空思绪。

略显空阔的马路上，车辆疾驰而过，溅起细小的水渍。

时间无声无息地流动，宋时月看见一辆黑色车子停靠，缓缓泊在了便利店的台阶下。

她似心有所感，抱紧怀里的资料朝那边小跑了过去。

外头细雨蒙蒙，她的眼睫和发丝很快沾上潮湿，视线变得不那么清晰，像是蒙上了一层模糊滤镜。

宋时月站在车前，正准备抬手去敲前车窗，后座的窗户就降了下来，里头伸出一只手，递给她一把黑色雨伞。

骨节分明的白皙手指按在伞柄处，白与黑在视野中色彩对比鲜明到极致，朦胧的雨幕仿佛被无形抹开，画面清晰。

宋时月看到了车窗里的那张脸，递给她伞的人，是祝星焰。

雨还在下，傍晚六点钟的天空，已经完全暗了下来。

宋时月背着书包，撑伞走在树荫下，两边路灯昏黄，身旁偶尔驶过车辆，照亮斑驳的马路。

她还沉浸在那片昏暗中。

被阴雨笼罩的车辆后座晦暗不清，男生独坐在里头，从车窗外打进一片薄光，恰好映亮那张微扬的脸。

白皙、英俊，静静望过来的眉眼昳丽，漆黑的眼底仿佛沉着清潭。

难言的好看。

单用漂亮描述太过肤浅，如果长相可以具体形容，宋时月更愿意把那个瞬间概括为，那一眼，她好像在黯淡无光的现实里看到了一颗星星。

只存在于幻想宇宙中发着光的神秘恒星。

拥有强大而美丽的吸引力。

祝星焰本人远比屏幕里有杀伤力，像是一件珍稀诱人的奢侈品，突然摆到面前，让每个看见的人都忍不住着迷。

头顶的这把黑伞厚重宽大，严严实实遮住了她整个人，把雨水隔绝在外。

宋时月却感觉自己好像沉入了一片漆黑浓郁的海，浑身湿漉漉的，冷得心颤。

她努力回想，只能想起那双望向她的沉静眼眸。

黑得毫无波澜。

像极了夜色下的海。

秋雨过后，落叶伶仃，粘在路边露出泛黄的卷边。

空气湿润清新。

难得周五，大力同宋时月约好放学一同回家。路上，宋时月买油炸火腿肠的工夫，她拿手机已经刷起了八卦。

"原来昨天祝星焰在繁市？"

"老板，不要放辣椒。"

宋时月拿着老板递来的肠，上面没有抹一丁点辣椒油，炸得金黄。

大力忍不住笑她："月亮，只有小孩子才这样吃的。"

"谁规定吃炸肠一定要放辣椒？"宋时月不服。

大力伸手往后一指，只见小摊前排了一条队伍，老板正熟练地往火腿肠上刷辣椒油。

来了个背书包的小学生，特意稚声叮嘱："老板，不要放辣椒。"

大力笑声张狂，宋时月郁闷地转回头，默默吃着炸肠。

这个插曲掀过，大力继续方才的话题，同宋时月八卦。

"大明星可真是行程繁忙，祝星焰上午还在剧组，下午就到了繁市，没过几个小时，又被粉丝拍到了他晚上在机场的登机照片。

"看评论说是他外婆生病了回来看望，不知道是真是假。他这么忙，看情况是不会再到学校来了，唉……"最后，大力望天惋惜长叹一声，叹完，好一会儿没听到身旁的人有反应，忍不住收起脖子扭头。

旁边的人好像在发呆，愣怔的样子，还自言自语了句："原来如此……"

难怪他本人会突然出现在车里，算算时间，刚好是去机场的路上。

所以是临时接到的通知？

记忆又被带回了那个潮湿朦胧的雨夜，那双漆黑的眼又出现在脑海里。

"月亮，月亮？"

耳边的声音扯回宋时月的思绪，她回神，看到了大力靠近睁大的双眸。

"你在发什么呆？"大力伸手在她面前晃了晃。

宋时月心慌，神色不自然地拉下大力的手，含混敷衍，转了话题："没发呆。"

"你怎么突然这么关注祝星焰了？"宋时月努力回想，"你不是喜欢那个唱跳歌手？"

"确实，我家宝宝天下第一，但是！祝星焰杀伤力太强，上次学校匆匆一瞥，本颜狗已经当场皈依星门，正式成为他颜粉大军中的一员！"

大力激动演讲，宋时月附和点头，内心迷雾散去，逐渐清明。

是啊，喜欢美丽的事物是人的本能，她流连忘返才是常态。

"你不对劲。"大力今天简直化身神探，目光炯炯地盯着宋时月，"学霸月是从来不会发呆的，你今天短短两分钟就走神了三次，三次！"大力言辞凿凿地冲她竖起了三根手指。

宋时月脸一红，再度拉下大力的手。她犹豫许久，还是决定和盘托出："其实……"她先观望了一下周围，才小心翼翼地凑近，继续对大力开口，"我昨天见到祝星焰了。"

"哈？"大力瞳孔放大，音量瞬间拔高，"你走什么狗屎运了！竟然在路上碰到他？"

"不是路上。"宋时月纠结了下，从张风办公室起，把事情一五一十地交代清楚，说完，身边许久没有动静。

大力闭嘴不言，双目呆滞。久久沉默后，她颤颤巍巍地抓住宋时月的手，紧握住，痛心疾首："月啊，这泼天的富贵，你可得抓紧，姐妹能不能追星成功就看你了！"

繁市进入秋雨时节，早上，外头又是淅淅沥沥的雨声。

吃过早餐，赵司茜收拾着桌子，抬头看了眼窗外，特意叮嘱宋时月："出门记得带伞啊。"

"好。"宋时月正在换鞋，抬头应了声，下一秒，玄关处那把黑色雨伞映入眼帘，她微愣，"妈，这把伞我不是收起来了吗？"

"伞不就是拿来用的，你收在柜子里干什么？"赵司茜把碗筷端进厨房，声音遥遥传来，"我觉得这伞挺好用的，又大又结实，现在这个鬼天气撑正好。"

"这是别人的。"宋时月没有争辩什么，只是把挂在墙上的伞重新拿下来，将伞页折整齐收纳好，放进柜子中。

厨房里，赵司茜困惑地"咦"了声，问："那你怎么不还给人家？"

宋时月不经意沉默，须臾，模糊回答："还没找到机会。"

不知道思绪第几次被拉回那个下雨天——

窗内递出那把黑色雨伞。

宋时月站在外头，细雨如絮飘下，肌肤传来丝丝凉意。

"下雨，先撑一下。"递伞的人说。

祝星焰现实中的声音更加清晰悦耳，有着比精修更高级的音质，清朗磁性，平添了一分实感。

宋时月愣神接过，本能地道："谢谢。"

雨伞在头顶撑开，细雨被遮蔽在外，暗下来的一方天地里，她把怀中抱着的资料递给祝星焰："这是学校发的资料。"

"好的，辛苦你跑一趟。"声音的主人礼貌客气，接过她手里的一沓书本，妥善地放在身侧。

"没事。"宋时月任务已经完成，自觉离开，"这个伞？"

她迟疑，撑伞的手微动，刚准备收起还给他，就见面前的人伸手指了指天色，似乎抿唇笑了下："雨还在下。"

"你带回去，不用还了。"

赠予的人毫无压力，欠债的人却辗转难安。

无功不受禄。

凭空拿人家一把伞，总好像亏欠了什么东西。

宋时月有心替祝星焰妥善保管，却偏偏天公不作美。

周末休息日，宋时月一觉醒来，整个房子安静空荡。餐桌上放着一张字条，赵司茜说她和宋清学校有事情，让宋时月自己解决午餐。

宋时月的父母都是大学教授，在同一所学校任教，一个教汉语言文学，一个教化学，刚好一文一理，因此宋清儒雅，性格温暾，做事不急不缓，而赵司茜雷厉风行，杀伐果断。

宋时月小升初那两年，是两人评职称最忙的时候，他们每次都是给宋时月钱，让她自己在外面吃。她从小上的学校都在家附近，因此对周围大小馆子都很熟悉，基本摸清了哪条巷子里藏着什么好吃的店。

宋时月换好衣服，拿上钥匙，收拾妥当后看了眼窗外，水珠滴答，又是一个下雨天。

临出门前，她才发现家里的雨伞都被拿走了，只剩玄关柜里的那把不属于她的黑色长柄伞静静躺在里头。

宋时月无奈，拿了它出门。

她心说，这是最后一次。

街道路面湿漉漉的，行人神色匆忙，她撑着伞，熟练地拐进一条小巷子里。陈旧的气息扑面而来，两旁都是老商铺，略显冷清。

宋时月走进一家牌匾字迹模糊的小店，热气腾腾的香味瞬间扑面而来。老板熟练地在灶台后头忙碌，墙上已经褪色的红色菜单上用很大的字体打印着"手工黄鳝面十五元一份"。

"叔，我要一份面。"宋时月收起伞，熟稔地同老板报菜。

身上系着一条围裙的男人，脸上不知何时多了两道长褶，面相更显宽厚，宋时月记忆中他年轻时的面容已经快要模糊了。

"哎——好嘞，先找位置坐一下，可能要等几分钟。"老板抬头招呼她，笑道，"今天店里人有点多。"

"周末是这样，人多生意才好。"宋时月含笑说完，随便找了个空位置坐下，习惯性环顾一圈。

这家黄鳝面店生意一直不错，虽然开在小巷子深处，但因为老板的独门手艺以及汤底，基本留住了每一个回头客，宋时月在这边从小吃到大。

即便是下雨天，店里顾客也不算少，五六张桌子旁零零散散坐着人，说话声混着外头的雨声，嘈杂，却不刺耳。

宋时月没有等太久，面就上来了。

雪白浓郁的汤底中卧着筋道匀称的面条，上面是一层两指宽黄鳝片，处理得干干净净，色香味诱人。

宋时月吃得额头冒出一层薄汗，脸颊热气浮动。她抽出纸巾擦拭，休息停顿间，目光无意间掠过店内，经过先前未曾注意的一处角落时，陡然停住。

靠墙的夹角处，刚好被灶台遮挡，坐在那里的人只露出半个身影，穿黑色卫衣戴鸭舌帽，身形清俊瘦挺，在低头吃面。

熟悉的面部轮廓在不经意抬头间隐约露出一角。

她一眼认出来，那是足以引起骚动的存在。

祝星焰。

他此刻就独自一人，坐在人群后头安安静静地吃面。

除了她，似乎没有人注意到那个角落。

宋时月愣了愣，许久后才面色如常地收回视线，低头继续吃面。

店里的人慢慢少了起来，外头的雨不知不觉变大，雨势迅猛，噼里啪啦敲击着屋顶。

余光中，角落那道黑色身影仍在，或许是等人，或许是等雨。

宋时月已经吃完了碗里的面，起身准备结账。

经过角落正前方时，她特意往那张桌子旁边看了眼，四周都没有伞。

他出门前，可能并没有带伞。

早上并未下雨。

宋时月想了想，把手中的伞折好递给了老板，委托帮忙："何叔，麻烦你待会儿将这把伞给那个穿黑衣服的男生，这是他的，我一直没找到机会还他。"

雨势不减，宋时月临走前回头看了眼，黑色长柄伞立在墙壁处，笔挺修长，像极了它的主人。

女生双手遮住头顶，匆匆跑进雨里，在下一个便利店买到了仅剩的最后一把雨伞。

雨声如旧。

面店里，最后一个顾客起身，路过灶台时被老板叫住。老板笑眯眯的，从后面拿出一把黑色雨伞，递给他。

"刚才一个小姑娘让我给你的，说是你的伞，一直没找到机会还你。"

祝星焰愣住。

几条街外，宋时月撑伞往家走去，脚步轻快。

原来天公作美。

意外的偶遇就像蝴蝶扇动翅膀，很快消失波澜。

宋时月没有再见过祝星焰，他也不曾出现在学校。

肖思敏早已加入他的粉丝团私人群，对他的行程了如指掌，每天课余时间见缝插针地拿着手机絮叨。

"祝星焰还在拍《夜杀》呢，程导剧组管理很严，听说所有人都不准请假。这部电影都拍了快半年了，估计是奔着拿奖去的。

"程导要求超高，看采访爆料，一个镜头不满意能拍上几十遍。你说大导演是不是都有些艺术偏执？"

她嘀嘀咕咕，也不等宋时月回答，自顾自说下去。

"祝星焰第一次和这种大导合作，估计压力也很大。这是他转型的第一部作品，无数人看着，肯定不能出岔子。

"所以，我一定要努力，在学校做好他坚强的后盾。"肖思敏突然握拳，如同在国旗下宣誓那般庄严肃穆。

宋时月略微好奇，停住笔："你打算怎么做？"

"我决定，每天给他擦一遍桌子。"肖思敏不假思索道。

"……也不失为一个办法。"

十月中旬，校运会临近，体育委员每天抱着登记表发愁，费尽三寸不烂之舌怂恿大家报名。

女子八百米就像是烫手山芋，放眼全班也无人敢出征。

肖思敏因为身高优势，被体育委员盯上，一下课就来做她的思想工作，她不堪其扰。

肖思敏烦得不行，瞧着旁边安安静静写字的宋时月，一时冲动，口不择言："你怎么老缠着我啊？班长不是也这么高，你咋不找她？"

体育委员之前给出的理由是肖思敏身高腿长，天然优势，跑八百米最合适不过。

但宋时月比肖思敏还高一点，一米六六的净身高，比例匀停，在南方女孩中亮眼得突出。

男生哽了下，须臾涨红脸："班长、班长，太瘦了……"

"什么意思？"肖思敏反应过来，大怒，抄起书追杀他，"你说我胖？于朝，你去死吧！"

夺命午休。

于朝好不容易逃过一劫，气喘吁吁地在座位上坐下，一抬眼，宋时月笑盈盈地站在他桌前，语气如常。

"体育委员，八百米我报名。"

各项目终于尘埃落定。

校运会前，班里开始定制班服，选定款式统计尺码完，下午宋时月拿着表格交去张风办公室。

张风翻了两页，突然想到什么："对了，你问祝星焰了吗？"

"啊……"宋时月蒙住，"他要来吗？"

"没听说，不过他毕竟是我们班的一员，直接忽略会不会不太好？"张风摸了摸下巴，一脸思忖模样，语气像是拿不定主意在同她商量。

宋时月微微无语，还是善解人意道："那我确认一下吧。"

月亮：祝同学，校运会你来吗？在定制班服。

月亮：班主任让我问问你，需不需要统计你的尺码。

《夜杀》剧组在北方一座工业化城市拍摄，钢筋水泥构成大片空旷的黑色，阴沉天空刮着冷风，落寞冷肃。

一场戏杀青，中途休息，导演坐在显示屏前看画面回放。

祝星焰身上的戏服没脱，三件式衬衫、马甲、西装，高级手工定制。

从民国走出的小少爷此刻正随意坐在集装箱上查看手机。

看到宋时月那两条消息时，他整个人莫名从戏里抽离出来，仿佛闻到了校园阳光青草地的味道，恍然片刻，原来他还是一个高中生。

祝星焰本能地想起了那家巷子里的陈旧小店，屋檐不住地往下滴落雨水，朦胧中，看到了一个穿蓝白校服的少女。

她扎在脑后的低马尾柔软垂落，侧脸雪白，眼睛黑亮，注视人时，有种别样的明净和温柔。

可那天他明明没有看到她。

祝星焰仔细回想，原来记忆里的这一幕，是当初见到她的第一眼。

那也是一个下雨天。

剧组进度很赶，根本没有假期。

他手指放到输入框，准备回复时，却鬼使神差地换了个说法。

星星：我穿 XL 码。

星星：可能没有空赶回去，下次回学校的时候我去拿班服。

可能是想留作纪念吧。

宋时月看到这条消息已经是几个小时后，她心中揣测，回复一个"好"字，顺便把班服的款式照片发给他。

两人自那次的意外交集结束，这是第一次联系，宋时月觉得他们的对话好像自然些，比起疏离客气的陌生人，终于显露出了几分同学情谊。

秋高气爽，操场上气氛火热。

绿草坪修整一新，跑道红白条纹鲜明，广播声回荡。

开幕式过后，各体育项目依次展开。

宋时月作为班长，统筹物资和班级各种事务，忙得像只小蜜蜂，难以停歇。

宣传委员动员同学们写加油稿，宋时月和体育委员清点着水和药品，时刻关注广播，提醒下一项比赛的同学去检录。

他们班的班服很显眼，是红白色的运动服，精神十足，朝气勃发，上面还有他们特意设计的 Logo——是一只圆圆的白色和平鸽。

寓意着友谊团结。

正如每届校运会的口号，友谊第一，比赛第二。

翌日依然是个大晴天，阳光明艳，照得草地发亮。

女子八百米在上午举行，宋时月被好几个同学簇拥着去检录，七嘴八舌地关心着。

"班长，尽力就行，不要拼，身体第一位。"

"全班同学都是你最坚强的后盾！"

"时月，我对不起你。"肖思敏哭丧着脸，混在人群中，抓着宋时月的胳膊道歉。

"好了，请大家相信我。"宋时月无奈地摆手，"其实我平时有跑步的习惯……"

"藿香正气水已备好,葡萄糖保温杯也已到位,班长你放心飞,我们永相随!"

人群中有人信誓旦旦保证,引来附和声一片,宋时月的微弱解释很快淹没其中。她放弃挣扎,上去抽签。

数字"8",瞧着像是好运。

号码牌被贴在身后。枪声响起,起跑线上的运动员飞奔出去,宋时月保持着中间位置,速度不快不慢,呼吸节奏平稳。

她才跑没几步,身旁突然传来震耳欲聋的加油声,口号洪亮整齐。

"班长!加油!班长!加油!"

宋时月分出余光往旁边一看,不知何时,跑道旁聚集了一圈班上的学生,大家都在陪着她一起跑。

他们班的架势过于壮观,凝聚力吓人,其他班的人看了忍不住好奇。

"你们班关系这么好?"

"废话,那可是我们班长。"

"一班之光,学习成绩好,性格又温柔,还漂亮,谁不喜欢她?"

"啊,那肯定很多人追吧?"

"别搞笑啊,我们都是纯洁的革命友谊,理想主义的花才会盛开灿烂,早恋没有好下场。"

"说人话。"

"谁敢啊。"

"那可是真月亮。"

"我们班长的志愿是W大,度过这三年,大家都有美好的未来。"

声势壮观的陪跑队伍成为操场上最热烈的存在。

其他班选手也有同学在一起陪跑加油,只是都不如一班人多势众。被围绕的那个女孩穿着白色运动服,昂首奔跑,阳光下的脸庞白皙发亮。她宛如一道不知疲倦的光点,持续恒速移动,在最后半圈冲刺时突然加速,一个个超越前方的选手。

第八,第七,第六……伴随着终点线的出现,一百米近在咫尺,众人的心提到了嗓子眼,呐喊声快要冲破天际,喉咙嘶哑。

"班长!加油!"

女生犹如一只振翅的白鸽,身影快速穿过前方的身影,冲过了终点线。

第一名!

"啊啊啊,班长是第一名!冠军!"

同学们冲过来,女生上前搀扶抱住宋时月,祝贺声激动到变形,简直

019

比他们自己拿下冠军还要兴奋。

宋时月靠在她们的臂弯里大口喘气,看着面前同学的脸庞,苍白的唇拉开笑容。

透过围绕的人群,宋时月看到天空蓝得发亮,草地鲜润,远处都是学生,隐隐约约,眼前似乎闪过一抹黑色背影,身形轮廓很熟悉。

宋时月眨了眨眼,觉得自己看错了,以为是剧烈运动后的缺氧,让她出现了幻觉。

沿着操场慢走许久,又被盯着喝了一支葡萄糖,宋时月终于得以休息,回到班级区,从包里拿出手机。

没有什么重要消息。

她惯例上去看一眼QQ,祝星焰名字后面竟然跟着一个小红点。她诧异地点开,发现十几分钟前,他给她发了一条消息。

星星：衣服我拿走了。

后面紧跟着的是一张照片。

教室后面属于他的储物柜,用袋子妥善包装好的班服。

宋时月之前把衣服放在那里时,已经给他发了消息,让他有空的时候可以自己过来拿,结果今天,他突然不声不响就拿走了。

所以,她之前在操场上看到的那个人不是错觉?

宋时月手放到对话框,想说什么,又感觉唐突,敲敲打打好久。

月亮：你今天来学校了吗？

我刚才在操场好像看到你了……

算了。

宋时月无意识地盯着屏幕看了几秒钟,反应过来,刚准备切出去,手机细微振动,那边竟然很快回复了。

星星：来了。

星星：看到了你们比赛,很热闹。

啊,那是不是正好看到了她在跑八百米？

宋时月微微不自在,抿了抿唇。

光标持续闪动,上方显示正在输入,许久后,宋时月点击发送。

月亮：明天校运会还有一天,会有闭幕仪式。

祝星焰的回复依然迅速。

星星：不了,下午的飞机。

月亮：好的,祝你一路平安。

那边没有再回。

宋时月退出软件，望着蓝天发了会儿呆。阳光晒在身上暖洋洋的，她在这短暂的休息中难得登上微博，随手刷了一下首页。

跳出来的是一条点赞快十万的最新微博。

账号名字显示"祝星焰"。

头像是男生的专辑大片，星火四溢中一道藏于黑暗的背影孤傲挺拔。

他几分钟前发了一张照片。

艳阳笼罩下的操场上人头攒动，他站在高高的台阶上，手挡着脸，对着镜头比了一个耶。

他身后的跑道鲜亮，绿草如茵。

他穿着红白相间的班服，像是一个短暂逃脱集体的学生。

微博没有配文，只有一个简单的比耶符号，难得显示出几分轻快。

底下的评论也已经破十万，粉丝激动难耐，欣喜于他的突然冒泡。

宋时月视线简单停留，在划过这条微博时，轻巧地点了一个赞。

这个赞很快融入无数网友中，消失不见。

校运会，宋时月一共参加了两个项目，女子八百米和跳高。

跳高围观的人很多，给她送水和加油的也很多，广播站的稿子念了一张又一张，开篇都是"一班的宋时月同学"……

几轮升杠，最后只剩下三位选手争夺名次。

这一轮的高度是一米七。

宋时月止步于此，她临时抱佛脚的练习发挥到极致，前两名都是校队选手。

她光荣地拿下第三名，班里同学依然捧场，鼓掌迎接她归来。

待热闹散去，大力挽着她的胳膊在跑道中间的草地上散步，坏笑着打趣道："我们宋月亮人气不减啊，依然是校园女神，人群中最亮的那颗星。"

宋时月怔然一瞬，本能地反驳："那是你没见过真正的星星。"

"我怎么没见过？我天天晚上抬头见呢。"

宋时月微顿，闭上嘴。

"好啦好啦，我知道你两耳不闻窗外事，一心只读圣贤书。不闹你了。"大力说。

宋时月依旧沉默，为自己先前不假思索的失言。

马上就是午休时间，两人往便利店走去。

大力念叨着钟爱的香草雪糕。宋时月有些走神，不明白那一刻脑中为什么会出现祝星焰的样子。

021 /

她正想着，校服口袋里的手机振动，是新消息提醒。她拿出来点开看，竟然是个意想不到的人。

周宗白：宋时月，有事路过你学校，要不要出来一尽地主之谊？

他发过来的照片里是他们学校的大门。

大力凑过来，也看到了这条消息，八卦地追问："这人是谁啊？"

宋时月眉头微蹙："市一中的学生，英语比赛遇到过好几次。"

"你们很熟吗？"大力好奇。

宋时月思绪被微微拉远，须臾，迟疑点了点头："应该……算是熟人。"

她与周宗白的相遇堪称意外。

初三的英语演讲比赛，两人各自代表学校出战，是竞争对手。

那一次，宋时月以一分之差赢了周宗白，拿下了一等奖。

比赛结束后，她去洗手间，出来却和学校队伍走散，大礼堂结构弯弯绕绕，走廊曲折，等她找到大门出来，外面不知何时下起了雨。

台阶被淋湿，手机刚好没有网络，宋时月站在雨幕前发愁，突然，一把伞出现在头顶。

男生穿着市一中的校服，眉眼清俊，干净得仿佛不属于这个阴沉的雨天。

"你是不是和你们学校走散了？"

"我刚才好像看到你们的大巴车了，我送你过去？"

大巴车停在停车场，宋时月第一次过来这边，不熟悉，才一时慌了神。

第二年，两人再次在比赛场上相遇。

因为上一次的小交集，他们不免比旁人多出两分熟悉，迎面碰上，两人隔着人群点头致意。

再后来，他们每年都会碰上两次，渐渐地，算是能聊天的朋友。

宋时月往校外走去，看到周宗白时，他正站在繁花二中校门口，举着手机拍照。

见到她来，周宗白收起手机，朝她挥了挥手，脸上挂出散漫笑意，声音一如既往的轻松愉悦："嗨，宋时月，又见面了。"

宋时月站定在他身前，忽然发觉这是两人第一次在比赛场地以外的地方见面。

十一月中旬，祝星焰的电影杀青了。

周围的人都在传他不久后将来学校上课。

当初的浮躁又隐隐开始流动，大家课间闲聊的都是这个事情。

肖思敏最近更是沉迷起了塔罗牌，每天双手合十对着桌子上的卡片闭目念念有词，细听，内容令人瞠目结舌。

"大慈大悲的观世音菩萨，保佑我偶像祝星焰这个月一定要来学校上课，只要见他一面，我就心满意足，信女愿瘦十斤来还愿……"说完，她还虔诚地拜了三拜，"菩萨保佑，菩萨保佑……"

宋时月有些无语。

"哎哎，你说，到时祝星焰真的来了，我们可以上去问他要签名拍合照吗？"

"我觉得有点难……学校这么多人，到时候说不定追星不成反成事故。"

"学校肯定会干涉，等着吧，估计班主任过不了多久就会给我们做思想教育了。"

午休时间，班里女生随口议论，结果一语成谶，没两天，张风就在班会上特意说了这件事，敲着讲台着重强调。

"到时候不要跟动物园里的动物一样吱哇乱叫，这里是学校，你们要有学生的样子。明天会发新规定，班级之间没事不允许随意串门，你们也自觉一点，让祝星焰同学安心学习，被我发现谁骚扰人家，我绝对饶不了。"

软硬兼施的一通警告，打消了不少八卦的心。

大抵是大家心理准备做得太久，祝星焰真正来学校上课那天，学校里堪称风平浪静。

他很低调地出现在班里时，甚至学校知道的人都没多少。一班学生陆陆续续踏进教室，离早自习还有很长一段时间，外面天才亮完全。

体育委员于朝是第一个进教室的，他自顾自拿出书摊开预习，余光中进来一个人，走到后头坐下，再过一会儿，进来第二个、第三个……

空气过分安静，连窃窃私语都没有。

背完一篇英语作文，于朝稍微放松，这才察觉到周围的异样，这时后背被人戳了戳，一张字条悄悄从后头递了过来。

——后面那个人是祝星焰吗？他来上课了？

——天啊，是真的。

——救命啊！他怎么一声不响就在教室了？怎么办怎么办？我们要和他打招呼吗？

——实不相瞒，我想去要签名。

…………

字条里乱七八糟写了好几行字，一看就是接龙递过来的，于朝看清第一行的时候，就忍不住内心震动，"啊"了一声，本能往后扭头。

视线里，坐在教室最角落的男生穿着繁花二中的校服，蓝白色，戴着耳机，低头在纸上写着什么。

远远看着，像是一幅画，在这个早晨，虚幻不真实。

于朝不敢盯太久，僵硬地收回视线，呼吸也不由自主地放轻，在面前这张字条上大力下笔。

——啊啊啊，为什么他不声不响就坐在后面了？我是第一个来的，竟然一直没有发现。有人去要签名吗？带我一个。

——签名+1。

——签名+2。

——签名+圆周率。

…………

宋时月如往常一般走进教室时，递过来的字条已经写得满满当当了，全是狂舞的字迹，有贼心没贼胆地叫嚷着要签名。

她诧异地抬头一看，教室后面不知何时坐了祝星焰。

平时遥不可及的大明星此刻就安安静静待在那里，让人觉得像在拍偶像电影。

旁边肖思敏已经是恍恍惚惚灵魂飘离的状态。

宋时月低头，看了眼手里写得乱七八糟的字条，轻轻用力折成一团，塞进了自己桌肚里。

今天的早自习前，教室里是前所未有的安静。以前一班虽然也不吵闹，但也从未像此刻一样鸦雀无声。

气氛中流动着莫名的浮躁，却又僵持得让人不敢动。就在这不上不下的奇异中，铃声响起，张风胳膊夹着书进来了，教室里众人不约而同地都松了口气。

张风视线扫了扫，在角落处定格几秒，清嗓子，整肃面容。

"首先，欢迎祝星焰同学今天正式回学校上课。

"在这里，他就是一个普通学生，希望大家不要用有色眼镜看人。"

底下传来几声低笑。

张风往下压了压，郑重其事地说："那接下来就欢迎祝星焰同学上来简单做一下自我介绍。"

空气一瞬安静，众人终于找到理由，迫不及待朝那一处望去。

视线中心的人面色坦然地站起，似乎是习惯了被这样众目注视。

晨光四溢，男生高大瘦挺的身形撑起校服，平平无奇的剪裁穿在他身上也显得造价昂贵，往日屏幕里看了又看的脸突然呈现在眼前，微微熟悉，剩下的全是扑面而来的惊艳。

周围的窃窃私语再也难掩。

"我的天，祝星焰本人也太好看了。"

"原来他实际上长这样。"

"果然明星的颜值和普通人有壁……"

"他站在那里，我觉得那一块的空气都与众不同了。"

……………

"大家好，我是祝星焰，很高兴见到大家，希望接下来能和同学们相处愉快。"祝星焰说完，轻微一颔首，唇边带着弧度浅浅的笑意。

家喻户晓的大明星，瞧着似乎很平易近人。

班里学生放下了一丝忐忑，稍微恢复自然，氛围轻松了几分。不过还是没人敢顶风作案，不敢在张风眼皮子底下乱说话。

祝星焰下来，坐到自己座位上。

这堂早自习分外难熬，前所未有的漫长，所有人都在心里默数时间，等待着那道铃声响起。

一下课，张风话音停住，教室暂时无人敢动，瞧着一切如常。

他顿了顿，最后只隐晦地警告："别忘了上次开会说的，一个个给我自觉点。"

"知道了！张指导！你快下课吧！"

底下的学生堪称异口同声。

张风夹着书，一步三回头离开。

待他出了教室门，没过两秒，有胆子大的率先跳起来，冲向后头祝星焰的座位："祝同学，我能要个签名吗？第一次见到大明星！"还是记得学校的警告，这男生最后不忘找补，"不行也没关系，我就问问，嘿嘿……"

旁边跟过来的一片同学都眼巴巴看着，等待着答案。

被人群围观的祝星焰神情依然平静，目光似乎扫过他们一遍，然后点了下头。

紧接着，他的座位就被包围了，挤得水泄不通。教室里空了大半，只听得到争先恐后的声音。

"我想要一个 to 签，就写我名字，周思源。"

"我帮我小表妹要一个可以吗？她是你的死忠粉。"

"那个，能合照吗？"

人群中传来一个弱弱的提问。

一时间，无人敢动，因为被说出了心底期盼，大家不约而同地等待着祝星焰接下来的反应。

瞧着平易近人的年轻偶像手上动作顿了一瞬，停住笔，抬头笑了笑，温声拒绝："人太多了，可能不太方便，下次我让助理多准备一些签名照，大家需要的话就带一些过来。"

"好的好的。"开口的人忙不迭点头，自觉冒犯，尴尬地拿了签名，缩头缩脑地回了位置。

那边的动静难以忽视，宋时月身旁却悄无声息。

她转过头，看到肖思敏在焦躁不安地盯着书页发呆，实则竖起耳朵听后头的动静，不敢动。

宋时月忍不住低声问："你怎么不过去要签名？"

肖思敏肩膀抖了抖，好似如梦初醒，须臾，颤颤启唇："我、我太紧张，腿软了，动不了。"

宋时月愣了愣。

"时月，你能不能帮我过去要张签名？求求了。"肖思敏哭丧着脸，可怜巴巴，仿佛下一秒就要落泪，"开头就写'宇宙无敌漂亮可爱的肖思敏同学，祝你天天开心，金榜题名'。"

"呃……"宋时月无奈扶额，"要不你还是自己去吧。难道你不想亲口和你的偶像说话吗？"

"你说得对。"闻言，肖思敏呆滞数秒，终于鼓足勇气，推开椅子站起，雄赳赳气昂昂地朝那头出发，全程眼珠子都不敢乱动一下，视死如归的架势，像要去完成什么拯救全人类的大事。

宋时月摇摇头，刚转过视线，就听到那边传来一声惨叫。

肖思敏崩溃："我的珍藏签名本忘了！时月！"

宋时月回头，下意识地将目光投向教室角落，恰好对上那双沉静的黑眸。

祝星焰坐在远处，相隔人群，静静望着她。

热闹了一个课间，人终于散了。

大部分人都拿到了签名。

铃声响，教室又恢复平静。

肖思敏抱着新得签名的珍藏本，兴奋陶醉了好一会儿才略略平复，想起旁边的宋时月，有点诧异："班长，你怎么不去要签名？"她凑近，压低声音，一脸的不可思议，"你真的一点也不追星啊？"

"也……不是。"宋时月动作顿了下，有些迟疑，"就是觉得同学之间，有点奇怪。"

"啊?"肖思敏张了张嘴,反应过来,"你真把祝星焰当同学啊?"

宋时月也面露困惑,须臾,不确定地低声追问:"很奇怪吗?"

"还好吧。"肖思敏手指冲她比出一小截距离,神情认真,"一点点。"

一班学生口风说紧不紧,说松不松,拿到签名,还是按捺不住炫耀之心,暗戳戳发了空间。

午休前,这件事几乎传遍了学校。

碍于先前校规的明令禁止,众学生不敢明目张胆地过来一班,只敢在走廊处探头探脑,试图捕捉到点大明星的踪迹。

有关系的则另辟蹊径,假装到一班找朋友,表面上说事情,实则暗暗偷看。

课休时间从未有过的热闹。

放眼望去,教室里大半人醉翁之意不在酒。

耳边窃窃私语不算太吵,躁动却难以遏制,宋时月停下手中的笔,刚揉了揉耳朵,就感觉空气骤然一静。

她抬头望向某处,之前一直静坐在那里的身影不知何时消失不见了——祝星焰出去了。

教室终于恢复如常,无形的暗流停止涌动,瞬间松懈,甚至能听到长长的舒气声。

"待会儿祝星焰回来能不能帮我问他要张签名?求求了。"

外班的同学央求一班的朋友,后者难以拒绝,勉强应承下来:"我……努力找找机会。"

"怎么,他很高冷吗?"

"平时和你们说话吗?"

"是不是都不搭理人的?"

追问好奇一箩筐,被围住的一班学生语塞,面露难色。

"也……不是,看着挺平易近人的,但就是……也让人不敢接近。"

"可能明星就是和普通人有壁,哪怕在一个教室,也不可能真的把他当作同学对待。"

祝星焰直到下午上课前才回到教室。

地理老师是个活泼的小老头,课间叫人回答问题,环顾教室一圈,笑眯眯地叫起了班里这位新来的大明星,语气和蔼:"这位祝星焰同学,似乎是第一次来上课。课程进度跟不跟得上啊?"

后排男生站了起来,微微点头,态度很好,声音如窗外香樟树般清新:"在剧组有跟着学校进度补习了一些。"

"好，那你来回答一下这个问题。"

黑板上是一个关于海洋气候的提问，书里的知识点，认真看过书的人回答肯定没有问题，但是众所周知，祝星焰几乎没来学校上过课。

宋时月不由得在心里为他捏了把汗，努力回想之前给他的各科资料里面有没有囊括这个知识点。

众人屏息等待时，祝星焰却语速如常地回答完了这个问题。

讲台上的小老头明显也诧异了一下，点点头让他坐下，眼角眉梢都是满意："祝星焰同学回答得很好啊。你们看看人家，没在学校课程都没落下，再看看你们……"他借机鞭策班里的同学，心满意足地训了一通后，开始讲下一个知识点。

宋时月忍不住回头望，祝星焰淡定坐在那里，眼睫低垂，浸着阳光的脸虚幻不真实，他仿佛察觉不到四面八方投来的视线，安静专注地听讲。

祝星焰来学校上课这件事情是个大新闻，在繁花引起了一场轰动。

他深居简出，很少在公共场合露面，大家偶遇的心思遂破灭，一班的学生顿时成为香饽饽，引得旁人都来攀关系，试图旁敲侧击获得一点大明星的周边消息。

只可惜祝星焰在校这两天低调内敛，并无太多八卦可谈，都是一些不痛不痒的日常细节。

他虽从来不会摆冷脸，但距离感明显，很少主动与人闲聊。课间，他大部分时候独坐在座位上，塞着耳机，拿着纸笔写写画画。

周围的同学也不怎么敢去擅自打扰他，就连班里最调皮的男生经过他桌前时都不由自主放慢脚步，唯恐冒犯。

宋时月最近两天被大力缠得不得了，她得知祝星焰来上课，比宋时月还要兴奋，先是大叫"美梦成真"，然后开始展望她的签名照，当初预设是十张八张，自知难以实现，体贴主动改成三张，在获得宋时月一个难得的白眼后，很识相地改口。

"一张，一张行了吧？我自己珍藏！"

实不相瞒，宋时月觉得一张也堪称艰难任务。

自上次拒绝大家之后，祝星焰确实拿了些签名照过来，分发给班里想要的同学。

但好巧不巧，那天宋时月没在教室，她临时被英语老师叫去，聊竞赛的事情。

一班的课间也不算吵闹，笔尖触动纸面沙沙作响。

下节课是数学，上周安排了随堂测试，张风让宋时月先去办公室拿批改好的卷子下发。

教室人没来齐，空了一些座位，宋时月抱着一沓试卷一张张发过去，到后头时，隔着两排座位，看到了不远处的祝星焰。

他在看书，难得没有戴耳机，宋时月瞥见封面上印着"数学辅导资料"几个字。

这似乎是个好机会。

她踟蹰着，不知不觉分发到他跟前。

男生感受到光影投落，忽然抬起头，宋时月一眼扎进他清黑的双眸。

她顿时忘了要说什么，方才一通挣扎勉强打好的腹稿瞬间空白，勇气烟消云散。

宋时月一言不发，越过他发向下一张座位。

试卷轻轻落下，贴在桌面，祝星焰垂眸，脑中只剩少女洁白的脸庞。

依然温静，犹如那天雨夜悄悄盛开的栀子花。

她没有和他打招呼。

从他出现在学校，到现在。

"大力……我可能真的要不到，要不然我帮你要张签名吧？"签名肯定没有问题。

"不行。"

"大力，我和祝星焰不是很熟，突然去问他可能太唐突了。"

"啊，不可以。"

都怪自己脸皮太薄，帮朋友这点事情都办不到……

宋时月陷入深深的自我谴责。

退一万步讲，即便祝星焰拒绝了，她也努力过，不是吗？总好过什么都没尝试就这样辜负大力。

她坐在座位上叹气，有点烦恼，胸口郁郁不畅。

这股情绪一直伴随她到放学，最后一道铃声响起，周围的人陆陆续续收拾东西离开。

从全神贯注中抽离出来，烦恼重新而至，宋时月解完手中的题，情绪还沉浸在方才的解题思路中，收拾书包的动作都慢吞吞的。

等她整理完，才发现教室的人走了大半，视线随意环顾，角落那道身影骤然闯入眼帘……

祝星焰竟然还没走？他还在教室！

宋时月本能地去看黑板旁边的时钟，距离放学已经过去了二十分钟。

走廊外清静，整个学校的声响都像突然降了一个调。

他这是在避开人群，过了放学高峰期再离开吗？

宋时月在心底揣测，听着身边人一个个离开的动静，周围逐渐空旷，只剩下前后两端的人。

终于，她鼓起勇气站起身，朝角落走去。

"祝星焰。"

寂静的教室里，只有她的声音轻轻回响。祝星焰抬起头，双眸一如下午，静静看她。

"那个……能不能拜托你一件事情？"宋时月竭力让自己的语气听起来镇定有礼貌。

她紧接着补充："我有个朋友特别喜欢你，她想让我帮忙问你要一张签名照，你方便吗？"

"不方便也没事，签名也可以的。"

"打扰你了。"

宋时月第一次做这种事情，耳根都在发烫，垂落在身前的手不自觉攥紧，安静等待审判。

"没关系，我这里刚好还有一些签名照没有送完。"祝星焰的回应比她意料中的更为温和。

他移开视线，从桌肚拿出签名照片，没有直接递给她，而是翻过来，拆开笔盖："你朋友有什么想要实现的愿望吗？"

"啊……"宋时月张了张唇，很快反应过来他的意思。

"她、她名字叫大力。"她脑中极快搜索着大力希望收到的祝福语，"那麻烦你帮忙写一下：多吃不胖，积极向上，长风破浪会有时，直挂云帆济沧海。"

"会不会有点太多了？"宋时月说完，不安地抿了抿唇。最近大力刚好月考失利，她想顺便安慰大力一下。

"不会。"祝星焰低头，落笔时眉眼无比认真。

宋时月看到了递过来的那张签名照。

雪白的背面落着几行黑色字迹，筋骨飘逸，挺峻又流丽。

他的字出乎意料的好看。

字如其人。

收敛得漂亮。

张扬依然溢出。

宋时月接过，诚恳道谢："谢谢你。大力收到一定很开心。"

"班长,你平时也帮了我很多。"祝星焰稍顿,似乎是在组织措辞,片刻,神情轻轻舒展开,"不用这么客气。"

她一时语塞,极轻地点了点头:"好。"她正准备告别,"那……"

"那……"面前的人同时出声。

宋时月声音顿住。

祝星焰注视着她,双眸依然安静黑亮,语速平稳,清晰地开口:"你需要一张我的签名照吗?"

第二颗星星 ★
像天上星

祝星焰在学校上了一周课。

下周一,听说了他重新进组的消息。

准确来说,是在微博上看到的。

剧组《惊春之死》发布消息,男主演祝星焰搭档影帝,大导加业内金牌编剧,阵容配置堪称豪华,粉丝也在底下卖力宣传,欢欣鼓舞。

刚创立没多久的官方号,粉丝已经涨到数十万。这条微博被冲上热门,祝星焰转发的那条微博底下评论几十万,数据还在不停上涨。

业内也对他的粉丝量称奇。

——祝星焰的流量,内娱第一人。

——名副其实的顶流。

"我都不敢想象他之前和我们在一个教室里。"肖思敏握着手机喃喃感慨。

不仅是她,班上其他人看着宣传海报上的祝星焰都有种和现实的割裂感,不久前和他们待在一个教室的人,仿佛是他们幻想出来的虚影。

如果不是手里留存的亲笔签名,那几天真就像是做了一场梦。

大力收到祝星焰那张签名照格外惊喜,她没想到会得到自己的专属to签。看着上头祝星焰亲手写下的"大力"两个字,她情难自禁,举起照片放到唇边连连亲了两口:"从今天起,我也是在大明星面前露过脸的人了!"

她缠着宋时月追问:"大力这么特别的名字,祝星焰一定不会忘记的,对吧?"

后者无奈地点头,应和:"是是是,他肯定记住了你。"

"感谢你,我的朋友!"大力感动得一把抱住宋时月,就差两眼泪汪汪了。

"对了,月亮你要签名了吗?他给你写的是什么?快给我看看!"一把鼻涕一把泪蹭完,大力八卦之心重新泛滥,仰头追问起宋时月。

宋时月顿了下,不受控制地被带回那个傍晚无人的教室。

——"你需要一张我的签名照吗?"

祝星焰问完,宋时月当即愣住,好一会儿才重新捡回思绪。

"可以吗?"大脑一片空白,她本能地顺着他的话礼貌往下接。

"可以。"祝星焰比她自然从容,已经重新拿起笔,"有特别想要的寄语吗?"

宋时月微怔,摇了摇头:"没有。"

祝星焰想了想,很快低头落笔。

宋时月接过写好的明信片时,看到上面的字,愣了一瞬。

中间只有简单的一行。

——皎皎光华照夜影。

末尾却署上了她的名字。

——寄宋时月。

底下还有落款。

——祝星焰。

最后是日期。

这似乎和大力的不太一样。

宋时月脑中闪过什么,又飞快被另一个念头取代。

原来他记得她的名字。

不知不觉,早起上学的交通工具变成了公交车。

月余前,繁市骤然降温。

早晨走在路上,冷空气直往脖子里钻,双手不一会儿就冻得发红。

路面结了薄冰,在日出后消融,只残留湿漉漉的痕迹。

公交车摇摇晃晃,门窗紧闭,里头暖气很足,熏得人脸颊泛红。

"祝星焰又官宣了两个代言,一个顶奢,一个国民品牌饮品系列,他可真是穷富通吃,把消费者一网打尽。

"他上周还在西班牙参加时装秀。

"他在地球的南部艳阳高照,我们在中国的冬天挨冻挨冷。

"同样是高中生,人与人之间怎么天差地别呢?"

大力抽空网上冲浪,首页不可避免刷到顶流,仇富嘴脸毕露,内心短暂扭曲，化身碎嘴子。

"醒醒，人家本来就是大明星。"宋时月耳机里放着BBC时事新闻，遇到某些生涩单词时，听得费力，被大力一打岔，完全错过信息量。

她皱眉，按下回放。

"唉，可不是，都怪这一场短暂的同校渊源，让我妄图攀星附月。"大力在一旁唉声叹气。

原本认真听听力的宋时月不知为何突然走神一瞬。

窗外街景一晃而过，车内无人说话，安静下来，她很快重新专注。

体育课，阴天，没有下雨。

入冬以来，繁市难见阳光，头顶总是布着厚厚的云层。

体育老师监督他们跑完圈之后，安排自由活动，男生打篮球，女生打羽毛球。

宋时月打了两轮，被躲懒的女生拽去超市买饮料："班长，你喝什么？"

冬天，冷饮柜已经撤下，货架上都是常温的饮品。

宋时月看到一排果味牛奶，巧的是，包装上都印着一张熟悉的脸，祝星焰。大力前不久才和她提过的国民品牌，包装已经火速换上了新代言人的写真。

这个牌子的水果牛奶是她平时喜欢喝的口味。

宋时月默了默，还是从货架上拿下来一瓶草莓味的牛奶，去收银台结账。

"咦，班长你喜欢祝星焰？"

女同学一句话打破平静，宋时月只能解释："刚好喜欢喝这个口味的牛奶。"

"是哦，这个牌子我们班好多人也经常喝，不过最近是不是换代言人了？我刚才一下还没看出来。"她凑近包装细细打量了下，忍不住感慨，"祝星焰这个照片拍得还挺帅的。谁能想到，海报上的人和我们是同学呢，嗯……虽然是挂名同学。"

祝星焰已经快三个月没来学校了。他恢复了大明星身份，出现在各种镜头底下，光芒聚集。他只是短暂地当了几天学生，那些五光十色的片段才是他的真正日常。

"不知道他什么时候再来学校……"

正式下课铃声还没有响，两人结了账往操场走去，见一旁的女同学还在感慨，宋时月礼貌接话："可能快了吧，听说他电影杀青了。"

"班长，你老是往张指导办公室跑，是不是知道什么一手消息？"女生来了精神，兴致勃勃地追问。

"呃……"宋时月语塞,表情为难,"班主任没有明确说过时间。"

"好吧。"女生识趣,没有再追问。

她偷偷看了眼宋时月的侧脸,皎白如月光,温静清冷。

宋时月在班里是个比较奇特的存在,温和脾气好,待人不热络也不冷淡,会在能力范围内主动帮助别人。

高一的时候,她还为班里一位家境比较困难的女同学发起过一场私下募捐活动。

那会儿刚开学没多久,大家都不怎么熟悉,那名女生曾经被班里好几个同学撞见放学后去捡废品变卖,大家只私底下偷偷议论过几次,直到有次被宋时月撞到,她便上报给班主任,组织了一场募捐活动。

当时那名女生的妈妈刚好在住院,急需用钱,虽然最后募捐的金额不算很多,但也可以临时救急,解决了女生半个学期的生活费。并且经过这次募捐之后,大家再撞到她捡废品,已经不觉得异样,而且班里的同学还会主动收集教室空瓶留给她,统一放在教室角落。

总的来说,比起同龄人,宋时月似乎显得过于早熟,身上有种难言的气质。

如果要具体形容,应该是像月亮,温润皎洁,静静散发着光芒。

所以比起直呼其名,大家更喜欢叫她班长。

就连班里最调皮的那群男生都乖乖这样喊。

手中的草莓牛奶还没喝完,宋时月和女生在花坛前方看到了一道熟悉又陌生的人影。

刚刚被议论的海报上的人,此刻就活生生站在她们面前。

祝星焰扫了眼宋时月手中拿着的盒装饮品,又很快移开视线。

"班长,体育老师让我找你拿一下运动服。"

他神情无波,仿佛自己此刻的出现是一件再平常不过的事情。

旁边的女生猛地睁大眼,紧紧抿着嘴,避免发出不得体的声音。

宋时月差点被一口饮料呛到,稍作平复,尽量淡定道:"在器材室,我带你过去拿。"

她同祝星焰去往器材室,分别时,女同学疯狂朝她眨眼睛,激动得脸涨红,就差直言,姐妹泼天的富贵!

然而,这份富贵宋时月却有些承受不住。

突然静下来的花坛小径,只有两人并肩穿过,宋时月微微不自在,无意识捏紧了手里的盒子,察觉到落下的目光时才骤然一惊。

"你喜欢喝这个?"耳边传来男生平静的询问。

035 /

宋时月极慢地反应了一瞬，点头："是。小时候家里经常买，后来就喝习惯了。"

她刻意忽略掉包装上印着的人。

祝星焰态度也很寻常，话语自然："上次代言了他们的品牌，好像寄过几箱没上市的新口味，还没来得及喝，下次可以带给班里同学尝尝，顺便能给品牌方做一个用户调查。"

"你这个代言人……很尽职尽责。"宋时月绞尽脑汁地夸赞道。

祝星焰没再说话。

两人都不是多话的人，一时安静。

抵达器材室，宋时月给他翻找尺码。

"XL，你试试？"她把新的运动服递给他。

"好。"

宋时月出去，贴心关好了器材室的门。

繁花的体育服是黑白配色，宽松运动版型，男女同款。

宋时月看到祝星焰走出来的那一瞬，只觉得尺码刚刚好，班里没有一个男生比他穿得更合适。

海报里的大明星瞬间变成了干净的高中生。

从器材室前往操场，还有几分钟路程，为免尴尬，宋时月主动寻找话题。

"你今天怎么突然来学校了？"

还是下午课间，让人措手不及。

操场此刻估计都热闹成了一锅粥。

"事情刚好忙完，早上回的繁市。"祝星焰解释，声调也无太多波澜，"睡了一觉醒来看了下课表，发现很久没上过体育课了。"

原来如此。

是工作间隙体验校园生活。

宋时月点点头，没有再问。

三言两语间，已经能看到远处的红白跑道，身旁的人突然想起什么，开口："上次来好像是看到你在跑步。"

"啊？"宋时月微怔。

"拿了第一名，很厉害。"

篮球场上，因为祝星焰的加入，班里男生们热血沸腾，打出了全市联赛的架势。

羽毛球也无人问津了，女生们围着场边站了一圈，兴高采烈，双手在嘴边扩成喇叭喊加油。

"祝星焰！你是最棒的！"

"啊啊啊，三分球！"

"太帅了！"

赞美如热浪滚滚袭来，话题中心的人却浑然不觉，在一群男生中熟练地运球跳跃，往日沉静的脸上难得带上了轻松愉悦的笑。

少年感十足。

宋时月好像这才想起来，他原本也只是个十几岁的少年，只是过早地进入了名利场，宝珠装嵌，玉砌金堆，繁花锦簇下，让人忘记了他的真实年龄。

或许从某种意义上来说，也失去了原本平凡的高中生活。

下课铃响起前，篮球赛结束。

祝星焰避开课间人流，提前离场。

班里女生心绪未平，结伴回教室时，余韵未尽地讨论，语气兴奋。

"祝星焰也太厉害了，最后那个三分球，干净利落，漂亮得没话讲，厉害，太厉害……"

身侧不停回荡着这两个字，突然，宋时月脑中出现了一双带笑的眼睛，眸色微微荡开，像盛着碎星的湖面。

当时，他的语气莫名带着褒奖和骄傲。

——"拿了第一名，很厉害。"

又似乎是回忆增添了滤镜。

她的错觉。

祝星焰来学校的时间很不规律。

自那次在篮球场上惊鸿一现后，又销声匿迹了几天，直到周五才又重新出现。

这个时候，繁市本地官微已经发出了宣传片预告，视频中的一抹剪影，是祝星焰。

这次的主题是弘扬传统文化，被年轻人遗忘的戏曲。

拍摄地在繁市的一座偏远古城，出镜的大多是老人，预告片只有几个镜头，祝星焰的身影更是一闪而过，官微热度却高得惊人。

短短两个小时，点赞数万，可见祝星焰带来的流量惊人。

肖思敏刷到这条视频恍然大悟："原来祝星焰这两天没来上课是去拍宣传片了。"

宋时月旁听一耳朵，不禁摇头，明星的行程好像无时无刻都暴露在大众视野,"公众人物"四个字,是荣誉,也是束缚。

脑中念头闪过一瞬,她又不由得发笑,想起了大力先前犀利精准的形容。

——"尔等就不要妄议大明星的烦恼了。"

祝星焰再度归校,带来了好几箱他代言的牛奶,都是没上市的新口味。

这个品牌不少人都是喝着长大的,班里同学一见,眼睛都亮了。

"同学们相互发一发啊,品牌方寄过来的新品给大家品尝,然后这里有个小卡片,喝完可以选一下心中最喜欢的前三名,当然不填也没事,哈哈哈……"

祝星焰的经纪人在教室后面摆了几箱牛奶分发,刚吃过午饭的学生踊跃参与,一个个怀里抱了四五盒,满载而归。

宋时月也过去排队,从他手里接过了几种新口味试饮。

男人大概三十来岁,圆脸,看着和善,竟然笑着同她打招呼:"你是宋时月同学吧?我们小焰平时多亏你照顾了,来来,多拿几盒。"

他热情地又抓了几盒牛奶一股脑塞到宋时月怀里,宋时月快要抱不住,窘迫:"您客气了,我也没有照顾他什么……"

推辞客套几句,宋时月迫不及待离开,谁料刚转过身,迎面撞上门口走进来的人。

教室静了一瞬。

祝星焰目光从宋时月身前扫过,宋时月反应过来,不敢低头看怀里快要抱不下的牛奶,垂眸避开他视线,匆匆回到座位。

她的呼吸错乱几拍,脸颊热度上升。

明明是光明正大的事情,为什么显得她好像在占小便宜?

大概是宋时月班长形象太过深入人心,再加上祝星焰时常空置的课桌,班里同学喝完饮料填好了卡片,不知道给谁,不约而同地拿到了她这里,让她一起交给祝星焰。

宋时月等了好几天才见到人。

祝星焰这段时间的行程似乎是空白的,但他也没有经常来学校,偶尔出现,也只是上一两节喜欢的课程,在整个校园还沉浸在课上时,安静早退。

这一节地理课。

小老头在台上奋笔疾书,教室底下安静,宋时月记着笔记,不时分神注意后头。

铃声刚响,她就迫不及待地起身。

旁边肖思敏一惊,叫住她,语气懊恼:"班长,你刚才的笔记借我一下,我漏了几个知识点。"

"等会儿我回来给你。"宋时月匆匆说着，瞥了眼教室后面，祝星焰已经离开了。

她拿出抽屉里收集好的卡片，仓促地追过去。

下午课间，外头人影稀疏，走廊拐角处隐约有一抹衣角闪过。

宋时月迅速下楼，只见教学楼外空荡。她正失落叹气，耳边突然响起一个声音："你在找我？"

她受惊转头，看见一侧柱子旁，祝星焰站在那里，微偏着头，黑眸看着她。

宋时月莫名屏息一瞬，暗自调整呼吸，待平静后把上次的调查卡片递给他："这个，同学都交到我这儿来了。"

"你来学校时间不规律，我怕错过，所以就趁今天拿给你。"她尽量神色如常。

面前的人低垂着眼，从她手里接过资料卡，好一会儿，突然抬头问她："上次的新品好喝吗？"

宋时月想起上次的尴尬照面，默了默。

"好喝的。"她还是诚实回答，"有个栀子花的味道很特别。"

祝星焰点点头，没再接话。

宋时月刚准备离开，又听到他说："上次经纪人提醒了我，这段时间学校的事情麻烦你很多，所以一直想找机会感谢你。"

他放在校裤口袋的手抽出来，仿佛是很随意地递向她，手指展开，掌心里躺着一枚白色珍珠发卡。

"一个小礼物，就当作谢礼。"

学期走到尾声，寒假即将来临。

祝星焰的身影开始活跃于各大卫视、综艺晚会、广告代言……商务层出不穷，听说期末考试都没办法如期参加。

肖思敏一本正经地给宋时月科普。

"祝星焰现在正值流量巅峰期，肯定要用曝光稳固粉丝，而且他背后的公司还要靠他的人气收割一波红利。等他电影作品出来就不一样了，到那时他就是实力演员祝星焰，再也不用被公司桎梏了。"

宋时月似懂非懂地点头，抽空把数学作业递过去，提醒："晚上要交。"

"啊——"八卦中断，只剩一声痛苦哀号传来。

期末前几天，班里学习气氛分外浓郁，从早到晚，大家都是埋头复习，偶尔课余的放松闲聊都显得格外珍贵。

宋时月早上刷牙时才发现自己刘海长长了，许久没有修剪，已经不知不觉挡住了眼睛。

早晨要赶着去学校，没空打理，她拉开抽屉，看到了里面的那枚珍珠发卡。她匆匆夹住头发，拿起书包出门。

午休时，几个女生围着讨论题目。

班里平时最时髦的女生文婕一眼就看到了宋时月头上的发卡，惊讶地盯了几秒，出声："班长，你发卡哪里买的？真漂亮。"

"我早上就想说了，哈哈！"

其他人接话，目光都集中在宋时月发间。

宋时月顿住，默了片刻才含混撒了个谎："家里一个远房亲戚送的。"

"我说呢！"文婕睁大眼睛，"这个发卡是一个奢侈品牌的新款，这么小一个就要大几千块。我之前和我妈逛街在专柜看过，她没舍得给我买，最后给我拿了个便宜的。"

"哇，文婕，你妈妈对你好好。"

旁边传来艳羡声，文婕的视线却仍然黏在宋时月的发卡上，流连又好奇。

宋时月努力装作若无其事地把头上的发卡摘下来，放进课桌里，声调如常地解释："他估计在哪个小店随便买的，我不知道是品牌同款，那还是不戴比较好。"

"一个发卡有什么关系，也没事啊。"

"对啊对啊，挺漂亮的。"

见其他女生纷纷安慰，文婕一脸愧疚，挽住宋时月的手："时月，我就随口一说，但是你那个发卡看起来挺真的，你真的不回去问一下？你那个亲戚家里条件怎么样？"

宋时月一时沉默。

时间再度被拉回那个下午。

掌心的珍珠发卡在日光下散发着莹莹的光芒，男生手指修长洁白，树影摇曳，像极了电影画面。

她愣怔一瞬，很快拒绝："不用了，我也没有特别做过什么。"

"这个学期，光快递就麻烦你寄过三次。"祝星焰声音平和，出尘的眉眼在光下熠熠生辉，"收下吧，只是品牌活动时随手拿的一个小饰品，你不要，我留着也没什么用。"

"我们做题吧。"宋时月收回思绪，话题转移得明显。

周围人见状，互相对视一眼，贴心地不再追问，讨论中心回归到学习上。

放在桌肚的发卡无人问津，像极了宋时月收到它的这一个多月里，将它静静归置在抽屉角落，变成了一件隐秘的收藏品。

地方卫视循环播放着祝星焰拍摄的那支宣传片。

晚饭桌上，提起明天的考试，赵司茜习以为常地叮嘱宋时月细心检查，放平心态上考场。

宋清附和了几句，注意力被电视吸引，随口和女儿八卦："哎，月月，这个明星是你们同学吧？他和你们熟不熟啊？"

"不太熟，他不是很经常来上课。"宋时月转头看了眼电视，继续吃饭。

"那你们班这些小朋友就没有近距离追追星什么的？"宋清露出看好戏的表情，脸上带着一丝同年龄不符的调皮，"和大明星做同学，这么难得的经历，以后回想起来都觉得与众不同吧？"

会吗？

宋时月不由得看向窗外。

夜色下，远处商场的巨幅广告牌闪闪发光，祝星焰一身高定西装，腕间手表昂贵精致，英俊成熟得宛如和他们是两个世界的人。

手机轻微一声振动，她被拉入现实。

星星：期末考试结束，试卷能给我一份吗？

客厅里安静，唯有电视在发出声响，还有偶尔传来的碗筷碰撞声。

宋时月按着键盘回复。

月亮：我要问一下老师。

星星：好。

宋时月放在输入框的手指顿住，光标徒劳闪烁。她刚准备退出聊天，对面突然发来一句。

星星：明天考试加油。

她微微愣住。

月亮：谢谢。

"月月，你觉得爸爸说得对不对？"宋清表达完自己的观点，没有听到任何回应。

赵司茜懒得搭理他，宋时月低头看手机。

宋清倍感寂寞，再度出声追问。

思绪慢慢回笼，宋时月回想爸爸先前说的话，轻缓地点了下头。

"嗯。"她重复肯定，"是很特别的一次经历。"

期末考试结束当天，繁市仍然是个阴天。

班里同学陆陆续续收拾东西离开，教室逐渐空荡。

041

大家相互告别，或不舍或轻松或痛苦地抱怨着家里假期安排的补习，相约着明年开学见。

宋时月最后一个离开，检查好门窗，锁好教室。

走出教学楼时，脸上突然触到一抹冰凉，她仰头看着灰蒙蒙的天空，抬起手，掌心飘落一枚晶莹剔透的雪花。

下雪了。

明年见。

她在心里默默道别。

春节，繁市四处张灯结彩，热闹喜气。

大年初三，大力约宋时月去老街逛庙会。

市里的庙会传统延续已久，从小时有记忆起，每年过年家里人都会带她出来玩，慢慢大了，就变成了大家结伴出来玩。

街中心关帝庙香火旺盛，屋檐上的雕兽栩栩如生，琉璃金碧辉煌，大香炉烟熏火燎，周围人头攒动。

四通八达的街道此刻被装扮得火红一片，无数摊贩叫卖着，各种各样的商品看得人眼花缭乱。

大力叫了两个交好的初中同学，后来又碰上了文婕她们，最后几伙人凑到一起，热热闹闹逛了半天。

回家，宋时月翻看手机里今天的照片，火红喜庆的老街、烟雾缭绕的大庙、舞狮舞龙，人间盛景。

她挑选了九宫格，发空间，习惯性地记录。

——庙会。

动态发布出去，班里同学接连点赞，不一会儿，就亮起了十几个小红点，中间夹杂几条评论。

宋时月挑着回复，其中一条是周宗白的——他偶尔会出现在宋时月的动态里。

周宗白：我今天也去了，没看见你。

月亮：撞上了另外一拨同学。

周宗白：看来我们缘分差一点。

宋时月弯了下嘴角，没再继续聊，刚要退出空间，顶上冒出一个新的小红点。

习惯性点开，黑色火焰头像突兀出现，像是流星毫无征兆坠地。

她微愣住。

祝星焰给她的动态点了个赞。

宋时月反复点开祝星焰的头像确认，眸里有未化的困惑。

刚加上联系方式时，他资料栏除了简单的昵称和头像，其余都是大片空白，空间是简简单单一条横线，没有任何痕迹。

她一直觉得这是祝星焰的小号或者工作号，抑或成名之后，社交软件已经变成了另一种麻烦和负担，于是在他的生活中被屏蔽。

她没想到，他会突然出现在自己的空间。

一瞬间，灰色头像变成鲜活彩色。

有祝星焰好友这件事，在此刻有了实感。

年后开学，教室后的那张桌椅依然空置。

新学期再见面，短暂假期综合征过后，一切步入正轨，生活逐渐被课业填满。

月中时，发生了一件不大不小的事情。

张风在台上宣布班里有位同学将要提前和他们告别。

下课后，教室中央的女生低垂着头，慢慢收拾着自己的东西。

她身旁围着几个女孩子，关怀担忧。

"孙璟，你真的要回老家吗？那你学习怎么办？"

"对啊，还有一年就要高考了。"

"成绩会不会受影响？"

"我不读书了。"人群中间的女生扎着低马尾，声音也很低弱，"我爸出去打工了，我妈在家里没人照顾。"

"啊……"

周围静了一瞬。

孙璟的情况班里同学大概都知道，她就是高一一入学，下课去捡废品的女同学，当时她妈妈遭遇了严重车祸在医院，肇事司机跑了，路口没有监控，找不到人赔偿。

那段时间，她家花光了所有积蓄，还借遍了亲戚朋友。后来听说她妈妈出院了，但高位截肢，生活完全无法自理，是她爸爸一直在家照顾。

家里债务沉重，勉强支撑了一年多，日常生活开销逐渐困难，无法再继续供孙璟读书，即便班主任张风已经给她申请了贫困生名额，学杂费全免。

为了还债，孙璟的爸爸必须出门打工，他们家在这座城市没有亲戚，只能选择回老家，孙璟准备一边上班，一边照顾妈妈。

这样的遭遇，对学校里这群还在象牙塔的同学来说，是初次直面生活的残酷,大家默默看着她收拾东西,这个过程沉静而漫长。

孙璟背着书包准备离开时,不知是谁先说了一句。

"一路平安,会越来越好的。"

"是的,孙璟,我们未来再相见!"

"加油!"

接二连三的道别声在她的身后响起,抱着书的女生回头,强忍泪水,朝他们挥了挥手:"再见。"

她动静很小,身形瘦弱,连离开也是微弱渺小的。

整个教室也很安静,上课铃声快要打响,大家收拾好心情,各自回到自己座位上准备上课。

宋时月突然推开椅子站起来,手里拎起刚整理好的一个袋子,疾步往外走去。

快到校门口时,宋时月才看到那道身影,瘦小,低着头,肩膀微塌。

她拔腿追上去,扬声:"孙璟——"

女生诧异地停住脚步,回头。

宋时月气喘吁吁地站定在孙璟面前。

"这个给你。"她把手中拎着的袋子递给孙璟,平复呼吸几秒,勉强沉静一点,"这是高三整套的教科书和复习资料,我已经提前预习完了,送给你,希望你不要放弃读书,哪怕生活再困难,也要坚持下去。

"困境是暂时的黑夜,我相信你总有一天可以挣脱枷锁,拨开云雾,重见月亮。"

孙璟退学离开,班里气氛低迷了一段时间。

她的座位空了下来,孤零零摆放在中间,每次不经意间视线扫过,都让人想起那道身影。

孙璟在班里存在感微弱,很少主动和旁人交流,大部分时候都是一个人在位置上学习,但是班里很多人受过她细微处的帮助,喝完的饮料瓶也习惯性地留给她。现在教室后面,堆置的空瓶已经成了座小山,只是没有人再回收。

"要不我们把这些瓶子拿去卖,然后将换来的钱攒着一起寄给孙璟。"有人提议,得到了大家的一致赞同。经过商讨,最后这件事的负责人变成了宋时月。

平时有关班里的大大小小事情,大家不约而同地相信她。在所有人心中,她负责、耐心,拥有强大的组织号召力,令人信服。

放学后，体育委员和两个男生在后头扛袋子，还有几名女生主动加入，帮忙壮势。

一群人浩浩荡荡来到废品回收站，七嘴八舌一通砍价，最后老板无奈妥协，多开了两块钱，打发他们赶紧离开。

拿着新鲜出炉的三十块钱，众人却像打了一场胜仗，充满自豪。

宋时月把这些零钱放进包里，拿出笔记本认真记下日期和金额，记下第一笔账。

"等攒够五百块，我们就一起寄给孙璟。"

"没错！这个学期结束肯定有了。"

"好开心啊，虽然只是一件小事情，但心里总算舒服点。"

"是啊，我每次看到那张空位都觉得有点难受。"

回去的路上，气氛松快了一点，大家闲谈着。

宋时月包里的手机轻微一振。

她打开，是一条陌生号码的短信。

——班长，你送给我的书我看了，上面笔记记得很详细，谢谢你，我不会放弃学习的。

宋时月目光定格几秒，嘴角轻轻上扬。

班里的那个空位没有持续太久，张风在周一便宣布重新调整座位。他调换位置的标准一直很随心所欲、独断专制，像是可汗大点兵一样，一个个念着名字分配。

等全部座位确定好，大家左右互相一看，发现话痨和话痨分开，关系好的都离得远远的——调换内里自有一番乾坤。

原本班里人数很均匀，祝星焰是多出来的那个，刚好把他的桌椅单独放在教室后头，清静低调。现在孙璟一走，有个座位空了出来，注定有个学生要落单。

班里人心惶惶，大家都时不时瞟向教室最后的那张桌椅，心里紧张又期盼，猜测着谁会是那个幸运儿。

"菩萨在上，如果张指导安排我和祝星焰同桌，信女愿茹素三月还愿，保佑保佑……"肖思敏双手合十闭目念念有词，虔诚祈祷。

宋时月有些无语。

环顾一圈，班里不少女生都在暗自握拳，双目放光地盯着台上的张风。

下一秒，张风宣布："这学期人数不均，取消同桌，大家桌子搬开，和二班一样，各坐各的。"

"啊——"

底下哀号声一片，大多是女生，大家都无法接受这个残酷的现实。

"啊什么啊？别以为我不知道你们那些小心思，一个个把注意力给我放到学习上。"张风数落着，底下声息渐消，待学生们安分下来，他才不紧不慢地"调兵遣将"。

宋时月这学期个子拔高一截，座位往后调了两排，在同桌肖思敏依依惜别的眼神中，搬到了教室靠里的窗边。

调开同桌各自坐之后，周围骤然清静，宋时月环顾一圈，目光略过了后侧角落的那套空桌椅。

祝星焰的座位突然出现在了她斜后方。

原本相隔大半个教室的距离，阴错阳差，莫名拉近。

央视宣传片录制现场。

距离即将到来的五四青年节还有一个多月，镜头下的一批娱乐圈年轻艺人穿着干净的白衬衫，面庞年轻朝气。

祝星焰位置在正中间，边上是同节目出道的男星陈之驯，彩排完下来，两人坐在一起看其他艺人单独录制。

"哎，待会儿和你录双人镜头的女生是圈里最火的大众初恋，清纯女神周绘，我一朋友特别喜欢她，你能不能帮我要张签名照？"陈之驯凑近，压低声音同祝星焰聊天。

祝星焰眼皮也不抬，直视前方："你自己去要。"

"小气，你这人……"陈之驯吐槽完，又忍不住八卦，"你这么避嫌，是不是怕闹出什么绯闻？"

见祝星焰神情无波，不搭腔，陈之驯还是不死心："你怎么年纪轻轻整天像个老行僧一样？"

安静两秒。

"说真的，你真的没有喜欢的类型吗？周绘这么漂亮，哪怕是个直男都忍不住多看两眼吧？"

这种无聊的话题，从陈之驯口中说出来习以为常。周围的人都说祝星焰老成，少见情绪外露，相较之下，陈之驯更像这个年纪的偶像，跳脱、年轻、藏不住心思。

正前方空地上闪光灯耀眼，打在镜头前那张漂亮女明星的脸上，祝星焰这才想起了她的名字，周绘。

鬼使神差，他眼前浮现的却是另一张脸。

细雨打湿她的头发和睫毛，那一瞬，空中仿佛飘来幽暗花香……

"哥,好歹给点回应吧?我一个人的热情也会累。"身旁的人不甘寂寞,撞祝星焰的肩膀,把他从湿冷的雨天唤醒。

祝星焰垂睫遮住眼神,须臾才说:"没有觉得很漂亮。"

她更漂亮。

祝星焰再度归校,已经是四月初。

夏天初露苗头,窗外的香樟绿意浓郁,校内的荷塘冒出圆圆的叶片。

依然是清晨,教室里只有零星几道身影,祝星焰一进来就发现阔别已久的教室变了格局,只是他的座位依旧像孤岛般坐落在窗边。

陆陆续续进来几名同学,目光投来时,都不可避免震颤,惊讶呼之欲出,继而换成小声议论。

"是祝星焰。"

"他今天来学校了。"

"这学期终于看见他了。"

还有些同学大大方方地同他打招呼。

"嗨,祝星焰。"

"早上好。"他礼貌颔首微笑。

原本安静的教室渐渐嘈杂,越临近早读时间,周围越热闹,终于,一道身影在门口出现,不紧不慢地穿过人群,走了进来。

宋时月穿着蓝白色短袖校服,身形纤瘦,细瘦的胳膊抱着一沓课本,脸庞洁白,乌黑长发在脑后拢成一束。

祝星焰转着手中的笔,目光无意识地投向前方。黑板恰在正中,他的余光却不由自主地捕捉着那道沐浴在晨光中的身影,在光影变换中,看着那道影子朝自己越来越近。

最后停留在了前两个座位处。

他眸光一定,抬头,看到不远处的女生放下手中的书本,拉开椅子如常坐下。

愣怔间,他的视线开始丈量。

她和他的距离,从相隔大半间教室到突然被拉近,只剩下两套桌椅的长度。

后来回想,那段时间是祝星焰在学校待得最久的一次。

两部电影刚杀青,商务活动告一段落,演唱会还在初步筹备,代言不算太拥挤,突然而至的空白期,他每天去上课,像一名真正的高中生。

祝星焰的座位依然在教室最角落。

他有时来得早，有时下午没来，跟班里同学交流依然不频繁，但偶尔放学会和男同学打一会儿篮球。

每次他打球的时候操场总格外热闹，下了课的学生不愿意回家，将视线投向场中那道身影，为他进球喝彩。

大力也是其中之一，一旦收到祝星焰打球的消息，她就立刻放下手中的事情拉着宋时月奔向操场，欢呼鼓掌蹦跳，双目发光，如聚星辰。

"好帅啊！"场中一个漂亮的三分球，大力控制不住尖叫，声音洪亮得在嘈杂欢呼里依然突出。

穿白色球衣的男生提起衣摆擦汗，微微偏头往这边看，宋时月莫名微窘，悄悄拉了拉大力的衣角，小声提醒："大力，你声音小点。"

"我控制不住，呜呜呜，祝星焰太帅了！我宣布，从今天起，他就是我的第一男神，娱乐圈最帅男明星！"

一直到散场，操场上的喧哗才一点点淡去，人群三三两两往校门走去。

大力激动的情绪终于平复下来，拉着宋时月直奔洗手间："月亮，等我上个厕所，十万火急！"

望着大力匆忙慌张的背影，宋时月站在树下，不由得叹气。

方才还热闹的学校，好像一瞬间安静下来，晚霞晕红，晚风轻拂，橘光跳跃在树叶间。

她刚放松，突然听到前方传来细碎的说话声，带着点紧张忐忑。

"祝、祝同学，这是我亲手做的一点小蛋糕，希望你尝尝。我没有其他意思，就是，看你刚才打球这么久，应该还没有吃晚饭，所以……"

"不好意思，我不太喜欢吃蛋糕。"女生忐忑的话语还没有说完，对面的人就礼貌拒绝了，温和声线中带着惯有的疏离。

宋时月抬头看去，穿过树叶间隙，不远处的洗手台前，男生脸上写满了冷淡。

这一刻，他从那个操场上触手可及的男同学，又变成了高高在上的大明星。

又或者，触手可及才是错觉，其实他一直都与他们隔着无法跨越的鸿沟。

对面的女生伤心难过，却很克制地没有再继续纠缠，强忍着失落，转身离开。

祝星焰目送她的身影消失，不经意转头，和树下正准备悄声溜走的宋时月对上视线。

两人目光相撞，空气骤静，宋时月小心翼翼地把脚挪回来，冲他微微一笑。

他似乎一怔，须臾，朝她走近。

这下换成宋时月愣住了。

"你怎么还没回去？"祝星焰神情如常。

"大力在洗手间。"

闻言，他轻微颔首，接着眼睫微垂，视线落在她拎在身侧的那只袋子上："那是什么？"

"这个？中午买的蛋糕没吃完。"宋时月的手不自在地动了动，尴尬回答。

祝星焰轻轻"哦"了一声，空气重新归于沉默。两人相对而立，周遭树影摇曳。

宋时月此刻心中无比期盼大力快些出来，但事与愿违，远处久久没动静。她正绞尽脑汁想话题，祝星焰的声音再度响起："好吃吗？"

她脑中空白片刻，迟疑发问："你……饿了吗？"

"嗯。"面前的人不假思索。

"里面这个小蛋糕是还没吃过的。"宋时月鬼使神差地将手里的袋子递了出来。

"谢谢。"未等宋时月反应过来，祝星焰就已经伸手接过，黑眸平静，礼貌道谢。

待大力出来，外面已经只剩宋时月一人，她站在树下发呆。

大力一边擦干手上的水渍，一边小跑过来，身后的书包随着她的动作一颠一颠的。

"月宝！我回来啦！"她看宋时月怔怔的，忍不住伸手在宋时月眼前晃了晃。宋时月回神，吸了口气，抿唇。

"你怎么了？怎么一副失魂落魄的样子？"大力凑近她打量。

宋时月不自在地别开眼，含混回答："没事。"

两人并肩往外走去，没走两步，大力突然发现什么，低头好奇地问："月亮，你手里的那个装小蛋糕的袋子呢？"

"那个……我怕不新鲜，还是不要带回家了。"

"你丢了吗？"

"算、算是吧……"

"有点浪费了，我的宝！"

"对不起。"

"哈哈哈，月亮你好乖啊。"

宋时月在回家的路上就想通了。祝星焰可能是和那个女生不太熟，怕引起不必要的误会，所以没有接人家的东西。

而他们毕竟是同班同学，又认识了近一年的时间，对彼此的性格都有一定的了解。

她很快对这个小插曲释怀。

翌日，中午课间，张风让宋时月提前下发数学试卷。正值午休，教室里的人稀稀拉拉的，她刚吃过饭权当运动，抱着试卷不紧不慢一张张放到对应的桌面。

她来到祝星焰桌前时，他正靠在椅子上看书，纯英文版。她视线一晃而过，看见了封面上的几个字母，"ORFEO（奥菲奥，蒙特威尔第的歌剧作品）"。

"上次考试的试卷。"她把他的试卷放到桌上，打过招呼，继续发下一个。

"谢谢。"他依然礼貌地道了声谢。

宋时月习以为常，点点头，两人没有任何波澜地交错而过。

星期日，大力约宋时月去图书馆借书。

繁市图书馆是今年新建的大工程，总共有五层楼，藏书丰富。

在电脑上一一找到自己想要借阅的书籍，宋时月正准备退出界面，忽然想起来某个单词，手指顿住几秒，然后在搜索框输入字母。

底下跳出来的却是中文译本，白色封皮印着"奥菲奥"三个字，作者是理查德·鲍尔斯。

她犹豫片刻，按下借阅键。

回去当晚，宋时月就忍不住翻开了这本书，中文译本读起来不算吃力，情节却诡谲晦涩。故事主人公是一位化学出身的作曲家，试图通过生物实验使音乐不朽。临睡前，她刚看到这位高龄音乐家逃过搜捕，开启与前妻的重逢。

中间有大段篇幅关于音乐的专业描述，宋时月看得费劲，又不禁被吸引，仿佛叩开了一扇新世界的大门。

睡前，她把这本书压在枕头底下，第二天去学校时，忍不住把书装进了书包，夹在一堆课本和复习资料里面，想要白天抽空看。

依然是午休，教室里没有太多人，大多都去吃饭休息了，还没回来。

宋时月抽出这本书阅读，时间不知不觉过去，临近上课，教室里人渐渐多了起来。有个女生过来叫宋时月帮忙对试卷，宋时月随手夹入书签合上书，塞进课桌。

　　答案对得差不多时，教室门口走进来一行人，是常驻班里后排的几个好动男生，手里运着篮球打打闹闹。经过宋时月桌前时，不知是谁推了一把，一个高个男生撞歪了她的桌子，里头的书本散落一地。

　　几人连忙道歉，手忙脚乱地帮她捡起书本收拾。

　　祝星焰恰逢进教室走到座位边，也蹲下来帮忙。他手指按到白色封皮时，宋时月刚好转过头，望见了这一幕。

　　两人在人群中四目相对时，嘈杂吵闹的教室顷刻归于寂静，但在宋时月的心中，仿佛海浪撞击着礁石，阵阵拍打。

　　她屏息一瞬，走过去，努力神色如常地接过他手中的书本。

　　站起身重新整理好课桌时，她才想起刚才都忘了道谢。

　　这件事的尴尬程度，堪称宋时月遭遇的有史之最。

　　她无法再刻意忽略，她也无法说清自己的好奇出自何处。

　　公众对大明星的好奇，还是普通同学的好奇？

　　无论哪种，她似乎都像是一只潜伏在下水道里的老鼠，突然被人一把捉了出来，暴露在天日之下。

　　这直接导致第二天在学校撞到祝星焰时，宋时月眼神回避，羞愧低头，恨不得找个地洞钻进去。

　　"宋同学。"走廊上，对面的人突然出声叫她，不是以往的"班长"，而是变成一个礼貌又亲切的称呼。

　　宋时月抬起头，望向他，不自然地抿唇："怎么了？"

　　"我昨天不小心在你课桌里看到一本书，刚好是我最近在看的译本。"

　　祝星焰平常口吻提起这件事，却使宋时月的心高高吊起，忐忑间，那把达摩克利斯之剑终于落地。

　　"原版的内容可能会更加生动详细，我刚好看完了，你感兴趣的话，我拿给你，应该也可以对你累积阅读量也有帮助。"

　　非常合情合理的一番话，祝星焰的神情也没有任何异样，眸子依然漆黑干净，语气自然平静。

　　宋时月内心羞愧，暗自平复数秒，还是选择和盘托出。

　　"对不起，其实是我那天不小心看到了你的书封面，有些好奇，所以在图书馆借了回来。

　　"我不知道该怎么解释这种好奇，或许是普通人对大明星的好奇，也可能是同学之间的好奇。"她挣扎着抬头，直视着祝星焰的眼睛，"但还是要说一声抱歉，我侵犯了你的隐私。"

祝星焰似乎有些愣怔。

好一会儿，他睫毛轻动，微垂下眼。

"没关系。"无人的走廊上，耳边此刻落下的这道嗓音，像轻风划过树叶，簌簌动听，"你可以保留这种好奇。"

宋时月后来在很火的问答网站写过这么一个回答。

对方的提问是：有人做过祝星焰的同学吗？可以说说他当初在学校是什么样子的吗？

那时她已经升入大学，刚上大一，有点空闲时间，刚接触新的网络世界不久，还保留着一丝倾诉欲。

一个月：像天上星，看似很近，其实很远，但是每个人都能感受到他的光芒，温和舒适。

她随手写下的回答，第二天登录上去一看，消息爆满，底下还有许多追问。

——答主可以具体说说吗？

她想了想，从记忆中，拎出了一件小事用作具体形容。

一个月：班上有个同学不小心看到了他在看的书，出于好奇，特意去图书馆借了回来看，结果被他发现了，他不仅没生气，反而把英文原版借给了对方。总而言之，是一个很好的人。

哪怕身披光环，依然会让周围的人感觉到舒适，像夜里洒下的星光，安静皎洁，温润无声。

班里每个同学对于祝星焰的评价，无一例外都是褒奖，即便有着大明星无形的距离感，但平常相处中，他都会让人感受到妥帖。

一班多数同学有分寸，偶尔的示好也是一些无伤大雅的小心思，比如肖思敏会暗暗把精心做好的笔记给他，虽然他拒绝了，但措辞和语气恰当得体，让人失落之余又暗自升起几分隐秘欣喜，因为又找到机会同他多说了几句话。

宋时月有时会和女生们一起在食堂吃午饭，只要祝星焰在学校，女生话题的讨论中心永远是他。

今天谁和他说了什么，他做了什么，以及网上那些有关他的新闻。

随着祝星焰在校时间越长，闻风而动的粉丝愈多。他许久没有在公众面前出现，各种通告也呈现空白期，繁花中学不是密不透风的墙，即便严令禁止，也阻挡不了个别学生偷偷在网上爆料。

譬如：

——今天又看到祝星焰了。

附带学校里的模糊偷拍一张。

再譬如：

——啊啊啊，原来大明星也会去便利店买吃的！课间在学校便利店买东西碰到祝星焰，他拿着一个紫菜三角饭团结账，好接地气，呜呜！

还有人发祝星焰打篮球的照片。

原本只是当事人随手的分享，篮球场上人影杂乱，但祝星焰即便只露出小半张脸，也不用特意去寻找，他精致优越的轮廓突出，一眼就能攫住人的视线。偏偏夕阳迟暮，光影晦暗，背后的余晖和巨大山影交错下，人群中投篮的少年像极了无忧无虑的高中生。

祝星焰的粉丝往日哪里见过他这副样子。

早早成名的少年在镜头前一露面就是光芒万丈，无数个舞台神级出圈瞬间，在聚光灯下美得不似真人，宛如神祇。

炫酷亮眼的大明星，无论何时何地出场，都带着耀眼夺目的光芒。

这条悄无声息发出的微博，不知怎么被祝星焰的一个粉丝发现，紧接着流入超话广场，一觉醒来，冲上热门，数万评论转发量，各营销号都闻风而动，纷纷下场蹭热度。

原本只是想分享一下的那位同学，第二天打开手机看到无数新消息红点，吓得慌了神，连忙删微博。

不过已经为时已晚，那几张照片已经被粉丝保存疯传，网上随意一刷，都能在首页看到，甚至还挂上了热搜。

祝星焰篮球

就这么一个简单词条，热度惊人，排名甚至还在飞快往上涨，沸沸扬扬闹了大半个上午才被人慢慢压下去，最后归于平静。

第二天，繁花中学门口几乎被祝星焰的粉丝包围。

很容易辨认的面孔，穿着相似的T恤的年轻女生，大多背着包，有些手里还拿着专业相机，伸着脖子四处张望。

在保安的维护下，她们没有靠近学校，只是在周围蹲点，试图找机会碰到心中的偶像。

当天祝星焰没有来学校上课。

第二天、第三天、第四天……他整整销声匿迹了一周。

最开始发出照片的人没有被揪出来，学校却因此开了长达半小时的大会，主要宗旨是批评这件事情对校内风气的严重影响，还导致其他师生上课困难，祝星焰同学更是只能缺课。

校领导最后严肃警告，如果再有下次，就禁止带手机来学校。

底下顿时哀号遍野。

繁花对学生管理不严格，充分保证德智体美全面发展。作为繁市重点中学，除了高考这条路径，还有国际部和兴趣特长班，一直以来，保送和出国留学的学生比比皆是。

不过这些都与一班无关。

他们班的学生这次分外同仇敌忾，课间四五成群聚集，一找到机会就骂那个偷偷发照片的学生。

肖思敏格外气愤，握着拳敲桌子："别让我抓到是谁！这么闲也没见他多写几张试卷，天天在网上发人家隐私，真是吃饱了撑着，出来害人。"

"就是，祝星焰同学难得有空来学校多上几天课，结果闹这一出，我要是他，也不来了。"

"唉，说起来，当明星也挺不容易的，天天被别人盯着。"

"可不是。你们不知道，我那天值日，刚好在打扫西区角落，结果突然听到窸窸窣窣的声音，吓我一跳，你们猜怎么着？"

"怎么？"旁边的人纷纷追问。

"那个草这么深！我当时还以为有蛇，结果抬头一看！嚯！上面围墙上趴着四五个人，手里都拿着这么长的相机镜头，吓死我了！"

"这些粉丝也是真爱。"

"真正的爱是给他自由！"肖思敏义正词严。

其他人默然不语，一时不知该怎么和她这个真爱粉讨论。

片刻沉默后，一名女生扭头看向了座位上始终安静的宋时月，眼含期盼，幽幽来了句："班长，你不是有祝星焰的联系方式吗？能不能帮忙问下他还来不来学校？"

她说完，其他人都振奋起来，坐直身体看向宋时月。

宋时月手里的笔顿住一瞬，刚要说话，肖思敏就出声打断："这不太好吧！会不会有点冒昧？不过我们班长人这么好，祝星焰同学应该也不会介意吧？"

她一通组合拳下来，打得宋时月哑口无言。面对大家期待的目光，宋时月只好拿出手机，在列表中找到祝星焰的名字。

身旁的人都凑过来看她的屏幕。

"原来祝同学头像是他的专辑封面。"

"星，好高冷好可爱好酷哦！"

"果然是明星，资料干净得和假号一样！"

即便讨论纷纷,也没有人提出来要加祝星焰的好友,虽然八卦,但是保持住了分寸。大家都明白,祝星焰只是和他们在一个教室上课而已,平行世界短暂交错,并不代表他们就是一个世界的人。

宋时月组织措辞,给他发消息。

——祝同学,你什么时候来学校上课?

字打完,还没发出去,旁边的人七嘴八舌指挥。

"不行不行,你这样太直接了,冷冰冰的没有人情味,得先关心他一下。"

"就是就是,你先问问他最近还好吗。"

宋时月无奈,删掉对话框里的内容,重新打字。

——祝同学,你还好吗?什么时候有空来学校上课?

"别别,后面这句像质问,得委婉点。"

"对,你语气柔和一点,可爱点,最好加个'呀'什么的。"

在一群人的出谋划策之下,宋时月被迫删删改改,最后发出去的话和她平时的口吻截然不同。

月亮:祝同学,你最近还好吗?班里同学都很担心你,你还回不回来学校上课呀?

历经许久,这句话终于发送出去。一时间,空气都安静起来,大家不由得紧张期待,紧盯屏幕,等候对面回复。

按照以往的经验,宋时月抬头告知大家:"他一般都是很久才回消息。"

话音刚落,手机振动,对方的头像在眼前跳跃。

星星:明天回。

后面紧跟一句。

星星:不用担心,我很好。

出乎意料的是,他消息后面还跟了一个笑脸。

系统自带的小黄脸表情,莫名显得平易近人。

周围同学都忍不住惊呼。

"哇,没人和我说祝星焰私下是这样子的!"

"他好可爱啊,呜呜。"

"一点也不高冷啊!一点也没有大明星架子!班长!原来你平时都吃得这么好!"

宋时月耳根微热,不知该如何应对,干脆低头打字,先解决一件事情。

月亮:好的。

她回复完,关掉手机,看了眼面前的一圈人,努力坐正轻咳:"好了,问也问了,可以放心上课了吧?大家都散了吧,我要听单词了。"

她说完，低头认真打开听力，戴上耳机。

同学们见状自觉散开，教室终于又恢复了清静。

宋时月在心里微松一口气，静下心，彻底专注。

事情的结果，是祝星焰工作室发了一条严肃声明，约束粉丝。真粉都如潮水退却，克制地保持距离，剩下一些私生不放弃，执着地在学校周围打转。相关部门也组织了人员加强附近地区的巡视，看到闲杂人等一律劝离。

安保是前所未有的严格，学校周边慢慢恢复了以往的平静，学生们值日时再也不用担心墙头趴着人了。

祝星焰来学校那天，宋时月刚好在张风办公室同他碰上，两人一起回教室。

教师办公室的走廊狭长安静，正值课间，偶尔可以瞧见学生的身影。

远处篮球撞击地面的声响隐隐传来，像是午后的白噪声。

两人并肩而行，步伐不紧不慢，少年衣服上带着清淡的香味。

宋时月抱着试卷，先开启话题："祝同学，这段时间班上同学都很担心你。"

"不用担心，我只是在家休息。"祝星焰声线平稳，温润悦耳。

"希望这个事情没有影响到你。"她继续说道。

"不会。"

一时无话，空气短暂静谧。

他们穿过拐角，快到教室了，三两学生迎面走来。

他们看见宋时月身旁的人，面露惊异，目光直接定在了祝星焰身上。

这些视线犹如一张无形的网，将他们捕捉住。

宋时月无意识地收紧了抱着试卷边缘的手指。

直到走上没有其他人的楼梯，旁边的祝星焰才突然开口："我会影响到你吗？"

宋时月一愣，抬眸朝他看去："什么？"

"和我走在一起的话。"男生站在楼梯上，阳光投落在他身侧，斜斜打下一道影子。

宋时月看着他如海报上白皙安静的面孔，思绪空白一瞬，迟缓地回答："不会。"

他对着她笑了一下。

两人并肩走到教室，然后分开，各自回到座位。

宋时月安静听了一会儿心跳的声音，似乎比往日剧烈一点。

祝星焰的返校，是个不大不小的新闻。

最开心的莫过于一班的学生。

前段时间的浮躁氛围不再，课间女生也不聚集大声讲八卦了，肖思敏也不敲桌子骂人，大家纷纷扮演起了三好学生。

祝星焰仿佛被当成了失而复得的大宝贝，每个人都要上去嘘寒问暖关照一番，他的座位被人群团团围住，直到上课铃响才慢慢散去。

下个月有繁花中学建校二十周年庆典，张风早早就在班上说了，要大家一起认真出个节目。

文艺委员周枝和几个同学商量讨论之后，定下来的节目是话剧，她自己改编剧本，经过一段时间打磨，终于进入选角阶段。

剧本挑选的是国外童话《灰姑娘》，但是经过周枝大刀阔斧的改编，插入不少原创情节，爱情元素减弱，更多的是荒诞浪漫的喜剧表达。

最重要的是，他们这部话剧准备采取全英文形式，因此对话剧演员的挑选就更为慎重，除了基本条件，还需要优秀的口语基础。

周枝这几天在为了这件事情头疼，一下课就去动员班里的同学，好说歹说终于拉齐了班子，放学后试着排练了两次。

学校大礼堂，光线斜斜从屋顶打下来，刚解散的队伍分散在台上台下，周枝还拿着剧本和主演讨论。宋时月参演了一个小配角，没几场戏份，但是有一段很长的台词。

大力刚看完他们彩排，在一旁点评："总体来说还不错，很有创意，但是比起我们班的舞蹈，似乎少了点激情。"

"激情？"台上周枝听到了，立刻握着剧本跳下来，困惑地发问，"那你觉得我们哪里可以弥补一下？"

大力放学无事，等宋时月一起回家，顺道来大礼堂看看他们班彩排，刚好也可以提一些意见。

"这个嘛……"她手撑着下巴，摩挲着，貌似沉思的认真模样，看向一脸虚心请教的周枝，眼睛狡黠一眨，"这还不容易吗？你们班的优势得天独厚，直接把祝星焰拉进来就行了，还用担心台下观众不够有激情？"

"这……"周枝迟疑了，须臾，又有些心虚，"这算不算作弊啊？"

大力冲她摇了摇手指，一副高深莫测的模样："你们这算什么作弊？明明是为全校同学谋福利的事情，只要能说动祝星焰参演，所有同学都要感谢你。"

话糙理不糙，周枝都要被说动了，明显陷入恍惚和预想中，其他同学也跃跃欲试，恨不得立刻出动。

宋时月点醒他们："他应该不太喜欢做这种高调的事情，上次学校的风波才刚平息。"

众人一听，如同被冷水浇头，骤然清醒了。

"也是，太抛头露面了，估计他那些粉丝看到又会激动。"

"肯定会有人忍不住发到网上的。"

"到时候学校又围一群人。"

"祝星焰也应该不会答应吧？"

末尾，有人弱弱地说了这么一句，短暂的美梦破碎，大家认清现实，遂作罢。

校庆准备活动如火如荼，学校开始搞彻底大扫除，护养花草，甚至连校门口几百年没换过的横幅都撤下来换上了新的。

班里的话剧排练也成了全班关心的焦点，课间时不时就会来上一段对手戏，演员们刻意捏着嗓子的英文腔调引发一片片笑声，精彩部分也会让人拍手叫好。

第二周，各班节目名单一一出来，班上不少人出去刺探"敌情"。周枝午休时和几名同学一起去看其他班的彩排，回来后脸色灰暗，一蹶不振。

"你是不知道，其他几个艺术班有多吓人，那舞台那唱跳，乍一看还以为是韩国女团。"

"声乐班也不得了，大合唱感觉都可以去国家大剧院了。"

"我们和他们比，简直就是草台班子。"

看完彩排回来的同学纷纷生无可恋，前些日子的激情不再，瘫坐在椅子上，明显一副自生自灭的颓丧。

气氛一片低落，教室寂静，一道轻浅的脚步声缓缓而来，一个男生的身影从门口出现，手里拿着乐谱，头戴耳机，悄无声息地穿过成排的座位，拉开椅子坐下。

不约而同地，几个人眼睛缓缓亮起，目光聚集到一处，定格数秒。

须臾，还是周枝咽了咽口水，率先鼓起勇气："祝、祝星焰，你有兴趣参加我们的话剧演出吗？"

勇士。

战神。

偶像！

话音回荡在空气中，周围几个同学都不禁在心里给周枝起立鼓掌，暗压激动的同时，面上大气都不敢出，屏息等待着视线中心的那人回复。

祝星焰目光落在手里的乐谱上，没有抬头，恍若未闻，依然专心垂眸。

死寂几秒，有人率先反应过来，指了指自己的耳朵，提醒："他好像……戴着耳机。"

方才好不容易鼓起的勇气已经化为一摊泡沫，周枝面如死灰，肩膀塌下，转头对众人做出一个比哭还难看的笑脸。

"我……尽力了。"

她是没有勇气再去问第二遍了。

最后，这个任务还是落在了宋时月身上。

她作为班长，似乎天生就能给人信心，让人把希望寄托在她身上。

宋时月面对一双双祈求的视线，没有答应，也没有拒绝，只说试一试。

宋时月本想等下了课就直接问祝星焰，结果铃声刚响，她就被张风叫去办公室，等回来，祝星焰的座位已经空空如也——他提前回去了。

第二天，英语有随堂小考，宋时月忙着复习，经过紧张的一上午，成功写完答卷时，已经午休。

她环顾一圈，教室里没有人。祝星焰其实不常待在教室。

校庆大扫除，分配给一班的地方是教学楼的过道和楼顶天台。

宋时月今天上午去张风办公室时，张风还提了一句大扫除的事情，说他们班负责的地方不能出岔子，钥匙还在她手里期间，要保证没有问题。

她转头看了窗外一眼，今天是个大晴天，艳阳明媚，天空蓝得澄澈。

宋时月决定在归还钥匙前，再去天台看一眼。

午休时间，楼梯间没有太多人，越往上，四周越安静，到楼顶区域，只剩下风声了。

往日挂着一把大锁的铁门此刻虚掩着，透过缝隙，可以看到外面湛蓝的天空，还有高高的围栏。

宋时月走进去，视线本能落在左边——靠墙的角落里堆着无数废弃桌椅，中间几张椅子被拼起来，有人躺在上面，头后仰，靠着椅背，闭目睡觉。蔚蓝晴空，阳光跳跃在他洁白的脸上。

她呼吸一滞，什么也没有做，脚步很轻地转身，准备离开。

一阵凉风吹来，吹得天台大门撞上墙壁，发出"砰"的一声。门撞上墙壁又弹开，回到原位，只留下被这突然声响打破的宁静。

宋时月心绪平复下来时，角落里睡觉的人已经睁开了眼睛，朝她望来。

宋时月将钥匙归还给办公室，回到教室，顺道把祝星焰答应加入话剧的消息告诉了其他人。

同学们兴奋得不行,得知祝星焰放学后会参加排练时,更是激动得直接跳了起来。

"班长!你是怎么做到的?"周枝紧握着宋时月的手,激动地追问。

"我就直接问了一句。"宋时月微微陷入回忆,须臾,语气不确定,"他可能,也没有想拒绝吧。"

已经把人吵醒,空阔的天台上,只有他们两个人。

宋时月像一个犯了错的孩子,不由自主地低声解释:"我上来检查一下大扫除的卫生。"

"哦。"不轻不重的一声。

祝星焰揉着眼睛,缓缓从椅子上放下腿,坐直,似乎试图保持清醒。

宋时月抬眸看向他,刚好找到机会,径直问道:"班里最近在排练校庆节目,是一个话剧,你有兴趣加入吗?"

原本平静的空气再度静默许久,祝星焰似乎在思考,目光落在旁处,微微出神。

好一会儿,他抬起眼,静静看她。

"好。"男生轻轻点了点头。

晚间的排练,大家意料之中的亢奋,节目效果超常发挥。

祝星焰拿的是一个小角色,同宋时月差不多,只是混在男女主角晚会舞池中的一个小人物。

他们负责在关键时刻站出来念旁白,推动剧情。

排练异常顺利,祝星焰只有几段台词,几场下来,已经完全记住,可以脱稿演出。

他的台词念得也很好听,标准英式腔调。

最后一场排练结束,周枝甚至忍不住脱口而出:"祝星焰,你太厉害了,下次排练可以直接不用来了。"

她话音刚落,周围同学纷纷对她露出愤恨的目光。

周枝哽住,刚准备力挽狂澜,圆回自己的口无遮拦,就见面前的祝星焰嘴角一弯:"没关系,我有空会过来。"

"好的好的。"她忙不迭点头。

祝星焰如他所说,一有空就会参加排练。

排练进行得很顺利,演员们的表演也越发顺畅自然,周枝甚至开始精益求精,再度深造剧本。

让人耳目一新的剧本、精心设计的剧情,还有周枝费尽心思拉赞助定制的服装，校庆表演上，节目大获成功。

笑点密集，观众反馈热烈。

祝星焰的出场更是将底下的气氛拉到了一个小高潮。

全英文的对白得到了校领导的欣慰夸赞。

最后，他们的节目得到了一个从未有过的高分，爆冷夺冠。

晚会结束，周枝他们抱回金光闪闪的奖杯，放在了教室后面，旁边的合照上写着他们每一个人的名字。

在宋时月的记忆中，排练这段时间是他们离祝星焰最近的日子。

大家放学后一起在大礼堂讨论剧情，排练结束后顺路一起回家，周枝喜欢吃学校便利店的牛乳冰激凌，经常慷慨请客，性格开朗的同学一路上吃着冰激凌打打闹闹，然后在校门口分别。

宋时月总是静静的，不说话，祝星焰也大多安静地走在人群中。

好几次，祝星焰的司机没空来接他，便一起走回去。

他们隔着几步的距离，一前一后，路过茂盛的香樟树下，偶尔踩过飘落的树叶，鼻间总是弥漫着特有的清香。

他们大多是在安静地走路，偶尔也会聊天，短暂几分钟的路程后，在下一个路口便分别，前往各自的方向。

那时已经进入五月，路旁浓绿的枝叶间开了一簇一簇白色的小花，在暮色下散发着幽香。

后来，香樟、暮色、不知名的清香，定格成了她记忆中的夏天。

第三颗星星 ★
我们

校庆过后,祝星焰不再常来学校。
当晚的节目他出场只有几分钟,虽然造成了短暂轰动,但好在没有在外界引起太大波动。
经过上次的事情后,大家都谨言慎行,没有谁再拍照发到网上,最多分享一下朋友圈。
天气渐热,祝星焰开始缺课,有时候很长一段时间都不会来学校。
仿佛又回到了最初的状态。
不知道是谁先刷到了微博,学校里开始传言祝星焰要开演唱会了。
许多人好奇,忍不住同一班学生八卦打听。作为"近水楼台",一班学生并没有先得月,一问三不知。
"你们每天和祝星焰待在一起,真的一点消息都没有?"中午食堂,大力端着饭盘觉得不可思议,瞪大眼睛。
"祝星焰上次来上课,已经是一周前的事情了。"周枝无奈。
"那你们当初还经常在一起排练。"大力不死心。
"校庆都过去大半个月了。"
"行吧。"大力垂死挣扎,"那下次祝星焰来学校了,你们一定要问一下!你们是不知道他现在演唱会门票有多难求!简直是一票千金。哦不,千金都不一定买得到。"
班里,饭后休息时间。
几个女生坐在一起,讨论的也是这件事情。
肖思敏刷着手机,给大家传播最新消息。
"祝星焰微博官宣了,暑假全国巡回演唱会,第一场在北京鸟巢。"

"天哪！想要门票，呜呜呜。"

"繁市是几月份？我们有机会抢到票吗？"

"别想了，北京场的票刚放出来，半秒抢空。"文婕抠着指甲，忍不住翻白眼，"我一小表妹是祝星焰的死忠粉，那天还装病请假，守着电脑开着加速器都没抢到。听我大姨说，在家哭了大半天。"

"我的天，好惨。"

"他的粉丝战斗力确实惊人。"

"那祝星焰这两个月估计都没空来上课了。"

"是了，我连上课都没那么有动力了。"

"+1。我妈前段时间还说我打了鸡血似的，每天一大早就背着书包来学校，其他时候都是不磨蹭到最后一刻不动身。"

"哈哈哈！"

哄笑中，不知道是谁说了一句："星星又回到了他原本的世界。"

宋时月解题的手顿了顿，短暂发怔之后，回归平常。

出乎意料的是，距离暑假还有半个月的时候，祝星焰回校了一次。

那天他出现得很低调，下午第二节地理课，小老头在黑板上奋笔疾书，整个教室静悄悄的，他从后门弯着腰偷溜进来。

祝星焰座位旁边的男生原本在困倦打哈欠，突然瞥见一道人影，然后眼睛越瞪越大，目睹了祝星焰从外头进来到坐下的全过程。

班上没有其他人发觉。

讲台上的小老头转过身，两分钟后，忽然目光定格一处，不动了。

坐在那里的男生冲他露出一个温软的笑，求饶地眨了眨眼睛。

小老头面色如常，继续讲解知识点。

下课铃响，教室里的气氛顿时如同沙子松散开来，开始充斥着说话翻书或者桌椅摩擦的声音，唯独后头一片安静。

不知道是谁先转过身，看到祝星焰不声不响出现在座位上，惊得"啊"了一声。

"祝星焰什么时候回来上课的？"

"不知道啊，应该是上课的时候偷偷进来的吧。"

"吓死了，幸好刚才没犯花痴！"

悄悄的议论声响起，课间氛围松散，有人大着胆子问了一句："祝星焰，听说你要开演唱会了？"

"是啊。"男生笑着点头，依然是不急不缓的语气，"这应该是放假前最后一次来学校上课了。"

"啊，那要两个月后才见到你了。"

祝星焰笑了笑，没有再说话。

大明星的距离感时时刻刻都在，众人噤声，下一刻，上课铃声便响起，课间时光转眼即逝。

周枝想起了大力拜托的事情，想问，又觉得冒昧，几番纠结下来，还是没找到合适的机会，一下午课快上完了，眼见着今天就要结束，她急得猛推宋时月的胳膊。

为了"近水楼台"，她下课便借口找宋时月有事，坐在了宋时月前面的位置，把椅子转过来假装同宋时月说话，其实余光一直偷偷往后望。

祝星焰就坐在宋时月的斜后方。

"班长。"

男生的声音突然在头顶响起，宋时月抬起头。

周枝瞪大了眼，望着祝星焰，闭口不言。

"之后可能要麻烦你同步一下各科的复习资料，我这段时间都没办法来学校，但考试不能落下。"

"那你会来考试吗？"宋时月还没说话，周枝已经急急追问。

祝星焰想了一下："尽量不缺席。"

"哦哦。"周枝自觉失礼，问完就收敛安分了。

宋时月只好接过话题："好的，老师发的复习资料我都整理给你。"

"谢谢。"

三言两语说完事情，祝星焰临走前，目光落在了宋时月桌面的一沓书上，仿佛是随口一问："这本诗集，我好像听人提起过，能借我看看吗？"

宋时月顺着他的目光望去，她桌上放着厚厚一沓资料书，唯独最顶上搁置着她最近为了英语写作比赛，从家里带来的一本外国诗集。

是一个很出名的诗人，他听人提起过也正常。

宋时月不作他想，拿起书递给他："当然可以。我不急着用，你什么时候还我都行。"

大概是这番闲聊让周枝又放松下来，她终于做足心理准备，问出那个所有人都很关心的话题。

"祝星焰，你的演唱会门票是不是很难抢？"

她话音刚落，周围的人几乎都看了过来，眼神十分期待。

祝星焰一愣，视线垂下，又很快反应过来，抬睫环顾一圈，如常笑道："自己抢可能有点难，如果你们想去的话，我去问问经纪人，看看能不能留些票下来。"

这句话几乎让教室都沸腾了，一班学生纷纷激动，但很快又冷静下来。这么多人，不可能全部去的。

为免他为难，有人站出来打圆场。

"人太多了，还是算啦，哈哈。"

"是的，到时候恐怕要为了这张票打起来。"

"同学情谊瞬间破碎。"

一番打趣，缓解了面前的难题，他们本以为祝星焰会顺势接过话题结束，谁料他却笑了笑："没关系。"

"你们有人想去吗？"他问话的时候，却低垂着眼，看向的是宋时月和周枝。

周枝一愣，连忙点头，又很快摇头："还、还是算了。"

她吞吞吐吐，却说不出原因，其他人一看便心知肚明。

谁也不好意思厚着脸皮先占便宜，开了一个口子，后面就没办法收拾了。

祝星焰的目光便落在了宋时月的脸上，无声无息地等待着，让人仿佛置身夜晚，星光静谧笼罩。

宋时月犹豫一瞬，出声拒绝："我暑假可能要参加一个夏令营，不一定能有时间。"

她借口找得仓促，说出口才发现话语太直接，有几分辜负别人好意的不识好歹。

她正准备找补几句，祝星焰已经点头，转身准备离开。

"好。"

依旧平和的声线，听不出太多波澜。

演唱会热潮席卷了大街小巷。

这个夏天，依旧被祝星焰牢牢占据。

地铁上、城市最中央的巨幅电子屏幕里，全是他的海报。

少年的侧脸定格在黑暗中，星火映亮他的眉眼，周遭炽焰流星，他置身其中，宛如主宰。

白日星焰。

他这次演唱会的名字。

宣传海报依然是黑暗底色，一半为星，一半是月，中间是一道少年身影，仿佛伴星月而生。

班上有不少人在悄悄抢票，结果纷纷铩羽而归，每天教室里都有人长吁短叹，捶胸懊恼。

"唉！当时祝星焰说要送票的时候，我就应该不要脸地冲上去，我到底在装什么？"

"就是就是，也不一定我们班所有同学都想去啊，说不定也不需要太多票，对他们来说不过是举手之劳罢了！"

"此言差矣……"有人弱弱举手发言，"我觉得要是有免费票的话，大家应该都想去吧？"

"你不要以小人之心度君子之腹，很多人暑假忙着呢，游学、出国旅游、补习……我们班长不就要去夏令营吗？"

"对啊，也不可能整个班都是祝星焰的粉丝吧。"

"谁不想去，举手。"争辩中，不知道谁突然叫了一句。

整个教室突然鸦雀无声，没有一个举手的。

空气很安静。

有人大叫："你看看，事实已经摆在眼前了。"

事实胜于雄辩。

一开始提起话题的人蔫蔫垂下脑袋，放弃幻想，继续战斗："唉，罢了罢了，我靠自己。"

考试在即，短暂的分心也没有影响紧锣密鼓的复习。

各科老师早早圈出了重点，宋时月整理好资料一同发给祝星焰，中午发出的消息，直到晚上才收到回复。

星星：*收到了，谢谢。*

星星：*不好意思，最近都在排练。*

月亮：*没关系。*

她犹豫一下，再度打字发送。

月亮：*演唱会加油。*

宋时月后来看过一些祝星焰的视频和粉丝的精心剪辑，看完的那一瞬间，她突然想起了肖思敏的那句话。

——"第一次感觉一个人会发光。"

舞台上的祝星焰耀眼惊艳，舞蹈动作令人难以移开视线，即便是唱跳，气息依然很稳。他染着汗水的眉眼在灯光下灼灼闪亮，那张脸漂亮得不似真人。

粉丝说他八岁就开始学跳舞，十四岁参加节目，凭借初舞台一炮而红，从此势不可挡，焰火燎原，一路走到最高处。

三年来，他代表作无数，作品家喻户晓，演唱会万人空巷，"顶流"这个词再也没从他身上摘下来过。

直到他转学的事情上了热搜，大众才陡然发现，除了光环和名气，他背地里还有日复一日练习的辛苦。

他才不过十六岁。

工作室发的 Vlog 里，都是祝星焰近期的演唱会筹备日常。

练习舞蹈、深夜录音棚试唱、和声乐老师讨论修改细节、背景杂乱的舞台上一遍遍彩排……

考试就在几天后到来，教室氛围紧绷，大家忙着闷头学习，另一个世界的他，也紧张忙碌。

闲暇放松时刻，肖思敏还是会挤出时间刷一刷微博，看到这条 Vlog，不禁小声感慨："祝星焰最近好忙，他应该没空过来参加考试了吧？"

"是了。"旁边有人探头过来看上两眼，"演唱会门票都卖空了，听说太多粉丝抗议，北京临时还加了几场，祝星焰最近肯定忙得不可开交。"

"唉，那要等一个暑假了。"

嘀嘀咕咕几声，两人又埋头投入到复习中。

教室里的吊扇呼啦转动，窗外的香樟已经翠绿茂盛，树影打在窗沿，蝉鸣聒噪。

考试那天，暑气正旺。

天气预报温度高达 35℃，早上临出门前，宋时月被赵司茜塞了两支藿香正气水，让她别中暑，注意防晒。

学校人颇多，大家都早早过来提前准备。

考前几分钟时，考场安静，监考老师在讲台上检查试卷密封袋，大家都规规矩矩坐在座位上，唯独角落空了一张桌子。

预备铃声即将响起，门口突然出现一道身影，似乎是匆忙赶来的。

不知是谁忍不住低低惊讶了一声："祝星焰来考试了？"

一班学生被分在不同考场，获取消息不是很及时。宋时月直到考完一门，才听说祝星焰来考试了。

考完试的那天下午，宋时月才在学校外面见到祝星焰。

两人回家分开的路口，树丛里的白色小花依然开得热烈，香气宜人。

车子停靠在不远处，司机无声等待着。

祝星焰站在枝叶繁茂的树下，手里拿着上次向宋时月借的那本英文诗集："书我看完了，谢谢你。"

"其实晚点还也没事。"她接过，总觉得有几分异样，捏着书籍卷起的泛黄边角，无意识按压两下。

067 /

"刚好来学校考试,就顺便还了。"他神情如常,平静地解释。

一时安静,宋时月抿唇犹豫,还未决定好是否解释上次演唱会的事情,祝星焰已经先做告别。

"那我先走了。"面前的人漆黑睫毛微垂,轻声补充,"一个小时后的飞机。"

她沉默,把话咽了回去,敛着眉眼告别:"一路平安。"

车消失在了视线里,而后她低头看了眼手中的诗集,里面的内容她已经无比熟悉。

宋时月没有再翻阅,抚平页角,放进了书包里。

暑假如期到来。

压抑了一学期的高中生如同脱缰的野马,放假第一周,刷新空间,全是各种各样吃喝玩乐的动态。

宋时月在年级组老师的推荐下,参加了一个为期十五天的英语夏令营,报到那天,才在班上看见一个熟人,周宗白。

教室里都是陌生的面孔,唯独他坐在中间朝她笑着招手:"宋时月,这里。"

宋时月迟疑了下,走过去,坐到了周宗白旁边的空位上。

夏令营是半封闭式的,为了方便上晚课,统一住宿舍,出去可以请假。

当晚,宋时月和周宗白一起吃食堂,还有他的两名同学。

男生们模样和善,很健谈。

"你们学校就你一个人过来啊?"其中一个胖乎乎的同学李勋往嘴里塞着饭,顺口问宋时月。

"还有一个,但是她家里有事,要晚两天来报到。"宋时月回道。

"哦哦。"李勋不好意思地笑了下,"很早就听过你的大名,繁花二中的宋时月,今天终于见到本人了。"

"啊。"宋时月有点不知所措。

"还不是我们老白,每次比完赛回来都把你挂在嘴边,就说你厉害,我们还是第一次听他这么夸一个女生。"

"吃你的饭。"周宗白忍无可忍,拿筷子敲他们的手背,"以前怎么没发现你们话这么多呢?"

"看到宋同学开心,多说几句也不行?"另一个男生大叫。

周宗白捂额,无奈转睁看向宋时月:"不好意思啊,他们平时不这样。"

"没事。"宋时月嘴唇微抿上扬,缓和气氛,"难得看见你生气。"

"你以前觉得我脾气很好？"他挑眉反问。

"嗯。"她点头。

"那可能是对你吧。"李勋插嘴。

宋时月夹菜的手不自觉一顿，接着如常弯唇，没有再接话。

几人当了两天的饭搭子，等与宋时月同校的另一名同学过来后，四人组合变五人。

宋时月原本端着餐盘是朝另一个方向去的，无奈李勋太眼尖，早早看到她，热情朝她招手。

宋时月只好掉转方向，朝他们走去。

吃完饭，宋时月借口回教室，同他们分开。

李勋他们要去小超市买饮料，临走前，周宗白特意问她："你要喝什么？我给你带。"

她婉拒了他的好意。

两拨人刚分开，身旁的女同学就忍不住激动，压低声音问："时月，你什么时候认识一中周宗白的？"

"我刚才还以为看错了，没想到你们已经这么熟了。"

"之前英语比赛总是遇到，所以就认识了。"宋时月尽量神态平常，"他很有名吗？"

"当然了！他可是市一中校草！之前贴吧的照片就传得很火，年级第一，又帅又优秀，他们学校好多女生崇拜他，人气超高。"

宋时月听完没有说话，女生兴奋未褪，还在自顾自感慨："不过和我们学校的大明星是不能比的，祝星焰可以随随便便碾压身边同龄人，简直不是一个次元的。"

夏令营的最后一天，刚好是"白日星焰"演唱会在繁市举办。

大力掐着点抢了许久的票依旧落空，她带着最后一丝幻想问宋时月："真的不能去求求你的同班同学祝星焰了吗？"

宋时月沉默一瞬。

"上次……他在教室问的时候，我说我要参加夏令营……拒绝了。"

"什么？"大力大怒，恨不得摇着宋时月的肩膀呐喊，"醒醒！那可是祝星焰的演唱会门票！

"你在高傲什么？宋月亮！"

"不是……"宋时月无奈地辩解，"当时他问整个班的人，谁也不敢先答应，我只能找个理由……也不全是借口，我真的要参加夏令营，不确定时间会不会冲突。"

"行行行，你是清清白白了，你的朋友只能抱憾而终！"

"……不至于吧？"

"有一点。"

"那我请你喝奶茶？"

"行吧，那我勉勉强强原谅你好了。"

大力轻而易举被哄好。

夏令营解散那天，大力还特意到基地门口来接宋时月。

下午四五点的太阳依旧热烈，一群人从里拥出来，大力看到宋时月时，周宗白正在同宋时月说话。

"你上次想借的那本国外文献，我舅舅那边可能有，下次去帮你找一下，到时候找到了拿给你。"

"不用太麻烦，找不到也没关系。"

"没事。"他温和笑道。

两人交谈间，大力已经来到跟前，她先是亲热地给了宋时月一个大大的拥抱，然后挽住宋时月的手臂，挤眉弄眼地打量周宗白。

"这位帅哥是谁？月亮，你不介绍一下？"

大力明知道对方身份，还故意这样打趣。宋时月有些无可奈何，只能出声给他们介绍："这位是一中的周宗白，我跟你提过的，比赛时总是遇到的那个'对手'。"她接着转头，指向大力，"这位是我的好朋友江元力，小名大力。"

"你好，大力，"周宗白礼貌地朝大力颔首，脸上带笑，"很高兴认识你。"

"你好你好。"大力一脸热情招呼完，扭头看向宋时月，"那我们去喝奶茶了？"

周宗白愣了下，很快得体告别："那你们先去，我等一下我同学。"他站在原地，笑着朝两人挥了挥手。

大力挽着宋时月走远。

"我还以为你会邀请他一起。"宋时月有些诧异。大力最热爱帅哥，每次一进学校都能编出一本帅哥简史，个个如数家珍。

"他一看就包藏贼心！我才不会引狼入室！"大力恨铁不成钢地数落宋时月，"周宗白是一中出了名的高冷男神！表面温和有礼，其实难接近得很！从没听说他和哪个女生走得近，结果！刚刚！他都不知道对我笑了多少次。爱屋及乌这个词有点夸张，但必定是沾了你的光。"她连连摇头，"我们月月以后可是要当翻译官的，不能这个时候就被男人乱了心神，此人不行，不行。"

　　宋时月一时无言,又有些感动,沉默半晌,真诚感慨:"大力,你可真是……世间难得的独特灵魂。"

　　"我是不是你最好的姐妹?"她邀功问道。

　　宋时月毫不犹豫地用力点头:"是的!"

　　"那我待会儿还要加块小蛋糕。"

　　"……没问题。"

　　她们从奶茶店出来时,天色已经迟暮,小蛋糕只是餐前甜点,今晚的正餐是火锅。

　　打道回府时,大力手里还提着蛋糕盒子,是在店里打包的经典芋泥虎皮。两人坐出租车回去。

　　大力靠在窗边,摇下了车窗玻璃,车子一路疾驰,夜风灌入,两旁不知不觉亮起霓虹。

　　天空呈现出深沉的暗蓝,远处还残留着一抹余晖的红。

　　这是夏日夜晚特有的色调。

　　温度降下来,发丝被风撩起,出租车不知不觉驶向市中心,伴随着晚风灌进来的,是突然多出的节奏鼓点声。

　　市体育馆慢慢映入眼帘,往日空旷的广场上站满了人,大家手中拿着荧光棒和横幅。

　　前方道路略微堵塞,车速降了下来。

　　司机开口解释:"今天这里有演唱会,有点堵。"

　　"没关系!"大力音调微微上扬,趴在车窗边往外探头,"师傅慢点,里面开演唱会的人是我们同学!让我多看几眼!"

　　师傅沉默了两秒,忍不住吐槽:"你们同学不让你们进去看,在外面瞅呢?"

　　"你不懂!大明星当然需要和身边的人保持距离!"大力恨恨地道。

　　"行吧。"师傅脚底油门踩得极慢,一点点从体育馆前挪过。

　　大力伸长脖子探头看,宋时月随着她的动作本能转头,只见灯火通明的场馆从外头就被围得水泄不通,无数穿着应援 T 恤的粉丝举着灯牌和横幅,随着隐隐流泻而出的歌声,在夜空下挥舞着荧光棒。

　　"祝星焰的粉丝好爱他啊,哪怕没买到票在场外,也要认真听完他的演唱会。"大力趴在窗边出神感慨。

　　"是啊。"宋时月也凝视着那一处。

　　车子离场馆最近时,隐约听到了男生的声音透过音响传出来,透着一丝不真实的缥缈。

却依然好听。

她没来得及听清楚歌词，前方道路突然通畅，后车传来鸣喇叭的催促声，师傅一脚油门加速，飞快驶过。

体育馆快速后退，在后视镜中慢慢缩小，直至最后消失不见。

耳边彻底沉寂，嘈杂和喧闹仿佛一场盛开即散的烟花，似还有歌声回荡，一瞬间又消失不见。

好可惜。

宋时月突然觉得遗憾，没能听完整首歌。

整个暑假，宋时月都没有出远门，大部分时间是在家里听课温书。

除了网上课程外，她还托赵司茜和宋清的关系，到大学外语系旁听，顺便蹭里面的图书馆。

假期过得极快。

周宗白帮忙找到了她想要的资料，后来约过她两次。两人大多约在图书馆和书店，偶尔恰逢饭点，会一同在街上觅食。

后来这事被大力知道了，在电话里吱哇抗议许久，直骂周宗白"不怀好意"。

"我们所有的沟通都只基于普通朋友的关系。"宋时月笑着郑重保证，"真的。"

"月亮！你是不知道自己有多讨人喜欢！我不允许你身边有臭男生！"大力斩钉截铁，话里透着一股不依不饶的刁蛮。

"我又不是人民币，怎么可能别人见了就喜欢呢？"宋时月无奈。

"你就是，你看看你们班那群男生，没有一个不喜欢你的。"

"怎么可能？"宋时月觉得头痛，伸手揉额。

"怎么不可能！"

宋时月脱口而出："祝星焰就不会喜欢我啊。"

电话里骤然一静。

大力语塞，须臾才结结巴巴地接话："他、他不算嘛！他是大明星，不是普通男同学。"

"是吧，说不定人家周宗白也没有其他想法，只是我们刚好兴趣差不多，能多聊几句而已。"宋时月理智道。

"行、行吧，我会时刻监督他的！"

挂完电话，宋时月有一瞬的出神，但很快就被无数课业淹没。

她没有去细思方才那一刻的脱口而出,答案正如大力所说,他与她们,本来就是不同的。

她知道,所有人也都知道。

新学期便进入高三了。

本应该紧锣密鼓的阶段,却让人感觉不到太大变化,除了张风在台上更为鞭策的发言。

祝星焰依然没有来上课,他的演唱会进入收尾阶段,还有最后几场就能完美收官。

班里同学热议的依然是这件事情,有的同学嘴把不住门,忍不住炫耀自己去听了演唱会,众人一聊,才发现私底下有人去找了祝星焰,拿到了演唱会的门票。

当时在班上大家都满口拒绝,表现得铁骨铮铮,结果现在一盘查,私下去问门票的人还不少。

肖思敏气疯了,她是真正有操守的铁粉,严格保持着粉丝和偶像的距离,不给偶像添一丝麻烦。听到这件事,她立刻满教室追着那些人打,一边追一边骂:"我打死你们这些臭不要脸的!"

宋时月心底发笑,又不禁遗憾。

早知道……她或许也可以……

念头只浮起一秒,就被她飞快按下。

宋清常教导她,君子论迹不论心,可她连心头的动摇都觉得惭愧羞耻。

十月,繁市入秋。

天气转凉,酷暑不再,接替而来的是连绵细雨。

时间好像回到了去年那个潮湿的季节。

宋时月出门总习惯带一把伞,防止突如其来的细雨。

这天放学时,恰逢她值日。

还没打扫完,外面已经阴云密布,淅淅沥沥的小雨飘下。

一同值日的女同学忘记带伞,急得团团转。

"我的借你吧,我家离得近,说不定待会儿雨就停了。"宋时月拿出包里的雨伞。

对方着急回家,犹豫片刻还是接过,连声道谢。

待她走后,教室骤然静下来,天色昏暗。

宋时月坐在位置上写了一会儿作业,察觉雨势渐停后才慢慢收起东西。

走出教学楼,凉风拂面,地面湿漉漉的,她背着书包,小心地跨过积水,走到林荫道上。

树叶上有积水,偶尔滴落下来,砸在肩头,濡湿一小片布料。

香樟茂盛碧绿,在昏暗天色下,有遮天蔽日感。

安静空旷的傍晚,她突然听到几声细弱的猫叫。

宋时月一时定住,惊疑不定地望着声源那处。隔着树影看不太清晰,只能大概判断出那边靠近围墙。

她纠结是否要过去,几番拉扯过后,情感还是战胜了理智。

湿润的泥土混着树叶,一脚踩下去微微发软,好在没走几步,宋时月就在一棵粗壮树干后看到了发出声响的源头。

一只细瘦孱弱的黑灰色小猫浑身湿透,身上都是东一块西一块的斑秃,脏兮兮的,蜷缩成一团,躲在树底下。

感知到有人靠近,它又"喵呜喵呜"了几声,瑟瑟发抖的身体紧贴着树根。

宋时月心软,已经无法再视若无睹弃它而去,环顾四周,没有合适的工具,于是她脱下校服外套,蹲下,朝小猫靠近。

"喵喵,别怕,我带你去医院。"

她刚把小猫抱进怀里,头顶树叶就噼啪作响,大雨瞬间落下,但还未掉落在她身上,一柄大伞遮盖过来,刚好把她和小猫都笼罩住了。

宋时月惊异抬头,看到了祝星焰。

他们已经时隔小半年未见,他乍然出现在眼前,宋时月有种不真切的错觉。

雨势汹汹,击打着伞面,发出闷响。

祝星焰撑伞,宋时月护着怀里的猫,两人一猫躲在伞下,慢慢走到了校门口。

他的车就停在路边,司机见状提前下来拉开车门。

终于隔绝了外面的风雨。

"陈叔,去宠物医院。"

昏暗里,车子打着转向灯,准备汇入主路。

怀里的小猫在校服下一动不动,像是失去声息,宋时月不放心,轻轻掀起衣角往里看了眼。小猫安静地趴着,合着眼睛。

她悄然松了口气。

"你怎么这么晚还在学校?"

"刚好路过学校,上次有些资料放在班主任那里没拿,顺便来取。"

"张老师今天值班吗?"

"对。"伞下空间逼仄,他看向她怀里的小猫,眼里带着关切,"它好像一点声音也没有了。"

"可能精神不太好,又淋了很久的雨。"宋时月低头看了看,不掩焦急,"我待会儿就送它去宠物医院。"

"我的车子在外面,我送你们过去。"祝星焰随即接话,自然平常到听不出客套和勉强。

宋时月第一反应还是拒绝:"不用了,我自己带它过去就好了。"

她跟着补充一句:"别太麻烦你。"

"不麻烦。你带着它重新打车才麻烦。"

宋时月最终还是采纳了他的建议。

雨天天黑得早,外面已经不太看得清,马路上的车辆在雨中疾驰而过。

司机导航的是附近一家私人宠物医院,门帘小小的,里头的装潢却很温馨。

医生检查过后,给出的结论是营养不良。

小猫洗过澡、吹干毛发、擦了药,先前小小的一团变得柔软干净。宋时月才发现它的毛发并不是先前以为的灰黑色,只是因为太脏,盖住了原本的模样。

这只雨夜随手捡起的猫咪,竟然是一只小三花猫,身上有黑白橘的斑纹,像极了电影《生龙活虎》里的招财猫,只不过因为斑秃显得格外瘦弱可怜。

"过几天有空了带它过来打疫苗。"医生摘下手套,面容含笑,"这是一只小母猫,年纪还小,估计从生出来就一直在流浪,身体很差,多亏你捡到它,不然它可能挨不过这个冬天。"

"谢谢医生。"宋时月抱着小猫出来,在走廊上道别。

医生看向她身旁一直安静陪伴的男孩,男孩戴着口罩,眉眼却依稀有几分熟悉,忍不住多看了几眼。

宋时月见状,连忙出声:"医生,那我们先走了。"

"好的,下雨路上小心。"

车子从停车场过来需要几分钟,两人站在台阶上等候,小猫安静地趴在宋时月怀里,格外温顺。从捡起它到现在,一点也没有挣扎过。

不知道是太饿没力气,还是脾气乖巧。

"喵喵。"祝星焰右手提着一大袋刚才在医院配备的猫粮还有器具,伸出左手轻轻摸了摸小猫的头,逗弄两声。

他微垂着眼,同宋时月商量的口吻:"给它取个名字吧?"

"名字？"宋时月一怔，思考很久，神色认真，"就叫来福吧。希望它之前的苦都吃完了，以后每一天都是福气。"

"好。"祝星焰嘴角浮起淡笑，又轻揉了下小猫的脑袋，"来福。"

他这样唤它。

回去的路上，雨丝冲刷着玻璃，两人分别坐在后座两侧，祝星焰的声音突然响起："你家里让你养小猫吗？"

宋时月抱紧了怀里小猫，闻言愣住："我爸妈……应该可以让我养。"

宋清向来开明，小时候还给她买过一只小狗，后来关在家里养不住，才送去了乡下爷爷奶奶家。

赵司茜虽然没有那么喜欢小动物，但心软，多求两句，应该也没问题……

宋时月有些心虚，在心里构思着待会儿说服赵司茜的措辞，还有些惴惴不安。毕竟高三了，赵司茜把她的学习看得比什么都重要。

宋时月陷入自己的思绪里，无暇顾及身旁的人，直到安静的车内，祝星焰的声音再度响起。

"不行的话，可以放在我家，我家人和助理都方便照顾。"

宋时月这次是彻底愣住了，她消化了好一会儿才迟疑地问："你……喜欢小动物吗？"

"挺喜欢的，而且我和来福也有缘。"祝星焰低垂着眸子，看着她怀里静静趴着睡觉的小猫。

"那……我回去说服一下我爸妈，如果实在不行……我们再想其他办法。"宋时月最后妥协道。

我们……

听到他耳中，只剩下这两个字。

"嗯。"祝星焰轻轻点头，嘴角勾起，声音是从未有过的温和，"不行我们再商量。"

车子停在小区楼下时，雨还未停。

连绵细密的小雨，如雾丝飘下，整个空气都是湿漉漉的。

宋时月推开车门时，一柄黑色雨伞在她头顶撑开——祝星焰站在车后侧，替她遮雨。

"你今天替我撑了好几次伞了。"她很不好意思，"你先回去吧，待会儿被人看到了不好。"

"我送你到门口。"祝星焰不由分说，先提着东西示意往前走。

"天黑，没有人会注意。"他还是解释了一句。

走到保安室只有几步路,前方已经灯火微暖,宋时月转头对他说道:"就送到这里吧。"

祝星焰把手中的伞递给她:"伞你拿着。"

她下意识地接过雨伞,木质的伞柄光滑温热。

是他残留的余温。

宋时月抱着来福回到家中,玄关灯光明亮。她收伞,目光划过黑色伞身,才觉得熟悉。这是第一次见面时,祝星焰借给她的那把,兜兜转转,又回到她手中。

对于这只从外面捡回来的流浪小猫,宋清和赵司茜持不同看法。

三人特意在客厅开了场严肃的家庭会议。

赵司茜发言:"我和你爸爸每天都要上班,你要上学,家里是没有人可以照顾它的。"

"来福可以自己在家。"宋时月抱着猫猫,小心地用外套盖住它的耳朵。

赵司茜有些一言难尽:"……你连它的名字都取好了?"

"是的。"宋时月端正坐直,"它叫来福,我希望它未来每一天都福气满满。"

赵司茜与宋清对视一眼,静默无言。

宋清看向女儿,从她眼中看出了执拗。

从小到大,她很少坚持过要什么,但打定的主意几乎没有人能改变,比如想学英语,比如十岁的时候想独自登山,比如现在想养这只小猫。

他先举手表态:"我赞同留下这只小猫。"

赵司茜向他投来不赞同的目光,隐约有怒意。

宋清顾不上宋时月对他露出的感激微笑,赶紧先安抚妻子:"我是这样想的,它既然都被月月带回家了,那说明和我们家有缘。而且你看这只小猫,肯定长期营养不良,放到外面,可能也活不过几天了。"

宋时月忙不迭地点头,要不是来福在她怀里,她都恨不得立刻起身给宋清鼓掌。

赵司茜看向这对父女,他们如出一辙的清润黑眸正齐齐期待地盯着她。她无奈按了按额头,气闷数秒,妥协了。

"行吧,那我先说好,我们家谁都没有照顾宠物的经验,如果……我是说如果,这只小猫中途出现什么问题,你不能怪我们。"

"当然!我会照顾好它的,你们放心吧!"宋时月抱紧来福开心地保证。

来福的小窝被安置在了客厅,这是为防止宋时月读书分神,赵司茜严格要求的。

宋时月和宋清忙忙碌碌小半个晚上，终于把它的饮食住行布置好。他们来回折腾时，小猫就安静地趴在窝里，偶尔细弱地"喵"一声。

宋清有些情不自禁："你看它多乖啊。"

"对啊，我们来福就是最乖的！"宋时月趁机大力夸赞。

旁边的赵司茜发出一声冷哼。

月落树梢，星子零落。

夜晚静悄悄的，一切尘埃落地。

宋时月终于回到房间，迫不及待地把这个消息和另一个当事人分享。

月亮：祝星焰，我家里人同意我留下来福了！

月亮：谢谢你今天晚上的帮助。

她为了表示自己的真心和诚意，在表情栏里挑挑拣拣，选择了一颗红色小爱心发送过去。

祝星焰看到消息时，刚洗完澡出来。他回来的路上淋了雨，妈妈肖柔不放心，还给他煮了姜汤。

"听小刘说，你今天晚上去送了一个女同学回家？"女人身着真丝连衣裙，鬓发柔软，面孔素净美丽。

细看，祝星焰的眉眼像她，带着几分精致。

"还有一只猫。"他擦着头发，波澜不惊的。

肖柔望着他叹气。

儿子刚出生时，她和丈夫忙于事业，两个人都满世界跑，很少陪伴孩子，等察觉过来，他已经悄无声息地长大了。

肖柔心痛，但没办法。生产前几年，她在北京舞团当上首席，正值事业黄金期。舞者的巅峰期只有那么几年，她不想放弃，于是生完祝星焰不久，身体一恢复就马上投入到了紧锣密鼓的演出中。

祝星焰的爸爸是一名外交官，事业更是忙碌，且动不动就全世界出差，孩子只能放在爷爷奶奶家，跟着老人一起生活。

有次她和丈夫将近小半年没回去，春节一同归家，看到祝星焰个子高高的，站在那儿，眼神陌生地喊他们爸妈。

肖柔突然心间一痛。后来她就辞了首席的职务，减少演出场次，开始把重心回归家庭，给祝星焰更多陪伴。

可是孩子的性格已经定型。

从小跟着爷爷，祝星焰养成了老干部作息，喝水要喝热的，每天早起下棋遛弯写书法，在房间里捣鼓玩具，拆装修理。同龄小孩都在外头撒野的时候，他安静沉稳，早早便表露出了不属于这个年纪的早熟。

肖柔慢慢学着当一位合格的母亲，好不容易找到母子间的温情亲密，他又进了娱乐圈，开始各地跑。

刚开始那两年，她还不放心，会陪着祝星焰到处跑，后来工作室人员慢慢配置齐，是祝星焰主动提出来，让她多陪陪爸爸和家里的老人。

再后来，祝星焰的外婆生病，手术后身体大不如前，肖柔需要回繁市长期照顾，而祝星焰的爸爸因为工作定居在北京，事务繁忙。那晚，两人征求祝星焰的意见，是继续留在北京，还是同肖柔一起来繁市。

"我平时去学校的时候也不多，在哪里读书影响可能不是很大，但是相比爸爸的话，我更愿意和妈妈待在一起。"

事情就这么定下了。

祝星焰同肖柔一起来到繁市。正如他所说，这两年虽然在这边待的时间也不算多，但总归时不时能见一面。今年上半年，他还难得在学校上了很长一段时间的课。

肖柔逐渐从助理口中打听到了一个女孩子的名字。她也能看得出来，在学校的那段日子，祝星焰其实是开心的。有几次打完篮球回来，她都觉得祝星焰身上总算多了点少年人的朝气蓬勃。

肖柔内心希望那段日子再长一点，只可惜，工作来得很快。

匆匆忙忙小半年过去，直到今晚，那个女生的名字再度被提及。

祝星焰头发擦到一半，拿起手机，看到了宋时月发来的消息。他嘴角不由自主勾起微笑，打字给她回复。

星星：*不客气。*

星星：*相信你一定可以照顾好来福的。*

"谁啊？"肖柔在一旁打量着祝星焰的神情，将手里的姜汤递给他。

祝星焰擦了几下头发，把毛巾搭在肩上，接过姜汤，随口回道："同学。"

"你和同学聊天这么开心？"肖柔明知故问。

祝星焰微微一僵，须臾，他板起面孔，径直下了逐客令："妈妈，你还有事吗？我要听歌了。"

肖柔忍俊不禁，接过他手里的空碗，点头揶揄："好好好，那我不打扰你了。"

关上房门前，她又忍不住探头叮嘱："对了，听说那个女孩子成绩很好，还是班长，你要把握住分寸，不要在关键的时候影响别人学习……"

"妈！"祝星焰恼怒制止。

"哎，我走了，真走了。"

门"咔嚓"一声合上，空阔房间独留他一人。

祝星焰的脸有点热，羞恼又无奈。

"胡说什么……"他盯着手机屏幕，望着对话框顶部那弯黄色小月亮，不知为何，突然心念颤动。

许久后，祝星焰打开了昵称修改页面，敲敲打打片刻，留下了一个系统自带的星星符号。

宋时月是几天后才看到的。

祝星焰没有来上课，在繁市短暂逗留，又飞去了一个海滨城市参加电影路演——他之前拍的电影快要上映了。

来福大部分时间都在睡觉，醒来就吃点东西。它吃得不多，恢复了好几天才慢慢有点精神，会试探地在客厅走动。

即便赵司茜这样一开始百般挑剔的人都忍不住有点心软，坐在沙发上看着小猫咪小心翼翼四处嗅嗅时，感慨："还真是可怜兮兮的。"

宋时月等它身体好点后才带它去医院打疫苗，医生检查过后说小猫一切良好，身上的毛发应该过不了多久就会慢慢养回来。

宋时月很开心，想把这个消息第一时间分享给祝星焰。在手机里找到他的头像时，突然愣住了。

不知道什么时候，他把原本的昵称单字"星"，改成了一个星星符号。

一眼望去，一颗金色的小星星在她的列表里发着光。

宋时月很快反应过来，自己的昵称是个黄色的小月亮。

是巧合，还是他喜欢自己的取名创意？

她陷入沉思，片刻后，还是如常点开对话框，给祝星焰分享来福最新的近况。

月亮：我今天带来福去打疫苗了，医生说恢复很好，很快皮肤就会长好了。

她发完，盯着屏幕看了一会儿，确定他不会即时回复后，关掉了手机。

来福的状态一天天好起来，宋时月每天给它上药喂食，悉心照顾，就连铲屎都是亲力亲为。

赵司茜终于看不过去了，赶她："我来，你天天就围着猫转了，高三了，我的祖宗。"

"我作业都写完了。"宋时月忍不住为自己辩护一句。

"再多去复习复习。"赵司茜不由分说抢过她手里的铲子，接过铲屎的重任。

来福一无所知,坐在地上舔毛。它现在毛发已经恢复许多,露出了黑白橘色的斑纹,在日光下憨态可掬。

宋时月就如同一个看到孩子茁壮成长的老母亲,满眼都是欢喜,蹲下掏出手机拍照,恨不得一天记录十几张。

她在最新的照片里挑出一张最漂亮的,发给祝星焰。

两人这段时间的聊天记录往上一翻,都是与来福相关的。

一开始,是她告知了疫苗的事情,后来没隔几天,她就收到了祝星焰的主动询问。

星星:来福最近怎么样了?

时隔两天,宋时月看到他这颗星星跳出来还是觉得有几分异样。她调整了一会儿情绪后才给他回复。

月亮:恢复得很好。

她把手机里前不久拍下的来福近照发给他。

照片里,隐约可以看见小猫斑秃的地方长出了一些毛发,参差不齐的,但肉眼可见在慢慢恢复。

星星:它看起来很健康。

星星:你把它照顾得很好。

月亮:来福本身就很乖,每天都在好好吃饭睡觉。

星星:它是一只努力生活的小猫咪。

一瞬间,宋时月脑海里出现了捡到来福的那个雨天,深刻认同且共情了他这句话。

她吸了吸鼻子,眼眶热乎乎的。

月亮:是的,所以我要好好爱它。

她发完,还在平复低落的情绪,手机振动,看到对面发来两个字。

星星:我们。

宋时月把这句话理解为,这只小猫是两人同一天遇到的,祝星焰后面参与了过程,就不免对它有了责任感。

她短暂愣怔后,接着给他发了一个"握手感谢"的表情包。

那头的祝星焰定定看了几秒,有点气笑,扶额。

两人的聊天从公事公办的传达课业变成了有关猫咪的近况和记录。

宋时月有时会主动给他分享来福的事情,有时是祝星焰隔一段时间的询问,不知道什么时候,他们建立了无形的默契,在共同看护一只小猫长大。

两人聊天的次数比起先前一年还要密集，只不过他们都很忙，宋时月忙着上课学习，现在还兼顾了照顾来福，祝星焰更是繁忙，他们在生活间隙抽空聊两句，又很快结束话题。

秋天走到尾声时，宋时月收到了祝星焰寄给来福的猫粮和玩具。

也是差不多这时候，他回来上课了。

上个月，祝星焰主演的第一部电影《夜杀》全线上映，首映那天就拿到了票房冠军。

即便是转型的初次尝试，他的流量依然惊人，粉丝自发包场，以极高的号召力完成了流量到票房的转换。

业内对这部电影的评价大多是褒奖，先是肯定了导演的功底，宝刀未老，又点评了几个极佳镜头，然后便是编剧剧情，到最后才提起祝星焰。

一些独立撰稿影评人大多喜欢抨击流量明星，对演技要求苛刻，但评价这部电影里祝星焰的表现时，用词却难得中和。

——虽然有些青涩，但整体表现出乎意料，诠释出了这个角色。

对于粉丝来说，这样的点评已经足以他们出去吹嘘一万年。

电影上映后，词条刷新的 Tag（社会化书签）已经变了。

——#实力演员祝星焰#

微博上一片抽奖转发庆祝，欢欣鼓舞，热度居高不下。

教室里，肖思敏拿着手机，一边大声念上面的评论，一边不要钱一样跟着夸。

"《夜杀》里最后对峙的那场戏拍得太好了，眼神转变好灵，第一次看祝星焰演戏，本来还担心他挑不起大梁，谁知道他竟然交出了一份满意的答卷。"

"对吧对吧，我就说那场戏超牛的！"

"可能大导真的会调教演员，非科班也勉强扛住了镜头的考验。祝星焰应该也是用心钻研过角色的，不管是刻苦还是天赋，在流量明星中也挺难得的。"

"对啊！祝星焰做什么事情都可以做得很好！就算不来上课，考试成绩也能在班上名列前茅！"

肖思敏恨不得亲自上阵在后头回复这些评论，奈何为了保护隐私，只能自己在背后过过嘴瘾。

有同学打趣："好了好了，我怕你再看下去，等下次见到祝星焰，要直接晕在他面前了。"

"我一定是要第一个冲上去要剧照签名的。"肖思敏大言不惭道。

她话音一落，立刻引发一片附和。

"我也要！"

"已经被小少爷圈粉圈得死死的了。"

祝星焰在《夜杀》里饰演的是一位民国小少爷，在富裕的家境中无忧无虑长大，后来乱世烽火，山河破碎，他加入救国大业，舍身赴死。

电影上映第一天，班上同学就自发结伴去看了，当天刚好是周五，学校附近那家电影院几乎被他们班包场。

祝星焰最后牺牲的那个镜头，让不少人掉了眼泪。

宋时月坐在黑暗的影院中，旁边是女生吸鼻子抽纸巾的声音，而她定定看着大银幕。

那是一个极其压抑的镜头。

色调陈旧灰暗，天空压得极低，老式战斗机在头顶盘旋作响，整座城市沦陷。他倒在废墟中，漆黑的双眼里满是哀伤，直直凝视着某处。

镜头从特写放大拉远，直至囊括整座城市，天边有日出缓缓升起，露出一丝橘色光晕。

是东方。

他至死，看向的那个方向。

伴随着日出而来的，是鲜红的旗帜。

希望终于降临。

只可惜，那个挥洒热血的少年永远定格在了他鲜活年轻的十八岁。

走出影院，同学们哭成了一大片，到光线明亮处能看清彼此的脸时，一转头，发现大家都是眼圈红红的。

宋时月那天回到家，坐在书桌前平复许久。

最后，她还是忍不住打开了对话框，从捡到来福以来，首次给祝星焰发了一句与小猫无关的话。

月亮：电影很好看，班上同学都哭了。祝星焰，大家为你感到骄傲。

星星：你也是吗？

星星：顺便帮我问问来福。

宋时月看到前一条消息的愣怔很快被这句玩笑话冲散，回归平常。

月亮：问过来福了，它说它也很为你感到骄傲。

这大概是他们关系最亲近的时期，偶尔能开开玩笑，那时宋时月以为他们也算是熟悉的朋友了。

祝星焰在电影上映后不久回归学校。

《夜杀》已经拿到了三十多亿票房，庆功宴开完的当天，他的 IP 地址就变成了繁市。

第二天，班上的人不约而同地隐隐期待着，空气里都泛着浮躁，所有人都时不时望向外面。

宋时月哪怕提前知道了祝星焰会来上课，也克制不住紧张。解题时察觉到自己第三次走神，她不由得握紧了拿笔的手，深吸一口气，定下心来。

和众人期待的场景不同，祝星焰出现得仍然悄无声息、低调。他戴着帽子在上课时间溜进了教室，一直到下课才被人发现。

一班的学生已经失去了初相识时的矜持，宛如看到一个特殊的老朋友，激动地打招呼。

"祝星焰！"

"你回来了！"

大胆的人已经冲到了他桌前，兴奋地表达喜爱："我超喜欢你拍的那部《夜杀》，你可一定要给我一张电影签名照！大明星！"

"嘘。"座位被人群包围的大明星在唇边竖起了一根手指，声音低调温纯，"声音小点，别让其他班发现了。签名剧照已经备齐了，不要急，每个人都有。"

喉咙里即将溢出的尖叫被强行按压下去，一班全体学生今天直接过年，每个人脸上都洋溢着快乐，欢欢喜喜领完签名照，开开心心发朋友圈，顺便手动屏蔽掉其他班的同学。

祝星焰座位前人太多，宋时月一时挤不进去，便端坐在座位上继续做题。听着身边的欢声笑语，她嘴角是抿不住的微笑。

热热闹闹了整个课间，人手一张签名照，铃声响起时，祝星焰面前的人群才散去，恢复清静。

他抬头，看到不远处的女生坐在桌前，认真地抽出复习资料，准备上课的姿态。他把桌上的两张签名照用书本盖住，望向黑板，专心等待接下来的课程。

一时的犹豫，宋时月就再也没能找到合适的机会。

每次一下课，祝星焰桌前不是围了一圈人，就是站着三五个同学，她稍作迟疑，时间就过去了。等她好不容易做好心理建设，准备开口时，转头一看，后头那张座位已经空荡荡的了。

祝星焰没在位置上了。

原本紧张期盼的心情落空，宋时月拿出手机，想给他发消息，又觉得太小题大做——明明在同一个教室，还这样大费周章。

失望低落的情绪一直伴随她到傍晚下课，教室里的同学一个个走光，只剩下值日生。

她低头收拾东西，动作慢吞吞的，还在思索着明天该怎么去直接问祝星焰要电影签名照……

夕阳斜斜打在桌面上，肩膀突然被人轻轻一触，宋时月惊异转头，看到了祝星焰。

他站在她身后，面带笑意，把手里的签名照递给她。

不知道是他脚步太轻，还是她太过沉浸在自己的思绪里，她竟然没有听到一丝动静。

空寂的教室，只有他的声音回响，轻快上扬。

"一直没看到你来，我只好自己拿给你了。"

"上次好像听你说你朋友很想要一张电影签名照。"

其实不只是大力。

宋时月思绪短暂空白，从祝星焰手里接过照片。上面几张都是电影剧照和他的签名，翻到最底下，竟然是剧组全体主创合影，还附有每个人的签名。

她怔了许久："这个是……"

"这张是留给你的。

"小彩蛋。

"作为回报，有机会让我看一眼来福吧。"祝星焰站在那儿朝她笑，温和地叫她的名字，"宋时月同学。"

祝星焰最终还是没能见到来福。

约好去看望来福的那个傍晚，一条热搜突然空降顶端，祝星焰和《夜杀》里一个女演员的名字后头跟着鲜红的"爆"。

点进去，是业内知名娱记发布的几张模糊不清的动图，长焦拉到极致的镜头，画面昏暗模糊，场景似乎在剧组门口，女生蹲在马路边逗弄一只流浪猫，祝星焰站在她旁边看了几眼，然后一同蹲下来，和她一样揉着小猫的脑袋。

两人距离很近，画面养眼，加上共同逗小猫的举止，更像是一种爱屋及乌。

前几张都是两人逗小猫玩的场景，最后收尾则是拍到了他们一起下车回酒店，并肩而行，推开玻璃门的身影。

祝星焰的粉丝在评论底下炸了，仿佛一夜之间世界天翻地覆。

——电影刚火就爆出这样的绯闻，相信大家懂的都懂。

——祝星焰清清白白，请别来沾边，他才十七岁，谢谢。

——剧组同事一起喂个猫没事吧？同组演员下班顺路回酒店没事吧？偷拍造谣恰烂钱的狗仔你没事吧？

…………

评论下面骂声一片，就连女演员的主页也被无数过激粉丝质问辱骂。原本只有几千条评论的动态，一转眼涌到几万，还有飞速上涨的趋势。

对方是个出道没多久的半新人，之前演过几部电视剧的女配角，有一定知名度，这次在《夜杀》里饰演女二，虽然没有感情线，但在电影里和祝星焰的对手戏是最多的。

两人年龄相当，她是电影学院的大一新生，很早之前就在网络上靠一组青春写真火过，之后很快被经纪公司签约，进入演艺圈。

之前电影播出的时候，两人同框画面还被一些观众截图暗中嗑过，民国小少爷和女学生的搭配，青涩养眼，爱美之心人皆有之，喜欢美好的事物并没有什么过错。

所以这类私下嗑糖并没有引起粉丝的注意，圈地自萌互不打扰就行。然而，两个人被当作绯闻爆出来，并且以极其招摇的姿势舞到所有人面前时，粉丝顿时犹如火烧，怒不可遏。

最开始爆料的娱记已经被骂了十几万条评论，女演员的黑料也不知何时被刷上热搜，但凡只要转发这条绯闻的自媒体号都会被粉丝举报造谣封号，系统后台消息堆积成山，一时间微博几乎瘫痪，程序员连夜加班。

热搜轰轰烈烈挂了一天，几乎满屏都被祝星焰相关的词汇占据。背后爆料的主使似乎也没有想到祝星焰的粉丝战斗力这么强，几乎无差别攻陷所有人，一时也没了下一步动作，热搜就定格在那里，事态僵持。

这样的大事一班众人当然也会知道，肖思敏忧心忡忡地盯着手机，眉头紧皱："什么黑心人买这样的新闻发出来？让他好好演戏唱歌不行吗？真是恶臭糟粕。"

"你现在骂人越来越高级了。"她旁边的女生林欣不由得感慨，"语文老师应该很欣慰。"

"林欣！都什么时候了你还在开玩笑！"肖思敏正义凛然地控诉，"祝星焰当初给你的那些签名照都喂了狗吗？"

林欣被躺枪，十分无辜："……那我能做什么？"

"至少我们要在网上捍卫他的名声啊！我已经在营销号底下发了几十条骂人的评论了！"

"……我的错，我马上就去注册小号。"

"多注册几个。"

"我搞它十个八个。"

"还有没有其他人要加入的？"

肖思敏振臂一呼，班上不少同学积极响应，只有个别理智脑袋在其中弱弱发问。

"我们整个班能比得上祝星焰粉丝的一根腿毛吗？"

"别管！开干就行！"

"……好的。"

热搜直到晚上才被慢慢撤下。大概也是怕粉丝有逆反心态，话题撤得很低调，不知不觉就从热榜上消失了，被替换成其他关键词。

风波短暂平息，粉丝从大脑发热的愤怒状态逐渐冷静下来。

晚上八点，祝星焰工作室发出了正式声明，先是严肃谴责网络造谣行为，然后收集罗列了一干营销账号，表明已经提起法律诉讼，最后是澄清。

工作室做事雷厉风行，直接放出了酒店的完整视频，当时从面包车上下来的人除了祝星焰和剧组女演员，还有各自的助理和经纪人，并且进入大厅之后，他们就分开上了电梯。

至于那个逗猫的视频，工作室则晒出了一张流浪动物援助基金会的捐款，时间是两个月前：……祝星焰先生一直致力于流浪动物的关怀和救助，爱心不该被消费，小动物也不应该成为被炒作的工具。祝星焰先生现阶段重心放在演艺事业和回馈粉丝上，短时间内并无恋爱打算，未来如果建立恋爱关系会第一时间正式告知公众。占用网络公共资源十分抱歉，祝各位三次元生活顺利，幸福安康。

不知为何，明明遣词得当的一篇声明，却让人莫名看出了一丝阴阳怪气。粉丝们沉冤得雪、扬眉吐气，纷纷转发庆祝，直接打脸传绯闻的那些营销号。

极少数敏锐的粉丝却从中嗅出了一丝不对劲，在评论中欲言又止。

△我怎么觉得……有人懂吗？

△姐妹+1。

△我都不敢说……

△感觉这次天真塌了。

底下有不顾粉丝死活的直白发言。

△恐怕女主角不是这位。

果不其然，后头的粉丝都爆炸了。

△没必要吧，造谣一个又来一个？没完没了了是吧？

△管不住嘴巴的人就管管脑子，别像只草履虫一样，一天到晚只知道谈恋爱。

△今年是水逆吗？破事这么多。

△就该报警把你也抓进去。

…………

对方也是铁粉，丝毫不惧，反而迎着众多怒骂质问，在最底下回了一句意味深长的话。

△呵呵。

夜里八点，工作室内灯火通明。

助理发完声明一直坐在电脑前，不敢关闭页面，盯着后台光速增长的小红点评论，小心翼翼转过椅子，看向沙发上的人。

"老板，声明已经发了。"他还是不死心地挣扎着，"一定要加上后头那句吗？"

原本工作室拟定的声明里面并没有未来公开恋爱的承诺，这句话是祝星焰看完之后要求加上去的。

当时他们就阻止过，粉丝的嗅觉是超乎寻常的敏锐，这句话看似不显眼，但只要有心人仔细一想，就能发现端倪。

果不其然，评论里很快出现了质疑的声音。

助理都不敢点开，生怕一不小心又是腥风血雨。

"没关系。"年轻的偶像坐在那里，神色冷静，在白色灯光下，有一种霜雪般的冷意，"我不可能做一辈子偶像，总有一天会像正常人一样谈恋爱结婚，真正到那时候，我不想欺骗他们。"

"但也没必要提前这么早……"助理话音未落，祝星焰望过来，助理的话便哽在了喉间，突然没了再质问的勇气。

《夜杀》里的女二名叫初漓，她和祝星焰在剧组里是最基础的合作关系，当初杀青时，两人也礼貌加了联系方式。

声明发出去的第二天，她就给祝星焰发了好几张私信截图，上面都是陌生账号发来的攻击辱骂，甚至还有给她修黑白照片侮辱家人的。

祝星焰看得眉头皱起，一张张点开图片放大账号的头像，保存下来，让助理去搜索账号。

他先和对方道歉。

星星：对不起，如果是我的粉丝，我会处理。

对面的回复也很通情达理。

初漓：这次的事情我也没想到，也第一时间配合你们发声明了，但是你的粉丝比想象中还要可怕，希望你可以约束一下。

星星：好。

祝星焰已经连续两天没有睡觉了，太阳穴咚咚直跳，联系经纪人商量解决方案。

本就兵荒马乱的时节，没料一波未平一波又起，约束粉丝声明没发出去多久，一条新闻突然横空出现。

——#祝星焰粉丝 抗议#

视频拍得很抖，隐约可以看出拍摄视角在高处，底下是密密麻麻的标语和横幅迎风而动，触目惊心。

标语和横幅上写着"偶像无权恋爱"。

街道上无数粉丝聚集，商场外祝星焰代言的巨幅广告牌也被喷上了标语，人头攒动中，不知道是哪个激动的粉丝高喊了一句："祝星焰！你不准谈恋爱！"

场景混乱，镜头晃动，拍摄者的声音出现在视频内，是观摩一场闹剧般的议论。

"好像是偶像谈恋爱了，粉丝在集体抗议。"

"现在的小孩怎么回事？追星也不是这样追的。"

"要不要报警啊？这属于破坏公共秩序了吧？"

视频在此刻戛然而止。

经纪人刘焱看到这条视频，手机都拿不稳，吓得魂不附体，猛地从椅子上站起："我去联系一下，看看现在怎么样了！"

"不用了。"祝星焰垂着眼看手机，下一条刷到了最新新闻。

大概是围观群众报了警，视频里警方已经来到了现场，阻止聚众，疏通人群。路人拍摄的片段里，粉丝被警察强制疏散，其中不乏一些负隅顽抗者被挟制着拖走，形容凌乱，歇斯底里，让人感觉像是来到法制频道，人民公仆解救迷途的少男少女。

这个画面冲击力十足，荒诞又真实，让人不敢相信会在当下发生。视频一传上来，立刻升到了实时热点，平时不关注娱乐圈的网友都被这条社会新闻吸引，涌了进来。

△这也太夸张了。

△我就说不能追星。

△影响太不好了。

△这个偶像是谁？建议封杀。

…………

接二连三的事情闹了许多天，工作室在最后一条声明发出后动态静止，主页定格在那张白底黑字的置顶。

前面铺垫了一堆公序良俗和社会稳定，最后祝星焰近期将会减少露面，专心于作品本身，感谢大家的喜欢。

澄清声明发得像是退圈，原本还想不依不饶问责的路人被底下激动的粉丝攻击得体无完肤，热议持续未退，但无论外界再怎么风雨纷纷，祝星焰和他的工作室没有再出来发布过只言片语。

他好像突然消失了。

宋时月再度收到他消息时，繁市已经入冬，前不久刚下完一场初雪。

那颗星星猝不及防地跳跃在她的列表里，只留下简短的一句话。

星星：来福怎么样了？

宋时月和祝星焰最后的一次联系，是粉丝新闻上热搜的那天。她在教室趁着休息时间刷完所有报道，忧心忡忡许久，还是忍不住发过去一句关怀。

月亮：你没事吧？

那边到了晚上才回复。

星星：没事。

很简短的两个字，之后便没有下文。宋时月大抵能想象出那头兵荒马乱的场景，没再追问。

记录更往前一翻，就停留在了原本要去看望来福的那个傍晚。

那天她在家用肉干逗着藏在桌下的小猫。来福的毛发已经长得很规整，色斑分明，活脱脱一只可爱小三花，只是胆子依然很小，偷偷躲在角落试探地伸着脑袋来咬她手里的肉干，一小口一小口吃着。

宋时月趁机给它做思想教育工作。

"待会儿有个哥哥要来看你哦，当初就是他送你去医院的。来福，你还记得他吗？

"上次吃的猫粮也是他给你寄的，来福，你记得要说谢谢哦。

"就说喵喵——好啦。"

她絮絮叨叨地说着。一人一猫时常这样自言自语，来福习以为常，耳朵轻动，埋头吃肉干。

宋时月抬头看了眼墙上的钟表，两人约的是晚上七点。

快要到时间了。

她收拾好东西，带着来福下楼。

秋冬天黑得早,到小区外面时,光线已经暗淡,树影遮蔽,马路上偶尔经过几辆车。

宋时月抱着来福,正低头给它顺毛安抚,接到大力消息轰炸那会儿,热搜刚挂上首页。

她把来福放在花坛旁,人随之蹲下来,点开热搜标题,神情凝重地划过页面。

看到祝星焰逗猫的那个视频,她有片刻的愣怔,目光不由自主地看向脚下的来福。

先前的流浪小猫早已被养得乖巧可爱,一看干净饱满的毛发,就知道有被好好照顾。而视频里那只灰色瘦小的流浪猫,像极了当初第一眼见到的来福。

宋时月还没来得及看完所有营销号发的内容,屏幕顶端就跳出了新消息,是祝星焰发来的。

星星：不好意思,今天看不了来福了,实在抱歉。

月亮：没关系,我看到热搜了,你先处理自己的事情,来福一直在这里,它很好。

宋时月一鼓作气打完发过去,忐忑等待几秒,光标闪动。

星星：好。

手机归于静止。

夜风微凉,宋时月的心也不自觉下沉。

网上浩浩荡荡闹了许久,从一开始的恋情绯闻替换成粉丝闹事,紧接着话题不知为何又上升到了艺人艺德的高度,祝星焰成为众矢之的,被声讨、被控诉、被维护、被议论……

名气是把双刃剑,人人看到你,就有人人束缚你。

祝星焰在公众面前消失,漫长沉寂,仿佛没有期限。

休息间隙,也有人忍不住在班里问。

"你们说,祝星焰还会回来吗？"

"会吧,应该要等这段风波过去。"

"他还年轻,事业刚刚开始,应该不会因为这点事情就退圈,只不过要避一阵子风头吧。"

"就是不知道还会不会来学校上课了。"

"现在学校外面还有记者蹲呢,我上次放学就撞见两个拿着相机的人,鬼鬼祟祟的。这些娱乐媒体真是没有下限,都在等着挖他的料。"

"唉！"

最后话题都会变成一声沉重的叹息。

而备受瞩目的那个人，在外界揣测纷纷，又令人担忧不止时，毫无征兆地给宋时月发来一句极为寻常的问候。

星星：来福怎么样了？

宋时月盯着这句话，心跳漏了一拍，平定几秒才给他回复。

月亮：来福很好，每天都好好吃饭睡觉，越来越健康，现在胆子也大了很多，会满屋子乱跑。

她发完，犹豫片刻，继续敲字。

月亮：你呢？最近还好吗？

星星：我也很好。

星星：有来福最近的照片吗？我想看看它。

宋时月看到祝星焰发来的消息，连忙点开相册，挑了一些来福的视频和照片发给他。

视频的小猫活泼好动，站在柜子中间，伸长爪子要去抓墙上挂着的羽毛装饰，扑了一下不成又伸长身体去勾，费劲扑腾的模样，丝毫看不出先前捡到它时的孱弱。

视频里的小三花散发着生机勃勃的活力，让人看了就忍不住嘴角上扬。

祝星焰按下保存键。

星星：谢谢。

宋时月看着他的回复，迟疑顿住。

原本她还想关怀问候两句，但祝星焰的态度似乎在无形中拉开了距离，并没有继续聊下去的意思。

她担心自己想太多，又怕自己想得不够多，纠结犹豫片刻，还是礼貌回复。

月亮：不客气。

从根本上来说，祝星焰是大明星，她只是班里一个普通的同学，他们因为一只猫咪的缘分产生了更深一点的联络，那些日子突然增多的交流，给了她一种或许他们是朋友的错觉。

事实上，错觉就是错觉，他们从来没有在同一个世界里过。

对话中止在"不客气"三个字上。

祝星焰视线定住。

理智告诉他，这样做才是最正确的选择，但胸口的沉重如同挥之不去的萌蘖，积攒挤压。空气突然稀薄，让人有种喘不上气的窒息。

祝星焰突然熄灭手机屏幕，仰头重重吸一口气，迎着明亮的顶灯闭眼。

这次的事情，带着来势汹汹的恶意，无数新闻舆论背后都有推手，一开始的爆料分不清是偶然还是蓄谋已久，但事情发酵到这种程度，早已不是偶然。

流量裹挟着资本，人人都想多分一杯羹，把祝星焰蚕食吞没。

祝星焰不敢想象，如果那天，他真的去赴约，拍到的视频里变成了宋时月和来福，网络上会引发什么样的舆论风暴。

她平静安稳的高中生活毁于一旦，被聚焦，被讨论，甚至还会有人身危险。

粉丝的喜爱一旦过度就成了偏激，网络的肆意狂欢并不会顾及舆论洪流下被淹没的蝼蚁。

他感到后怕。

繁市早已入冬，圣诞节后就是元旦。

很快就要迎来高考前的最后一个寒假。

祝星焰没有再来过学校，前不久，关于他艺考的新闻又上了热搜，沉寂了好几个月的人突然现身，低调得难以想象。

他穿着黑色羽绒服，戴着同色的帽子和口罩，混在人群中，如果不是镜头特意捕捉，极难让人认出来这就是舞台上那个灯光聚集的偶像。

媒体发布的照片也只艰难捕捉到了他的身影，完全没拍到正脸。即便如此，看到他现身，粉丝依然控制不住激动，仅仅几张照片便热度惊人。

△啊啊啊，宝宝，你终于出现了！

△我快要哭了，谁懂啊？

△好好吃饭好好生活，享受接下来的大学时光吧。

△上次的事情大家都忘了？

一片欢欣中总有不好的声音出现，祝星焰的粉丝战斗力依然业内一流，这条评论很快被顶到前方，筑起高楼。

△不知道我们家小焰是干了什么十恶不赦的事情让您这样铭记，是被人造谣绯闻，还是受到了某些极端粉丝威胁？受害者有罪论什么时候可以停下呢？

△像你这样的无脑跟风犯，什么时候可以从这个世界上消失呢？

△忘什么了？忘骂你这个傻子了？

△脑子没发育完就不要出来丢人现眼。

△如果有一天蠢能被判刑，那你将会判无期。

△求求了，来个人把他抓起来吧。

……………

　　公众是没有记忆的，这个热点消失，马上就会出现下一个新热点。流量狂欢退去，理智重新主宰大脑，留下来的都是正常粉丝。

　　细细一思考，这件事里，祝星焰并没有做错什么，甚至从某种意义上来说，还是受害者。

　　他唯一的过错，就是怀璧其罪。

　　身怀宝藏，总会引来觊觎者。

　　看到这条热搜时，一班的人也都松了口气。

　　好在祝星焰没有被打垮，生活还在稳健顺利地朝前迈步。

　　肖思敏简直大大放下心，感慨："我心里挂着的石头总算落地了。"

　　"先牵挂牵挂你自己吧。"林欣忍不住提醒她，"马上就是期末考了，你的复习……"

　　"啊啊啊，闭嘴啊！"她"啪嗒"一下关掉手机，飞快翻开书页，火速抱佛脚。

　　高考前的最后一个假期，短得吓人。

　　张风在台上宣布放假时间时，底下一片怨声载道。

　　他用力拍桌子，提高音量："啊什么啊？都这个时候了还想着放假玩！马上就要高考啦！醒醒！你以为你们都是祝星焰呢！不用来上课也可以拿专业满分？"

　　抱怨声瞬间消失，教室里安静得落针可闻。

　　众学生自知理亏，不敢再出声抱怨，"忍辱负重"地在心底暗暗吐槽：人比人气死人，让我们这些普通人有点活路吧！

　　祝星焰艺考面试以第一名的成绩通过，只需要文化课成绩合格，就可以直接拿到电影学院的录取通知书。

　　而以他的成绩，高考基本是十拿九稳的事情。

　　同班上这些还需要艰难跨桥的学生不同，他已经提前迈了过去，以前缺课还要以工作繁忙为理由，现在已经完全可以光明正大地不来学校了。

　　考完试正式迎来寒假那天，大家在教室里收拾东西。不可避免有人提及了祝星焰，语气略带遗憾和不舍："祝星焰应该不会再来学校了吧？他好像没有什么必要过来了。"

　　"是啊，只要等考试就行了。"

　　"时间过得好快啊，转眼两年就要过去了。"

　　"等毕业了，我们应该也不会再有机会见面了吧？"

　　"谁知道呢，或许以后我们运气好抢得到票，还能去看他的演唱会。"

"到时候还可以和朋友吹嘘一下,你看,台上那个大明星曾经和我做过同学。"

"哈哈哈……"

遗憾淹没在了笑笑闹闹里。

不知不觉,天空飘起了小雨,云层厚重,夹杂着冰凉的雪粒。

一如去年那个冬日。

宋时月依然是最后一个离开,检查完门窗,拿起放在桌底角落的那把黑伞,撑开,走进了雪中。

伞面宽大厚重,严实阻隔了外头的风雨,她走过已经掉光叶子的香樟树道,隐隐约约听到了像是当初来福的细弱叫声。

她和祝星焰,没有再有过任何联络。

两条直线短暂相交又回到了自己的路线。

犹如广袤宇宙,星轨穿梭并行,一刹那交错,便飞快回归既定的轨道。

星球依旧快速前行燃烧,在漆黑夜空的两端各自闪闪发亮。

第四颗星星 ★
独有的青春

又是新的一年。

大力提前邀宋时月大年初三一起逛庙会,繁市每年庙会都会持续半个月之久,是全年里面最热闹的活动。

宋时月在家学习到了春节前一天,临到过年才被赵司茜拖着出去买年货,感受一番街上火红氛围。

除夕夜,外头烟花声不绝,调皮的小孩在小区下面吵闹,客厅里的电视播放着春晚,主持人拿着话筒说开场词,热热闹闹过大年。

茶几上摆满了瓜果零食,一家三口坐在沙发上,依照惯例一起跨年。

宋时月窝在角落,抱着手机看大力聊天,偶尔抬眼看一下电视。

赵司茜和宋清一边嗑瓜子,一边点评今年的春晚节目:"这节目越来越不好看了,小品说来说去都是那几个陈词滥调,唱歌跳舞也越让人看不懂,都是一些小年轻。"

"现在都是拍给他们年轻人看的,虽然我们看不懂,但是他们年轻人喜欢,你随便指一个,他们都认识。"宋清说。

两人随即看向在场唯一一个"年轻人"。

宋时月放下手机,澄清:"我也不认识。"

她刚说完没多久,下一个节目开始,祝星焰一身红白色西装,戴着耳麦出现在大屏幕上,他的五官在春晚推近的镜头中依然挑不出瑕疵,抓人心弦的鼓点前奏响起,开始了他的唱跳演出。

节目短短几分钟就结束了,男生汗水染眉望着镜头谢幕。

赵司茜好像才反应过来,"哎"了一声,评价:"这个男孩子还不错,跳得蛮好的。"

宋清倒是定睛多看了几眼，转头望向宋时月，笑着说："这是月月的同学啊。"

"真的假的？"闻言，赵司茜赶紧从茶几上抓起老花眼镜戴上，只可惜镜头里的人已经谢幕下台，她又遗憾地摘下眼镜，"总是听你们说，没仔细瞧过，刚才扫了几眼，好像是个挺好看的男孩子。"

"月月那里有人家的签名照，要不你仔细看看？"宋清打趣。

赵司茜骤然来了兴趣，看过来，聚精会神的。

宋时月微微无言。

以前就老听宋清笑谈，赵司茜年轻时就是个颜控，当初两人能看对眼，全靠他长了一张很不错的脸。宋时月不信，第一不信爸爸年轻时是个帅哥，第二不信妈妈是看脸的。

现在看来，一切有迹可循。

赵司茜还真的让宋时月去把签名照拿来看看，宋时月只好起身去房间。从盒子里翻出祝星焰先前给她的电影签名剧照时，她又忍不住有几分恍惚，即便不想承认，此刻蔓延上来的情绪真真切切就是失落。

宋时月走出去把照片拿给赵司茜，赵司茜戴上老花镜仔细看了好几眼，最后点头赞同："嗯……确实是个漂亮的男孩子。"

她难得起了和宋时月开玩笑的心思："你们班是不是很多人喜欢他？"

宋时月动作很轻地点了下头，声音无意识沉闷下来："都是普通人对大明星的喜欢。"

"哦？就没有同学间的喜欢吗？"

"妈妈，你知道星星吗？看似就在头顶，其实人家和我们相距亿万光年，祝星焰对我们来说，就是那颗星星。"宋时月板着脸认真陈述。

两人猝不及防被她唬住一瞬，空气短暂安静，赵司茜先反应过来。

"我就开个玩笑，你这么认真做什么？"赵司茜把签名照塞回她手里，念叨，"人家不也给你送签名照了吗？这颗星星要真有这么远，还会给你们接触的机会？"

宋时月不欲再与赵司茜争辩，暗自叹气，恰逢手机振动，大力他们提前发来祝福信息。她低头查看，视线里突然跳出一条新消息，发光的星星映入眼帘。

星星：*新年快乐。*

她定住许久，竟有一刻怀疑是自己的错觉。

她缓慢眨了眨眼睛，迟缓的心脏慢慢恢复正常跳动。

真的是他。

在这个安静平常的除夕夜，突然给她发来祝福。

欣喜来得隐秘而绵长，宋时月唇边不自觉勾起笑，刚准备动手回复，突然想起不久前他还在春晚节目中。

这个时候，他怎么会有空玩手机呢？

她不禁皱起眉头，凝视着对面的头像。

难道这是……被盗号了吗？

月亮：新年快乐。

宋时月咬唇思索半响，还是忍不住再发去一句。

月亮：你是本人吗？

春晚后台，采访刚刚结束。

方才的后采中，主持人提了一个问题："春节会给身边的亲朋好友发送祝福吗？"

祝星焰的回答是"会"。

待到后面给观众送祝福的环节，他念完贺词，心口突然空落落的。

他想起了宋时月，又想起来他好像还没有祝过她新年快乐。

原本以为简单寻常的祝福发送过去，收到的应当也是客套的回复。

按照她的性格，并不会有丝毫逾矩。

但此刻，盯着对面发来的这句问话，祝星焰嘴角不自觉扬起了笑。

星星：为什么这么问？

后台休息区，偶尔有忙碌的工作人员穿梭而过，男生倚靠在角落里，旁边两排衣架挂满演出服，形成天然的遮挡。

边上人来人往，少有人注意到旁边那个红得发紫的大明星。

祝星焰就在这偷来的片刻闲暇里，慢慢同宋时月打字聊天。

宋时月看到这句话时，就知道对面是祝星焰本人了。

莫名的一种感觉，信号契合上的通顺感。

她后知后觉涌起赧然，习惯性抿了抿唇，解释。

月亮：先前还在春晚看到你演出，想着你现在应该正忙，没有空玩手机。

月亮：不好意思，是我误会了。

星星：采访刚结束，背着经纪人偷偷玩一会儿。

星星：你们跨年好玩吗？

宋时月看到祝星焰回复，又忍不住扬唇笑了，仿佛能想象出他独自一人躲在春晚后台玩手机的画面。

她眼角眉梢裹着笑，慢慢给他回复。

月亮：还好，除夕夜我们家都是一起看春晚跨年。

她想了想，又补充。

月亮：我妈妈说你跳舞很好看。

祝星焰伸手揉了揉耳根，感觉自己皮肤有点烫。手机屏幕的光映亮眉眼，不好意思的他嘴角抿开一个弧度。

星星：替我谢谢阿姨。

话题到这里好像要结束了。

宋时月不知道该不该继续下去，还在迟疑间，那边已经新发来消息。

星星：那你春节准备去哪里玩吗？

祝星焰只是想着经纪人刘焱还没有找他，还有时间，再多聊两句也不会有什么关系。

下次……就不知道是什么时候了。

他不好总找借口去放纵自己，而且她也快要高考了。

月亮：大力约我初三一起去逛庙会，其他没有什么了。

月亮：对了，你逛过繁市的庙会吗？很热闹。

星星：很小的时候逛过，有一点记忆。

星星：外公外婆带我去的，去年看到过你发的照片，就想起了小时候。

宋时月立刻想起了他那个突如其来的点赞。

原来当时他点赞她的动态，是因为庙会。

她为自己的会错意感到难为情，但依然硬着头皮接着话题和他聊下去。

月亮：那你有机会的话，下次还可以来逛逛，现在比以前热闹很多。

星星：好。

祝星焰刚发送完，心湖不受控制荡开，某种不切实际的幻想涌入脑中。他引以为傲的自制力在隐隐松动，私欲即将被放出牢笼时，一道声音唤醒了他的理智。

"小焰，马上要拍合照了！"是经纪人刘焱。

祝星焰匆匆关掉手机起身，从昏暗角落走到了明亮的大灯下，宛如迈过分割线，短暂沉浸的乌托邦在背后消失，现实矗立眼前。

他努力去听工作人员的指引，把方才的一切抛诸脑后，女孩的脸却越发清晰，还在这个冬日隐隐约约闻到了栀子花香。

大年初三，庙会盛景。

宋时月同大力约好的前一天，周宗白也给她发来邀约，更凑巧的是，也是邀她一同逛庙会。

月亮：我和一个朋友约好了。

宋时月为难，婉转拒绝，对方却顺势接话，坦荡大方。

周宗白：刚好我也约了另一个朋友，不介意的话，我们几个人一起？人多热闹。

周宗白：那个朋友你也认识，就是之前培训基地见过的李勋。

对方已经把话说到了这份上，宋时月似乎也再没了理由拒绝。

她去问大力的意见，大力却一反常态答应下来："反正都要毕业了，他也翻不出什么花来。"

宋时月无奈扶额，只能隐晦告诫："到时候见面了，你可千万不要说什么奇怪的话，电视剧里自作多情的女配角最后都要闹笑话的。"她语气委婉，"我不想成为笑话。"

大力："……你放心，我自有分寸！"

见面那天，大力比想象中正常，表面上滴水不漏，笑眯眯地同两人打招呼。大家并肩逛着庙会，气氛难得和睦。

李勋是个热情多嘴的性格，带着不讨人厌的自来熟，恰好与大力一拍即合，两人很快就熟稔起来，邀着一同去前边买那家独门秘制却总是排满人的臭豆腐。

宋时月不吃辣，谢绝了邀请，周宗白则以不合口味拒绝。两人只好找个地方等他们，周宗白眼尖，先看到了街尾的糖水店。

他们一起走过去，节日的街道人多拥挤，杂耍高呼而过，人流向两边分开，宋时月不知被谁一挤，重重后退，肩膀撞到了后头小摊上挂着的红灯笼。

周宗白眼疾手快，抓住她的手臂往身边一拉，两人骤然靠近。宋时月慌乱抬头，道了声谢，恰逢男生低眸关切地打量她。

热闹繁华的街道，火红遍地，不远处少女和身旁高个男生并肩站立，在人群中对视，画面美得像一幅画。

祝星焰站在街巷一角，看着那个男生松开手，关怀地拍了拍她的头发，眸中担忧真切。她仰起脸，冲男生微微一笑。

四四方方的糖水店里摆着几张木桌子，大力和李勋买完臭豆腐回来，盛情邀请他们一同品尝。

周宗白被熏得直喝水，身体很诚实地往后退，宋时月则笑着摆手拒绝："我吃不了辣。"

"没关系，月亮。"大力早有准备般从身后拿出了一份不加辣的臭豆腐，一定要让她品尝。

"求你了，试试，真的闻起来臭吃起来香，你吃一次就会打开新世界的大门！"大力一脸诚意，言辞真切。

宋时月盛情难却，心门动摇，看向她递来的那份不加辣的臭豆腐。

黑乎乎的四方形交叠盛在纸盒里，空气中都是一股极其特殊的味道，似臭非香，提神醒脑。

她深吸一口气，做足心理准备，如同赴刑场般应下："好吧。"

她掰开筷子，小心夹起一块，送进嘴里。

周宗白目光紧随着她的动作，慎重端起了手边的水杯，抽出纸巾备好。

入嘴的味道……怎么说，很奇特，宋时月又咀嚼了几下，怪味直冲大脑，说不上难吃，但一时也不太能让人接受。

她口味向来清淡，很少吃这种重口味的东西，一时间忍不住皱眉，表情痛苦。

周宗白很快递来水杯，另一只手拿着纸巾。

宋时月努力把嘴里的东西咽下，抓起杯子连灌了几口水，眼泪都快被逼出来了。

"不好吃吗？月宝！"大力一直观察着她的反应，忍不住失望。

"我尝不太出来。"宋时月用纸巾擦了擦嘴，诚实道，"味道太冲了，不敢细品，直接咽下去了。"

"噗……"李勋在旁边笑出声。

大力长吁短叹，难掩痛心。

周宗白转头看向宋时月："没尝出味道吗？"

"嗯。"宋时月点头，眼角还红红的。

周宗白忍不住笑，拆开旁边的一双筷子："那我也尝一尝。"

他吃下去，三双眼睛都在等着他的反应，尤其是宋时月，此刻眸子睁得格外大，很认真地看着他。

周宗白又忍不住笑起来，咀嚼吞咽之后，表情稳定地点头："还行。"

"我就说吧！"大力一喜，连忙给他推荐加了辣的那份，把盒子往他面前推。

周宗白谢绝了，低头喝水："不过也不是我喜欢的口味，你们两个人慢慢享受吧。"

几人说话间，老板端着糖水上来。大力嘴馋，什么都想尝尝，点单时就点了好几种不同口味的，所以此时白瓷碗盛着各式糖水，摆了满桌。

她又另外要了几个汤匙，大家一起分着吃。

其中，宋时月最爱吃那道桂花酒酿小圆子，拿着勺子舀了好几口。被大力安利杏仁芝麻糊时，她放下汤匙，重新拿了个干净的过去吃。

周宗白似乎对她先前一直爱不释手的酒酿圆子感兴趣，拿起搁在碗旁的勺子舀了口。他刚吃下去，宋时月察觉不对，停下动作转头看他，目光定在了他手里的勺子上。

"怎么？"他动作不由得一顿，松开白瓷汤匙，困惑地望来。

"你那个勺子……好像是我先前用过的。"宋时月犹豫着说出口。

周宗白一顿，低眸看向手里的汤匙，神色不自然地放下，同她道歉："不好意思，我没注意，以为是没用过的。"

"没事。"

大力多要了好几个公用汤匙，都搁在碗边，弄错了也很正常。

宋时月理解这件事情，但心底的异样挥之不去。后来，那个汤匙放在那里，她没有再用过。

周宗白仿佛忘了般，吃到后面，极其自然地用起了那个勺子。他似乎并不介意那个勺子先前被宋时月用过，却又在大力不小心用自己的汤匙舀过芝麻糊后，再也没碰过那碗甜品。

解决完桌上大部分食物后，几人都吃撑了。大力靠在椅子上消食，顺手刷手机。

"天啊！"她看到什么，一个打挺坐直，瞪大眼睛，"祝星焰今天来逛庙会了？"

"啊？"宋时月先忍不住诧异了声。

李勋迫不及待地凑过去看大力的手机屏幕，不住称奇："怪了，这个大明星竟然这么接地气，还会来逛庙会，我们之前怎么没有偶遇他！可惜！"他惋惜得直拍大腿。

宋时月已经按捺不住，拿出自己的手机，点开首页。果不其然，关于祝星焰的消息已经挂上了热搜的尾巴，关注度持续上涨。

大概是今天在街上偶遇到他的人拍的，因为有几张照片偷拍角度明显。

画面里，祝星焰穿黑色羽绒服，戴着渔夫帽和口罩，即便如此，眼尖的粉丝依然靠对他的熟悉程度认了出来。

即便是包裹严实，他站在人群中，依然有种独树一帜的清绝气质，让人想要多看几眼，再多逗留几眼后，就发现了端倪。

繁市、春节、庙会，一派喜气洋洋中，只有他从头到脚全副武装。

这些关联词一串起来，答案在粉丝心中突显。

照片是二十分钟前发布的，这时候，祝星焰肯定已经早已回家了。

/ 102

宋时月心中知道，即便如此，她还是控制不住点开了那颗星星的对话框，犹豫许久，发送消息。

月亮：你今天逛庙会了吗？

吃完东西，大力他们还兴致勃勃要去逛接下来的戏台。

宋时月没什么精力，率先出声告别："我就不去了，还有功课没做完，我得先回家了。"

"啊——月亮！"大力哀叹，分外不舍，却也没有执意挽留。她虽然爱玩，但很少干扰宋时月的学习。

"我也不去了，先回家复习。"周宗白紧跟宋时月一起告别，笑意如常。

见大力显然没玩够，一旁的李勋"舍生取义"："那本小爷就勉为其难陪陪你吧。"

"谢谢您嘞，麻烦大爷了。"大力阴阳怪气地顶嘴。

"客气客气。"

四个人分成两拨离开，宋时月并不知道周宗白回家是哪个方向，但两人一同前往公交车站，他走在她身边，自然地给她隔开了边上的人群。

宋时月先前没察觉过这些细节，现在回想，才惊觉自从认识以来，他似乎一直在无声体贴地照顾着她，只是太过隐秘自然。

她抿抿唇，心头有些沉重。几番纠结，在周宗白主动提出打车送她回家时，终于下定了决心。

不远处就是公交车站台，宋时月定住脚步，转头看向身旁的男生，神情郑重："周宗白。"

她叫出他的名字，接下来的话就顺畅脱口而出了。

"你喜欢我吗？"

空气有片刻的静默，男生微微一愣，察觉到什么，扯唇笑了下，无奈地伸手按向额头。

"我本来以为自己掩饰得很好的。"他苦笑，冬日特有的温煦阳光打在他脸上，显得面孔苍白脆弱。

"我原本是想，高考过后再正式和你说……"他欲言又止，低眸看向宋时月，唇边的笑容维持不住，慢慢平直下来，不自觉地忐忑抿紧，"所以，你现在是要拒绝我吗？"

女生眼底太过清明，询问他时，没有附带任何紧张和暧昧，目光直接穿过他的胸腔，把里头掩藏包裹的真心剖露在天光之下。

在那一刻，周宗白就已经知道了结局。

果然，万籁俱寂中，他耳边落下三个字。

"对不起。"

少女清脆甜美的声音，在此刻带着微微的歉意和愧疚，不由分说给他长达三年的青春心动画上了终止符。

他的少年时光，好像在这刹那提前结束了。

月亮：你今天逛庙会了吗？

手机里消息轰炸不止，手机不停振动，经纪人刘焱接连不断地给祝星焰发来消息，询问今天他出门被拍的事。

祝星焰没心思去管，也不想理会外界的一切，眼中只剩下黄色小月亮的图案。

屏幕光灭了亮，亮了灭，祝星焰维持着同一个姿势坐了很久，直到窗外暮色渐渐降临。

他终于动了动，手指轻点，却只回复一个字。

星星：嗯。

书桌前，树影摇曳。

宋时月到家很长一段时间了才看到祝星焰发来的回复。

她眉头拧起，片刻才缓缓松开，慢速敲字，构思着措辞。

月亮：我今天也和几个同学一起逛，不凑巧，没有碰上你。

没有开灯的房间，夜色一点点吞没仅剩的余光。模糊光影中，少年的身形像被勾勒成一座嶙峋陡峭的山峰。

祝星焰眼前又出现了那一幕。

庙会热闹喜庆，他们站在一起，般配又和谐，在人群中大大方方展露着所有的喜怒哀乐。

那一刻，他却穿着厚重的羽绒服，躲避在街角，口罩和围巾包裹严实，像是某种见不得光的物件。

他和她，永远不会有这种正大光明站在人群中的时刻。

爱是自卑，是亏欠，是一遍遍折磨人的甜美毒药。

祝星焰从来没有什么时候像现在这样认清过，他和她，的确身处两个世界。只要同他在一起，她就永远没办法享受正常生活，也没办法享受正常的恋爱。

外面彻底黑了下来，他身处黑暗，望着屏幕中散发出的唯一一点光源，慢慢打字。

星星：玩得开心吗？

——玩得开心吗？

宋时月看着对面发来的这句话，不知为何，心底涌起一阵莫名，仿佛有看不见的低潮在无声淹没过来。

她遏制不住自己这种毫无缘由的联想，再想到今天的热搜里穿戴严实的祝星焰，他仅仅露出一小片肌肤，依然被认了出来。

作为一个公众人物，过早成名，就连逛庙会这种极小的日常都没有办法满足，或许，他也是低落的。

宋时月不由得有些后悔上次和他说了庙会的事情，她思绪万千，本能地想要安慰他。

月亮：其实也是很普通的集会，我们就去吃了点东西就回来了，没有特别好玩的。

女孩的安慰，生疏又笨拙。

祝星焰一眼看破。

他垂着眼，兀自笑起来，下一秒，心头酸涩翻涌。

看吧，她这么好，沦陷是轻而易举，克制反而让人灼痛。

星星：嗯。

他缓慢压抑着内心的欲念。

星星：人特别多，很热闹。

宋时月咬唇，有点难受。

月亮：人多，也很挤，我之前在街上就差点被撞倒。

祝星焰轻而易举就知道她说的是什么时候，脑中画面清晰。

先前难得的一丝轻快随之淹没消失，现实如黑影般笼罩，他慢慢地敲着屏幕。

星星：没事吧？

月亮：没事，刚好我朋友在旁边，帮忙扶住了。

他在黑暗中眨眨眼，睫毛覆盖下来，脸庞被一小团光照亮，苍白，没有一丝神采。

星星：那就好。

话题好像到这里就要终止了。

宋时月思考着要发个什么样的收尾。

星星：好好学习，高考加油。

对面已经先发来消息。

突兀的一句，又更像是某种告别。

宋时月心口骤地下沉陷落，空荡的缺口被凉风灌入，从心脏到指尖都有点发冷。

她一动不动盯了许久，视线里的字眼都模糊了。她不太敢相信，但此刻的直觉来得迅猛准确。

月亮：*你也是。*

反反复复的纠结最终给出尺度之内的回复，随着三个字发送过去，世界沉寂，祝星焰的头像没有再闪动。

这是两人高考前最后一次联系，也是她记忆中一次毫无征兆的告别。

高三最后一个学期，在春日复苏之际，平静如常地开启了。

班里氛围收敛不少，大家不再有空闲谈论明星八卦，都暗自收心，争分夺秒复习知识点。

肖思敏还是会挤出时间关注祝星焰的近况，她早已在超话贴吧混成铁粉，每天定点打卡。

"祝星焰太牛了，他新官宣的电影是张浔立导演的，直接奔着拿奖去的，他真的在影视圈站稳脚跟了。天知道我有多想他摆脱偶像这个称号，演员祝星焰往后一直走花路吧。"她真情实意地感慨。

经历过去年下半年那场网络风波的人都赞同地点头，教室里，唯独聊起祝星焰时，会引发多一点的讨论。

"他这半年真的沉寂了很多，以前微博会定时更新的，还偶尔分享一下自己的日常，现在除了宣传作品，基本不上线。"

"对，综艺什么的也全没有了，除了品牌活动和拍电影，基本没有其他曝光通告。"

"本来说好的每年一次的演唱会，今年也好像没有了动静。"

"他是真的打算彻底放弃流量转型了。"

"啊……"不知道是谁惋惜了一声，话题在略带沉重的氛围中自然而然走向尾声。

夏日初初来临时，祝星焰的第二部电影上映了。

街头张贴的大幅海报上，他独占 C 位，面容冷肃地凝视着镜头。

海报上，他放大的五官依旧棱角分明，挑不出任何瑕疵。

《惊春之死》是一部风格压抑的悬疑片，这个导演最擅长的题材。三年前，他的一部悬疑作品拿了奖，口碑、票房双佳，因此，《惊春之死》刚开始宣传，热度就铺天盖地扩散了。

祝星焰久未露面，难得现身首映礼，依旧是一呼百应。沉寂的这些日子里，他的人气似乎一点都没有降低。

恰好是假期档，影院重点排片，走到各处，都能看到这部电影的海报。

宋时月难得抽出一个下午，同赵司茜一起逛商场，给宋清买四十五岁生日的礼物，两人逛到三楼，就看到了立在地上的巨幅海报。

赵司茜瞥过一眼，突然视线定住，情不自禁地"哎"了声："月月，这不是你们那个同学吗？"

"是。"宋时月颔首，神情如常，"他的新电影上映了。"

"这个男生还挺厉害，不仅会跳舞，还会演电影。"赵司茜有些意动，下一秒又抬手看了眼腕表，语气遗憾，"可惜你待会儿还要回去复习，没什么时间了，等高考完，我们再去欣赏一下他拍的电影。"

"好，家里电视也可以看，他去年上了一部电影挺好看的。"

闻言，赵司茜问了一句电影名字，宋时月给她介绍了一下剧情，两人说着话，慢慢走远了。

距离高考只剩不到两个月的时间。

班里也没有谁提议像去年一样集体出动自发包场去看电影了，倒是肖思敏在电影上映第一天就抽了放学时间去看，第二天回来用尽赞美词汇夸奖了一番。

"拍得太牛了！祝星焰的演技进步不是一点半点，演的高智商少年罪犯毫无违和感，剧情也很牛，全程烧脑。导演的拍摄手法简直高级，好几个长镜头转场看得我目瞪口呆。"

"我们整个厅都没人说话，完全沉浸式体验，最后放映结束灯亮起的时候，只听到此起彼伏的惊叹。"

网上影评一篇篇出来了，比起《夜杀》的克制褒贬，《惊春》的评价几乎是一边倒的夸赞，就连往常最苛刻的电影博主都没有点过这部电影的不足。

这次提起祝星焰，也无人再用"演技青涩"来给他加标签，发布出的词汇都是"表现让人惊艳""有点老戏骨的影子""实力演员""出乎意料"……

电影票房破30亿时，粉丝集体转发打卡，其中有一条高赞置顶，无数人深有同感。

——他一步步走来，每一步都算数。昨日的泥泞都将成为今后的荣光。

《惊春》上映一个多月，即将要下线之际，距离高考只剩下不到半个月的时间。

学校已经取消了双休，每周只给高三学生们留半天休息，回家调整状态。

这半年来，一轮又一轮的复习考试，老师抓着知识点恨不得直接往学生们脑子里塞，在这争分夺秒的时间里，能多塞一点就是一点。

就连大力他们艺术班也苦不堪言，难得要经历补课。

窗外树影已经再度茂盛起来，耳机里，是一遍一遍播放的英文单词。

宋时月停下手里的笔，短暂出神，从题海中抽离思绪。

又是一个夏天。

她的高中马上就要结束了。

莫名的焦躁和不舍在这一刻没有征兆而至，她放下笔，突然起身，拿上手机和钥匙出门。

宋时月气喘吁吁地停在了电影院门口，墙上的海报依然醒目，她调整好呼吸，走进去，询问电影最近的场次。

热门影片的排片依然充裕，不到十分钟，她就拿了电影票进场，坐在了倒数第二排。

灯光暗下来，大银幕骤然亮起，少年的脸庞带着镜头的清冷色调出现在眼前。

隔着无法跨越的屏幕，那双深邃漆黑的眼睛仿佛在与她对视。

好久不见。

宋时月在心里默念出他的名字。

祝星焰。

电影的精彩程度超出她的想象，哪怕早已做好心理准备，走出影院时，她还是久久难平复，整个人依然沉浸在故事当中。

她想找人说些什么，却又本能地克制住了，独自冲动的这个下午，本该是个秘密。

回去的路上，宋时月一遍遍点开祝星焰的对话框。她想说自己去看电影了，很好看，想说祝星焰很厉害，所有人都为他感到骄傲。

然而她的视线却停留在两人最后的对话上。

星星：*好好学习，高考加油。*

月亮：*你也是。*

无形的沟壑再度出现。

抛开了同学身份，他们只是两个没有干系的普通人。她作为班长，加了他的联系方式，尽职责传达学习上的有关事宜。

现在要毕业了，她的任务结束了，他也变相同她说了告别。

似乎并没有什么再需要联络的必要。

再去打扰，未免显得太不知分寸。

明星归还于聚光灯，普通人隐没在人海，大家都有自己真实而确切的生活。

他们本该就是两条泾渭分明的平行线。

最后,宋时月退出了对话,关掉手机,在到家的傍晚,点开了电影影评网站。

她注册账号,找到了《惊春》,在底下点满了五星。

不多时,电影主页的评论底下,多出来一条新的留言。

和剧情无关,就像是一个普通粉丝的告白。

——电影很好看,你很厉害,所有人都为你感到骄傲。

宋时月望向窗外,盛夏蝉鸣不止。

我的少年,愿你在那个令人瞩目的世界里熠熠生辉。

那个下午如同一个小插曲,飞速淹没在紧锣密鼓的高考复习中。

宋时月无暇再去放纵这莫名的情绪蔓延,摆在她面前的,是现实中更重要的人生关卡。

青春无人知晓的秘密被封存在了玻璃罐里,就像童年夏日夜晚飞过的萤火虫,天亮后便消失无踪,漂亮诱人,却无法抓住。

临考前一周,宋时月被张风叫到了办公室。

他手里拿着的是学生志愿表。

前些年高考制度改革,不用先填志愿再出分,这份表格,只是让每个同学定下自己的理想目标。

宋时月在三行表框里填的都是同一个学校。

W 大。

"上一次模拟考你的分数完全够得上 W 大的录取线,高考只要正常发挥肯定没有问题。不过,以你的成绩,完全可以上更好的大学,国内一流高校基本也是十拿九稳,你真的不再考虑考虑?

"我这里刚好还有些重点大学的招生资料,里面好几个专业我觉得都很有前景,也适合你,你要不拿回家和家里人再一起参考参考?"张风拉开抽屉,拿出一沓资料递给她,语重心长地委婉劝导。

"谢谢老师,但是我已经决定好了。"宋时月略带歉意,话语稍稍停顿了下,还是解释了自己的初衷,"很小的时候,有次和爸妈一起看电视,上面刚好在播放新闻,那个时候我就暗暗定下了目标。

"W 大是最适合学习外交翻译的地方,我想要成为一名专业翻译。"

宋时月现在还记得,那是一场两国领导人的会晤,那时中方发言人身旁跟着的是位女翻译,自信、从容、大方,流畅地说着外国语言,在所有人和镜头的注视下,不卑不亢地准确传达出刚才的发言内容。

那一幕，就像一粒小小的种子埋在心间，再后来上学，接触到英语，宋时月才发现，原来小时候留下深刻印象的场景里，就是用这门语言沟通的。

兴趣一发不可收拾，火种在内心燃烧，支撑着她不知疲倦地一路前行，奔赴理想。

宋时月最终还是没能拒绝张风的好意，她拿着那些资料回到教室，刚坐下，边上的同学便看见了她放在桌上的册子，了然。

"张指导又给你做思想教育了？"同学打趣的口吻，从重重课业中抽出时间短暂放松。

宋时月也不禁笑了，垂眸，"嗯"了一声。

"张老师也是一片好心。"对方也好奇地打探，"班长，你真的不改了？"

宋时月说："不改了。"

"你为什么这么坚定？"她困惑不解，情不自禁皱眉。

闻言，宋时月怔了下，认真思考，缓声道："我从小到大特别喜欢的东西很少，一样是英语，还有一样……"

尾音淹没在唇齿间，她终于得出结论，语气不知不觉更坚定："所以我想选择自己喜欢的。仅仅这个原因而已。"

盛夏六月，烈日当空。

天空晴朗得没有一丝杂色，干净湛蓝，吹来的微风仿佛在安抚紧张的学子。

考场外，挤满了来送考的家长，人潮涌动。

宋清心大，开车把宋时月送到地方，叮嘱几句就忙着去上班，赵司茜气得直拍他。

"进去考场前记得东西都检查一遍，临近关头不差这点时间复习，心态最重要。对了，要不要妈妈陪你找个地方休息坐着等？"

"不用了，妈妈，你在我更紧张。"宋时月婉拒了赵司茜的好意。

站在人生至关重要的分水岭的这一刻，宋时月出乎意料的平静和坦然。或许是无数个日日夜夜的学习，在终点真正来临之际，她可以带着全力以赴的无畏去迎接考验。

两天时间，就像是经历了一场最平常普通的考试，甚至让人感觉题目比平时的模拟考还要简单几分。

出考场后，身边所有的人都在问考得怎么样。

她没办法具体描述感受，只能点头，神情平稳镇定："还可以。"

赵司茜和宋清也摸不准宋时月的"还可以"是哪种程度的可以，但顾及着她的心态，也不敢多问。

宋清在一旁展开报纸，声线同他的动作一样平稳："高考只是人生的一个分岔口而已，没有这条路，还有那条路，我们月月不管这次考得怎么样，都会有美好辉煌的人生。"

宋时月愣怔，反应过来时，莫名有些触动，想到这一路走来的坚持，眼眶竟然微湿。

赵司茜直接拒绝了他这碗鸡汤，并且一手打翻："你可闭嘴吧，当年要没高考，你现在还在地里割猪草呢！能这么悠闲地在这里看报纸啊？还喝茶？"

她越说越来气，直接端走他面前那杯刚泡好的茶准备倒掉，宋清"哎呀"地起身，求饶。

"行行行，我错了，我这不是也想让月月心理负担轻点嘛，毕竟考都考完了。"

他话语落下，赵司茜的脾气逐渐消下去，不自然地看了眼一旁自顾含笑的宋时月，略带顾虑："月月……"

"爸妈，我们同学聚会要开始了，我准备出门玩了。"宋时月笑着起身，没再当两人的电灯泡，去参加自己高中时代最后一场聚会了。

班里人都齐了，就连张风也到场，包厢定在学校附近的酒店，旁边还连着唱歌厅。

隔着一堵墙，是大力他们班，刚好聚会时间定在了同一天。

今天晚上的饭桌，难得允许他们喝酒，校园里的孩子突然拥有了成年人的权利。一场考试结束，自由突如其来降临，他们好像变成了风，可以自由自在地吹向任何自己想去的地方，又好像脱离了大树庇护的幼苗，开始迎接自己独立成长的人生。

吃完饭，旁边的音响开启，随着伴奏，有人开始唱了。

"故事的小黄花，从出生那年就飘着……"

是周杰伦的《晴天》。

宋时月静静坐在沙发上，听到男生声音契合着旋律，歌词回荡在耳边。

"……消失的下雨天，我好想再淋一遍……"

她听完这首歌，在去洗手间的路上，被男生拦住。

他没了方才握着话筒的从容，脸红红的，站在她面前，手脚都有些不知该如何摆放。

他看着她，清了一下嗓子，紧张开口："宋、宋时月同学。"

这一刻，宋时月不可避免又想到了某个人。

她恍惚了一瞬，注意力再度回来，落在跟前。

男生已经结结巴巴开始告白："我、我喜欢你。我知道你的目标是 W 大，我准备报考 H 大，这两所学校隔得很近，我们以后会在同一个城市……"他说到这儿，又紧张起来，连忙加重语气强调，"我估过分了！没有太大问题！

"我……我说这些的原因，就是想说，我努力了三年追上你的步伐，现在，高考结束了，如果你想谈恋爱的话，可不可以考虑一下我？"最后，他红着脸，看着她，鼓起勇气把心里话说出口。

男生有双干净澄澈的眼睛，看着人时会本能无辜下垂，此刻里头饱含期待，莫名有种可怜巴巴的感觉。

宋时月知道他，这三年来每次在班里碰到，他同她讲话时，总会露出手足无措的模样。她以为他是内敛，或者是她自己刻意忽略了每次对视时他眼底冒出的隐秘欣喜。

她今晚也喝了酒，一点点啤酒，度数很低，却好像让她醉了，脑子晕晕乎乎的，失去了往日敏捷的思考。

她过了好一会儿才反应过来，对着他摇摇头，轻声拒绝："对不起，我有喜欢的人了。"

聚会结束。

宋时月和大力刚好一个方向，便一起回去。

坐上出租车，大力调侃她："我们宋女神果然名不虚传，光今晚的毕业聚会就收到了一堆告白吧？"

"你别乱讲。"宋时月轻声反驳。

"哪里！晚上我都看到了！包厢外面的走廊……嘿嘿，那个男生还长得挺帅的，白白净净，当然，比起周宗白还是差了点。"

哪壶不开提哪壶。

宋时月头疼，闭眼揉额头，没有搭她的话，谁料，她话头一转，突然提到了今晚被无数次提及的人身上。

"不过要真正说起来，都比不过祝星焰。说实话，月亮，你和祝星焰当过同学之后，是不是觉得其他男生都不过如此？"

——年少时遇见的太过惊艳的人，会以最深刻的模样定格在脑中，往后余生的每一次回想，都能重返青春。

那是独有的青春。

夜色包裹过来，宋时月仿佛陷入沉沉的黑色海水中。

高考完第一天，就有同学说看到祝星焰了，说他们在同一个考场。

毕业聚会前夕，商量地点时，有人在群里问祝星焰会不会来。

他们怂恿着，让班长去礼貌询问一下。

宋时月几番纠结，心里拉扯拉扯又拉扯。心底明知道那个答案，她还是抱着最后一丝希望点开了那个对话框。

她想，同学一场，集体活动应该要邀请到班上每个人，问一下不是什么大事，不问的话，他可能会觉得被孤立了。

宋时月脑子里乱七八糟想着，给自己假设了无数种可能性，心理建设做了一番又一番，理由找了无数遍，最终还是发出了那句话。

月亮：班里明天毕业聚餐，你来吗？

消息发送成功又石沉大海，无边的沉寂在手机中蔓延，直到今天，她的对话框依然安静，停留在她最后发送的那句话。

她仍然没有收到任何回复。

宋时月想，她的高中三年，就这样轻描淡写地结束了。

祝星焰整整和外界失联了四十八个小时。

张浔立导演拍摄要求严苛，大部分都要实地取景，场务找了一遍又一遍，才找到这处还原导演心中画面的场地。

西南边陲的原始森林，整个剧组一进去，直接同外界断联，所有信号消失，全靠卫星通话维持基本联络。

祝星焰因为高考请了好几天假，导致剧组进度尤为紧张，飞机一落地，赶着每分每秒拍摄，犹如上了发条的齿轮，紧绷转动。

他重新拿到手机开机，已经是几天后了。

山里没有信号，出来时电池早已耗尽关机，等充满电打开，手机被各种信息塞满。

家人朋友的问候关怀，工作上的对接，还有各种新闻媒体推送。

他快速浏览扫过，挑了几条回复，正在清理未读对话时，一条消息突然闯入眼帘。

月亮：班里明天毕业聚餐，你来吗？

时隔数月，消失许久的黄色月亮就这样毫无征兆地重新出现在了他的对话框里。

周遭纷扰好似瞬间消失，只剩下潮湿微凉的水汽。

祝星焰来不及多做感受，视线掠过了消息发送时间，两天前的傍晚。

他心再度一点点沉下去,看了眼左上角的日期,毕业聚餐在前天,已经结束了。

他过了很久才重新找回思绪,指腹慢慢触抚着屏幕,迟来地回复这条消息。

星星:在山里拍戏,没有信号。不好意思,可能没办法参加聚餐了。

他忐忑地等待着,好在命运眷顾他。

那边头像闪动,很快回复了。

月亮:没关系哦,我们聚餐已经结束了。

她紧跟着又发来消息。

月亮:你好好拍戏,新电影我们都看啦,很棒。

月亮:祝星焰,祝你早日实现自己的理想,成为最想要成为的人。

很长的两句话,让祝星焰原本在对话框输入的内容暂停。他来不及发出那句"你觉得怎么样",对方已经率先发来了结束语。

月亮:我还有点事情,就先下了,拜拜。

黄色月亮在眼前悄无声息地变得灰暗,祝星焰一动不动地看着她头像下线。他放在屏幕上的手指僵住,最终,一点点删掉了底下输入框里的内容。

他最终什么也没说,目光却迟迟未从已经结束的对话中移开,仿佛这样,他们的时间就会延长。

祝星焰握着手机,持久的定格让一旁的刘焱看出了不对。他随着祝星焰的目光瞥向屏幕,看到对面的那轮黄色月亮时瞬间了然,紧接着担忧地提醒:"小焰……"他又开始了这些天说过无数次的劝导,不忍又坚决,"你应该知道,现在的情况不允许你谈恋爱的,艺人事业上升期爆出绯闻最致命。不说别的,就上次造谣的新闻,女方被骂得多惨……"

"别说了,我没有要和别人谈恋爱。"祝星焰忍不住拧眉打断刘焱,抬起头,语气又冷又冲,"就算我喜欢她,人家也不一定喜欢我,你不用担心。"

他径直关掉手机,屏幕彻底黑下来,拉开旁边的浴室门,不一会儿,冷水浇头而下。

所有的浮躁妄念都被冲刷殆尽,身体只剩安静冷意,情绪尽数封存。

宋时月家里此时无比热闹。

得知她高考完,亲戚们都带着小孩上门,算是庆祝她难得的长假期。

难得聚会一次,宋清在厨房忙得不可开交,赵司茜招待着客人,还招呼着宋时月陪弟弟妹妹一起玩耍。

宋时月小姨的儿子今年八岁,对学习毫无兴趣,倒是沉迷网络游戏,抱着iPad玩得不亦乐乎。

"姐姐，我想玩QQ飞车。"

宋时月的平板还是今年新买的，电子产品刚更新换代，在年轻人中刮起一股新潮。宋清也给她买了一个，结果她只用来查资料、听英语，里头什么游戏软件都没下载。

闻言，宋时月接过平板，在应用商店找到这个软件，给他下载好。

"耶！"小男孩开心地点开，进入登录页面，又递过来求助，"姐姐，要登录账号。"

她于是在平板上登录自己的QQ，然后绑定游戏进入。小男生雀跃地点进去开始游戏，正跑得起劲，头顶的通知栏突然跳出新消息。

他目光顿了下，手里继续操作，嘴里嘟囔："姐姐，刚刚有个叫星星的人给你发消息了。"

"什么？"宋时月一愣，立刻迫不及待地打开手机，登上软件。果不其然，对话框里，那颗星星已经浮现在了置顶。

看清祝星焰回复的一瞬间，宋时月先是松了口气，原来他没有故意不回消息，但又很快被自己的患得患失淹没。

她有一刻，竟然有些讨厌沉浸在这种情绪里的自己。

宋时月在这短短时间里想明白了很多，冷静下来往回看，几天前不合时宜生起的放纵和妄想显得尤为可笑。

就到这里吧。

这场漫长的告别也该走到尾声了。

她仿佛从来没有过千回百转的纠结，就好像什么也没发生过，如同往常的每一次聊天，发送消息，结束对话。

祝星焰，祝你未来繁花似锦，一路坦途。

我就先走到这里了。

宋时月没有再等他的回复，将账号下线。

她关掉手机，突然困倦，想要躲进房间。

外面热热闹闹的，大人们聊着天，小孩全情投入玩着游戏，说话声和电视声混杂在一起，又突然一刻被静默消音。

她把自己蒙在被子里，慢慢地，感受到了一种迟钝缓慢的痛。

宋时月的QQ被小表弟借走了，他年龄还小，没有注册自己的账号，最近又深深沉迷于飞车，那天吃完饭临走前，还抱着她的平板不撒手，恋恋不舍。

直到宋时月主动说把号借给他，才开心得一跃而起，迈着快乐的小步

115

伐出门。

她突然有些羡慕，小孩子的快乐好简单。

高考结束，漫长的假期让人有种突如其来的无措。

长年累月的早起学习早已定好她的生物钟，哪怕放假，她也是每天早早醒来，不用做功课之后，莫名的空虚袭来。

这种状态只持续了几天，宋时月很快调整好，她开始跟着宋清每天早起跑步，下载网上的英语资料练习，还趁着假期学会了游泳和开车。拿到驾照那天，她忍不住发了条动态。

周宗白在底下给她评论。

周宗白：非常厉害的宋时月。

两人自从上次把话说开之后，就保持着君子之交，偶尔会在网上点赞互动，但极少再私聊。

宋时月给他回复了一个笑脸表情，切出了页面。

六月底，高考分数出来。

意料之中却又有些意外，宋时月考得很好，超出预期，比平时的模拟考还多了二十几分，录取是板上钉钉的了。老师和朋友都发来庆祝，宋时月坐在电脑前，望着那个分数，还有点回不了神，期盼了许久的结果突然呈现眼前，就好像小时候梦中渴望的礼物送到了她手里。

她珍惜地捧住，在志愿栏填上了自己的理想大学。

自此，命运完成闭环，小时候的那个梦想，在今天实现了。

宋时月感觉到从未有过的轻松，却又担上了另一份沉重——她还有更长更远的路要走，即将迎来新的未知挑战。

假期的后半段，忙碌得仿佛回到高考前。

录取通知书寄到家之后，宋时月加了新生群，有辅导员在里头分享学校相关资料。她登上官网，查询到历年课程，开始准备提前预习。

右下角，绿色图标闪动，周宗白给她发来消息。

周宗白：开学去报到要结个伴吗？你一个女孩子不太安全。

高考出分那段时间，周宗白被人频频提及，因为他是繁市的理科状元。只要路过市一中，都能看到外面挂着的红色横幅，他的名字印在中间，很醒目。

填报志愿的前一个深夜，他突然给宋时月发来消息。

周宗白：我准备报考Q大，你有没有改变自己的目标？

月亮：没有。

周宗白：那未来四年，请多多指教。

这一年，大家都开始用上新的聊天软件——微信。

班里又重新建了个微信群，大家纷纷互加新联系方式，空间动态分享不知不觉开始向朋友圈发展。

宋时月的 QQ 还总是让小表弟登着游戏，偶尔接收消息不及时，她便也注册了一个微信账号，将聊天慢慢移了过去。

看到周宗白发来的邀请，她几乎没有犹豫就婉拒了。

月亮：我爸妈准备送我过去啦，不好意思。

那边也很快回过来。

周宗白：哈哈，好的，果然女孩子要娇养，像我这样的就被家里自生自灭了。

后面跟着个苦涩的表情包。

宋时月忍不住一笑，给他回了一个安慰的表情包。

暑假还剩下最后小半个月，小表弟突然发来账号登录的请求，宋时月觉得奇怪，看了眼日期，只当是快开学，家里勒令他停止玩游戏，要补作业了。

没两天，她突然有事需要登录 QQ，密码输入进去提示错误。

她有点蒙，赶紧致电小姨询问。

小表弟被叫过来接电话，没问两句，他就支支吾吾吐露出真相。原来因为他在游戏里和人吵架结仇，对方一怒之下，找人把他的号给盗了。

宋时月哭笑不得，应付了几句小姨那边的致歉，没一会儿就听到了小表弟悲惨的哭声。

她也不好再说什么，挂掉电话，不免在心里庆幸，还好同学都在微信里重新加了联系方式。

想到这里，一个摆放在角落许久的人名浮现出来，宋时月心头传来闷痛，像极了那个蒙在被子里的下午。

她莫名对着空气发怔，出神很久，直到窗外阳光移动打在手背上，肌肤传来灼热感，才猛然回神，遗憾和释怀同时出现，好像是上天在给她作出决定。

她忍不住笑了下，又很快恢复如常，退出软件，没有再试图登入。

夏天从不缺席。

又是一年的开学季，出门去取快递，发现校园里冒出了许多新鲜面孔，稚嫩青春，洋溢着对新生活的好奇和打量。

宋时月和两个舍友走出校门，穿过马路，到快递点时，刚好看到几个穿着制服的 H 大飞院的男生从面前经过。

柏佳激动得嗷嗷叫，直拍她们的手，吸溜着口水："唔唔……看前方，有帅哥。"

"啊啊啊，右排第三个，那腰，那腿，绝了！"

她犯花痴的模样太明显，徐弥怕丢人，连忙捂住她的嘴，把人往另一边拉。

"你声音小点，待会儿人家听到了。"

"听到就听到嘛……刚好可以趁机搭讪要个联系方式。"

柏佳理直气壮地反驳，吓得社恐美人徐弥直拍胸口，唯独宋时月不作声，自始至终只笑着。

柏佳看着她，想到什么，眼珠子一转，心生一计。

"哎！时月，你之前不是有个在 H 大的高中同学吗？能不能叫他喊几个朋友出来组织一下联谊啊？嘿嘿嘿……"

宋时月表情一滞，微笑大法破功，脸上出现和徐弥方才如出一辙的无奈，低头扶额："我和他……没有熟到这种程度。"

柏佳提起的是高中毕业聚餐那晚，在走廊上同宋时月告白的那个男同学，彭嘉。

虽然宋时月当时明确拒绝，但两所学校在同一个城市，甚至还刚好门对门，离得很近。

彭嘉在开学第一周就过来找宋时月了。那会儿刚好是傍晚，她在宿舍洗完头发，正准备和两个舍友一同出去吃饭，门卫室那边电话通知，校门口有人找她。

W 大一般是不允许外人进入学校的，都要在门卫室登记，再由门卫室帮忙传达。

电话刚好是柏佳接的，又正好马上要出去吃饭，于是三人一起往校门处走去。

大老远就看到门口站着个男生，个子很高，身材匀称挺拔，皮肤还白，五官一眼看上去也不错。

柏佳当时就忍不住激动，连忙晃宋时月的手："帅哥！是个帅哥！"

几个女生已经走到跟前，彭嘉早早看到宋时月，眼睛一亮，迎了上来："班长。"

阳光下，他又变成了那个腼腆的男同学，不知道该怎么打招呼，于是沿用了高中时的称呼。

"好巧，我们学校就在对面。"

漏洞百出的一句寒暄，刻意得不能再刻意，旁边的柏佳和徐弥早已憋不住笑，乐成一团。

彭嘉的脸红了又红。

最终，那顿晚饭是四个人一起吃的。

彭嘉腼腆，但并不惧怕社交，同柏佳她们也能聊得来，只是太过周到，全程都很关注地给宋时月挪菜倒水，宋时月有些不适，只盼着快点结束这顿饭。

最后分别时，她的迫不及待可能表现得太明显，男生察觉，失落地低下眼，没有再多说什么。

后来，他们只在网上联络过两次。

彭嘉送出的好意和邀请都被宋时月一一拒绝，便明白了她的态度，很有分寸地没有再打扰，只偶尔出现在她的朋友圈点个赞，两人保持着分明的界限感。

这种关系下，宋时月根本没办法再去主动联系彭嘉，更不要说什么联谊。

"我懂我懂，我们都懂。"柏佳打趣调侃，"不就是追求者吗？我们学校还少？要我说，时月就是道德感太高了，换成是我，嘿嘿嘿……"

"换成是你，也不过是嘴强王者。"徐弥当即忍不住翻了个大大的白眼，毫不留情地戳穿，"你一天到晚除了在网上搞CP，现实中谈过一个吗？"

"我、我那是没遇到合适的！"柏佳不甘狡辩。

"行行行，希望大学毕业之前你能遇到一个。"

"徐弥！你别咒我！"

两人几乎要当街掐起来，学校到快递站短短一段距离，吵闹了一路，直到回了宿舍还不停歇。

相比周围其他高校，W大显得格外小。

校内教学楼、宿舍、食堂等一众地方，仅靠步行就可以轻松到达，不需要其他代步工具。因为每年录取人数少，宿舍也是三人间，上床下桌，每个人都拥有自己的独立空间。

进大一不久，宋时月很快适应了大学生活，作息稳定规律，每天重复着学习的节奏，一点点扩展自己的知识面。学校的老师和课程安排都很专业，比起高中时五花八门的内容，在这里只需要做一件事——

英语学习和翻译。

宋时月当初填报的是英语系翻译专业，第一年基础课程还算能掌握，除了单一的课程学习外，学校还有许多外出交流活动，生活的每一寸都填得满满当当。

宋时月感觉到了一种熟悉的平静和充实，比起高三那段时间的情绪跌宕，现在的状态，似乎让她更为自洽。

回到宿舍，柏佳躺到床上开始刷她最近新嗑的CP，抱着同人文看得津津有味，还不时发出痴笑。

宋时月坐在书桌前，打开电脑，继续一份文献翻译。

做到一半的时候，她有个信息点需要查询，网上搜索出来的页面提示有某个问答链接，回答似乎涉及了她需要获取的消息。

点击进去，网页提示登录才能查看，宋时月犹豫几秒，还是输入了自己的账号。

她已经许久没来了，后台私信堆满红色小点。她不敢点开，只匆匆浏览完自己想要的信息就准备点击下线。

鼠标挪动过程中，不小心误触，碰到了右上角的红点，页面直接跳转进了收到的评论。

底下几乎是一水的分析和追问，闯进视线最多一条直白刺眼。

——这个同学肯定暗恋他吧？

大一上学期，宋时月刚买电脑，开始浏览以及使用一些网上新开发出来的软件。

这个问答网站刚火不久，势头迅猛，她也忍不住逛了一段时间，直至某天还不小心刷到了一个提问。

——有人做过祝星焰的同学吗？可以说说他当初在学校里是什么样子的吗？

她不知怎么，鬼使神差停下了动作，光标停在输入栏，双手脱离了大脑的管控，写下了回答。

她只是提了一件很小的事情，关于借书的，有关祝星焰的描述也很克制。

——像天上星。

她以为自己的表述不会引起太多注意，谁知道，回答一发上去，立刻被冲到了热门第一，许多不认识的网友开始在底下追问。最初还很正常，直到她提及借书一事，第二天再打开后台，就变成了满篇的刷屏。

她的隐秘心事被无数网友一言道出。

她当时的懵懂不自觉，现在回看，已经是昭然若揭。

只是她太过迟钝，直到临近分别，才一点点察觉到了自己的心意。

关于那个夏天的短暂心动，就像是一场绚烂烟花，绽放了，也就结束了。

柏佳最近喜欢的搭档很邪门，是祝星焰和另一个男明星，陈之驯。

起初是两人在一部电影里演男主和男二，有不少对手戏，陈之驯扮演的是一名刚入职的年轻警察，而祝星焰是嫌疑人。电影场景阴暗，两人在一个狭小的房子里对抗搏斗，肢体碰撞间，汗水顺着脸颊而下，混乱又暴力。两张年轻的脸庞却漂亮得充满绮丽色彩，裸露出来的身体肌肉青涩秀越。

邪门粉柏佳当场入坑，并且立刻去扒了两人往日的综艺，扒出他们在那档出道节目里还是队友，每天同吃同睡，镜头无数。

柏佳激动了，连扒了三天三夜，还在网上找到无数同好，贴吧、超话、CP粉群，一样不落加入打卡，在极短时间里还混成了主持人，俨然有领头羊的架势。

早年的时候，她为了嗑CP就自学了视频剪辑和修图，现在还入坑"星之助"——他们起的CP名，更是大力产出，剪了无数出圈神图和视频，莫名有种队伍慢慢做大做强的趋势。

对此，柏佳的回应是："没办法，谁叫祝星焰这几年都零绯闻，就连同框的女明星都没几个，异性恋嗑不起来，那就只能曲线救国了。"

好一个曲线救国。

宿舍另一个祝星焰的粉丝徐弥每天和她打擂台，两人只要一聊起有关祝星焰的话题，就会争吵起来。

宋时月夹在中间，总要被提拎出来当审判官。

她无辜被殃及，只能打圆场："好了好了，我觉得你们都没有问题，只是立场不同而已，想必祝星焰也能明白你们对他的爱。"

每次一把偶像拎出来，她们就纷纷收声安静了，彼此对视一眼，双手抱胸，冷哼一声，短暂和平。

宋时月也不知道三人宿舍两个舍友都是祝星焰粉丝这件事情算不算巧合，但凭着祝星焰前几年如日中天的势头，以及现在在电影奖项拿到手软的实力，好像也不算太不可思议。

《惊春》上映那年就拿下了当年票房之首，流量口碑爆火的同时，去年还把国内一圈电影奖项包揽，祝星焰更是凭借着这部电影获得了最佳男主角。

他露面得越少，粉丝的喜欢好像就越狂热，他每次一出来发微博，短短时间内流量惊人。他每年生日的应援轰动热烈，火遍全球，太平洋彼岸的时代广场大屏上都一遍遍播放着他的身影。

可他还是越来越低调，不拍戏的时候，常常沉寂好几个月没有动静，偶尔现身分享一支自己拍摄的Vlog，不是在和老大爷下棋，就是在世界各地环游。

脱离了闪光灯，他就像一个普通人一样在生活，过着二十岁年轻人应该过的日子。

　　他好像是来这个世界体验的，一边当着明星，一边填充着另一半不属于镜头的人生。

　　十一国庆档，由祝星焰主演和张浔立导演的新电影《悬崖》上映。

　　首映在京市。

　　徐弥是本地人，费尽心思从朋友的朋友的哥哥手里拿到了两张电影票，对方的工作和影视宣传挂钩，有点权利，但不多，满打满算也只能匀出两张票。

　　宿舍里，徐弥满脸愧疚，望着两人十分为难，手中的票都被捏紧揉皱了，充分体现出了主人内心的纠结和痛苦。

　　一旁，柏佳眼睛发直，无意识地咽了咽口水，被那两张票冲昏了头脑。

　　这可是祝星焰的电影首映门票！是可以见到主创本人的！她还从来没有在现实中见到过祝星焰，这几年他本就少露面，除了电影宣传和品牌活动，几乎没有出现在公众面前，别说是普通粉丝，就连他的死忠铁粉都难见到他一次。

　　而现在，不远处的徐弥手里拿着的，似乎就是唾手可得见到他的机会。她呼吸放轻，不敢多发出一个字。

　　宿舍气氛沉闷死寂，不等她开口，宋时月先笑了下，如常出声：“我那天刚好有事，就不去了，你把票给柏佳吧，你们两个一起去。”

　　"啊……别别别。"闻言，柏佳立刻从方才的昏昏然中清醒过来，断然拒绝。她虽然心动不已，但也不愿意用这种方式白占便宜。

　　"这个票是徐弥的，你要不想个办法让我们公平竞争？"最终，宋时月只好为难地提出这样的建议。

　　于是徐弥更加为难。

　　宋时月"扑哧"一笑，话语坦然真挚："我说的是真的，国庆我朋友要从老家来找我玩，我总不能放她鸽子。况且你们才是他的铁粉，我只是一个普通喜欢他的路人。"

　　宋时月是怎么被打进祝星焰粉籍的呢？

　　这来自刚开学不久宿舍的一次普通夜谈。

　　大家聊起娱乐圈里喜欢的明星，不约而同地说出了祝星焰的名字。

　　徐弥兴致勃勃地问宋时月："你喜欢的明星也是祝星焰啊？"

　　宋时月哑然许久，在黑暗中无声点了点头，扬唇笑着说："嗯，我喜欢的也是祝星焰。"

　　再后来，《惊春》获奖，颁奖礼结束后的媒体采访中，男生安静地坐在镜头前。

被问及高中生涯印象最深刻的事件时，他想了想，微扬脸庞，望向镜头的双眸依然清黑透亮。

"高中的时候，很少去学校上课，只记得当时的班长特别负责，每次的课业和资料都会毫无遗漏地传达过来。"

"是女生吗？"

"是，她是我高中三年唯一记得的女同学。"

"哇，那你们现在还有联系吗？"记者立马感兴趣地追问。

男生似乎笑了下，又似乎没有，只微垂下眼睑，声音轻缓："没有了，我们毕业就失去了联系。"

当时看到这个视频，柏佳第一反应就是有情况，徐弥则冷静反驳："如果真的有什么，他们怎么还会失去联系？"

"谁能不喜欢祝星焰？谁能舍得和他失去联系？"

她的一连质问理由充分，柏佳不由得被说服，冷静下来细想，也附和了她这个观点。

"也是，但凡祝星焰有点想法，那个女生都不会和他失去联系的。所以只有两个结论，第一，是祝星焰对她只是单纯的同学情，觉得她特别负责任，所以印象深刻；第二，那个女生不喜欢他……当然，第二点不成立。"

柏佳一通分析，徐弥连连点头赞同，两人说完甚至感觉自己像名侦探柯南附身，忍不住抬手击了下掌。

等她们两人激情表述完，才注意到一旁一直没有说话的宋时月。

柏佳想到什么，忍不住"哎"了声："时月！你老家是不是繁市的？你当时的高中离祝星焰读书的学校远吗？"

宋时月回过神来，调整了一下情绪，一本正经地对她们说："其实我一直没告诉你们，我高中和祝星焰就是一个班的，他刚才采访里说的班长就是我。"

"哈哈哈……"

柏佳和徐弥两人同时放声大笑，前者更是忍不住伸手捏了捏宋时月的脸颊，爱怜道："小时月，你真可爱。"

徐弥同样宠爱地摸了摸宋时月的头："时月，我们知道你喜欢祝星焰，没关系，大家都喜欢，也会偶尔做梦。"

"每个人都应该保持心底美好的幻想，我们不会嘲笑你的。"柏佳紧跟着一本正经地宣告。

宋时月无奈地苦笑，没有辩解。自此，她的粉籍被牢牢打上了祝星焰的名字，不知道什么时候起，舍友就默认她是祝星焰的粉丝，义无反顾地喜欢着他。

宋时月平时的表现也完美地契合了这个认知。

她会特别关注祝星焰的新闻，哪怕平日对娱乐八卦不感兴趣，偶尔也会购买祝星焰的周边，关于他的影视作品会反复观看，哪怕是平时休息听歌，耳机里放的也是他的单曲。

从来没有人怀疑过这件事情。

直到这天，听到宋时月在宿舍里说：

"况且你们才是他的铁粉，我只是一个普通喜欢他的路人。"

"我就不去了，你们替我去看他吧。"

第五颗星星 ★
信号连接

宋时月也不全是借口和托词。

难得等到国庆长假，大力早早就说要来京市找她玩，顺便旅游。

虽然可以预期到人挤人的景点，但对大力电话里无比憧憬的升旗仪式，宋时月还是决定"舍命陪君子"。

徐弥和柏佳已经早早在为见到祝星焰做准备，周末到商场大逛特逛，买了一堆衣服和裙子回来。

柏佳甚至还特意去做了个头发，整个人从头到脚焕然一新，再也没有平时邋遢学姐的模样，走在路上甚至还碰到小学弟要微信。她得意扬扬了好长一段时间，直到国庆如期到来，放假前两天，她的导师突然在线上联系她，要她共同参加一场行业峰会。

这也算是课外实践的一种，跟在老师旁边做翻译。积累经验的机会很宝贵，更何况对方是她的指导老师，她根本没有胆子拒绝，一旦被发现找借口推托然后跑出去见明星，她未来三年也就不用在学校混了。

她收到消息的当晚，在电脑前哀号痛哭咆哮，拒绝的措辞想了一通又一通，额头哐哐撞击桌面，几番不甘痛苦挣扎之后，整个人麻木地抬起头，发丝凌乱，双目呆滞，认清现实妥协。

她手指在键盘上迟缓敲动，回复了一个语气快活的"收到"，以及一个"可爱握手"的表情包。

消息发送完毕，她立即转头，如丧考妣地看向两位舍友，颤颤巍巍地拉开了书桌抽屉，从厚重的书里抽出了慎重保存的珍贵门票。

"时月……"柏佳宛如贞子般幽幽呜咽，把手里的票递给宋时月，一脸哭丧，"都是天意啊……"

125 /

天意似乎令人难以捉摸。

宋时月也没想到，兜兜转转，她竟然还是拿到了这张门票，更凑巧的是，第二天她被大力放了鸽子。

女生在屏幕那头哭泣致歉，一个劲发弯腰道歉的小人表情包。

大力：呜呜呜，月亮是我对不起你，我们班突然组织国庆一起去鼓浪屿看海，我一个人缺席好像不太好……所以……呜呜！下次一定补上！

宋时月对着手机一时有些愣怔，许许多多复杂情绪莫名涌上心头，心不争气地突突了两下。

原本她还想着，如果大力过来，她或许可以借口陪大力，然后顺理成章推掉这张电影票。结果，命运好像指向了同一个方向，不容拒绝地推着她，往那里走。

电影上映那天，晴朗多日的京市忽然变天了。

从上午起就乌云密布，瞧着是要下雨的征兆，宋时月和徐弥提前出门，下午两点就抵达了附近的商场，吃完饭刚好逛街消食。电影放映时间是五点，还有一个多小时，商场外就挤满了人。

全是粉丝，祝星焰的应援色最显眼，牢牢占据大半广场。

不知何时，玻璃外的天色完全沉下来，一滴一滴的雨水砸落，粉丝不躲不避，都默默撑起伞，穿上雨衣，对着车辆入口的方向翘首以盼。

看电影需要提前检录入场，宋时月撑开伞，带着徐弥一同走过去。两人躲在黑色伞下，伞面宽大，完全遮盖掉外头的风雨。

徐弥挽着她的手，打量几眼，突然随口道："时月，你这把伞好像用很久了。"

京市少雨，大多集中在夏季，在徐弥印象中，大一开学起就见宋时月每次雨天总撑着这把黑伞，少有离身，用了这么久也没有更换过。

"一直没丢，就一直用着。"宋时月如常笑谈，轻描淡写的模样。

但徐弥却记得，有次下雨，她们在图书馆，宋时月这把黑伞放在桌脚旁靠着，两人只是出去倒了杯水的工夫，回来这把伞就不见了。

当时宋时月急得眼睛都要红了，匆匆出去找安保室查监控，最后还没等看完录像，图书管理处先传来消息，说是有位同学不小心借用了伞，忘记和她说，现在已经还回来了。

那天，记忆中从来没同人红过脸大声说话的宋时月第一次发了火，态度坚决强硬地斥责对方："不问自取就是偷，请这位同学下次自重。"

对方是个男生，脸都涨红了，支支吾吾地道歉。

宋时月却丝毫没有顾及，接过那把雨伞，当着众人的面仔仔细细检查了一遍才一声不吭地离开。

当时她们刚好经历了一场临时的口语考试，题目很难，需要同声传译联合国会议上各国外交官的发言视频，大家发挥得都不是很好，分数打得很低，即便永远在班里排名第一的宋时月，也拿到了一个对她而言是有史以来的最低分。

当时徐弥以为是宋时月没考好，所以心情不好，情绪很差。

现在两人走到影院门口，在宋时月收起伞，拿出纸巾仔仔细细擦干伞面上的水渍时，她才恍然大悟。

原来宋时月就是珍爱这把雨伞。

"时月，这把伞是什么很重要的人送给你的吗？"影厅内开着小灯，身旁都是陆陆续续进场的人，徐弥和宋时月挨得很近，小声发问。

她们的门票位置一般，在后排倒数，很快就找到了。落座后，宋时月才解释道："东西用久了都会有感情的。"

"好吧。"徐弥收回注意力，调整了一下坐姿，充满期待地望向前面的大屏幕。

"不知道主创什么时候入场，刚刚进来，外面都是粉丝，感觉祝星焰应该会避开人流。"

"他不会在我们看电影的时候悄悄进来吧？刚好周围都没开灯，漆黑一片，然后放映一结束，灯打开，转头一看，他就坐在我旁边！"徐弥的美好设想还未终结，身旁的椅子就传来动静，转头一看，一对情侣亲亲密密地落座下来。

她心里直骂晦气，无言扭过头，安静几秒，正色和宋时月讨论起了电影剧情。

"《悬崖》好像是一部正剧，不知道会不会无聊……不过光看祝星焰那张脸，我应该也可以坚持两小时。"

她在电影开始后被啪啪打脸。

第一个镜头便是人迹罕至的山顶悬崖，面容稚嫩的少年眼神却沉默早熟，他安静地盯着悬崖下方，天空蔚蓝，大风吹起他的衬衫。突然，他张开手，纵身一跃。

画面一黑。

徐弥吓得紧紧抓住宋时月的手，身子一抖。

下一秒，镜头切换，转到了热闹繁华的城中村。

男生睁开眼，从简陋的床上醒来……

电影满满当当两个小时，却像转瞬即逝，灯亮起，徐弥还在意犹未尽，留恋回味着剧情。

前方大银幕前的舞台上，站上来一行人。

正中间握着话筒的少年，正是方才电影里的男主角，他此刻褪去了影片里的面容坚毅，安静带笑望着众人，温和地出声打招呼："大家好，我是祝星焰。"

声音传入耳中的一瞬间，宋时月心神颤动恍惚，她忘了多久没有听到过他的声音，多久没有见到过他了。

整个影厅只剩下欢呼尖叫，无数人在激动鼓掌，并大声喊着他的名字。

"祝星焰——"

"祝星焰——"

"祝星焰——"

一声声，如浪潮涌动，铺天盖地包围着舞台中心的少年。

见场面有些失控，主持人赶紧站出来控制节奏："好了好了，知道大家激动，但是先让我们主创打完招呼好不好？待会儿我们'季无鸣'会和大家多多互动的。"

主持人强调着祝星焰电影角色里的名字，场内观众慢慢安静下来，就像沸腾的海水逐渐平稳。

宋时月目光紧紧盯着那一处，慢慢地松下自己紧绷的肩背。

她呼吸轻缓，藏在灯光暗淡的角落里，隔着远远的距离，凝望着正中间闪光灯下的男孩。

时隔近两年，再见到他，他们的距离好像更远了，由同坐在一个教室的同学，变成了舞台上的主角和观众。

他们之间，远到难以跨越。

电影首映的见面会很短，一行人从入场到离开，也不过十几分钟。主创们分享完角色，便是媒体采访，还有一小段观众互动环节。

话筒总是落在前排，而且也不过是抽取了两三位幸运观众，其中一人的提问还完全和电影无关。

年轻男生像是大学生的模样，在众目注视下，激动地握着话筒，紧张大声提问："祝星焰！你的性取向是男还是女？现在还是单身吗？会在我和陈之驯中间考虑吗？"

满厅哄笑。

台上的前辈演员和导演都含笑打趣地看向祝星焰，祝星焰还是沉稳淡定的神情，微抿唇，声音从话筒里传出来。

"我是异性恋。

"至于感情状况,我很早的时候就说过,谈恋爱会公开。"

最后一个问题他已经在前面的回答里一并回复了,即便是澄清,也措辞温和得体。

我是异性恋。

而不是,我性取向正常。

首映礼在所有人的意犹未尽中结束了,方才出现在面前的人,像是夏日里一场绚烂而短暂的梦,还未仔细感受,就已经消弭在了空中。

走出影厅,徐弥依旧恍恍惚惚,唯独紧掐着宋时月胳膊的手,表露出了心底的不平静。

"我的天,祝星焰本人原来是这样子的,看起来好温和,脾气好好。真人五官简直精致好看得不像话,气场也好绝,就、就像是黎明前雾气未散时,从幽暗森林里跑出来的一只鹿,眼睛乌黑,安静地看着你……神秘又吸引人。"

"我不知道我表述得准不准确,我现在脑子有点热……已经控制不住想要胡言乱语了……"徐弥抓着宋时月的手放到自己胸口,红着脸,眼睛湿润,"时月,你摸摸,我的心脏是不是快要跳出来了?"

触感柔软,宋时月努力摈弃杂念认真去感受,"扑通、扑通",心脏跳动剧烈,一时间,她也分不清这声音是谁的。

两人快出影院时,徐弥收到了这个赠票朋友的消息。对方也刚从影厅出来,托关系拿到了祝星焰的签名,还特意给徐弥要了一张,准备带给她。

徐弥当场激动得跳起,兴奋完想起一旁的宋时月,有些不好意思:"时月……我朋友估计也不太好多要……"

"没有关系。"宋时月坦然大度,温和地笑着,"我很早的时候运气好,拿到过一张。"

"真的?都从来没听你提过!"徐弥一副要细细追问的神态,只可惜抵不过朋友消息的连环轰炸,还是匆匆告别了,不忘叮嘱宋时月回去一定要注意安全。

这里离学校很远,打车费用高昂到令人肉痛,宋时月朝附近的地铁站走去。下雨路不太好走,她穿着小皮鞋,害怕被打湿裙角,走得很小心。

影院到地铁站有一条长长的街道,在雨中仿佛漫长得看不见尽头,昏沉的光影中,远处的建筑都变得模糊不清。

身旁偶尔路过三两行人,神色匆忙,唯独她步伐不紧不慢,身形纤瘦窈窕，裙摆柔柔荡在小腿间，漂亮静谧得像一幅画。

一辆黑色车子从街角驶来，无声无息地靠近。

擦身而过的瞬间，后座的祝星焰不经意抬眼。

视线掠过窗外，看见了那道撑伞的身影，车子飞速行驶间，那道身影变成了一个迅速缩小的黑点。

他脑海中残余着那幅画面，鬼使神差地，涌起莫名的错觉。

那把伞，好像很熟悉。

一闪而过的念头在他想到宋时月此刻就在京市读书之后落地生根，牢牢扎在他脑中，无法动弹。

祝星焰回过神，语气急促："张叔，麻烦往回倒一下。"

"这里好像不能掉头……"司机打量着路况，迟疑道。

等在前方路口找到掉头点转回来时，方才那条路上，已经不见了女生的身影。

祝星焰仿佛骤然失力，整个人颓然下来，往后靠在了座椅上，出神地望向窗外。

一旁的刘焱把这一切收入眼底，这已经不知道是祝星焰第几次在路上突然叫停司机，反反复复的确认永远是期待落空。

他不忍，终究还是出声劝道："小焰，真的想见她的话，我们可以直接去她的学校找她。"

"你不懂。"祝星焰低垂着眼帘，轻声反驳，"如果她不想联系我，我做的一切都将毫无意义，只会给她带来麻烦和负担。"

"那你现在这样……"刘焱欲言又止。

即便是无果的暗恋，也应该有个尽头。在他看来，与其不明不白地消亡，不如轰轰烈烈地去死。

祝星焰重新抬起眼，望向窗外，像是在自言自语，又像是在和谁保证："我再给自己一年时间，如果她还是不回我……"

话语淹没在唇齿间，刘焱没能听到后面的话，他欲追问，又不敢问，最后只能化作一声叹息，保持缄默。

车内昏沉寂静，外头暴雨如注。

雨水噼里啪啦敲打着车顶和伞面，车辆和行人朝着不同的方向前进。

漫长的夜晚，雨还在下。

徐弥拿回来的那张祝星焰签名，被柏佳放在眼前细细观摩，就连碰触都小心翼翼，手指小心拂过他的笔迹，难以置信地深呼吸。

"没想到有一天我也能碰到祝星焰的气息。"她宛如痴汉,深吸一口气,深深陶醉。

徐弥嫌弃地把她推开,骄傲地轻哼:"我们昨天还见到他本人了呢。"

"怎么样怎么样?快说说!"柏佳立刻缠上来追问,恨不得穿进徐弥脑子里直接代入所有细节,"拍照了没有?快给我看!"

昨天的电影首映,徐弥起码拍了1GB的视频和照片,几乎全程录像,柏佳就着她的手看得津津有味,一边回看,一边发出尖叫。

"啊啊啊,祝星焰线下怎么也这么帅!这么糊的像素都可以帅得人神共愤,可真是造物主手心里的宠儿。"柏佳模仿着美剧里的腔调夸张表演。

徐弥被她念起了一身鸡皮疙瘩,直接把手机扔给她看。

柏佳一条不漏全部翻阅完,又意犹未尽,转头追问宋时月:"时月,你的呢?让我看看有没有什么独家视角。"

"时月她一张照片都没拍,你别想了。"徐弥毫不留情地泼冷水。

柏佳诧异地"啊"了声,觉得不可思议:"宋时月!你也太不食人间烟火了吧!亲眼看到祝星焰本人都能忍住不拍?"

宋时月抿唇轻笑,埋头整理自己的翻译资料,语气如常:"我们坐得太远了,手机像素不好,拍出来也不好看,干脆不拍了。"

"你这个假粉!"柏佳用力控诉,"一点也不真心!早知道我就干脆翘班去了,免得给你浪费了一张见面门票!"

"谢谢柏小姐和徐弥老师的成全,让我能见到祝星焰一面。"宋时月推开椅子面朝她们,郑重表达谢意。

她突然这么正式,柏佳不习惯。

"咳,多大点事,咱们姐妹之间不言谢。"她挥挥手,一脸大气。

"OK,嘴强王者。"徐弥趁机调侃。

柏佳磨牙。

两人眼见又要掐起来,宋时月笑着打圆场:"好了,作为感谢,今天晚上我请大家吃饭吧。"她没等两位拒绝,眨眨眼,又加了句,"食堂菜品随便点。"

"……行。"

国庆过后,京市一转眼就冷了起来,再过一段时间,就要下雪了。

刚开始过来的时候,宋时月很不适应北方的气候,空气太干燥,没有南方的温暖湿润。

周宗白那会儿总是不厌其烦一趟趟给她送东西,有时是一个小型加湿器，有时是润肤霜，还有次给她送了一盆小小的铜钱草，说是放在屋子里会增加湿度。

那时两人刚到京市，或许是老乡互相照应的心态，联络得比先前频繁。次数多了，每到周五，柏佳她们还会打趣："今天你那个Q大的同乡帅哥怎么不来找你了？"

后来这个事情被大力知道了，她在电话里叫着："好啊，我就知道这小子不安好心，现在快被他得逞了吧？"

宋时月愣怔片刻，反应过来，似乎不知不觉间，在所有人眼里，她和周宗白的关系已经不清白了。

于是，在第二周周宗白问宋时月要不要一起出来吃饭时，她借口课业忙碌，拒绝了。

她拒绝两三次之后，周宗白就没有再主动发出过邀请，只偶尔在网上联络问候。

今年京市初雪，他发消息给她，让她去取快递。

周宗白：去年你说那个护手霜好用，我在网上又买了一套，你下课记得去拿。

宋时月不太容易接受这番好意，惶恐不安之余，快递已经不由分说寄来，拒绝又显得分外刻意。

她下了课，同柏佳她们一同去校外拿快递。

昨晚下了一夜雪，地面覆着薄薄一层，脚踩上去，软绵绵的，还会留下一个脚印。

周围万物雪白，每年冬季的童话时刻。

三人怕摔，手挽手走着。

在如此艰难的条件下去取快递，柏佳不由得感慨："时月啊，你这个老乡确实还不错，你真的不考虑一下吗？"

"Q大高才生，人帅，还对你一往情深、关怀备至，刚巧还是同一个地方的，多好。"

"那这样说起来，我们学院那些追求者条件也不差。"徐弥加入话题讨论，"你们应该知道院系里好多人都是红色背景吧？家世在京市也算得上数一数二，未来肯定前途无量。就上次来班里找时月好几次的那个学长，家里就有外交官，上一辈还有从商的，属于两边都占，真正的高干子弟。"

"反正无论选哪一个，都挺不错，足够配得上我们宋大美人。"柏佳口吻骄傲。

宋时月刚入学报名那会儿，就引起了不小的轰动。

起因是校内杂志公众号在搜索新生素材时，拍了她的照片发上去。

女生穿着白色裙子，素面朝天，不施粉黛，拖着行李箱从校门走进来。绿树成荫，细碎的光线打在她身上，那一幕比起青春电影里的女主角出场还要让人惊艳，初恋的气息扑面而来。

其中有张她对着镜头笑的照片，明艳灿烂，眼睛恰好弯成了两道小小的月牙，瞬间击中人心。

别说男生，就连当时看到照片的柏佳和徐弥都屏住了呼吸，捂住胸口："我的天，怎么有人可以长成这样！美得犯规了吧？"

镜头中的人，鹅蛋脸白皙，线条流畅，下巴偏尖，额头饱满，标准的美人脸型，眼型秀丽，小扇形双眼皮，又因为略带婴儿肥而显得精致幼态，少女感十足。

后来在宿舍看到本人，柏佳更是直接失神片刻，被迎面而来的美貌冲击得一时失语。

公众号里的那张照片早就传遍了学校各群，无数人在背后暗暗打听，她们宿舍住着大美女的消息很快便传了出去。

之后宿舍里的电话就没停过，徐弥有段时间不得已干脆拔了电话线。楼下表白送花最多的时候，能凑成一支篮球队。她们宿舍的水果奶茶零食更加不用愁，有的是人直接送到了宿管阿姨那里，她们吃不完就到处分发。直到现在，她们每次路过宿舍门口，阿姨都格外亲切。

如此狂热的趋势持续了好几个月，直到宋时月高冷美人的名声传了出去，使尽浑身解数都没办法搞定她的那些追求者才慢慢偃旗息鼓，其他人也望而却步，周围这才逐渐清静起来。

但还是有些刚入学不明所以的学弟上来献殷勤，试图摘下这轮挂在天边的月亮。

可月亮就是月亮，永远清冷，永远高悬。

圣诞节来临之际，周宗白约宋时月一起吃饭。他在前不久的高校人工智能比赛中获得了很好的成绩，约了一干朋友出去庆祝。

除了她，还有几个繁市的同乡，见过好几次面的李勋也在其中。

宋时月不好拒绝，圣诞节当天，忙完手头的事情便收拾好上了公交车。下班晚高峰，W大在郊区，前往市内的路线漫长拥堵，公交车晃晃悠悠，直到外头天色暗下来，灯光渐亮时，她才抵达地点下车。

冷空气迎面扑来，宋时月裹紧了围巾，站在京市繁华的中心区，一抬头，看到最高那座大厦上的电子屏在播放祝星焰代言的奢侈品广告。

她不由得驻足，目光顿住。

周宗白看到她的时候，街道拥挤，人群中的女生穿着白色大衣，仰头望着上方，宽大的蓝色围巾遮住了她大半张脸，只露出精致温静的眉眼，肌肤白皙细腻。

周围的人流仿佛与她隔开，她站在那里，无形中成了一幅静止的画面，让人不由自主地被吸引。

一如每次她站在演讲台上的时刻，灯光聚集，耀眼夺目。

周宗白的视线久久定格，难以移开。

"你喜欢祝星焰吗？"

耳边传来周宗白的声音。宋时月回过神转头，发现男生已经不知何时来到她身旁，随着她的目光，一同抬头望向那处。

大厦外墙上大屏幕变换的视频里，祝星焰身形高挑利落，眉眼已经初具年轻男人的气场，不复从前少年期的稚气。

他也在慢慢往前走，慢慢长大。

宋时月缓缓收回视线，思绪聚拢，慢声回道："喜欢吧，我们整个宿舍都是他的粉丝。"

周宗白本想说什么，突然想到宋时月高中的时候曾和祝星焰待过一个班，不由得顿住，双眸垂下，欲言又止的话淹没在了唇齿间，眼神复杂。

宋时月同他对视几秒，突然一笑，率先出声："吃饭的地方在哪里？我们快点去吧，估计他们都等急了。"

这晚的聚餐气氛融洽，几个男生都是高情商，全程体贴活跃气氛，女孩子们都很好相处，中间周宗白还被怂恿展示了他这次设计获奖的机器人。

圆头圆脑卡通外形的小机器人站在桌子上，用稚嫩机械的声音同大家打招呼："你们好，我叫兔子战士，我的目标是保卫月亮。"

整桌人哄然大笑，直夸小机器人可爱，唯独宋时月在一片热闹中怔然片刻，紧接着眼帘低垂，仿佛什么也没有听到。

W大放假时间与其他高校一致。

周宗白早早地就在网上询问宋时月买火车票的事情，去年宋时月没抢到票。临近春节本来就紧张，再加上京市人流量大，回家的票很难买，后来是周宗白帮忙抢到的，他有个计算机系的朋友自己研发了一个抢票小程序，效率很高。

后面两人一同回家。

今年他再度问起时，宋时月一切如常回答。

月亮：今年可能直接买机票回去，我爸妈担心路上不安全。

周宗白：好。

京市飞繁市每天只有固定几趟航班，宋时月买好票，临出发那天，突然收到了周宗白发来的机票信息。

他说他今年也没抢到火车票，因此买了机票。

两人刚好是同一趟航班，第二天在登机口相遇。

周宗白坦然大方，就像是路上遇到朋友结伴，彼此方便有个照应。

宋清和赵司茜来接机，周宗白和宋时月一起从出口出来，礼貌得体地同两人打过招呼。

紧接着，他们在停车场各自分别。

回去的路上，宋清忍不住夸："刚才那个男孩子挺不错，又有礼貌，长得也端正，也蛮聪明。"

赵司茜特意看了眼一旁不说话的宋时月，像是随意开口般："我们也不是古板的家长，孩子成年了，也可以谈恋爱了，遇到合适不错的可以先相处试试。"

一路闭口不言的宋时月忍不住站出来澄清："爸妈，就是普通朋友，你们别想太多了。"

"哦……这样啊。"细听，宋清话里还有几分可惜。

宋时月揉额，思绪繁杂。

回到家，手机"叮咚"响个不停。

宿舍三人都是同一天归家，徐弥最先到，早早在群里报了平安。紧接着是柏佳，两人已经在群里聊了会儿。徐弥在上面单独艾特宋时月，让她拍祝星焰的签名照看看。

那次宋时月说自己很早的时候运气好，拿到过一张祝星焰的签名照，徐弥就不时追问，她只能说放在了家里。

徐弥要她回家了一定要拍给大家看看。

没想到时间过去这么久，徐弥还念念不忘。

宋时月无奈，只好把行李箱放一边，先给她找签名照。

东西一直收在抽屉里，除此之外，还有那本诗集和发卡，零零碎碎同祝星焰相关的物件，一同整齐归纳在里头，抽屉外面还上了小锁。

宋时月在衣柜顶上翻出钥匙，打开锁，拉出抽屉，把签名拍照发过去后，忍不住拿出那本诗集，无意识地翻阅了几页。

她先前很少会回顾当年的事情，那些经历仿佛被刻意封存在了时光盒里，碰触需要勇气。

不知不觉，已经快过去两年了。

她的内心越发平静，不知是生活忙忙碌碌往前走得充实，还是因为在一点点放下，不再重复当初的跌宕起伏，浪潮汹涌。

她随手打开诗页，视线却没有聚焦在上面，脑中本能地晃过一幕幕画面，像是旧时光的回忆录。

学校大礼堂、香樟树、放学回家的路口，还有那个夏天比高温更加火热的演唱会。

关于那个夜晚的遗憾，出租车提速离开时，从窗口吹来的风，宋时月到现在还记得风停留在肌肤上的温度……

回忆戛然而止，是因为宋时月指尖触到了一个硬物。她低头，目光定格，在泛黄陈旧的诗集书页中，看到了一张过期的演唱会门票。

——祝星焰"白日星焰"巡回演唱会繁市站。

他当年借走了这本诗集，再还回来时，在里头藏了一张演唱会门票。

这个秘密时隔几年才让宋时月发现。

她心里仿佛瞬间被浪潮席卷，胸前起伏翻涌，无意识地眨眨眼，鼻间一酸，竟落下泪来。

寒假里，大部分同学都回到了繁市，班里筹备着组织一场同学聚会。

一班整体感情还不错，每年春节回来都会聚聚，班里几个男生忙前忙后订酒店KTV，成功后直接把地址发群里。

宋时月和大力许久未见，她大学在南方，离繁市很近，两个小时的高铁。

两人刚回家，先小聚了一下。

约会的流程一般是逛街、吃饭、探店，最后在甜品店以一杯奶茶收尾。大力一如既往八卦，忍不住探听宋时月和周宗白的事情，宋时月回以"普通朋友"，结束了话题。

"好吧……"大力吸了口奶茶，脸上是没有探听到八卦的索然，碎碎念着，"一见钟情不存在于你们之间，就看他能不能让你日久生情了……"

"你相信一见钟情吗？"宋时月突然问。

"信吧。"大力想了想，"虽然一见钟情大概率来源于见色起意，但不也正说明对方就是你的理想型嘛。在大脑掌控身体之前，你的本能先替你做了选择。

"这是来源于基因的吸引，正恰恰说明你们就是彼此命定的人。"她神秘兮兮凑过来散布着一些歪理邪论。

宋时月垂下眼，若有所思，手指捏着吸管，无意识搅了搅杯里的奶茶："大力，你还记得我们高二那年，祝星焰个人演唱会的事情吗？"

"当然记得啦！我抢了三天三夜的票都没有抢到！最后只能在晚上路过体育馆时卑微地叫出租车司机开慢点，勉强在外面听了一耳朵！"一讲到这个事情，大力就来气，立刻义愤填膺地控诉，这段回忆似乎刻在了她的 DNA 里，此生都无法忘却。

"月亮，你那时不也在吗？还坐在我旁边。"她说完，转头看宋时月，略显困惑。

"嗯，但是有件事情……"压了好几天的心事在此刻终于找到人诉说，宋时月欲言又止，在心里组织了下措辞，"他那个时候不是在班里问有没有人需要去看他的演唱会吗？虽然在教室大家都拒绝了，但后来私下有不少人去问他要了门票。"

"我知道这个事情。"大力一脸凝重，握紧拳头，"没想到那些人都这么不讲武德。"

"是的，然后这次我回来……"宋时月犹豫许久，连语气都不自觉放轻，缓慢低声道，"在当年借给他的诗集里面，发现了一张他的演唱会门票。"

这个消息，让一向咋咋呼呼的大力都瞬间瞪大眼睛失语。她瞠目结舌，震惊半晌才慢慢找回神智："宋月亮，你和祝星焰是在演偶像剧吗？搞这种遗憾错过的戏码？"

"救命啊！谁家好人送票要偷偷藏在一本书里？又不是什么见不得人的事情！有什么不能大大方方的？除非……"

话音戛然而止，大力似乎有了什么更骇人听闻的猜测，眼睛瞪得像铜铃，紧盯宋时月，嘴巴越张越大。

"除非……他暗恋你……"说到后面，她自己都难以置信，声音低得仿佛要淹没在空气中。

"不太可能吧？这样的大明星还要玩暗恋的戏码吗？像他们这样的人，喜欢谁不是唾手可得的？"

"是啊。"宋时月低低附和，尾音同样轻不可闻，"谁能不喜欢他呢？"

同学聚会人还未完全到齐，氛围就已经无比热闹。大家许久未见，都有一些小小变化，能聊的东西太多。

宋时月也被问起 W 大的生活，她大致描述了一些，老同学之间的熟悉感很快冲淡了分开一年的陌生。

今天的同学聚会，基本上来齐了，席上清点人数完毕，最开始点数的那个人笑道："看来我们班还是很有凝聚力的！"

"哎，还差一个！"有人扬声插话。

"祝星焰！"几乎是所有人异口同声，然后又被这默契逗笑。

"大明星只能算半个同学吧。"

"他不来正常！来了才不正常吧！"

"哈哈哈，估计我们现在走在路上看见他打招呼都不认识了。喂，你哪位啊？"

"他对我们可能都没啥印象，但肯定记得班长。"话头一转，落到了宋时月身上，说话的同学语气意味深长，"毕竟我们班长兢兢业业给他传达了两年作业，肯定印象深刻。"

当初他们也有人看见了那个采访视频，还被特意分享到班级群里，当时宋时月还被调侃了很久。

"哎，班长，你和祝星焰还有联系吗？"

"你当初的那个QQ号还没有找回来？"

面对好几道好奇八卦的追问，宋时月唇角微弯摇头，无奈温声："没有，一直没有去找过。"

"我认识好几个计算机系的同学，要不要现在给你试试？"

"对啊，当初科技不发达，号被盗了大家都没办法，但是我们现在可是大学生了！祖国未来的技术骨干！"

在你一言我一语的建议中，宋时月陷入愣怔。即便这些时日意念动摇，涌起了这种念头，但她迟迟没有付诸行动。

这个想法最迫切的时候，是在书里发现那张演唱会门票的瞬间，然后落完泪，等情绪稳定下来，先前的勇气和冲动又一点点消弭。

随着时间拉长，越发情怯，她知道自己迟早会去做这件事情，不过并不是这种被所有人关注的时刻。

想必是看出了她的为难，旁边的女生先给她打圆场，打消了那些闹腾的人的提议。

等周围清静下来，女生又在私底下俯身靠近，小声问道："你和祝星焰真的不打算有联系了吗？我上次有事去学校找张指导拿资料，他还和我聊起，他说高考完那年有次祝星焰突然给他打电话问候，中途问起了你，问你考得怎么样。张指导说你去了W大，之后没聊几句就挂了电话。

"后来是通完话，张指导自己琢磨了下，觉得有点奇怪，看到我就随口问了一句，问你的QQ是不是没在用了。

"我说对，你的号被盗了，现在大家都用微信。

"但我估计张指导后来也没有再和祝星焰联系过，应该不会再特意去告诉祝星焰这个事情。"

女生说完，眼底带有洞察。

宋时月花了好长一段时间才消化完这段信息，她认真道了谢，感谢女生特意告诉自己这件事。

"不客气啊，班长，你当时帮了我们很多，大家都很感谢你。"

宋时月最后是联系的大力学校计算机系的一位同学，帮忙给她找回了账号。

对方效率很快，没到三天就把账号的新密码发了过来。

大力在对话那头，输入提示久久闪动着。

大力：听说里面塞了无数条未读消息，盗号的人拿到号应该就没有登录过，你自己慢慢看吧。

大力：不管最后怎么样，反正号拿到肯定是不亏的，现在这种短号很值钱。

她发完后面那条，又飞快点击撤回。

大力：冲！

宋时月忐忑不安的情绪都被冲散，轻轻弯唇。

月亮：好。

QQ的登录界面早就经过好几年的更新换代，变成了崭新的样子，输入框的数字却隐约能看出熟悉。当初这串账号，她认真记下来过。

宋时月敲进去密码，按下回车键，加载条出现。短短几秒，她的心跳仿佛快了数倍，那个夏天提示登录失败的账号，此刻顺利进入，完整的页面就这样突然出现在她眼前。

熟悉又陌生。

一条条带着红点的新消息跳出来，都是当年班级群还有同学发的消息，时间无一例外都定格在了那个夏天，只有一个对话框，最新的发送时间是去年十月。

宋时月没有去管满屏的红点，直接点开了祝星焰的名字。他的那颗星星一如既往，这么多年都没有变过，金色、闪亮，在她列表里发着光。

上面是一连串无人回复的消息，最后一条，是想触碰又戛然而止。

星星：*我今天路过京市，方便的话，能见一面吗？*

宋时月写写停停，回复在对话框里停留许久，终于发送出去。

月亮：你还在吗？

夜晚寂静，房间灯光无声投下，她无意识攥紧手，掌心似乎有汗意。

那边的头像却如同瞬间活过来，在她眼前跳动，几乎是秒回的。

星星：我在。

网络两端，断了数年的信号重新连接，兜兜转转，他们这两条分开运行的轨道，终究在浩瀚宇宙中再度碰上。

宋时月眼眶酸软，没顾得上给祝星焰回复，先低下头，难以自控落泪。

她视线模糊，望着对面安静等候的头像，内心犹如湖面，前所未有的安宁静谧。

只是与她截然相反，对方迟迟未等到她回复，先迫不及待发来话语。

星星：你在繁市吗？

星星：我也在。

星星：方便的话，能见一面吗？

星星：宋时月，我一直在等你，等你很久很久了。

手机振动个不停，宋时月似乎从字里行间感受到了他的急迫和紧张，她忍不住哭了笑，笑了又哭。

就如同儿时，她喜欢上了商店橱窗里专门用来展览但不出售的玩具大熊，知道不能买之后，她没有强闹着要，而是乖乖跟着宋清和赵司茜回到家里。只是那只漂亮可爱的大熊总会不受控制地出现在她脑海里，晚上做梦都会梦到。

直到有一天，她从幼儿园回家，突然看到这只熊出现在她的房间。爸爸妈妈告诉她，他们和老板交涉了好几天，终于把它买了下来。那一瞬间的幸福感，在后来无数年里，都没有时刻能超越。

直到现在，她再度体会到了童年感知到的那种幸福。

她如今已经知道，这叫美梦成真。

祝星焰的 QQ 永远登录在后台，这么多年从未下线过，哪怕现在大家的通信软件已经换成了其他。

他给那轮小月亮设置的消息提醒是特别关注。

然而那个头像，这么些年里，从未在他的手机里闪动过。

直到这天夜里，他的世界才突然被点亮。

收到宋时月的回音时，祝星焰正在京市，听刘焱说着春晚彩排的工作事项。

距离正式演出不到一周的时间，晚会导演组一遍一遍审核着细节。他今年参加的是大合唱节目，比起以往的舞蹈练习，更多的是需要与其他人的配合。

他就像在剧组上班一样，每天早上过去，晚上回来，定点彩排，中间没事就在现场休息。

夜里收工后,他在录音房修改并试听自己最新的单曲旋律。春晚导演组在工作群发了最新的通知,刘焱进来,同他详细说明。

祝星焰低头听着,手里有一搭没一搭拨弄着声乐谱子,放在桌上的手机忽然一亮,响起提示音。

他陡然坐直,椅子摩擦地面发出尖锐响声,目光紧紧落在手机上,身体僵住,缓了几秒才敢伸手去拿。

看到那轮月亮重新出现在对话框中,祝星焰眼睛眨也不敢眨,生怕一不小心就发现是因为渴望而生出的幻觉。

他不由自主屏住呼吸,看着对面发来的试探话语,像是干枯已久的树木突然生出新芽,小心翼翼地对他探出了头。

月亮:你还在吗?

他重新找回知觉,手里敲动键盘,本能回应。

星星:我在。

我一直在,等你很久很久了。

他不知道,事情那么凑巧,那一端的账号,这么多年无人使用。

最后一次聊天,告别来得猝不及防,宋时月的匆匆下线,像是某种不言而喻的结束。

毕业了,她的任务也完成了,他们之间的羁绊消失,重新成了两个不会再产生交集的陌生人。

她有自己的朋友、同学,他们的生活并不会出现任何相交,在之后,似乎也没有再联络的必要。

祝星焰害怕相信自己的直觉,直到高考出分那天,才找到理由再次主动给她发去问候。

对话框那端安静死寂,仿佛昭示着预感降临。

在她心中,他们,真的就只是走到那里了。

对她而言,他只是一个需要额外照顾的特殊同学,同学关系结束了,他们之间也结束了。

哪怕后来难以遏制,旁敲侧击得知了她考上的学校,祝星焰也不敢去求证她确切的态度,因为没有回话的另一端或许还可以说服自己,她或许只是没有看到,或许……他还可以给自己找到无数理由。

他最怕的最坏结果,是有一天终究妥协,费尽周折要到她的其他联系方式,或许等待着的只是平淡疏离的话。

——啊,祝星焰啊,好久不见。

——你怎么突然联系我了？

好在，在期待消失之前，她重新回应了他的讯号。

她不是故意切断和他的联系。

月亮：我在繁市。

月亮：方便的。

月亮：祝星焰，很高兴你还在这里。

对于祝星焰执意这个时候回繁市，并且连夜定下机票的事情，刘焱是劝阻了几番的。

祝星焰没有搭理，收拾随身物品，带上证件，直接叫司机送他去机场。

航班两个小时后起飞。

天亮之前，他重新抵达繁市，湿润的冷空气扑面而来，他却察觉不到任何冷意，心上仿佛烧着一把火，焚着他的身躯，滚烫发热。

清晨五六点的天空，将亮未亮，冬天白天来得晚，周围还是昏蒙蒙的。

有习惯早起散步运动的老人看到小区外站着一个男生，戴着口罩、帽子，高瘦，身形孤立，望着小区大门的方向，一动不动，似乎还能看到他黑发间沾染的雾水。

非常奇怪的一个人。

老人们嘀咕着，还是没有多做搭理，疑惑着走远了。

宋时月昨晚失眠，一夜都睡得不踏实，早上六点多，外头天还没完全亮，迷迷糊糊醒来，想到临睡前的事情，陡然清明。

她怕是梦，抓起手机，点开屏幕，却发现了两个小时前的新消息，来自祝星焰。

星星：你睡醒了下楼。

星星：我在你家小区外面等你。

他似乎是觉得唐突，后面又特意加上了一句。

星星：不着急。

宋时月怎么能不急。

她看清消息的那一瞬间就睡意全无，立刻从床上蹦跶起来，拉开窗帘往下看，发觉底下只有一排排树木时才懊恼——她家窗户正对着的是小区后面，只有绿化带。

宋时月匆匆忙忙下床洗漱，一边刷牙，一边挑待会儿要穿的衣服，手里还匆忙给祝星焰回复。

月亮：你现在已经到了吗？

手心振动，那边竟然是秒回的。

星星：到了。

星星：你这么早醒了吗？

宋时月心头顿时慌乱，手足无措，一时间顾不上再梳洗打扮，匆匆洗了把脸，穿上外套就拿着手机准备下楼。

安静的客厅里，来福敏锐地察觉到了她的动静，轻浅"喵呜"了两声。

宋时月想到什么，抱起它，趿拉着自己毛茸茸的兔耳朵拖鞋飞快下楼。

祝星焰无论在哪里都很显眼。

宋时月原本以为他会先找个地方坐着等她，快到小区大门时，她还准备给他发消息，谁知道一出来，那道身影就径直闯入视线，即便是在光线不清的树影下，依然叫人一眼便注意到。

这个时间点，虽然外面没有几个人，但他明目张胆地站在这里，仍旧让她胆战心惊。

宋时月不由得朝四处张望几眼，才小心朝他小跑过去，怀里还抱着一只猫，可爱得像只小兔子。

祝星焰后来很久依然记得这一幕。

昏暗的清晨，他经过几个小时的漫长等待，终于在小区门口看见了宋时月的身影。

女孩穿着宽松的毛衣外套，下摆盖住小腿，隐约露出里头的格纹睡衣，怀里抱着一只睡得懒洋洋的猫，脚下踩着小兔子毛拖鞋，看到他的瞬间，眼睛骤然亮了亮，然后像小动物一样朝四周探头探脑看了几眼，再朝他小跑而来。

她的头发随意扎起，几绺乌黑的发丝散在脸颊，衬得那双月牙似的眸子越发水润明亮。

时隔数年，她还是如同他第一眼看到她的样子。

扎低的头发，脸颊雪白，眼睛清黑明亮，注视着人时，有种别样的明净温柔，像被夜雨打湿的栀子花，散发着清冷幽香，又如同天边的月亮，温和皎洁，光辉动人。

宋时月停留在祝星焰跟前，两人距离很近很近，近到可以完全撞入对方眼中。她突然感受到一种迟来的不自在，那种情绪似乎是羞涩。她抿抿唇，不自然地垂眼，刚想说些什么打个招呼，面前的人微微一动。

祝星焰抓住了她的手臂，俯身靠近，气息从头顶覆盖下来，带着清晨的微凉。

"宋时月，好久不见。"

紧接着是一个极轻极浅的拥抱，好似轻轻一碰便分开了。

宋时月仍然僵硬得不知如何是好，怀里的来福先反应过来，察觉到了陌生人的气息，抓了她的毛衣两下，小声"喵喵"叫。

少年弯腰靠近，手搭上小猫的脑袋，轻轻揉了揉，声音温柔。

"来福，好久不见。"

这个天色未明的清晨，像是一场她构思了很久的美梦，不真实到她脚底飘然，大脑总是迟钝缺氧，浑浑噩噩，如同在梦里。

宋时月过了好一会儿才找回自己的理智，红着脸，庆幸此刻天色不明朗的同时，努力扬起头，如常同他打招呼："好久不见。"她最后轻声叫出了他的名字，"祝星焰。"

两人呆呆地站在小区外面也不像话。

祝星焰问宋时月附近有没有可以散步的地方，宋时月便带他去了旁边的公园。

早上的时候，很多老人会去广场运动，运动完就到公园里走一走，前面的栈道比较热闹，再往里走，植被繁多，早晚光线不明朗，老人散步都很少往这边来。

这里清早更是幽静，宋时月带着祝星焰走在小径上，穿过一小片树林，眼前出现小小的湖泊和草坪，旁边还有长椅。

"我们过去坐坐吧，这边应该没什么人。"她抱了来福一路，手臂稍微有些累。

来福有些认人，早已对当初的另一个主人感到陌生，不肯轻易离开宋时月。

到了休息的地方，宋时月把来福轻轻放在草坪上。来福没敢走远，乖巧地依偎在她腿旁，爪子偶尔薅一把地上的小草。

"你就这么出来没事吗？"宋时月安置好小猫，才顾得上抬眼，注视着祝星焰毫无遮挡的面容。

眼前的这张脸比起她在镜头里看到的每一次都要近，眉眼深刻清晰，精致到难以用言语描述。

祝星焰即便是此刻干净毫无妆造，穿着随意，也并不像随处可见的邻家帅哥。读书时，宋时月就不止一次听身边的女同学说过，祝星焰的好看是突破次元的。

现在，她对这句话又有了更深一层的理解。

他哪怕是穿得平平无奇地走在路上，也不像是现实里存在的人，让每个经过的路人都忍不住频频打量,短暂失神。

刚才这一路走来,宋时月都提着心,好在现在寒假,小区附近并没有早起的年轻人。

"等你的时候戴着口罩的。"她问话完,旁边的人仿佛没有察觉到她担忧的心思,反而嘴角含着笑回答。

"那……"宋时月本能想追问,话到嘴边又觉察到不对,果断止住声。

"想让你看看我。"身旁的人已经接过她的话,径直坦白,"这么多年没见,总不能第一眼的时候,你连我长什么样子都看不清。"

"那万一被别人拍到了怎么办?"宋时月的心软成一团,连质问都无意识地小声,低低偏头,靠近他,像是在说悄悄话。

"拍到了就公开。"

祝星焰陡然说出骇人听闻的话语,吓得宋时月猛地抬头,又像是一只受惊的小兔子。

祝星焰心微动,想摸摸她的脑袋,又怕自己太过唐突,最终笑了笑,压下心头的欲望。

"逗你的。

"现在和以前不太一样了,没有媒体再敢乱发明星的私人八卦,我们的法律团队很强大。

"而且……"

祝星焰顿了顿,还是尽量让口吻如常:"我也不是从前的那个祝星焰了。"他垂眸看她,眼睫很黑,平静专注,"我可以谈恋爱。"

宋时月的心跳好像漏了几拍,胸口剧烈起伏,本能地避开他的视线,暗自调整呼吸,安抚自己乱跳的心,但脑海里依旧定格着他方才看向她的黑眸。

她总有种感觉,他这句话好像是对她说的。

宋时月一时慌乱无措,不知该如何应对。正在此时,脚旁传来轻微的动静,她转过头,看到地上无所事事的来福在无聊地伸长爪子扯她的裤脚。

"来福,你干什么?草坪不好玩吗?"宋时月蹲下来安抚它,像在家里一样,习惯性碎碎念地同它说着话,"我不是经常带你来这里散步吗?是不是今天太早了,你还没睡醒。"

来福感受到主人的气息,不停地"喵喵"叫,撒娇似的蹭着她的毛拖鞋。

宋时月被小猫蹭得心软,忍不住摸了摸小猫的脑袋,并把小猫从地上抱起来。

小猫立刻安静地趴在她怀里,眯着眼睛,好像是被她撸得舒服得要睡觉了。

宋时月笑起来，不禁低头关注着它，好久没有挪开视线。

正在此时，旁边突然传来声音。

"猫猫晚上不用睡觉的。"

闻言，她愕然地抬头，看到祝星焰嘴角微弯，注视着她，温和而无奈地请求："你别光看着来福，也看看我。"

最终，这个早晨的大半时间都被来福占据。

小猫从小就长得乖，出门也不乱跑，宋时月偶尔会把它带出来，在公园草坪玩一玩，也当作是练练胆子。

今天出门得急，也没想到会走到这边来，她没有给来福系绳子，所以怕来福走丢，注意力总是时刻被它占据。

祝星焰似乎察觉到了她的情绪，玩笑似的那句话之后，没有再说出什么"惊人"的话语，反而同她一起，低头认真地安抚着来福。

男生的手掌和她不同，修长白皙的指节抚过小猫柔软的毛发，从滚圆的头顶一直抚到尾巴。来福舒服地眯起眼，抖了抖脑袋，不仅没抗拒，反而把头往他手里蹭得更深。

"乖乖。"祝星焰笑起来，轻声叫它，柔和的嗓音听起来有种情人呓语的错觉。

明明他在叫猫咪，宋时月在一旁却忍不住脸热。

朝日一点点在东方展露，油彩般浓艳的光芒慢慢铺向大地。

这个安静的早晨，开始被鸟雀啁啾、远处传来的说话声占据，隐隐约约的声响，预示着无人打扰的清晨已经结束。被雾气笼罩着的黎明时刻，像是白天来临前偷来的一段短暂光阴。

祝星焰送宋时月回家，这个时候来福已经重新熟悉了他的气息，乖巧地躺在他怀里，任由他抱着。晨光洒落的林间，高瘦的少年怀里抱着一只三花猫，戴着口罩，不紧不慢地走着，画面格外异次元。

宋时月也有种强烈的不真实感。

直到这一刻，她仍然觉得这一切像是梦，不管是天蒙蒙亮瞒着熟睡的父母跑下楼的瞬间，还是这个朝阳明媚的早晨，祝星焰、来福、无人打扰的小公园，三个条件组合在一起，就像是她幻想中才会出现的场景。

祝星焰只把宋时月送到楼下，马路边，司机早已在等候。

宋时月也是才知道他还要马上赶回京市，参加今天的春晚彩排。

临近分别，宋时月从祝星焰怀中接过猫，唇动了动，最终还是同从前的每一次分开般,对他道别:"一路平安。"

"好。"祝星焰说完,却没有立即上车,而是拿出手机点击两下,然后把页面递到宋时月面前,语气平静如常,"把你的电话号码输进去。"

"啊?"宋时月错愕,反应了会儿才接过来,无意识地在上面输入数字。

祝星焰把手机拿了回去,紧接着又调出一个页面,对她道:"微信号。"

宋时月愣愣地报出账号。

很快,衣服口袋里的手机传来一声细微振动。

祝星焰黑眸静静盯着她:"加你了,回去记得通过一下。"

"……好。"

"我们现在所有联系方式都加上了。"

"……嗯。"

"所以不准再失联了。"

祝星焰目送宋时月先进去小区门才离开。

直到爬上楼梯进了家门,宋时月心跳依然剧烈,安静的楼道里仿佛都能听见回响。

像是察觉到她的情绪,一进到客厅,来福就迫不及待地跳下来,远离了她躁动不安的心。

宋清和赵司茜还没起床,客厅静悄悄的,窗口落进轻薄的晨光。

宋时月默默站了会儿,抬手捂住胸口,许久,脸颊依旧滚烫。

好几个小时过去,不真切感一点点被真实细节取代。

宋时月手机里已经躺着好几条消息。

星星:我到机场了。

星星:登机了。

星星:平安抵达。

星星:准备要开始彩排了。

祝星焰就像是报备般,事无巨细地同她分享着行程,最后是一张春晚彩排现场的照片。

宋时月给他回了一条。

月亮:加油!

后头是一个握拳冲的卡通手势图片。

他们用的是新加上的微信交流的,说不清是巧合还是默契,两人的昵称竟然是金色的星星和月亮。

在此刻看起来,像极了情侣昵称。

宋时月今天不知道多少次涌起赧然的情绪，手不自觉地点开祝星焰的头像，把他的朋友圈再回顾一遍。

祝星焰基本没怎么发过朋友圈，这几年也只有寥寥几条动态，没有工作和电影宣传，只有他拍的星空照。

夜空下的星星闪闪发光，漂亮得不像真实的。

除此之外，还有月亮。

各种角度的月亮，不同的形状，不同的场景，构图也透着主人的精巧心思。同灿烂星空图不同，高悬夜空的月亮显得尤为遥远和清冷，似乎是透过镜头注视着人间。

照片太压抑，宋时月总是看过几眼情绪便不受控制地被吸入，心口沉甸甸的。照片仿佛透露着拍摄者的心情，那个时候，祝星焰的状态好像并不是很好。

宋时月不愿把这些照片同自己联系在一起，可是月亮的指向又太明显。宋时月，宋时月……再次见面之后，他总是这样连名带姓叫她。

没过几天，又是一年除夕。

家里例行的跨年仪式依然是吃完饭一起坐在屋子里看春晚。

只不过宋时月现在上了大学，赵司茜开始嫌弃她，一边嗑着瓜子，一边忍不住说道："你就没有朋友一起出去跨年吗？非得要和我们这些中年人一起看老掉牙的春节晚会？"

宋时月语塞数秒，无奈地说："妈，我想多陪陪你们也不行吗？"

"你这份孝心是好的，但是你看看大力他们，哪个不是在外面和朋友一起放烟花倒计时，也就你年年不动宅在家里……"

"哎，孩子愿意陪着我们你就偷着乐吧，少说几句。"宋清打断了赵司茜的唠叨。

赵司茜瞪他一眼，转回头来看着宋时月，恨铁不成钢："妈妈也是希望你多出去交交朋友，青春就只有这么几年，多做点想做的快乐的事情。"

以前光顾着抓学习的时候，她只觉得宋时月性子安静，能耐得下心读书很好，现在高中一毕业，才发现自家女儿好像太过文静了点，别说交朋友，就连出去玩都好像兴致缺缺，这样下去，感觉人生大事堪忧。

做父母的就是这样，天晴发愁，下雨也发愁，恨不得自己小孩得到的都是最好的。

宋时月看着屏幕上准时开始的春晚，唇角浮起笑，温声道："我现在做的事情就是快乐的呀。"

饶是赵司茜这样钢铁女人心，都忍不住被女儿此时此刻的一番表白感动几分，也不催促着她交朋结友了，而是拿起桌上的果盘，叉了块苹果喂到她嘴边，软声说："妈妈也不是想要说你，宝贝女儿愿意陪着我们当然开心了。来，尝尝我亲手切的苹果。"

苹果清甜可口，但不知为何，宋时月总觉得心里发虚。

"谢谢妈妈。"她含混不清地道。

祝星焰的节目压轴，熬过前面一轮又一轮的演出，在宋时月昏昏欲睡困得想打哈欠时，终于看到他出场。

神奇的是，赵司茜竟然认出了他，忍不住出声："嘿，这不是去年那个小帅哥吗？没想到他唱歌也还可以。"

"嗯嗯。"宋时月忙不迭点头，"好听的。"

"你们同学现在毕业了还有没有联系？"一首歌结束，赵司茜仿佛突然想起什么。

宋时月本就心虚，刚要回答，手机铃声响起，来电显示那一栏里，赫然显示"祝星焰"。

她做贼般快速抓起手机，接起，起身往窗边走去。

此刻，电视机里跨年倒计时的声音，同耳边听筒里传来的报时重叠在了一起。

"十、九、八……三、二、一。"

"宋时月，新年快乐。"

方才还在电视里的人，此时就在电话另一端，带着微微笑意，成为今晚第一个祝福她的人。

"你也是。"宋时月望着窗外绽放的烟花，忍不住弯了眼，轻声开口，"新年快乐，祝星焰。"

宋时月不知道祝星焰是怎么在直播中见缝插针找出间隙来给她拨了这通电话的，通话时间不过短短几十秒，互道完祝福，他便匆忙挂断。

再之后，就是新一年的事情。

外头爆竹声响，几个调皮小孩扰人清梦，宋时月一觉醒来，按亮手机，看到上面有两条微信。

凌晨三四点的消息。

祝星焰约她今天一起去逛庙会。

宋时月瞬间吓清醒了，刚坐起来给他回了个"啊"，手机铃声就响起。

搅扰她好梦的另一罪魁祸首毫无自觉，反而带着柔和笑意对她再度发出邀请："宋时月，和我一起去逛庙会吗？"

149

"现在？"她平复几秒，才压着心跳蹙眉确认。

"现在。"那头传来确切无误的回复。

"可是……"

会很多人。

"不用担心，下楼。"

挂完电话，宋时月感觉自己像是要偷偷出逃的叛逆小孩，找了一堆借口准备获得家长许可。结果她刚起了一个头，听说她要和朋友去逛庙会，赵司茜话都没听完，大手一挥放行。

宋时月原本紧张的心落到实处，在下楼看到祝星焰的刹那重新提了起来。

司机在前排专注路况，拐过两条街就是热闹的庙会入口。宋时月远远看着汹涌的人潮，正准备临阵脱逃时，身旁的人仿佛看出她所想，从座椅底下拿出了两个小东西递给她。

宋时月定睛看清，发现是两张传统神话面具，上面雕刻的形状是狐狸和兔子。

"……这个是？"

她还在惊疑不定，祝星焰已经朝她招招手，轻笑着嘱咐："戴上。"

宋时月以为自己和他会成为人群中的异类，谁知道下车后渐渐走近，人来人往的庙会大街上，每个人都戴着各式各样的面具。

他们走到入口处，街道工作人员的话术合理一致："今天是传统节日，里面有专门的大型傩戏表演，大家需要领一个面具进去参与，免费的，不用花钱。"

人们都乐于参加节日的热闹，闻言欢欢喜喜地在摊前挑选自己喜欢的面具，迫不及待戴好，和同伴们一起互相端详着，开心地乐出声。

走到热闹火红的街上，四处都是戴着面具走动的人群，大家欢欣鼓舞，观看街中游行的大型传统表演，被同样面戴獠牙面具的表演者拉着一同上去拍手跳舞。

今年的庙会比之前每一年都要热闹，街上拥挤得难以行走。

宋时月被周围兴奋的人流挤着、推着往前，刚要站立不稳，一只手从身后伸过来把她扶住。

祝星焰稳住她的肩膀又飞快松开，低头关心地问："还好吗？"

"还好。"宋时月艰难挤出这句话，鼻尖已经沁出薄薄的汗意。

下一秒，男生牵起她身侧的手，炙热的掌心紧贴她腕间的肌肤，稳稳拉着她穿过人群，往前走去。

"我怕你走散。"

耳边喧闹，飘来的这道声音几乎听不清，宋时月头更晕了，脸持续热烫，轻"嗯"了声。

她跟在祝星焰背后走了两步，又在一阵推搡中，身体不受控制往前，额头轻轻撞上他的肩膀。

面前的人仿佛微微一僵，又仿佛是她的错觉。

祝星焰像叹了口气，然后圈着她的手一用力，拉紧她的手腕把她带到身前。

"宋时月，你走在我前面。"

他手拢过来，扶住了她的肩膀，气息扑来，像是把她整个人都搂在了怀里，裹挟着她往前走去。

傩戏表演渐渐被抛在身后，越来越远，拥堵的人群散开，前方终于飘来新鲜空气。

祝星焰很克制地收回了手，松开她，气氛有些难言，宋时月已经脸热得不像话。

她只能庆幸此刻脸上戴着面具。

"今天街上人好多。"她没话找话，试图缓解尴尬。

旁边的人低着头，嗓音拖长迟缓地叫她："宋时月。"

他慢吞吞地抬起方才护着她的手，放到她跟前，白皙匀称的手指上，此刻泛着明显的红，像是白璧微瑕。

"刚才为了保护你，手被撞红了。"

闻言，宋时月睁圆了眼睛。

紧接着，面前的人眼帘微垂，嗓音依然是慢吞吞的，盯着她，吐出几个字："你得负责。"

"啊？"宋时月顿时眉头紧皱，满头雾水。

她还未反应过来，祝星焰已经收回手，随意甩了甩，不紧不慢地说："作为回报，你请我喝糖水吧。"

"我要吃前面那一家。"他目光望向街角不远处。

宋时月顺着他的视线望去，前方糖水店招牌熟悉，小小的铺子四四方方，正是高三那一年，她同宗白去过的那家。

宋时月疑心是巧合，未作他想，干脆点了点头，大方应下："好，那家店我之前去过，味道很好的。"

"我请你。"

巧的是，店里刚好就只剩那张空桌了，是之前他们四个人坐过的地方。

宋时月拿着菜单给祝星焰推荐，都是她觉得味道比较好的。

东西上来后，祝星焰拿起勺子，清甜的糖水吃到嘴里莫名发酸。

面前的人还睁着眼期待地看他："味道怎么样？"

"酸的。"他面不改色。

"啊？不会吧？"宋时月惊讶，不敢相信地睁大眼，立刻拿了勺子到他碗里舀了口酒酿圆子，"难道坏了吗？"

她眉头紧皱把东西送入嘴中，下一秒，扭头困惑看他："很甜啊。"

宋时月放下勺子，腮帮子微动，表情迷茫。

"那可能是我尝错了吧。"祝星焰就着她才舀过的地方，再度尝了一口，酒酿圆子弥漫出浓郁的酒香和清甜，"甜的。"

他此番怪里怪气、让人摸不着头脑又前言不搭后语的话，没有让宋时月纠结太久。今天受到的连番冲击已经太多，这样的一个小插曲完全引不起她的注意，反而驱散了先前裹挟在拥堵人流中的不自在。

时间快速流逝，难以捕捉，庙会的表演快结束时，他们也回到车里。

游客众多，车子缓慢往前行驶，经过入口处，发放面具的工作人员已经在慢慢收摊，清点着东西准备下班。

宋时月脑中突然闪过什么，扭头看向祝星焰："今天这场表演，不会是你安排的吧？"

"是我，让工作人员帮忙协商了一下。"祝星焰坦然地承认。

"你……这几年没有逛到庙会，是不是有点遗憾？"她想起他当年被拍的事情，迟疑问道。

"有一年特别遗憾。"他回答。

宋时月微微睁圆的双眸里盛着困惑，祝星焰望着她笑了笑，嘴角弧度温软。

"现在已经不遗憾了。"

过完春节，祝星焰又忙了起来。

他年前接了一部电影，马上要正式进组。

他离开的那天，宋时月和大力在外面逛街。过年这几天，她放了大力好几次鸽子，不仅没有和大力一起去逛庙会，跨年夜活动也没参加，她今天是特意出来赔罪的。

大小姐逛街，宋时月在一旁给大力拎包。

大力右手端着杯奶茶，左手对宋时月指指点点，非常不满："宋月亮，你最近这段时间都在忙什么呀？我觉得你神神秘秘的，好像有什么事情瞒着我！"

"我有一点私事……"宋时月自知理亏，又不喜说谎骗人，只能用这样的话语含糊以对。

"你还有我不知道的私事？"大力狐疑地凑近，睁大眼打量宋时月。

宋时月身体稍微后退，避开她的炯炯双目。

"是涉及别人的私事。"宋时月犹豫，最终还是决定保守这个秘密，"如果以后方便了，我再告诉你。"

她觉得这段时间祝星焰的行为很反常，反常到已经超出了她心中的朋友界限。

宋时月不知道该怎么去定义他们的关系，但两人这些时日发生的种种，无论哪一件事说出去，似乎都会对他造成影响。

他不仅是祝星焰，还是家喻户晓的大明星。

宋时月习惯性想要保护他。

"行吧。"闻言，大力也不再纠结，拉着宋时月继续逛前面的店铺。

两人走到一半，天空突然下起了雨，她们只能暂且放弃逛街计划，找了家甜品店避雨。

出门时明明是个好天气，晴朗无云，完全看不出一丁点要下雨的迹象。这场雨来得猝不及防，两人都没带伞，方才走过来时还都淋湿不少，只能吹着店里的暖气回温。

"不知道这雨什么时候才能停。"大力托腮惆怅地望向窗外。

宋时月顺着她的目光望去，店铺在巷子里，走出去还有一小段路，车子开不进来。

"应该不会太久，不行的话，我们叫外卖买把伞。"宋时月说。

"也行，幸好我们也不着急回去。"

随口闲聊间，宋时月的手机进来新消息，她把手机屏幕往身前倾斜，垂眸点开。

星星：你在哪儿？

宋时月看了眼时间，距离祝星焰航班起飞还有两个小时。

月亮：怎么了？

对面很快发来消息，掌心"嗡嗡"响动。

星星：下雨了，你在外面是不是没有带伞？

星星：我刚好准备出门，你把定位发给我，我让司机过去。

宋时月觉得祝星焰未必过于体贴了。

推辞之下，对方直接拨来一个语音电话，她看了眼对面的大力，吓得手抖，本能地按下了挂断键。

祝星焰发来一个问号。

她慌张抿唇，无奈把店里的定位发给了他。

月亮：我朋友在，不太方便接。

宋时月以为祝星焰是让司机顺路过来送伞，发完地址后，就安静地坐在店内等候。

面前两份甜点渐渐见底，大力原本在百无聊赖地刷着手机，不经意间抬头看向落地窗外，忽然睁大眼睛，一脸不可置信，整个人都定住了。

宋时月诧异，同样望去，只见前方路口走来一道撑着黑伞的身影，穿着黑色的风衣，身形挺立，单手插兜，朝着店里走来。

雨天雾浓，街上没有几道身影，仗着伞面遮挡，他甚至没有戴口罩，偶尔抬手间，露出白皙优越的下巴，步履平稳。

大力曾经和祝星焰同校，在学校也见过他好几次，对他的身形模样自带几分熟悉，只是这么一眼，便把人认了出来。

"祝、祝星焰？"她诧异到说不出一句完整的话来，却也知道要压低惊呼，小声震撼。

宋时月已经如坐针毡，盯着那道逐渐靠近的身影，倏地站起来。

与此同时，手中手机振动。

好在祝星焰还残存着几分理智，没有直接进来，而是站在不远处的屋檐下，给她打电话。

玻璃外，那道身影站立着安静等候，宋时月的耳边传来和煦的声音。

"我到了。"

宋时月根本不敢看大力，嘴里含混地说着"我出去一下"就挂断电话，几乎是落荒而逃。

下雨天的屋檐角落，风铃清脆作响。

宋时月被纳入伞面下，祝星焰手腕略微倾斜，遮挡住外面的视线。

昏暗里，仿佛只剩下他们的气息。

"不是说叫司机送过来吗？你怎么自己过来了？"宋时月未等他开口，已经先焦急追问，带着无意识的担忧。

"司机不方便。"

头顶响起声线平稳的回答，宋时月抬眼，对上祝星焰一本正经的脸，有些无奈。

"难道你比他更方便吗？"

"对的。"他竟然大言不惭地应下。

宋时月不由得瞪他,眼前的人莫名笑起来。

祝星焰把手中握着的伞柄塞入她掌心:"你拿着,和朋友待会儿一起回去。"

"那你呢?"宋时月打量他。男生穿着挺括宽大的外套,里头只有件薄毛衣,勾勒出清秀挺拔身形,看不出另藏了一把伞。

"我自然是有准备的。"说着,他从外套口袋拿出帽子和口罩,不紧不慢地扣上,一转眼,那张脸被遮得严严实实。

"我走了。"

"嗯。"她闷声应着。

祝星焰帽檐下的眼睫无奈地眨了一下,纤长浓密的睫毛轻垂,看着她,轻声问道:"你就没其他想和我说的了吗?"

宋时月抬眼,在逼仄昏暗的伞下,望进他仍然漆黑清亮的眸子。

她想了片刻,轻声道:"一路平安。"

"还有呢?"那人不依不饶地追问。

她犹豫了下,迟疑:"京市见?"

"好。"祝星焰干脆果断地应答,似乎是怕她反悔般,临转身前再度郑重重复了一遍,"京市见。"

他说完,又朝她身后看了眼,礼貌如常的口吻:"替我向你朋友问好。"

男生高挑的黑色身影消失在雨幕中。

宋时月转身,对上不远处玻璃后一道如有实质的目光。

她收起伞,镇定心神,去迎接即将到来的暴风雨。

却不料,大力出乎意料的冷静从容,坐在原处,先端起咖啡饮了口,才压着嗓子咬牙审问。

"说吧。"

宋时月的语速还算正常,一五一十把最近发生的事情言简意赅地交代清楚。

大力一声冷哼,语气酸溜溜的。

"我就知道。"

"从你费尽心思要把被盗两年的 QQ 号找回来那会儿,我就猜到你们有私情了!

"前脚祝星焰在媒体采访时大张旗鼓说和高中唯一记得的女班长失联,后脚你就去找 QQ 号,明眼人都能看得出有猫腻,更何况我八卦大王江大力!

没有什么能瞒得住我的眼睛！"

"没有前后脚，隔了一年。"宋时月不由得为自己辩解一句。

大力大手一挥："不重要，重要的是祝星焰竟然真的隔了这么久还想和你再续前缘。"

"大明星也太纯爱了吧，而且他好主动，知道你是QQ被盗了才被迫失联后，马上第二天就直接飞回繁市找你了。

"我觉得我都可以在网上发个帖子，题目就叫《救命，我闺蜜竟然在和大明星谈恋爱》。"

大力越说越兴奋，坐直身体有点摩拳擦掌起来，恨不得当场就去拿起键盘奋笔疾书。

宋时月无奈扶额，不得不再次纠正："没有谈。"

"拜托！你们这和谈了有区别吗？"大力终于压制不住本性，在最后原形毕露，激动握拳敲向桌面，差点打翻甜品店的一个碗碟。

大力深呼吸几秒，涨红着脸坐稳，拉着宋时月的手，一脸恳切："月亮，苟富贵，莫相忘，我最近的'新担'是他们公司的奶油弟弟周秉天，可以拜托祝星焰帮我要十张签名照吗？哦不，五张也行，三张！两张！最少一张，我不能再退了！"

大力的那句话，不受控制地在宋时月脑子里穿梭了好多天。

祝星焰进组后很忙碌，两人联系并不多，但每天都会互相分享一下日常。

不知不觉，假期结束。

宋时月收拾行李回京市前一晚，收到了祝星焰发来的消息。

星星：明天回学校了？

月亮：嗯。

不知为何，她却矜持起来，好像有些吃不消祝星焰这些日子的态度，有点难以招架。

好在祝星焰已经习惯她的谨小慎微。

星星：机票订了吗？

月亮：订好了。

星星：发给我看一下。

宋时月看到对面发来的话语，有些犹豫。

对面迟迟没有动静，似乎是看出她的所思所想，祝星焰又发来消息。

星星：放心，我就确认一下你的安全，不做什么。

话里带着一股无奈。

宋时月察觉自己好像反应过激了，抿了抿唇，打字。
月亮：不好意思。
她把自己的航班截图发过去。
星星：不用和我道歉。
月亮：好。
她发完，又忍不住担忧问了一句：你生气了吗？
星星：没有。
间隔几秒，话语再度发来。
星星：宋时月，你不要担心。
星星：我们慢慢来。

第六颗星星 ★
星星被你抓住了

立春，南方已经渐渐回温，飞机落地京市，依然寒风凛冽，风里偶尔还夹着雪粒。

从老家回到宿舍，宋时月带了一堆繁市特产。

繁市口味偏甜，她带的酱鸭、藕粉之类的吃食都是甜口，柏佳和徐弥吃了几口就觉得撑，躺在椅子上休息喝水。

"难怪时月性子这么甜，江南水乡养出来的美人，从小都是喝甜水长大的。"柏佳打趣道，"不像我们，一开口说话就暴露了。"

大一刚开学，三人不熟悉，曾经一起去吃火锅，挑的是学校附近新开的重庆火锅。

结果那一晚上宋时月喝了三壶酸梅汁，辣得眼泪"啪嗒啪嗒"地掉，她们这才知道有人是完全不能吃辣的。

从此，宋时月又被冠上一个乱七八糟的称呼，甜水妹。

宋时月平日里就放任她们打趣，也不争辩，此时也安静地坐在椅子上，翘着嘴角回手机消息。

自从她今天回到宿舍后，手机就没有离手，还时不时望着屏幕痴笑，这模样显然透着不同寻常的讯号。

柏佳不禁同徐弥对视一眼，无声交流了一番，柏佳先清清嗓子开口："怎么回事啊，有人从家里回来就抱着手机？过个年有情况了？"她挤眉弄眼，凑近八卦，"难不成是你那个Q大老乡成功了？"

"没有，别乱说。"宋时月见状立刻把手机靠在胸前，没让柏佳看到里面的内容，郑重辩解，"就是一个失联了好几年的朋友最近突然联系上了，所以聊天比较多。"

"男的女的？"柏佳迫不及待地追问。

徐弥也目光炯炯地等待着。

宋时月顿了下才开口，声音小得没什么底气："男的。"

"破案了！"两人异口同声大叫，还不忘互相击掌，两双眼睛齐齐盯着她，意图开始审问。

宋时月欲盖弥彰地关掉手机站起身，满宿舍找杯子喝水，试图敷衍过去。

"突然想起来老师找我还有点事情，我先出去一下。"她实在找不到合适的说辞，头皮发麻，干脆遁走。

"还没开学能有哪个老师找你啊？喂！"

把两个舍友的声音抛诸脑后，宋时月抱着保温杯溜之大吉，呼吸到外头的新鲜冷空气，悬着的心终于放下。

手机还在振动，宛如怀揣着一颗定时炸弹，随时都会引爆。

星星：这几天京市可能要下雪，你注意保暖，别生病了。

月亮：好。

她慌慌张张，仓促间敲下来的话，未经太多思考。

月亮：你也是，多注意身体。

云边剧组。

南方的一座偏远小城，除了上个月刚来的一帮外来拍摄人员，里面基本上都是本地居民。

镇上连一家像样的酒店都没有，剧组便租下了两栋当地居民楼，供工作人员日常使用。

祝星焰住在四楼，房间上面就是天台，太阳下了山，云层轻透，像是老电影里慢吞吞的场景。

他坐在藤编的摇椅里，垂眸盯着手机，隐约从对面的字里行间感受到了无意识的敷衍。他关掉了屏幕，仰头闭眼，面容安静，像陷入了浅眠之中。

刘焱上来时看到的就是这幅画面。

这段时间，祝星焰心情很好，往日的低沉郁郁消散，由内而外散发着轻快。然而此刻，他往日的那股沉郁好像又纠缠了上来。

"小焰，刚刚导演在群里通知，明天的拍摄时间改成了早上六点，你今晚早点睡。"刘焱走过来同祝星焰交代着。

祝星焰没回答，不知道听没听见。

刘焱瞥了眼他握在掌心的手机，想了想，试探着问："小同学没给你发消息啊？"

自从听说两个人重新恢复联系之后，刘焱对祝星焰心心念念的那个女生的称呼就变成了"小同学"，祝星焰也没纠正过，称呼就延续了下来。

见祝星焰不说话，刘焱忍不住又多嘴一句："怎么，吵架了？"

说完，他自己都觉得不太可能。他因为之前需要对接学校，见过宋时月两次，女生温温柔柔的，说话也轻声细语，进退有度，完全看不出丁点脾气不好。至于小焰，他们认识这么多年，很少有情绪失控的时候。

不过小情侣之间总免不了闹矛盾，偶尔发生点争执也正常。

刘焱看着祝星焰，正准备以过来人的身份给他传授点相处之道，谁料下一秒，躺椅上的人眼睛睁开，黑眸沉静，没透出太多情绪。

"没吵。"

祝星焰惜字如金地回答，连解释都吝啬，只是敏锐如刘焱，仅仅从他这两个字里都能察觉出不对。

话太少了。

按照以往的正常情况，他怎么也会多敷衍两句。

刘焱不放心地追问："那怎么了？你今天情绪有点不对。"

祝星焰十几岁刚出道的时候，刘焱就是他的经纪人，两人似朋友似亲人，他状态上不对，刘焱总能看出来。

祝星焰沉默许久，懒得再敷衍，内心几番拉扯，最后还是吐露出了真实想法。

"我觉得她……对我有点冷淡。"

刘焱听到这句话简直都要怀疑自己的耳朵了。

先别说哪有女孩子舍得对祝星焰冷淡，退一万步讲，真的不是他太黏人了吗？

刘焱本来不太想相信自己的猜测，但看祝星焰这两年的表现，确实也像是他会干出来的事。念及此处，刘焱忍不住发自内心问道："你是不是天天给人家发消息，老是打电话，还时不时就要见面？"

祝星焰沉默良久，反思了一番两人自重新联系上之后的一系列相处，好像确实和刘焱说的没太多出入。

但是……

"我进组都快一个多月了，很久没见了。"

"……所以说之前都是这样？"刘焱瞪大眼睛。

祝星焰不太甘愿："嗯。"

"这就得了。"刘焱一拍掌，仿佛发现了关键，"女孩子都不喜欢太黏人的男生，小焰，你以后多注意点。"

他本以为自己提了个了不得的建议，谁料，祝星焰径直抬眼，朝他冷冷瞪来："你懂什么？"

　　祝星焰："你连恋爱都没正经谈过，不要给我瞎提意见。"男生一下从躺椅上站起，越过他离开，话语带着无限杀伤力，就像把他的心也重重投掷在地。

　　刘焱对着祝星焰的背影悲愤大喊："不听老人言，吃亏在眼前！"

　　新学期，学校开课，一切又开始步入正轨。

　　繁重的课业慢慢挤压着宋时月的时间，开始抽不出太多闲暇。忙忙碌碌了两周，一次中途休息，宋时月在图书馆打开手机，没有看到祝星焰发来的消息时，才发现两人最近的联系减少了很多。

　　她是个被动的人，大多数时候是祝星焰主动给她发来内容，每一次新的聊天都是他开启的。

　　他们两个都很忙，一个拍戏，一个上课，只能断断续续接上信号，光看聊天内容，并不是很热络。

　　宋时月无意识地抿唇，往上翻着记录，上一次他们好好说话，已经是好几天前的事情了。

　　祝星焰给她发了他在剧组里看到的小猫，是村子里没人管的小野猫，黑色毛发，眼睛睁得很大，畏怯地望着镜头。

　　宋时月当时刚好下课，抱着手机同他聊了许久。

　　再后面，就是一些无关痛痒的日常问候。

　　她觉得有些不对，盯着屏幕，又找不出问题所在，抿紧嘴角想了好一会儿，接受了这个事实。

　　或许，异地的人就是这样子的，要是时时刻刻黏在一起的话，热情迟早会被耗干净。

　　是这样的吗？

　　她不确定，有些迟疑，手中的笔迟迟没办法落下去，往日来的专注第一次从学习上移开，飘到了不知名的远方。

　　柏佳她们似乎察觉到了宋时月这几天情绪不佳，周五晚上，特意约她一起去外面吃火锅。

　　惯例就是点鸳鸯锅，宋时月独自吃不辣的那一边，另外两个则在翻滚的红锅里大快朵颐。

　　吃完火锅回来，天色已经漆黑，空气中还有着冬日的余韵，呼出的热气都会变成白雾，校园里，没有太多人冒着冷空气散步。

三人朝宿舍走去，柏佳和徐弥还在讨论着待会儿回去追什么剧。宋时月心不在焉地听着，拿在手里的手机突然振动。

她点开，竟然是心心念念的那个人。

在这个安静漆黑的冬夜，他没有征兆地发来消息。

星星：在学校吗？

宋时月心口重重一跳，好像有什么即将要呼之欲出。她立刻停住脚步，屏住呼吸给他回复。

月亮：在。

输入栏久久停留在一个"你"字上，她反复纠结的话语还没发出去，对方的头像已经率先闪动。

星星：我在你们宿舍楼下。

星星：要见面吗？

星星：就现在。

不远处就是她们的宿舍楼，宋时月抬眸看去。

W大的女生宿舍楼外观老旧，前面种着长长一排树，此刻高大的树影下，站着一个人。

黑色外套，鸭舌帽，个子高挺，在模糊的光影下，只能看见一道颀长熟悉的影子。

宋时月不由得握紧手机，声音急促地对身旁的两个舍友说道："我有个朋友来找我了，我先过去找他，你们直接回宿舍吧。"

她话音落地，再也控制不住，脚步轻盈地朝着树下那道身影飞奔而去，宛如一只蝴蝶，扑向那个伫立在前方的人。

夜里，让人看不清对方的模样，只能模糊辨认出是个男生。

柏佳激动得直撞一旁徐弥的手臂，压低声音："快快，用手机放大看看到底是哪个男人迷住了我们院花的心，我就说时月这段时间状态不对，肯定有鬼！"

徐弥赶紧举起手机，摄像头放到最大。夜色依然模糊，快门闪动，只能定格两道身影。

黑夜中，少年戴着鸭舌帽，等候在宿舍楼底下，少女朝他飞奔而去。头顶月亮皎洁，夜色静谧，随手按下的抓拍，构图完美得不可思议，像极了故事里命定的男女主角终于相遇的那一刻。

宋时月朝祝星焰飞奔过去的那一刻，是未经思考的，身体先于大脑做出反应，脚下不受控制。

祝星焰就站在那里，一手捏着手机，目光紧紧落在她身上，嘴角带着若有似无的笑意。

直到那张脸逐渐清晰，她突然感到了一股后知后觉的难为情，不自觉慢下脚步走过去，在距离他还有几步时停住，抿唇冲他露出一个浅浅的笑。

"你怎么来了？"宋时月努力如常打招呼，"我收到消息时还以为看错了，好突然。"

"明天刚好要参加一个颁奖典礼，就提前飞来了。"

祝星焰目光贪婪地停留在宋时月身上，视线久久凝视。

夜色下，原本朝他飞奔而来的人，在靠近时突然又变得矜持起来，克制地站在几步远的地方。

他走近两步，身影走出树下。

宋时月不免慌张起来，左右环顾，借着月色也能看到远处两位舍友的身影，虽然她们手挽手朝着宿舍走去，但是都扭头紧紧盯着这边，步子挪得比蚂蚁还要慢。

宋时月头皮发麻，也不知怎么，脑袋短路，看着祝星焰连口罩都没戴、毫无遮挡的脸，本能一般上前，抬手捂住了他的脸。

祝星焰一怔，但没有动，任由她安静地捂住他。

掌心下，呼吸温热，温度传上来，宋时月骤然惊醒，盯着近在咫尺的双眸，只觉得那双眼比起以往更加黑亮，仿佛装满今晚的月光。

她不受控制地咽了咽，小声央求："等一下，我舍友还在后面。"

祝星焰抬眸往她身后看去，宿舍楼下确实有两道缓慢移动的身影，远远的，在昏暗夜色下，连面容都看不清，轮廓模糊。

他觉得有些惋惜，但还是眉眼寻常地问道："需要我去打个招呼吗？"

宋时月吓得连连摇头。

"她们、她们都是你的粉丝。"她犹豫了下，还是压低声音告知，神色担忧。

"哦。"安静几秒，他又开口，这次语气带上了内疚和歉意，"不好意思，会给你造成麻烦吗？"

"不会！不会！"宋时月吓得连忙摆手，须臾，又小声道，"我担心对你有影响。"

"当然没关系。"他顿了顿，"我不在意这些。"

树下，月光投落几道影子，因为方才的那个小插曲，他们挨得很近，近到仿佛能感觉到彼此的呼吸。

宋时月不由得连气息都放低了。

周遭静谧，偶尔能听到宿舍楼上传来的动静。

"你今天晚上吃火锅了？"祝星焰突然轻声问。

宋时月骤然脸热，不禁抬起袖子闻了闻。

"味道很大吗？"她也很小声。

"没有。"祝星焰失笑，像是随口问了句，"火锅好吃吗？"

"还可以。"宋时月突然想到什么，抬眸，"你今天晚上吃什么了？"

"刚下飞机，还没来得及去吃呢。"他仿佛不经意般开口，神情平常。

宋时月一听，却立马着急了："这都几点了……"她抬手看时间，已经快夜里九点了。

"那你快点去吃点东西吧，不然对胃不好。"她担忧地催促。

祝星焰没动，只是安静地看着她，黑白分明的眼里裹着淡淡的笑意。

他好像在无声等待着什么。

宋时月想了下，反应过来，小声试探："你是想我陪你去吃吗？"

"方便吗？"未等她回答，他又含笑补充，"我会在门禁前把你送回来的。"

即便是夜晚，祝星焰也不能在大街上乱晃，随意挑选街边想吃的店。

后座安静，车子在黑夜里无声行驶。

吃饭的地方是一家高级的私人餐厅，除了两人外，再无其他顾客。

厨师在开放式厨房区域准备料理，服务员看见他们也不惊讶，似乎已经接待过无数遍，礼数十足地把他们带上三楼。

从落地玻璃窗往外看，可见庭院翠竹和水池，寒冬里依然花草葱郁，游鱼在池里戏水。

餐厅灯光温和柔暖，装潢很舒适。

"这是你们平时吃饭的地方吗？"宋时月打量四周，从进来到现在，都好似难以放松。

"平时大多在家里吃，这里是……一个朋友开的，不怎么接待外人。"祝星焰思忖着回答。

宋时月点点头，服务生很快端着盘子上菜，都是清淡家常的菜色。

三菜一汤，用白瓷盘盛着，静置在灯下，温馨又精致。

服务员最后端上的是一小份甜点，放在宋时月面前。

祝星焰说："这是他们家拿手的糖水，你尝尝。"

白瓷盅盖掀开，里头是炖得软烂的银耳，点缀着玫瑰和金黄橙瓣，晶莹剔透，很漂亮。

宋时月拿起勺子尝了口,甜度适中,橙粒酸甜清新,刚好中和了银耳的腻味,唇齿间都是花果香。

"嗯,好吃。"她点头夸赞。

桌子另一边的祝星焰对她笑了笑,拿起筷子,开始吃东西。

他吃饭的速度不慢不快,安静用餐,就连碗筷碰撞声都很轻。

高中时,有几次在学校食堂难得碰到他,他就是这样一个人,坐在角落慢慢吃着。周围的学生都会去偷看他,宋时月不止一次听身边的人夸他连吃饭的样子都很好看。

她那会儿心中赞同,却矜持内敛,无法像其他人那样直言出口。

此刻夜晚无声,她陪伴在他身侧。

整个空间只有他们两个人。

场景虚幻得不真实。

吃完回去的时候,路过繁华的中心区域,前方出现的大厦,刚好是她那次去过的电影院。

她在那里见证了祝星焰的首映礼。

"去年十月份,我和舍友一起去看了你新上映的电影。"宋时月坐在窗边,忍不住伸手指向那栋大楼,"就在那里。"

"什么?"祝星焰顺着她手指的方向抬眼看去。

车子在街道飞驰而过,迅速拐弯进入了下一个路口,笔直长街的尽头,就是这个站点的地铁口。

祝星焰突然觉得两旁的街景熟悉,去年电影放映结束的那个雨天,他在车里,隔着车窗,看到了一道熟悉的身影。

他转头看向她:"是《悬崖》的那场首映吗?"

"是……"宋时月被他的神情弄得紧张起来。

"我看到你了。"

这次惊讶的人轮到了宋时月,她望着他,微张唇,许久没有缓过神来。

"就在这里。"祝星焰示意外面的街道,语气低沉,眼里仿佛也沉着一片阴云,"下雨天,你撑着一把黑色雨伞,独自走在路上。我以为自己看错了,叫司机掉头,回来时你已经不见了。"

他深深看着她,情绪复杂难言:"原来那真的是你。"

"你来我的首映礼,为什么不告诉我?"

明明只要她站在他面前,他就不会再放她离开。

宋时月嘴唇翕动,却迟迟没有发出一个音节,视线撞进他深沉的眼波里,仿佛沉入一片浓郁的海。

"那个时候……"她想解释人太多了，抑或他们已经不联系很久了，她以为他或许根本不必再同她产生来往。

她只是高中帮助过他的一个普通班长而已。

"不过都不重要了。"

头顶突然传来释怀的话语，祝星焰眼底乌云退散，只剩清风朗月，脸上挂着和悦轻快的笑意。

"你来看过我，我很高兴。"

"无论分开多久，我总会找到你，宋时月。"

回到学校那会儿，已经快到门禁时间。

宋时月还没下车，柏佳她们着急地打来电话，关切询问她到哪里了。

女生嗓门极大，咋咋呼呼，听筒传出的声音，整个车里都能听见。

"时月！你什么时候回来，宿管阿姨要查寝了！"

"我已经到学校外面了。"宋时月一边说着，一边推门，可越急越出错，拉半天没推开。

祝星焰俯身过来，越过她帮忙打开了车门。

她无声做口型道谢，刚下车，听到后头传来声响，原来是祝星焰同她一起下来了。

她很快心不在焉地对着手机敷衍了几句，挂了电话，看着他，又不免开始张望四周。

好在夜里无人。

"你回去吧，我已经到了。"她连忙说。

"我送你回宿舍。"他语气笃定。

"不用了，我们学校很小，走几步路就到了。"宋时月染上焦虑。

"我不放心。"

说完，祝星焰率先迈步往前走，宋时月跟着他后面，心里话没敢说出来。

他才是最大的危险吧。

两人在门卫那里登记。

黑笔在纸上落下姓名时，宋时月明显感觉门卫大叔连连打量了他好几眼，可能是良好的职业素养抑制了他的八卦因子，最后只伴装严肃嘱咐："外来人员不能逗留，送完人就快点出来啊。"

"好的，叔叔。"宋时月在祝星焰说话之前赶快回应。

夜间清静的校园里，两人并肩走着，正如宋时月所说，W大的占地面积实在是不多，没走太久，就看到了前面宿舍大楼亮起的灯光。

"就送到这里吧。"宋时月停住脚步。

再往前，说不定就会碰上别人了。

"好。"祝星焰这次不再坚持，停留在原地。

"你回去路上小心。"宋时月踌躇片刻，交代道。

"宋时月。"他突然又叫她的名字。

她好奇抬眼，认真聆听后续。

"刚刚听到你舍友叫你名字。"

"啊……"她呆了一瞬，愣愣点头，"对。"

"她们叫你时月。"祝星焰咬字重复一遍。

宋时月不明所以："是的。"

"那你最好的朋友叫你什么？"

她想起大力那一堆乱七八糟的称呼，不由得试探地回道："月亮？"

"最亲近的家人呢？"

"我爸妈叫我月月。"

"那我要怎么叫你呢？我觉得我们之间太生疏了。"祝星焰平静地接上后面一句话，打得宋时月措手不及。

她陷入怔然，呼吸错乱好久才慢慢回答："你……想怎么称呼都可以。"

"小月？"

"好……"

"那从今天起，你也要对我改个称呼。"

"改成什么？"

宋时月耳畔只充斥着方才那声"小月"，男生唇齿间吐出的悦耳嗓音突然多出无尽的亲密和缠绵。她感觉自己脸庞在悄然发热，心尖轻颤，无暇再打起心思仔细聆听他的话语。

"小星。"祝星焰一本正经地吐出这个称呼，黑眸认真，"一个星星，一个月亮。"

"听起来很般配，刚好是一对。"

话音落，宋时月的脸彻底烧红，先前的悸动再也压抑不住，热潮滚滚而来。

"祝星焰……"她欲言又止，话语在唇齿间来回打转，最后还是难以克制，无奈闭眼，"你当初那个 QQ 名，是不是故意改的？"

星星：起床记得吃早餐，小月。

星星：好好上课，认真听讲，小月。

星星：候场好无聊啊，小月。

星星：小月，小月……

一堂大课上完，终于迎来休息，柏佳如同解放般长伸一个懒腰，徐弥一边收拾东西，一边问她们待会儿去食堂吃什么。

唯独宋时月一动不动，望着关了整节课的手机，眉头拧紧，神情堪称凝重。她有些无奈，显然屏幕上那一串亲密称呼是对面的故意打趣。

昨天晚上，在她闭眼质问完当年的昵称后，面前的人笑得灿烂，嗓音轻浅："宋时月，你才发现啊？"

"笨蛋。"

她好似还被祝星焰抬手轻敲了下额头。

宋时月脑袋被敲晕，整个人晕晕乎乎的，面红耳热，忘记自己是怎么回到宿舍的。

第二天醒来，他就好像换了个人。

祝星焰开始一口一个"小月"，真挚亲热得不得了，宋时月仿佛能脑补出他在那头笑眯眯的神情。

她无奈扶额，深吸了口气，给他回复。

月亮：你正常一点，祝星焰。

手机轻微振动，他好似真的在候场无聊，竟然给她秒回了。

星星：你怎么不称呼我的小名？

星星：你很没有礼貌，宋时月。

宋时月实在忍不住，给他敲了个问号。

月亮：[？.jpg]

星星：小星。

星星：昨天说好的，从今天起，你也要这么叫我。

宋时月忍无可忍，难得反抗。

月亮：你很幼稚，祝星焰。

星星：小星。

对面重复道。

她不想再忍。

星星：小星。

月亮：像是长辈对晚辈的称呼。

星星：你怎么知道我妈妈这么叫我？

宋时月大脑宕机，发过去一长串省略号。

那头给她回来一串夸张的笑容。

星星：哈哈哈……

宋时月仰头深呼吸，冷静，冷静。

"时月！"旁边传来柏佳生气的控诉，"问你三遍吃什么啦！理理我们吧！"

食堂吃完饭回去，宋时月不免又被她们在宿舍批评一番。

即便昨晚已经被翻来覆去调查询问了一遍，可对于这个莫名出现的男人，两人还是表现出了统一战线的同仇敌忾。

"面都没见过，就把我们的人骗走了，简直不可理喻！"

"就是，时月，这人藏头藏尾，瞧着就不是什么光明磊落的人，你可不要被骗了！"

"对啊，宿舍楼都来了，结果面也不敢和我们见，指定有鬼！"

她俩你一句我一句，话里都快接近事情的真相了，让一旁的宋时月听得心惊肉跳，立刻解释："只是一个普通朋友，还没有到互相介绍的程度！"

"普通朋友天天让你抱着手机饭都不吃了？"

"一天到晚盯着手机，连我们讲话都听不见？"

"算了，时月我都不想说你了。"徐弥说得有点生气，不禁打开手机相册，愤愤找出了昨晚无意间抓拍下来的照片，放大撑到宋时月面前，"你自己看看你昨晚是哪副德行，一见到人都是飞奔过去的，好似一秒都等不及。都这样了，你还和我们说是普通朋友？"

宋时月无暇去细听徐弥此刻的质问，她的目光全然放到了眼前这张照片上。

昏暗夜晚的两道身影，在柔柔月光中，美得像是一幅画。

她忍不住回想到当时的场景，那一刻的心动悸然卷土重来。

宋时月微红着脸，看着徐弥，期期艾艾地询问："这张照片……能不能……发我一份？"

徐弥气得仰倒！

祝星焰参加完颁奖典礼，结束当天又匆匆地飞回了剧组。

晚上的红毯不出意外登上了热搜。

这次活动是业内有名的庆典盛会，出席的明星如云，随着红毯照和采访流出，各家粉丝纷纷转发控评，争抢热度。

祝星焰似乎天生就是主角，官方发布的照片里，他的那条微博底下的人气永远是最高的，和其他明星之间几乎流量断层。

柏佳她们早已忘了先前同宋时月的争论，随着晚上活动物料出来，纷纷抱着手机开始赞叹偶像的盛世美颜。

"祝星焰还是这么帅，这套西装太配他了，颜狗沦陷！"

"呜呜呜，怎么时隔几个月不见，他又变好看了？你看红毯采访的这个视频，他接过话筒的这个笑，杀我。"徐弥也忍不住捂胸口。

两人对着手机花痴半天，才发现往日或多或少会参与几句的宋时月今天破天荒安静，对着电脑，像是在专心做着课题，两耳不闻窗外事。

柏佳开始打趣："哎哟，有些人有对象了就是不一样，对之前的偶像都免疫了。"

"那是，天上星哪比得上身边的月。"徐弥也阴阳怪气。

"偶像终究是偶像，摸不到碰不到，怎么比得上大半夜出现在宿舍楼下的人，还可以扑过去抱。"

"哪里有抱？"宋时月实在没办法再装作听不到，停下手里的动作辩解。

"谁知道我们上去之后有没有抱。"

"没有！"宋时月不知这是第多少次重申，"我们还没有在一起。"

"还——"柏佳拉长声音。

"懂了，恋爱待定时。"

"中华文字果然博大精深。"

宋时月正无言，祝星焰飞机落地了，放在一旁的手机振动。

星星：我到了。

她自顾不暇，低头迅速回复。

月亮：好的，早点休息。

星星：[？.jpg]

星星：你怎么又开始敷衍我？

月亮：我没有。

她自觉冤枉。

星星：那你在干什么？

对面不依不饶地追问。

宋时月头疼。

月亮：在听两个舍友感慨你今晚红毯照的盛世美颜。

那头沉默须臾。

星星：你不要误会。

星星：你应该知道我心有所属。

宋时月飞快关掉手机，移开眼，心脏突突跳，没有再回复。

耳边两个舍友的打趣也消停了，她目光落到面前的电脑屏幕上，只可惜，注意力迟迟无法集中，终究被影响，心神晃动。

祝星焰这部电影完整拍摄期是六个月，导演是先前《悬崖》合作过的大导演张浔立。

《悬崖》取得的成绩不斐。张导这部筹备两年的新电影的男主角形象同祝星焰莫名契合，再次拿到张导的剧的主演，对祝星焰来说也是一件非常难得的事情。

张浔立自出道起，就一直以才华著称，电影里最爱用新人，很少用业内流量。上部作品男主定下祝星焰，就被怀疑后面是资本操纵，《悬崖》也被定义为彻头彻尾的商业片，结果最后的成片惊艳众人，不仅让他的名声和才华更被放大宣扬，也一举奠定了祝星焰在影视圈的地位。

现在这部新片，几乎业内所有人都在观望着，看这个年轻人到底能在电影行业走到哪一步。毕竟从转型拍电影到票房、口碑双丰收，祝星焰也才花了短短三年。

张导对拍摄要求依然苛刻，除了特殊事项，基本不让剧组演员请假。

有时候一个镜头不满意，他会一遍遍地抠，从早拍到晚，就为了演员的一个眼神。

祝星焰当初拍摄《悬崖》结束，整个人像沧桑了十岁，瘦得五官轮廓越发立体，眼神深沉，漆黑的瞳孔望着人时，有种令人心颤的威慑力。

后来他整整休息了两个月才慢慢恢复正常，不然以之前那个状态，刘焱连话都不敢和他多说几句。

这次去京市一趟回来，他显然恢复了正常，片场中途休息，总是抱着手机聊天，嘴角挂着驱不散的笑意。

恰巧《云边》又是一部基调较为深沉的片子，导致每次开拍前，祝星焰都要花很长时间去入戏，有几次还被张导训过。

"祝星焰，徐云江这个人从小丧父丧母，和爷爷相依为命，孤僻冷漠没有朋友，在路边看到一只小狗掉进坑里都会视若无睹地走开，而不是你刚才那个恨不得冲上去给人家包扎的眼神。你到底有没有认真揣摩剧本？"张导卷着剧本把桌子拍得"啪啪"作响。

祝星焰低头道歉。

拍摄中场休息，他懊恼地坐在椅子上，沉着脸反思。

刘焱走过来，欲言又止，还是忍不住忠心谏言："不然，你暂时和小同学断联两个月？等电影拍摄完……"

"我自己的事情没做好，为什么要怪到别人身上？"没等刘焱说完，祝星焰已经抬起脸打断他,语气沉沉。

"张导说得对,我对徐云江的诠释不准确,这是我的问题,你不要乱牵扯。

"下次再让我听到你这么说,我就让你试试和我断联两个月的滋味。"

这个时候,恶狠狠威胁人的少年倒像只眼神凶狠的小狼,完全没了方才镜头前的柔软。

刘焱自觉做了个拉上嘴巴的手势,安静蹲在旁边,一言不发。

京市的春意来得很迟,三四月份,柳树才吐出青绿。

宋时月参加了一个重要的英语演讲赛,在经历过层层选拔之后,将要代表京市参加全国比赛。

这次的最终名次至关重要,学院的老师早早就和学生说过,外交部历来关注这个比赛,每年都会在选手中提前挑选优秀的学生,是一个非常难得的表现机会。

为了这个比赛,宋时月几乎天天泡在教室和图书馆,每天一大早在校园无人的角落练习口语,回宿舍就抱着电脑听视频资料。

祝星焰也忙碌,经常片场一开拍就是几个小时,拍摄安排有时候还会日夜颠倒。

两人有时候一天只能抽空说几句话。

忙忙碌碌的日常,就这样持续了下去。

日历不知不觉拨到了六月。

初夏来临,祝星焰的电影终于杀青。

从那个偏僻落后的小镇飞到繁华大都市的当天,祝星焰就出现在了宋时月面前,巧的是,她刚好在校门口,不巧的是,她对面站了个眼熟的人。

被夜色笼罩的学校大门口,两个人面对面站着说话,男生个子高高的,依然低垂着双眸看她,熟悉的侧脸,带着宛如当年的温柔。不知男生说了什么,宋时月仰头,对他轻轻笑了一下。

这次的比赛,宋时月刚好遇到Q大的学生,周宗白陪着同学过来,演讲结束,大家一起在外面吃了个饭。

参赛同学也是外语专业的,两人话题颇多,交换了一番学习经验,一顿饭很快结束。

对方是开车过来的,顺路送她回学校,车子停靠在路边时,周宗白和她一同下车,把她送到校门口。

"你暑假回家吗？"周宗白问。

夏日夜风里，男生眉眼温和，明净疏朗，藏不住里头的期盼。

宋时月歉意地笑了笑，因为身高的缘故，需要微仰着头，话语轻柔："还不确定，老师说暑假可能会有修学计划，我在考虑要不要参加。"

"好。"周宗白显而易见地失落了，却依然保持着微笑，由衷道，"那再次祝贺你这次比赛拿到冠军。

"真是非常厉害的宋时月。"

"谢谢你。"

"那……我先走了。"他开口，眼睛却望着她，迟迟未曾动作。

宋时月犹豫着，在他准备转身时，还是出声了："周宗白。"

"啊？"男生面带欣喜，期待地看过来。

宋时月觉得自己有些残忍，但还是选择打破幻想，一如高三的那个冬天。

"如果，我是说如果，你还喜欢我的话……我以后可能没办法再和你见面了。"她眼睁睁看着男生眼底的光一点点消失下去。

她硬着心肠，坚定陈述完后面的话语："因为我已经有喜欢的人了。"

"对不起，周宗白，你是一个很好的人，你的未来肯定不会局限于此，在光明的前途里，肯定会有更好的人在等着你。"

夜色久久无声，仿佛连风都静止了，路灯昏黄，难以照亮黑暗。

周宗白沉默许久，眼睛一动不动地注视着宋时月，忽然努力扯唇笑了下："宋时月，你总是这么残忍。

"一点希望也不给别人留。

"再光明的前途，想到没有你，好像也不过如此。

"不过还是祝福你，能和自己喜欢的人在一起，得偿所愿。"

昏暗的夜色里，男生眼睛红了，风一吹，里头清澈的湖面被吹皱。

"最后一面了，能拥抱一下吗？"他红着眼角，朝她伸出手。

宋时月没有拒绝，她被男生轻轻拥入怀中，浅得如同涟漪的一个拥抱。

"再见。"

周宗白走了。

宋时月独自在门口站了好一会儿，才慢慢整理好思绪，低垂着眼，准备进学校。

"宋时月。"

身后突然传来熟悉的声音，她恍惚的脑海骤然清明，好像被泼了一桶凉水。

宋时月转过头，看见了不远处的祝星焰。

他戴着帽子和口罩,站在树下,不知静静看了多久。

祝星焰安静地看着她,先开口:"我还没吃饭,先陪我吃点东西吧。"

时隔几个月的见面,因为这突如其来的插曲,变得奇怪生疏起来。宋时月习惯了网上熟悉中带着一些小幼稚的人,突然安静下来的祝星焰,让她仿佛回到了高中时——两人永远隔着看不见的距离,仿佛有一层薄雾。她无论怎么做,都难以靠近。

"学校食堂关门了,只能吃这个。"她以为祝星焰会像上次那样,去远处幽静高档的餐厅,谁知道祝星焰朝她身后的校门示意,"太晚了,随便吃点吧。"

"我还没有仔细逛过你们学校。"

学校不到十分钟就可以逛完,实在是小得可怜。

宋时月只能带他到便利店,暖黄色的光在丛丛树影里显得有几分温馨,食物的香味更是令人熨帖。

祝星焰弯腰在货架上挑选着,宋时月给他推荐自己平时吃的东西,比如酸奶,比如咕咚冒泡的关东煮。

便利店旁边有个破旧的二楼小天台,栏杆生锈,树影遮蔽,平时少有人去,只有清洁工偶尔会来打扫,上面摆着两张椅子和一张旧旧的长桌,落了些树叶。

宋时月拿出纸巾把桌椅擦拭干净,祝星焰把手里端着的食物放上去。泡面散发着浓浓的香味,关东煮热气腾腾,酸奶表面凝结着一滴滴水珠。

食物让夜晚有了温度,周遭的清冷仿佛被无形驱散。

祝星焰安静地吃着东西,长腿微屈,坐在破落的小阳台上,手里端着泡面,眉眼被热气氤氲。

任谁也想不到,银幕里呼风唤雨的大明星,会在这样一个清冷的深夜,跑到大学的无人角落吃泡面。

他吃东西的速度不快,但几样东西还是迅速见底。

最后,祝星焰一口一口喝着酸奶,动作漫不经心的,眼神虚虚落在前方。

从刚才起,两人就没怎么说话,宋时月看到他的那一瞬间,脑子蒙了,到现在都还没想好怎么解释。

"你吃饱了吗?"宋时月想了想,问他。

"吃饱了。"仿佛画卷上的人终于轻轻动了下,偏过头,眼神轻柔地落在她身上,"还没有祝贺你获得冠军。"

"也还好,不是什么很大的比赛……"宋时月莫名觉得赧然,垂下眼。

"非常厉害了，宋时月。"

略带几分耳熟的话语，勾起了宋时月前不久的记忆，她不由得抬头，认真望着他，抿了抿唇。

"刚才那个人，是我高中的朋友。"

"我知道。"他接话。

宋时月猝不及防，愕然几秒："啊？"

"高三那年，庙会，"祝星焰如常阐述着，"刚巧在街上看到你们。"

"啊……那次……"宋时月脑中的记忆姗姗来迟，张了张唇，"我们好几个朋友一起，但是没碰到你。"

"我离得很远，后来被人认出来了，就提前回去了。"

祝星焰轻描淡写的两句话，宋时月好像后知后觉反应过来，她定定望着他，眼里浮起了难过，连自己都未察觉。

"所以……你看到我和他了？"

"嗯，看到你快摔倒，他扶了你一把。"

宋时月费了好一会儿工夫才想起当时的场景。

那天她也就单独和周宗白待了两次，一次是大力他们去买臭豆腐，她在街上，人流拥挤，被周宗白帮忙拉了一把，然后就是回家时，共同前往那个公交车站。

杂乱的思绪中，也不知是哪一点突然清明，把往日错综复杂的线顷刻点亮，她想到了同样拥挤的庙会，差点摔倒时，扶向她的那只手。

"今天这场表演不会是你安排的吧？"

"是我，让工作人员帮忙协商了一下。"

"你……这几年没有逛到庙会，是不是有点遗憾？"

"有一年特别遗憾，但现在已经不遗憾了。"

宋时月宛如醍醐灌顶，从未深思过的事情在这一刻被洞察袒露，面前注视着她的这双眼睛，往日清黑明亮，此时此刻夹着浅淡的笑意。

他明明在笑，宋时月却觉得难过。

"祝星焰……"她声音温暾，一点一点详尽她和周宗白的过往，"我今天是在比赛现场遇到他的，他陪他朋友过来参赛，结束后大家一起吃饭，他朋友送我到学校。

"校门口那里，我刚好同他说清楚，我说……

"我有喜欢的人了。

"我们以后应该不会再见面。

"他祝我得偿所愿。

"然后问,最后一面了,能拥抱一下吗?"
"我没有拒绝。
"我对他,自始至终都是朋友间的感情。我们初三的时候第一次在比赛上认识,这么多年,关系不算太亲密,但是我曾经也把他当作了朋友。"
宋时月抬眸看祝星焰,满怀歉意,发音艰难。
面前的人突然抬手捂住了她的眼睛。
掌心温热,她微愣。
"你不要这么抱歉地看着我,宋时月。"祝星焰嗓音冷清,裹着浅浅夜风袭来。
"你不用感到任何歉意。
"你拥有自由选择的权利,没有人可以要求和干涉你。"
"好……"宋时月愣了好久,轻轻点头。
"那我要松开手了。"
"好。"
黑暗移开,光明乍现,她重新对上了面前那双漂亮清黑的眸子。
"那最后一个问题。"祝星焰静静盯着她,轻声问道,"你喜欢的人是我吗?"

宿舍无人,难得的安静。
宋时月趴在桌上,脸埋在臂弯里,怔怔地想,好在宿舍无人。
她完全未从先前的对话中抽离出来。
——"你喜欢的人是我吗?"
微弱光影下,男生的面容像是被镀上一层朦胧滤镜,轮廓模糊又英俊,五官立体,像某个导演精心打造的电影镜头。
他眸光专注地盯着她,仿佛在看着某件珍宝。
网上曾经有粉丝评价,祝星焰有一双深情的眼,谁也没办法在他专心注视下坚持过三秒。只可惜男生总是冷淡看人,少有柔情,每次被捕捉到的笑起来的模样,总会被无数转发珍藏。
宋时月陷入愣怔,像被蛊惑,有些控制不住,心间珍藏多年的秘密就要脱口而出。
"不行,这种事情似乎应该让男生先说。"祝星焰突然扬唇笑了下,慢慢直起身,"宋时月……"
一阵刺耳的铃声突兀传来,刺破黑夜,打断了欲言又止的告白。
他看了眼,没接,直到铃声锲而不舍地再次响起,他才皱眉,低头点开接听。

"小焰,你刚刚是不是在 W 大?你被拍了!上新闻了!"

男人紧张激动的大嗓门喊得树梢颤动,坐在一旁的宋时月也听到了。她抬眼,担忧地看过来,正逢祝星焰的黑眸望向她。

视线相接中,他应了几声,很快挂断了电话。

"我……突然有点事情要处理。"

"我听到了,严重吗?"宋时月面上是显而易见的担忧。

祝星焰握着手机,对她缓慢笑开: "不严重。"然后轻声嘱咐, "你先回宿舍,不要看新闻,我会处理好的。"

"宋时月,相信我。"他控制不住,把所有被迫中止的情意,化作一个浅浅的温度,落在她头顶。

最后,祝星焰轻揉了下她的脑袋。

网络上的新闻,来源于几张偷拍。

不确定是不是 W 大的学生,照片只有校门口的场景。

祝星焰戴着黑色帽子和口罩,站在一个女生面前,两人距离很近,拍摄角度似乎是在他身后,只能看到女生的额头。

两人低头说话,然后一同并肩走进了学校大门。

照片在这里终止,或许是外校人员不方便进入学校,也可能是怕被发现,不敢再继续跟下来。

庆幸的是,只有校门口那些画面,烦人的是,即便是仅有的这几张照片,也能让媒体捕风捉影大肆渲染。

照片最初只是拍摄者发在私人账号上,八卦里面的人到底是不是祝星焰。只不过圈内多的是有心人,稍微在背后推波助澜一把,照片就被营销号发布转载,热度宛如火星燎原,事情迅速发酵。

关于他的一丁点风吹草动,都能顷刻被推上热搜。

祝星焰的第一措施就是让刘焱把热搜撤下来,然后一家家联系营销号删博,先前快速上升的热度被强制压下,短短时间里,消失得一干二净。最初发照片的那个人早在热度起来时,就已经害怕心虚删除了原微博,事情消散得很快,像是一场捕风捉影的恶意谣言,在还未正式造成影响前,就已经被正主快速出来消灭。

铁粉肯定第一时间站出来维护偶像,最早一批看到新闻的粉丝,早早就开始在广场发澄清帖骂造谣营销号,祝星焰微博底下也是一片支持声。

△只是几张说话的照片而已,难道明星就不能有正常社交了?这也能

特意买个热搜？下次拍点实锤再出来造谣吧，拜托。

△看照片，背景是W大吧？有一说一，感觉能上这个学校的也不太会追星，说不定是家里妹妹之类的。

△小焰很早就说过谈恋爱了会公开，不需要这些营销号"溜粉"，谢谢。

△对面真是素人的话，很侵犯人家隐私吧，难怪工作室这次处理速度这么快，希望不要影响对方正常生活。

△买黑热搜的滚。

事情极快遏制住，在可控范围内。

工作室里，刘焱握着手机长松一口气，刷完底下粉丝的评论，才抬头看向面前的年轻男生。

"吓死我了，小焰，你下次能不能收敛点？我早说你老是这么毫不顾忌去找小同学，迟早会出事。

"幸好这次没拍到她的脸，不然全完了。你不要忘了，人家的目标是当一名翻译官，万一到时候个人信息被扒出来，网上粉丝一疯，说不定学业事业都毁了。"

刘焱故意把后果说得很重，因为他这段时间给祝星焰的肆无忌惮擦屁股真的很累，无良媒体这几年清净了很长时间，但随着祝星焰开始在影视圈崭露头角，又开始蠢蠢欲动。

只是祝星焰以前片场家里两点一线，几乎拍不到任何绯闻周边，可现在不一样，他稍微一点动作，放出去都是轩然大波。

每次祝星焰一出门，刘焱就提心吊胆，唯独在剧组里面待着才让他稍微放下点心。

祝星焰没有说话，盯着手机，脸色很沉，眉眼抑郁："是啊，与其这样躲躲藏藏下去，不如直接公开。"

刘焱震惊。

就公开？你们在一起了吗？

他内心咆哮，但是还得冷静下来，苦口婆心劝诫面前这位似是要发疯的偶像。

"小焰……我建议你还是先冷静冷静，毕竟你们还没有正式在一起……况且这个事情要先问一下小同学的意见吧？"他小心翼翼的，连声音都不敢太大，生怕一个不小心又惹得祝星焰发疯。

谁料，祝星焰抬头冲他一笑，细瞧，甚至夹杂了几丝纯良无辜："我就开个玩笑，你这么认真做什么？我当然相信工作室的实力，这点小新闻，不至于处理不了吧？"

刘焱懂了，都懂了，这不过是老板对员工的一场变相施压罢了。

他顿悟彻底，再也没办法心安理得地坐下去，立刻起身："我现在就去通知大家，联系媒体打点下去，保证这样的新闻不会再出现第二次，要一开始就把它扼杀在摇篮里！"

工作室有专门合作的公关公司，每年都是重金支出，从前光养着少干活，没有什么需要特殊维系的地方，现在应该发挥出本该有的作用了。

刘焱连夜召开会议，忙得团团转。因为这次的事情处理还算及时，公关部那边惊险过关，没有挨批。

网上那几张照片再也搜索不到，只有一小部分粉丝当时看见并点了保存。

关于这次风波，祝星焰以及工作室从头到尾都没有出来回应过，他们的态度似乎代表着身正不怕影子斜，根本不屑于回应这种莫须有的谣言。

只有极少数的当时看到过照片的人，凭着敏锐的直觉，存有疑虑。

"这大晚上的，祝星焰来我们学校做什么？还特意来找一个女生？两个人还进去学校？不对不对，这事我觉得不对。"柏佳就是其中一员，凭借她多年来嗑CP的经验，敏锐地察觉到了一丝不对劲。

她手机里刚好保存着当时转发的照片，此时她正把那张模糊不清的照片仔细放大缩小细细看着，越看越觉得狐疑。

"我怎么觉得这个女生这么眼熟呢？这个身形这个头发……"她说着，头慢慢抬起，看向不远处坐在电脑桌前戴着耳机认真听视频的人，视线从她披肩黑发滑过，然后缓缓转过头，和身旁的徐弥对视一眼。

"你觉得……"她欲言又止。

徐弥也神情肃穆，盯了宋时月半天，还是摇摇头，果断做出结论："应该不太可能吧，时月怎么可能瞒着我们认识祝星焰？应该就是发型身材比较像，这种黑长直，我们学院也很多。"

柏佳觉得有理，点点头，目光滑向宋时月的电脑屏幕，才发现上面的视频进度条竟然久久未曾移动。

宋时月感觉到了背后的灼人视线，无奈转过椅背，摘下耳机："你们的讨论声隔壁宿舍都听见了。"

"时月，你看新闻了吧？"徐弥立刻迫不及待地追问。

"我去看的时候已经被删掉了，所以大概听底下粉丝说起了一下。"宋时月很想让自己不心虚，但功力不够，借口也简略。

祝星焰走之前确实叮嘱她不要上网，但有关他的事情，她完全做不到不关心，回宿舍便打开了手机。

她应该算是第一批看到热搜的人。

后来也正如大众所见，热度被一点点降下去，然后删得一干二净。

祝星焰前不久发给她的消息，现在还静静停留在对话框里。

星星：已经处理好了，别担心，没事。

宋时月才说完话，柏佳立刻跳起来，举起手机撑到宋时月面前，上面正是两人被拍到的合照，她把里头那个女生仔细放大给宋时月看。

"你看，这就是祝星焰今晚在我们学校门口被拍到的照片。时月！你说像不像你？"柏佳控制不住激动，脸颊都因为大嗓门红了。

宋时月盯着照片仔细看了好几秒，认真点头："确实挺像的。"

"对吧！我就说不是我的问题，就很像啊。"柏佳沉浸在自己的思绪中，根本没去察觉宋时月的神色，反而自顾自分析起来，"我们学校和时月像的女生有哪几个？好像没有，黑色长头发确实挺多的，但这么漂亮的没几个吧……"

她眉头紧皱，一番筛选，倒是一旁的徐弥忍不住打量了宋时月几眼，出声："时月……你不会真的认识祝星焰吧？"

徐弥话音一落，反应最大的是柏佳。她瞪大双眼，脸上写满了不可思议："怎么可能？"

宋时月一时没有出声，直到两人稍稍平复，才犹豫了一下，试探地问："如果我说，照片里的人就是我呢？"

宿舍里是久久的死寂。

如果说一开始宋时月说自己和祝星焰在同一个高中并且是同班同学，两人都当作是一个玩笑话，但此时此刻，照片撑在眼前，她再度提起，她们都没办法当作是没听见。

"你认真的？"极度震惊前，柏佳反而压低了声量。

"时月……你是真人不露相……"徐弥喃喃道。

"不好意思，其实我也不是故意想隐瞒，因为这个事情对其他人影响比较大，再加上我们也没有恢复联系太久……"说到这里，宋时月竟然有些心虚，场面安静了一段时间，仿佛时间凝固了。

柏佳先颤颤地打破沉默，带着一丝极力压抑的欣喜若狂："时月……那你能不能帮我要一张祝星焰和陈之驯的签名合照？求求了！"

宿舍另外两人花了很长时间去消化接受这个事情。

最初的震撼过后，理智逐渐恢复，徐弥很快联想到了宋时月手机里的网友，以及那个见不得人的夜晚。

她飞快地从相册里找出照片，对着树下的那抹人影放大放大再放大，震惊到屏住呼吸。

"你别告诉我里面这个人就是祝星焰？"她举起手机撑到宋时月眼前。

宋时月心虚更甚，看了她好半晌才小心翼翼地点了下头："是他……"

徐弥手指掐人中，几乎要晕倒。

"宋时月！"她气得大叫，失去了往日的从容，"祝星焰就在面前你竟然不告诉我们！你知道我们想见他一面有多难吗？我'鲨了'你！"她疯狂摇晃宋时月的肩膀，面目狰狞，过了好久才让癫狂的情绪冷静下来，但依旧理智全无。

柏佳单手捂着胸口，被这个消息冲击得大脑空白，全然没心思阻止徐弥的"恶行"，默默转过头，用痴呆的双目盯着宋时月："妈妈，我不是在做梦吧……"

这场混乱最终以宋时月手机铃响结束。

两人现在已经形成了条件反射，一听到宋时月的手机响，立刻大脑敲响警钟，停住所有动作，眼睛紧盯着她手机。

宋时月有点头皮发麻，突然后悔，只是纸包不住火，与其让她们后面从别的渠道知道这件事，不如震惊率先坦白，或许还能换取几分原谅。

她在两道火热的注视下去拿手机，不知是该说幸运还是不幸，上头显示的名字恰好是祝星焰。

他在今晚的事情结束后，还是没忍住给她打来电话。

宋时月在两人目光的迫使下接起，男生的声音一如往常，温和好听。

"睡了吗？"

"还没……"宋时月没什么底气，音量微弱。

在祝星焰听来，好像是她经受今晚的无妄之灾，从而影响心情，导致连说话都显得疲惫。

他不禁心间一痛，语气越发温柔："对不起，是今天的事情影响到你了，我保证下次绝对不会再发生。"

"不是……不是这个。"

宋时月连忙辩解，她音量刚一提高，就见面前两个舍友在疯狂对她做着口型，示意她开扩音。

她扭过头，手捂住听筒，低声对祝星焰道："不是的，是因为我今天晚上和舍友坦白了认识你的事情，所以刚才正在解释。"

"嗯？"祝星焰顿了顿，似乎笑了起来，"怎么解释的？"

"没、没怎么。"

181

"她们责怪你了吗？"

"也不算吧……"她话音犹豫。

"比如呢？"祝星焰循循诱导。

"就是，可能比较激动一点。"宋时月余光又绕到了自己前面的两个舍友身上，她们不能出声，干脆手脚激动比画着。

柏佳无声叫着"签名照"，徐弥则是红着脸重复"扩音"，她怕意思传达不够，干脆直接在手机上打字，把屏幕撑到宋时月面前。

万人迷：让我听听祝星焰的声音，求求了！

宋时月忍不住叹了口气，轻微的动静依然叫祝星焰捕捉到了。他嘴角弧度愈深，耐心询问："怎么了？"

"她们都是你的粉丝。"宋时月纠结着寻找措辞。

祝星焰记得她提起过这件事情，所以此刻没有太惊讶，只是继续等待着："嗯？"

隔了几秒，他没听到那边的声音，想了想，主动体贴地问："需要我和她们打个招呼吗？"

他仿佛学过读心术。

宋时月为难，还是小心谨慎地询问："可以吗？"

他轻笑一声："当然可以，你把免提打开吧。"

宋时月按开免提键的动作无意识带上了一股视死如归的感觉，柏佳和徐弥的视线骤然落定在她手中的屏幕上，眼睛睁大，屏息。

安静的宿舍里，在一反常态的死寂过后，一道男声传出来，带着几分疏朗的笑意。

"舍友们好，我是时月的朋友祝星焰，很高兴认识你们。"

"啊啊啊！"柏佳连激动都不敢发出太大动静，暗自握拳原地起跳无数次后才稍稍冷静，整理仪容清嗓子，正准备说话……

"你好你好！"徐弥已经迫不及待抢先出声，对着宋时月的手机压不住惊喜，"祝星焰，真的是你吗？我好激动！有点不知道要说什么了，呜呜呜……"

"很高兴和你说话，哦不是，很高兴认识你！"

"希望有机会可以见到你！多多来我们学校玩！尤其是时月最近这段时间刚好没什么事！你一天来找她三次都没有问题！"

宋时月微微脸热。

"对对对，该我了。"柏佳已经迫不及待地抓过她的手，把手机挪到自己面前，对着那头的人压抑地叫着，"祝星焰，我好喜欢你！我最喜欢你在《渎白》里饰演的周度白和……唔唔……"她的嘴被眼疾手快的徐弥捂住了。

徐弥对着手机忙补充道:"她最喜欢你的周度白了。"

"谢谢喜欢,方便的话,下次我让时月带几张电影里的签名照给你。"祝星焰语气温和耐心,带着一无所知的天真。

宋时月轻轻松了口气,连忙挪过手机,在柏佳一片激动欣喜的道谢声中,关闭免提,结束了这次"友好会晤"。

她把手机贴在耳边,同祝星焰说了几句,就准备结束这煎熬无比的通话。

通话结尾,只听到他的声音裹着笑意故意问她:"你这段时间真的很有空?"

宋时月不敢回,只能嘴里"嗯嗯"糊弄,迫不及待地按了挂断。

电话一结束,柏佳把她的手都抓红了,双目晶亮饱含期待:"电影签名照都没问题,双人合照又有多远呢?时月,姐妹的幸福就靠你了!"

比赛结束,临近暑假,期末考又要来临。

周一,老师把宋时月叫到办公室,说了修学访问的事情。

这次比赛的获奖选手拥有赴英美等国家学习的机会,宋时月作为大赛冠军,理所当然地得到了报名表,时间在暑假,为期一个月。

她领了申请表回去,没有多犹豫,填写完交上去后,才把这个事情大致同家里说了一下。

父母都很支持,并且督促她早做准备。

上次电话结束之后,祝星焰并没有再来学校,他虽然表面上说着一切放心,但还是怕给她带来麻烦。他大概安静了半个多月,直到临近考试前两周,突然约她出门。

周五放学后,暮色降临,车子等候在校门口不远处。

车牌号陌生,不是他常用的那辆,车子一路驶出了城,来到了附近的郊区。

远处有山林,再往前,是一片望不到尽头的草场,旁边矗立着别墅。暗蓝天空宛如幕布,边上挂着一轮淡黄色的月牙。

这似乎是一个私人庄园。

宋时月不禁看向一旁的人,祝星焰淡笑着解释:"朋友的一处私产,这里不会有外人来,比较安全。"

"里面有好多好玩的,我带你学骑马。"似是看出了她心头的不安,男生的嗓音带着诱哄,像是偷偷带幼儿园乖小孩出来玩的坏小子。

宋时月已经坐上贼船，也没有反悔的余地。出门之前，祝星焰只嘱咐她带上随身物品，并没有说要在这里过夜。

车子径直开进了别墅车库。

巨幅玻璃打造的落地窗，让这栋屹立在草地中间灯火通明的建筑，看起来像是一座透明的玻璃屋。

宋时月跟着祝星焰上了三楼，推开房间门，里头是个宽敞的套间，暖黄色调，装潢温馨，桌上插着一束粉白的洋桔梗。

"这是你的房间，可以吗？不喜欢我们可以再换一个。"祝星焰今晚一直在笑，黑眸在灯光下比星星还要亮。

宋时月好似被感染，不由得点头，脸颊微热："可以。"

"那你先休息整理一下，晚点下来吃饭。"

说完，祝星焰退了出去，轻轻掩上门。

房间只剩宋时月一个人了，她微微放松，打量周围。

这个房间似乎是整栋楼里视野最好的地方，落地窗正对着草场和远处的山林，站在窗边，还能望见院子里的景致。

她突然发现，自己忘记问祝星焰住哪一间了。

除了他们，别墅里还有打理庄园的员工，宋时月下楼时，桌上已经摆好了饭菜，散发着热气。

祝星焰坐在桌边静候着，见到她下楼，先盛了碗汤递到她手边："你尝尝这个菌菇鸡汤，很好喝。"

"菌子是山里采的，鸡是这边农场散养的。"

"好喝。"宋时月尝了几口，鲜味弥漫舌尖。她没忍住，频频抬眼迟疑地看他。

"怎么了？"祝星焰见状，笑着耐心追问。

"没事。"她把欲言又止的话咽了下去，对他笑了笑，如常用饭。

两人吃完饭，夜色彻底笼罩大地。

祝星焰给她从头到脚仔细喷了驱蚊水，然后带她出门。

屋子后面有条小路直通山上，是人工铺设的石板台阶，两侧干净整洁，几乎没有杂草。

没爬太久，眼前出现一个小山坡，也被修整得干净。

祝星焰手里提着一盏小夜灯，带着宋时月爬上来，气息依然沉稳，给她介绍着："天晴时，这里晚上都会有很多萤火虫，不知道我们今天运气好不好……"

他话音还未落，山坡旁边的草丛里飞出一只又一只的光点，萤火闪动，宛如星子般在夜空中聚集，慢慢汇成了一片星河。

"好美……"宋时月从小生活在城市，几乎没有机会接触到这种小生灵，她看得出了神，呆呆地感慨，"像星星。"

她下意识地伸出手，想去碰触眼前的光点。恰逢一只萤火虫扑棱着翅膀撞上来，仿佛迷失了方向般，光芒一闪一闪，穿梭在她指间。

"星星被你抓住了。"身旁的祝星焰侧眸望着宋时月，眼底映着星火微光。

第七颗星星 ★
官宣

这一晚宋时月睡得很好,从梦中醒来时,天光大亮,阳光争先恐后地从窗帘缝里钻进来。

她本以为自己到陌生环境会失眠,谁料昨晚一挨到枕头就睡着了,一夜好眠。

或许是夜里爬了山,还看到了萤火虫,回来时间已经不早,洗漱完,睡意便上涌。

窗外传来鸟雀啁啾,宋时月起床拉开窗帘,朝阳瞬间袭来,底下草地青绿,远处山林蒙着薄雾,一缕白烟在风中缓缓升起涌动,橙红光线和绿意交织,清晨的色彩漂亮怡人。

宋时月在窗边驻足四处眺望时,目光突然被一处定住——远方的马场上,祝星焰穿着黑色骑装,跨着一匹棕红色骏马,手握缰绳,在日光下肆意驰骋。

少年面容似骄阳,身姿挺拔,迎着晨光骑马奔跑的画面,自由热烈。

她仿佛被感染,迟迟没有收回目光,凝望着那一处,忍不住弯起了眼。

宋时月整理好下楼时,祝星焰已经回来了。他穿着单薄的白衬衫和长裤,额角有湿意,正接过用人手中的毛巾擦汗。

"你醒了?"听到动静,他飞快仰起头,亮晶晶的眸子里仿佛也注入了日光。

"醒了。"宋时月有点不好意思,身上的白裙子是衣柜里备好的,过于合身,裙摆擦过小腿,柔软细腻。

"刚好下来吃早餐。"他说。

早餐简单精致,宋时月切了块盘子里的煎蛋,出声问道:"你早上去骑马了吗？"

"啊，你看到了？"对面的男生竟然眉眼里闪过一丝赧然，对她展唇一笑，"习惯早起，就顺便去跑一下。"

"看到了。"宋时月也随之笑了，"早上刚起来，一拉开窗帘就看到了。"

"非常帅气的……祝星焰。"她想了想，最后还是念出了他的全名。

小星……她实在叫不出口。

好在祝星焰也没有计较，只是含着期待问她："你想学吗？待会儿吃完饭我可以教你。"

昨天他就提过，宋时月不好再拒绝，只是委婉地说："我不一定是个好学生。"

"没关系，我肯定是个好老师。"

见男生笑得灿烂，宋时月不由得被感染，唇角上扬。

两人的这顿早餐，就在莫名的笑中度过。比起朝阳，他俩似乎还要明媚几分。

吃完饭，别墅的用人送来骑装，纯白色的女士款，边上绣着金线。

宋时月换上衣服，同祝星焰一起下楼去马场。

负责看护马场的是位小个子中年男人，祝星焰称他为"赵叔"。

"几年前嘉嘉生的那匹小枣红马呢？"

"在马厩里，我带你们去看看。"赵叔目光掠过一旁的宋时月，带着笑，温和宽厚，"这匹小马最亲人，脾气温顺，最适合初学者。"

"好的，谢谢。"宋时月面带感激。

"不用谢我呀，这里的马儿都是小焰养的，你应该谢他。"

宋时月有些惊讶，转头看向祝星焰。

后者垂眸，摸了摸鼻尖，无奈地叫了声"赵叔"。

"啊？"赵叔茫然。

"算了。"祝星焰叹了口气。

宋时月在后头轻轻扯他衣角，忍不住蹙眉："你不是说……这是你朋友的地方？"

"我怕你不自在。"他眼神温和，裹着细密的柔软。

宋时月抿了抿唇，没作声。

"不开心了？"他倾身过来，低头轻声问。

两人距离很近，他就挨在她脸颊上方，远远看起来，就像是两个人在说悄悄话。

"我不是故意骗你的，因为工作比较早，所以很多时候都习惯了社会角色,很少把自己代入学生身份。

"但你还是……我怕你会觉得我们距离很远。"

确实有,并且不止一点。

从昨晚来到这里到今天早餐,宋时月都感觉到了一丝细微的不适,这份不适感的来源,似乎就是他此刻说的身份差距。

她总感觉自己还是学生,平常接触的人也都是,哪怕很早之前的祝星焰,在她眼里也是一个身份特殊的同班同学,仅此而已。

然而她好像现在才慢慢意识到,他或许早早就完成了学生到大人的转变,已经提前适应了这个社会的规则。

"那之前那个餐厅……"她沉默许久,咬唇迟疑地发问。

祝星焰霎时笑开了,伸出手指保证:"那家餐厅真是我朋友开的,我发誓。

"你应该也认识,叫陈之驯。"

宋时月想,何止认识,我还天天在宿舍听你们的爱情故事。

她慢慢放松下来,黑眸盯着祝星焰,认真缓慢地开口:"那你以后不准再骗我,任何事情,任何情况。"

"好,我答应你。"祝星焰在温暖的日光下注视着宋时月,虔诚认真地保证。

宋时月在马厩里见到了那匹枣红色的小马,说是小马,有点儿侮辱它了。面前这匹年轻健壮的马儿,虽然比不上祝星焰早上骑的高大骏马,但也精神十足。

旁边两人都说它脾气温顺,宋时月在赵叔的怂恿下,试探着去摸了摸它脖颈上的鬃毛,马儿果然温和地偎依在她手下,没有挣扎。

宋时月听从赵叔的建议,拿了一块方糖喂给它,小马立刻亲热地伸出舌头舔她的手心,一人一马飞速建立起感情。

祝星焰扶着她上去时,马儿不曾有一丝抵触。

直到抓紧缰绳坐稳,宋时月悬着的心才微微放下。

小枣马很高,坐上来,视野骤然开阔,祝星焰在一旁给她讲解着动作要领——双腿贴于马腹,夹紧是向前移动,缰绳控制方向,坐姿不要太实……

宋时月跟着他的话语一点点学习调整,掌握差不多时,马开始往前走,祝星焰站在前面,给她牵着马儿。

似乎也不需要太多技巧,马的速度很慢,再加上有祝星焰在前面牵着,小马带着宋时月在草场里不紧不慢地溜达了两圈。

宋时月有点想要感受祝星焰早上驰骋的效果,几圈走下来,心头跃跃欲试，低头试探性地询问，想要自己独自骑行。

"不可以，你现在还没完全掌握技巧，我怕你会摔。"祝星焰笑着，温声坚定地拒绝了她。

宋时月露出失望的神色，但还没等她再开口，就见他不紧不慢地抛出一条建议。

"不过我可以带着你骑，就像你早上看到的那样跑起来，想要试试吗？"

他像是一个慢悠悠抛出诱饵的垂钓者。

宋时月几番挣扎，咬饵上钩，有点犹豫地应声："那好吧……"

祝星焰松开缰绳，踩着脚蹬直接上马，动作干净利落。转眼间，宋时月就感觉被人从身后环住，温热的气息扑来。

祝星焰的脸庞靠在她身侧，声音骤然贴近耳边："抓紧，要开始提速了。"

游离的心思被瞬间收紧，宋时月无暇再去想那些风月相关的事，挺直肩背，认真目视前方。

"我抓紧了。"

底下的马瞬间一扫先前的温驯，如同疾风般往前奔跑起来，迎面的骄阳刺目，凉风裹挟着青草气息猛烈扑来。

小枣马奔跑速度很快，宋时月的头发被吹散，感觉在风里穿梭。

快速带来的失控感接踵而至，她微微慌张，便看见了身前的那只手，白皙修长，牢牢握住缰绳，骨节突出，游刃有余地掌控着方向和速度。

马匹一往无前地奔跑着，又在即将靠近围栏时，被祝星焰控制着熟练转弯。

祝星焰带她跑了好几圈，下马后，她的大腿还在发软。

小枣马像是难得这样畅快奔跑，快活地摇晃着脑袋打着呼噜，仿佛是在同她告别。

"好玩吗？"有风来，她的一绺头发被吹起拂到眼睛，祝星焰极其自然地伸手给她拨开，低头笑问。

"好玩是挺好玩的。"剧烈运动后，她的双颊带上了自然的红润，平复着微喘，盯着他控诉，"不过说好教我的，为什么都是你在操控？"

没料到她说出这句话，祝星焰一愣，随后失笑道歉："我错了，等傍晚太阳快下山的时候，我重新教你可以吗？"

"看情况吧。"宋时月努力稳住心绪回答，"我还有很多作业没有做完，待会儿回去要做功课了。"

上午运动一场，回来重新洗漱，神清气爽。

好在出来时带了随身的电脑和笔记，祝星焰来敲门时，宋时月正披散着湿发，趴在茶几前认真听着耳机里的听力。

几声明显的敲门声打破了她的沉浸，她转过头，看到祝星焰换好衣服，好整以暇地倚在门框边，诱哄般发出邀请："你要不要下来做作业？客厅空间很大，会比较适合学习。"

宋时月收拾东西挪了个窝，下来客厅才发现祝星焰把那里都布置好了，毛毯、茶几上切好的水果，还有特意空出来的桌子和沙发。

先前别墅里忙碌的用人都下班了，整栋房子安安静静的，只剩下透过明亮玻璃洒进来的正午阳光。

宋时月趴在桌上听资料记笔记，祝星焰就戴着耳机窝在沙发里看国外冷门的口碑电影，一帧一帧仔细拉片子分析，这是电影从业者的一种输入。

偶尔宋时月放松休息，他们会抽空聊一下天，说起电影或者其他。有时她过于专注，维持一个姿势许久，祝星焰会叉起一块水果递到她唇边。宋时月沉浸在视频听力中，没反应过来，身体先做出行动，张唇就着他的手吃下，清甜弥漫唇齿时才骤然惊醒，转头对上他含笑的眸子。

不知不觉，暮色开始降临。

火红的夕阳占据天边大半，夏日的晚霞色彩迷人。

班级群里，大家都在抱怨即将到来的期末考，复习任务繁重，就连柏佳和徐弥都难得开始泡图书馆和教室。

宋时月刚完成一项大功课，腰酸背痛地伸了个懒腰，环顾四周才发现祝星焰不知何时没了身影。

她困惑，忍不住起身，揉了揉发酸的膝盖，听到厨房里有细微响动。

宋时月走过去，看到明暖光下，祝星焰一身米色家居服，站在操作台前，不急不忙地做着料理。

抽油烟机发出轻微的动静，食物香味缓缓而来，祝星焰低眉敛目，认真盯着锅里的食材，仿佛在做着人生中至关重要的大事。

他听到门边的声响，回过头，看到宋时月的一瞬间，眉眼荡开笑，温声吩咐："快去洗手，马上就可以吃饭了。"

宋时月是第一次吃祝星焰做的饭菜。

祝星焰的烹饪过程很简单，牛排煎芦笋，烤口蘑，虾仁青豆，主食是米饭，味道却很好，清淡爽口，正适合晚餐。

宋时月吃完饭，本欲礼尚往来，想帮忙收拾桌子洗碗，但祝星焰接过她手里的碗筷，说道："你去学习，这里我来，晚点会有人洗。"

"我又不是学习机。"她无奈地辩解，"我也需要休息。"

"嗯？你真的要开始休息了？"祝星焰一听开心了，也顾不上收拾，卷起袖子洗干净手，就迫不及待想带宋时月上楼，"我带你去顶楼影音室，你知道吗，夜晚的时候，可以直接从天窗看到星星。"

即便有他提前告知，推开天台门的那一霎，宋时月还是被震撼到了。

巨大透明的玻璃顶，可以目睹整片苍穹。郊区的天空没有任何遮挡，城市光污染消失殆尽，此时此刻，只剩下一片辽阔璀璨的星河，仿佛触手可及，还有偶尔风拂过山林的轻微响动。

房间一面墙壁上都是幕布，正对着的是几米宽的沙发，两人坐在地毯上，背后垫着靠枕。

祝星焰开了两罐冰可乐，在缓缓放映的片头中，就着微弱蓝光递给宋时月。

他选的是一部两人都没看过的片子，古老的英国影片，讲述着王室公主出逃的爱情故事。

全英文的字幕，音腔正宗，宋时月关掉手机前，还看见柏佳和徐弥在群里聊天，争论着某个词汇的正确释义。

她心虚地关掉屏幕，注意力回到电影里，心想，某种意义上，她也是在练听力吧。

也算是一种学习呢。

这部电影很长，足足四个小时，叙事缓慢，镜头琐碎，把中世纪贵族社会的细节一一托出。宋时月原本好好坐在地毯上，慢慢变成了半躺，到最后，怀里抱着枕头，靠在沙发边沿，打起了瞌睡。

迷迷糊糊睡过去之前，她心中还闪过一丝愧疚，好不容易陪他看一次电影，结果……

电影放到中途，祝星焰就按下了暂停键，女生就睡在他身旁，呼吸匀称，在安静下来的空间里，占据了他所有的注意力。

头顶星子耀眼，地毯上不小心打翻的可乐散发着甜香，黑暗中，她的手机屏幕忽然一闪，有新消息涌入。

祝星焰目光被吸引，亮起来的锁屏界面是一张夜色壁纸，月亮下方，女生衣角翻飞，朝着树下的人飞奔而去。

他几乎是瞬间就认出了上面的人。

正是她与他。

在那个冬日的夜晚。

祝星焰控制不住，伸出手，在即将触及到她的睡颜时又克制停止，用力蜷缩收起手指。

她轻浅的呼吸碰触到祝星焰的指尖，温热袭来，他仿佛被烫到，瞬间抽回手。

他过了很久很久才移开注视着她睡颜的双眸，悄无声息地坐回原位，像是什么也没发生过。

宋时月醒来时，电影已经放映结束了，面前的大屏幕在播着片尾工作人员名单。

祝星焰轻轻拍着她的肩膀，把她叫醒："回去再睡，在这里睡，明天起来会腰酸背痛。"

她迷迷糊糊睁开眼，松开怀里的抱枕，脑子还没清醒，看见面前祝星焰的脸，一瞬间还以为仍旧在梦里。

过了好一会儿，她整个人才慢慢回神，揉了揉眼睛，坐起身，嘴里含混："几点了……"

"十二点了。"身旁的人声线温和。

"那你怎么不早点叫醒我？"她困顿地看了眼大屏幕上的电影，愧疚道，"片子都放完了。"

"没关系，其实我也没仔细看。"祝星焰话里带笑。

"唔？"她抬起头。

祝星焰没有解释，只示意她放在一旁的手机："你睡着的时候，手机亮了好几次。"

"可能是宿舍群里聊天。"宋时月连忙抓起手机，低头解释。

她正在解锁，没有察觉任何不对，直到祝星焰含笑的声音在耳旁响起："先前不小心看到了你的手机壁纸，很好看，能分享给我一张吗？"

宋时月大脑短路了片刻，低眸看向自己已经解锁的手机，上面仍旧是那张看了无数遍习以为常的照片。

她反应过来，上面的男主角此刻就在自己身侧，这张照片还被他看到了，还让他知道被她设成了手机壁纸……

人在极度丢脸的情况下，或许思维逻辑是违背常理的，宋时月呆呆的，脑袋木然，无意识地低低"哦"了声。

她翻开相册，找出这张照片，然后点进祝星焰的聊天框，发送过去。

照片一秒传送成功。

她看着他低头接收保存，然后手指轻动，同她一样，把照片设成了手机壁纸。

祝星焰如常按下锁屏，手机屏幕黑寂下来，抬起脸，笑容在深夜里带着一丝难言的缱绻。

"夜深了,我送你回房间吧。"

两人的房间都在二楼,只隔着一堵墙。

原本宋时月已经困得不行,被他叫醒时,正在酣梦里,原以为回来一挨着枕头就会睡着,谁料经过中间那一道小插曲,她躺在床上,只要一想到祝星焰就在墙壁另一端,就难以入睡,辗转反侧,脸颊不知不觉一点点升温。

她不想去误解他的意思,但他的每个行动举止似乎都把含义表露无遗。

唯独偏偏没有说出那句话。

周日下午,系里有活动。

宋时月需要提前返校。

吃过早餐,祝星焰把她送回学校。

路上,她的手机振动不停。

知道宋时月这两天是和祝星焰出门,柏佳和徐弥早早便说好了要签名照片,只是经过一番折腾,宋时月差点忘记。两人一大早便在群里不停地刷着存在感,提醒她。

宋时月无奈回复。

月亮:*知道了知道了。*

月亮:*保证完成任务。*

底下便是一片爱心刷屏。

上好佳:*爱你!*

万人迷:*爱你!*

宋时月关掉手机,又对上一旁祝星焰的眸子,这里离学校不近,车程最快也得两个小时。

来时,他接她;回去时,他依然陪在一旁。

"你最近没有工作安排吗?"宋时月想了想,试探性问道。

祝星焰弯起眼睛,在金色朝阳中,和煦明亮:"前段时间工作刚好都收尾了,最近想给自己放个长假。"

"噢……"她顺从地点着头,不敢去想他话里的深意,然而,只听他下一句问起。

"你是不是快放暑假了?考完试有什么安排?"男生依然是笑眯眯的模样,身后葱郁山林快速闪过,简短的几个片段画面,让她看得短暂失了神。

宋时月努力收起注意力,如常回复:"暑假要参加一个国外的修学访问，可能要一个多月。"

"啊？"他似乎是没想到，听到这个消息时，愣怔了几秒。

"什么……时候去？"祝星焰的话语不太连贯。

"考完试。"

"哦……"他似乎在心里默算了下日期，"那不到半个月了。"

"嗯。"宋时月小心颔首，从他的神色中依稀察觉到了什么。

"也是前不久才定下来的，所以……"她有几分歉意，想要解释。

"没事，一个月也很快。"祝星焰先偏头朝宋时月笑了笑，神色已经恢复如常。

宋时月还睁着那双水润乌黑的眸子看着他，里头含着担忧。

他手指轻动，还是难以克制，轻轻揉了下她头顶的发丝。

"宋时月，别这么看我。"

他按着她的脑袋，把脸扭到了正前方。

宋时月视线里失去了他的脸，被后视镜里笔直的道路占据。

"你干什么呀？"她的质问也显得毫无威慑力，更像是幽幽抱怨。

祝星焰失笑出声，收回手，清咳，调整姿势坐直，依旧一副正人君子的模样。

"我的脸很贵，多看要收费。"

车子依然停在校门口不远处的树下，借着树荫遮蔽，挡住车内景象。

临下车前，宋时月终于想起正事，提起了签名照的事情。

"她们都很喜欢你……"她不敢提柏佳嗑的CP，只婉转组合了下措辞。

"好，晚点我让经纪人拿给你。"祝星焰应得很温和自然，没有任何为难。

宋时月听完却不由得担忧，抿唇犹豫着问："是不是给你添麻烦了？"

"不会。"他盯着她，有点气，闷笑了几声，加重音量叫她的名字，"宋时月，别说几张签名照了，哪怕你要我去和她们合照，都没有一点问题。"

宋时月最后是落荒而逃的。

她脸颊通红，被那句话带来的炽热空气感染，都不记得自己当时应了什么，似乎是抿紧唇一言不发，脸上热度却在飞快上涨。最后，她自己先受不了车里灼人的气氛，胡乱道别，拉开车门下来。

祝星焰在后头隐约还叮嘱了两句，她根本回想不起来他说了什么，脑中只剩下当时他紧盯着自己的黑眸，还有落在耳边的那句话。

校内树木茂盛，一进入，凉风扑来，宋时月滚烫的大脑稍稍冷静，直到慢慢走到宿舍楼下，才堪堪从方才的情形中回神。

她刚冷静下来，手机铃声作响，她点开，发现是个陌生号码。

宋时月点了接听，将手机放在耳边，对面传来一道依稀有几分熟悉的嗓音。

"喂，是宋同学吗？我是小焰的经纪人刘焱，他让我送几张签名照过来，你待会儿方便吗？"

挂完电话，心头大事落地，宋时月放下点心，脚步如常地上楼。

这头，刘焱在电话里，忍不住和自家的年轻偶像八卦。

"怎么样？和小同学一起待了两天，关系有一点进展没有？"

校外树下的车辆，依旧停留在原地。

祝星焰接听着电话，手心里拿着的是方才宋时月慌乱离开时，不小心遗落的白色耳机。

他眼前仿佛还是女生戴着它，认真记笔记的模样。

"没有。"祝星焰垂眸，眼睫覆盖神色，仿佛是自言自语般，声音低缓，"她那么小，那么好，才接触过我一个人，我怕她吃亏。"

"慢一点，让她好好考虑我。"

盛夏来临之际，暑期开始。

宋时月办好资料，回家探望了赵司茜和宋清后，便同老师和同学一起踏上了修学之旅。

学习的第一站是英国，他们将在一所百年名校进行为期两周的游学生活。

每天除了去学校上课，还会有外籍老师带着他们做各种业余扩展训练、参加活动采访、和路人沟通、开展小组交流讨论会……生活都被这些内容填满了，空暇时，一起来游学的同学便结伴去附近探索旅行。

时间过得飞快，一转眼，半个月结束。

在英国的最后一天，学校老师为他们举办了欢送会，地点在校外一个酒吧餐厅。临行前，大家似乎都有诸多不舍，这段时日朝夕相处结下的情谊，还有对这个地方的留恋。

不少人喝了酒，坐在宋时月身旁的是个男生，也是这次大赛的获奖者。

他是开朗热情，认识第一天就亲切地称呼对方的昵称。有个女生叫秦阳，他就主动叫人家小秦，男生也不例外，基本没有直呼别人全名，唯独宋时月被他单拎出来一个"月"字，每次开口闭口都是小月。

宋时月有点尴尬，主动提过两次，说不如叫她小宋，或者时月也行。

男生笑得爽朗灿烂，大大咧咧、心无城府地道："我觉得小月更可爱啊!"

窗外夜色深浓,餐厅灯火明亮,男生喝了酒,脸色薄红,殷勤地给她杯子里倒着果汁:"别喝太多,明天早上起来会不舒服。"

"谢谢。"宋时月礼貌接过,客套道,"你也少喝点。"

"没关系,我酒量很好。"

人群吵闹,两人说话不免低头凑近,从窗外隔着落地玻璃远远瞧着,像是在亲密地窃窃私语。

聚会到了夜里十点才散场,第二天还要赶飞机,他们没有玩得很晚。

一群人走向门口,准备回学校,说说笑笑往前,宋时月在看手机消息,不免落后几步。

半个小时前,祝星焰给她发来消息。

星星:在哪儿?

宋时月那会儿在听同学聊天,没有看到,现在散场才回复他。

月亮:在学校附近聚会,刚才没看手机,不好意思。

星星:结束了吗?

月亮:是的,准备回去了。

宋时月刚回完,就听到前头有人叫她,她抬起头,朝前望去。

席间热情的男同学名字叫刘献,正站在门口喊她:"小月,你走快点,别掉队了。"

"哦好,来了。"

祝星焰一时没有回复,宋时月收起手机,加快速度,几步跟了上去。

"待会儿都直接回学校吗?"刘献是对着周围的同学问的,眼睛却唯独望着宋时月。在门外的灯火阑珊中,像是两人在人群里单独说话。

宋时月惦念着方才的消息,手机久久没动静,祝星焰没有回复,不知道是不是生气了。

她微微走神,没有搭话,倒是一旁的同学开始七嘴八舌。

"直接回去吧,你们还要逛吗?"

"这么晚了,明天还要赶飞机。"

"大家一起回去吧。"

"走,回学校。"

一行人准备离开,往前走了没几步,街边突然走来一个拎着酒瓶的流浪汉。宋时月在低头看手机,没有注意,差点被对面摇晃的人碰上。

刘献眼疾手快拉了她一把,声音透着紧张:"小月,你别顾着看手机,看路。"

"哦哟，我们刘主席很关心小月嘛。"

刘献是他们学校的学生会主席，这段时间下来，因为他热情自来熟的性格，大家也喜欢对他开玩笑。

"小月小月……怎么对我就是小秦了呢？"

"就是，叫我还是小朱！"

笑闹声响亮刺耳，一群华人面孔在异国夜晚的街道上十分容易分辨，宋时月阻止不了他们的玩笑话，手中温热的机身振动，她垂眸去看，是祝星焰的消息。

星星：*我看到你了。*

她受惊，猛地抬起头，看到不远处街角路灯下站着一个熟悉的身影。在这遥远的异国，仿佛是仗着无人认识，他袒露面容，毫无遮挡地站在那里。

盛夏的夜晚，英国气温却很低，他穿着黑色风衣和长裤，眉眼清朗，晚风轻扫，漆黑的发丝拂过额头。

像是屏幕里的大明星从电影里走了出来。

身边同时传来低呼声。

并不只她一个人看到，周围的同学也注意到了前方的人。

"那是祝星焰吧？"

"竟然能在这里见到他！"

"他是来英国旅游的吗？"

"可不可以上去问他要签名？"

…………

交头接耳的窃窃讨论不停，话语间，祝星焰已经径直提步朝他们走来。

耳边声音渐止，大家都不约而同地停住了话语，就连脚步都忘记挪动，停留在原地。

宋时月仿佛整个人被定住了，眼中只剩下朝她走来的那道身影。

祝星焰的轮廓在她视线中越来越清晰，最后，身旁那盏路灯的光束尽数打落在他脸上。

"怎么才结束？"男生站在她身前，光落在侧脸，眉眼间有阴影扑下，低声道，"等你很久了。"

周围此刻已经响起了阵阵抽气声，无人敢大声说话。

宋时月神思有短暂的空白，努力找回头绪，木着脑袋问道："你等很久了吗？"

"嗯，从给你发消息起就等着。"

"那你怎么不早点跟我说？我好提前出来找你。"她下意识地接话。

"你回我的时候说已经快结束了。"

宋时月骤然想起，聚会快散场时她才看到手机消息。她眼底闪过愧疚，立刻道歉："不好意思，我之前没看手机。"

"没事。"

两人就这么旁若无人地说了好一会儿话，同学们都忍不住了。

刘献离她最近，惊疑不定的目光流连在祝星焰脸上，先试探着开口："小月……这位是？"

被话音惊醒，宋时月理智归来，打量着周围的情形，脑子更乱了，望着面前的祝星焰欲言又止，不知该如何介绍。

"你们好，我是时月的朋友，祝星焰，打扰你们了。"祝星焰先做自我介绍，直接坦诚了自己的身份，偏偏如常的语气神态根本不像是银幕里的大明星，轻描淡写得就像是他们一位同学的普通朋友，在这个夜晚偶然相遇。

不知是被他的气场震慑，还是看出了两人现在需要独处，周边的同学没有不识趣地凑上来，只是纷纷略带拘谨地朝他打过招呼，然后试探地看向宋时月。

"那我们就先回去了……"他们示意她身旁的祝星焰，小心用手指了指，"你和你的大明星朋友再逛逛……"

"好。"宋时月忙点头，目露感激，"你们先回去吧。"

一行人挥手作别，目光留恋地停留在祝星焰脸上，想趁这最后的机会再多看几眼。

唯独刘献，视线是落在宋时月身上的，暗藏着担忧地叮嘱一句："小月，你别玩得太晚，早点回来。"

他话音还未完全落下，就被身旁的人扯着走远了，隐隐地，似乎还能听到他身旁传来的低声警告："还小月呢……你是一点都看不出来啊？"

街道重新恢复空旷，隐约透着安静，陌生面孔的行人三三两两擦肩而过，偶尔落下几道注目。

祝星焰没有挪动身体，垂着眸，低声喃喃："……小月？"

宋时月不敢应，嗫嚅了两下，低着头，嗓音微弱："我和他纠正过好几次了，还是没办法……"

"没办法？"他在齿间重复这三个字轻念，眼睫覆下荫翳，让人瞧不清神情。

宋时月忽然有些惴惴不安，鼓起勇气抬眸同他对视，轻吸一口气，直直问道:"你很介意吗?

"你很介意别人这么叫我吗?祝星焰。"

她感觉自己在亲手打破两人长期以来建立的无形默契,她一直回避、视而不见的存在。

"是。"下一刻,男生坦坦荡荡地承认,咬字清晰,"我很介意,宋时月,我不喜欢别的男生离你这么近,不喜欢他挨着你讲话,不喜欢他拉你的手臂,更讨厌他这么亲密地叫你。

"我不想在你身边看到任何一个异性的存在。

"我只想让你看我,只有我。"

晚风冰凉,落在脸上是湿润的,宋时月这才发现不知何时下起了雨。

英国夏季气候反复多变,前一刻温暖舒适,后一刻落起蒙蒙细雨,凉风骤起。

宋时月专注地望着祝星焰,才察觉身前的人眼角微红,黑眸仿佛浸了水意,一动不动紧盯她不放。

她眼神轻动,本能躲闪移开,仿佛被这样灼热的目光烫到。

"为什么呢?祝星焰。"她声音很轻,问出话的同时,心头颤动,感到一种莫名的战栗,仿佛这个答案,彼此早有预感。

果然,她话音刚落,就听到男生苦涩无奈地轻笑,嗓音低沉,宛如有千钧重。

"因为我喜欢你啊,宋时月。

"从见到你的第一眼开始,整整喜欢了四年。"

他一字一句倾吐着内心那些压抑克制的汹涌情潮,如雾的雨丝沾湿他的眉眼,漆黑深浓。

"我总想着慢一点,再慢一点,让你好好认识我,知道除了大明星光鲜亮丽的外表,和我在一起,还有许许多多因为这个身份所带来的烦恼。

"你的人生才刚刚开始,未来会遇到更多更优秀的人,他们都可以陪着你做许多我没办法光明正大陪你做的事情。

"我希望你好好考虑清楚,不要在未来某一刻后悔和我在一起。

"但是现在……我改变主意了。"

他隔着细雨,一如那个他们相遇的傍晚,凝望着她,伸出手来,小心翼翼地擦干她眉眼间的水雾。

"宋时月,你要不要和我在一起?"

这场小雨连绵不绝,两人的发丝都被雨雾飘湿,睫毛湿润,像是含了水汽。

身旁有行人匆匆跑过，有人张开手在雨中转圈，有同伴手挽手开心地踩水花，还有人在陌生的异国街头紧紧相拥。

宋时月微红着眼，颤抖着，刚说出一个"要"，就被面前的少年紧紧扣住肩膀搂入怀中。

雨水冰凉，紧贴着的身躯却是炙热的，少年衣衫下的坚硬肩骨重重抵着她的下巴。

呼吸错乱，心脏搏动剧烈交织，周遭的一切仿佛沉入湿漉漉的海底，此刻，世界之中，只剩下他们。

谁也没有先放开手，时间宛如按下暂停键，经过的行人不由得好奇，面带笑容打量这对在雨中相拥的东方面孔的情侣。

直到滚烫的心潮一点点平息冷静，宋时月先动了动，脸埋在他肩头，传出来的声音有些含混："祝星焰，你先松开我。"

祝星焰顿了下才缓缓松开手，像是留恋不舍般，乌黑的双眸依然安静眷恋地注视着她。

宋时月有点受不住这种眼神，好像是某种软乎乎黏巴巴的甜点，让人唇齿间都是香气。

她不受控制地咽了下喉咙，小声提醒："不要一直淋雨，会感冒。"

"好。"他喉结滚动，轻声回应，嗓音莫名带了丝哑意，视线依然在她身上定住，"那我先送你回学校。"

祝星焰说完，刚准备转身，又想起什么，回过头来牵起她的手。

十指交扣，指间的温度相贴。

宋时月的脸一下就红了，雨水也无法降温。

这里离学校只有短短一段路程，雨却没有停，薄薄的衣服布料逐渐被浸湿。

经过一家商店时，宋时月透过复古的橱窗看到了里头挂在货架上的长柄雨伞，墨绿色的。

她走进去，把雨伞拿到收银台，祝星焰率先拿出钱包结账。

两人撑伞走在路上，这把随手买下的伞宽大厚重，恰好挡住外头的风雨，步履变得从容起来，缓慢穿行在细雨朦胧中。

"你记不记得，我们第一次见面，你就给了我一把雨伞，黑色的。"宋时月在伞下抬头望他，眼神乌润。

"记得，后来那把伞被你放在了面店里，让老板转交给我。"祝星焰低眸，同她对视着。

"再后来，遇到来福那天，你又把伞给了我。那次，我没有再还给你。"

宋时月安静地望着他，眼底有笑意蔓延，"后来，我带着那把伞，从繁市到京市，用了好多年。"

祝星焰身形顿住，仿佛想到什么，握着伞柄的手指不受控制地收紧，眼底有难以置信浮起。

"高三毕业那年，我不是故意和你失联，但号被盗了之后，也确实是刻意的没有去找回来。我想，毕业了，我们的同学关系结束了，我的梦也该醒了。

"直到去年寒假回家，我在抽屉里翻到了你当年借走的那本英文诗集，看到你夹在里面的那张演唱会门票。"宋时月眼里浮上湿意，眼角有点红，还是依然笑着，"祝星焰，所以我又鼓起勇气去把你重新找了回来。幸好你没有走，还在原地等我。"

头顶的墨绿色雨伞摔落在地，祝星焰控制不住，又把她紧紧摁入怀中。潮湿擦过脖颈，不知道是雨水还是其他。

"宋时月……"他身体轻颤着，哽咽地叫她的名字。

"你这个笨蛋，呆瓜，我喜欢你这么明显的事情都看不出来。

"牛奶是特意为你带到学校的，发卡是专门给你买的，想让你去看我的演唱会，所以邀请了整个班的同学。放假前最后一次去学校上课，也是想要再见你一面。

"你是木头脑子吗？怎么会有人在一团火旁边，一点温度都感受不到呢？我都快把自己烧干了。"

往日刻意忽视的细节被他的话语一点点勾起，曾经以为的巧合意外背后竟然都是人为。他说得没错，怎么会有人在一团火旁边一点温度都感受不到。

怪她妄自菲薄，榆木脑袋。

"对不起……祝星焰。"她眼眶也红得不行，强撑着才没让泪水掉下来。

女生眼睛鼻尖红红，望着他道歉的模样，又莫名的惨兮兮，祝星焰早已无暇问责，只捡起地上的雨伞，重新为她遮挡风雨。

这是这次，他牢牢扣紧了她的手。

"那你现在牵紧我，不要再松开了。"男生声音镇定，撂下一句警告，只有眼角残红昭示着内心的不平静。

往日感觉很长的一条路转眼就走到了尽头，雨夜潮湿，雾气深浓，祝星焰把宋时月送到了宿舍楼下，没有再上去。

刚剖白完心意，转眼就要分开，宋时月拉着他的手，半天没有松开。

最后还是祝星焰示意她上楼。

"刚才都淋湿了,赶紧上去洗个澡,别感冒了。"

"那你……"宋时月望着他欲言又止。

仿佛是瞧出了她心底所想,祝星焰抬手摸了摸她的脑袋——他这次是光明正大的,不用再压抑克制自己的欲望。

"先回去睡一觉,明天的事情明天再说。"他冲她安抚地笑着。

宋时月这晚根本难以入眠。

她的脑中仿佛在播放着幻灯片,从高中的一幕幕画面到今夜发生的种种,交叉混乱,情绪也如同过山车一般忽上忽下。

突然,放在枕边的手机轻轻一闪。

她仿佛心有所感,快速拿起手机点开。

上面是祝星焰给她发来的消息,简短一句话。

星星:*快点睡觉,晚安。*

宋时月嘴角微扬,心中的杂念好像瞬间消散,然后关掉手机,闭上眼,迟钝的睡意缓慢上涌。

第二天办登机手续时,她被机场工作人员告知有人给她办理了升舱。她按照机票上的座位号找到位置,看到旁边的祝星焰时,才明白他昨晚分别时话里的深意。

老师和同学都在另一个舱,唯独她在最前面,同他坐在一起,中间只隔了一个简单的扶手。

"……你怎么在这里?"宋时月感觉自己问了一个显而易见的问题,面上微微尴尬。

这趟飞往另一个洲的航班足足有七个小时,在行程上并不是一件享受的事。

"凑巧,看来我们缘分很深。"男生起身,让宋时月坐进去,话里也带着几丝调笑,偏生面上端得正派。

"……这么巧,座位都连在一起。"她些许语塞,只能顺着他的动作落座。

"天定良缘。"面前的人一本正经地回答。

她彻底沉默下去。

"好了,不逗你了,我刚好休假两天,陪你一起坐飞机过去。"祝星焰恢复成往日沉静的模样,只是眉眼间还是掩藏不住轻快。

"可是要坐好久,"宋时月小声说,脸上浮起担忧,"会很累。"

"和女朋友待在一起怎么会累?"

女朋友……

宋时月被他这个突如其来的称呼弄得脸红了，后知后觉反应过来两人的关系，他们现在是……真正的情侣了。

光是这个认知，就让她觉得此刻的空气都闷热了起来。

见座位上的人仿佛缩成了一只鹌鹑，闷头不语，唯独微红的白嫩耳郭泄露出一丝心思。祝星焰收敛，没再逗她，只拿起座位上的毯子给她盖好。

"空调冷，别着凉。"

长途飞行从来不是一件轻松的事，出国时的宋时月就经历了一番堪称折磨的体验，然而这次或许是祝星焰在身旁，时间流逝得前所未有的快。

宋时月睡了一觉，醒来时，整个机舱已经暗下来。她不知何时靠在了祝星焰的肩头，男生戴着耳机，面前屏幕上放着无声的电影，微弱的光影变化闪动，整个机舱只有飞行过程传来的细微嗡鸣。

她刚轻轻一动，身旁的人便察觉了。

祝星焰本能地伸手过来护住她的脑袋，侧过脸，眼睫低垂："醒了？"

"嗯。"两人挨得极近，宋时月有几分不自在，坐直身子，揉着眼睛含含混混地问，"我睡了多久啊？"

"只睡了一个多小时，要不要再睡会儿？"

他语气轻柔，不知为何，宋时月好像从他的话语中听出几分期待。她甩去脑中莫名的联想，摇摇头。

"不睡了，醒了。"

"那看看电影？"他邀请似的，递过来一只耳机。

宋时月伸手接过，看向屏幕时，才发现这部电影熟悉。

是他高三那年上映的那部电影。

《惊春之死》。

后来他也是凭借这部电影拿遍了国内大小奖项。

"怎么突然看这部电影？"宋时月神色迟疑。印象中，祝星焰极少看自己的电影，家里收藏的光碟也都是国内外各种代表作，其中还有不少小众电影。

祝星焰说："突然想起来，这部电影上映的时候刚好是高三。"

她望着他的目光，仿佛读懂了什么，慢慢笑了下，解释："我去看了，趁着一个周末，一个人去电影院看的。"

祝星焰在昏暗模糊的光线中轻轻叹息，凝视着她："你看完什么都没和我说。"

"其实……我去给你写了影评。"宋时月坦然告知。直到现在回想起来，她依然很清晰地记得当时写下的内容。

那个夏天未曾说出口的遗憾，在此时此刻，当面亲口告诉了他。

"电影很好看，你很厉害，所有人都为你感到骄傲。"

"听到了。"男生笑着回应。

"宋时月同学，谢谢你的鼓励，我会继续加油的。还有，很高兴你来看我的电影。"

飞机落地，航班结束，宋时月牵着祝星焰的手，一起走出机场。

外面是灿烂无比的艳阳，像极了记忆中那个蝉鸣不止的盛夏。

当初被她在心中默默祝福的少年，依旧光芒万丈，不同的是，他从那个熠熠生辉的世界里，来到了她的身旁。

游学的第二站是美国。

学习的学校依然是历史深厚、久负盛名的，这里也是他们游学的最后一站。

宋时月本以为祝星焰把她送到后便会回国，没想到的是，他竟然就在当地住下——他在学校附近恰巧有一间公寓。

心里做了无数遍建设的离别，猝不及防变成了恋爱日常。

祝星焰早上会陪宋时月一起来上课，周围大多是国外同学，少有认识他的，就连站在台上的教授，也只是因为他出色的东方面孔多看几眼，然后笑眯眯地把他叫起来提问。

祝星焰的英文很优秀，老师的提问是一个有关国际形势的分析，他口语标准流畅，深入浅出地表述完观点，在教授欣慰的目光中坐下。

周遭的视线都聚集在他身上，同从国内来的同学已经从最初的震惊到勉强接受再到麻木。

英国第一天碰面，祝星焰关于自己的介绍是宋时月的朋友，结果大家第二天就看到两人从机场牵手出来。

晚上聚餐，他们大大方方坦诚了恋爱关系，众人一副吃到了大瓜却不能透露出分毫的憋屈表情如出一辙。

唯有刘献脸都憋红了，吐出一句："小、宋同学……"他在祝星焰的注视下极快改口，忧心忡忡，"你们如果不小心被粉丝拍到了，会不会对彼此造成影响？"

"我未来会公开。"祝星焰如常保持微笑，声线平稳，"只是现阶段刚在一起，烦请同学们帮忙保密，我不想过早给她造成困扰。"

好在这次出来游学的同学只有八位，大家都是理性的人，并不热衷于娱乐圈八卦，在祝星焰这番合乎情理的拜托下，不约而同答应了保守秘密。

不关注娱乐圈八卦不妨碍追剧观影，这里面不少人都看过祝星焰的电影，趁机要了好几张合照签名，一番变相的收买，差点让他们直接升级为这两人的爱情保安。

学校的食堂宋时月永远吃不惯，她是标准的中国胃，能吃国外的食物，但胃口缺缺，总是塞上几口就饱了，这段时间已经掉了好几斤秤。

祝星焰发现她不喜欢吃食堂，就在自己的公寓里弄饭给她吃。

都是家常简单的菜色，但就是比食堂好吃了无数倍。

宋时月每次给予的回馈都是光盘。

厨房暖色灯下，祝星焰眉目温软，俯身下来，像是夸奖小宝宝的语气："真棒，都吃完了。"

宋时月没有想到和祝星焰谈恋爱是这样的，没有任何的惊心动魄外界纷扰，寻常又真实，如同每一对沉浸在幸福中的情侣。

是的，她觉得可以用幸福来形容现在的生活。

学校附近有座很大的植物园，吃完饭，两人会一同去里面散步。

园中植被茂盛，品种古老繁多，一年四季都有不同的风景。

宋时月最大的爱好是和祝星焰在里头牵着手慢慢散步，辨认着各种各样的植物，这里没有人认识他们，可以光明正大随心所欲地做自己。

祝星焰出门不用戴口罩和帽子，逛公园时，会随时停下来和她一起讨论花花草草、蝴蝶飞鸟。

祝星焰最近培养了一个新爱好，拍照。

他脖子上总挂着一个相机，最喜欢拍的是宋时月，动态的她，静态的她，记录着生活中各式各样的瞬间……他会把照片打印出来挂在墙上，最中间那张，是在葱葱郁郁的植物园里，她穿着白裙子站在茂盛的藤蔓间，恰好日光从枝叶缝隙洒下，被光和绿意簇拥着的少女轻盈美丽得像精灵。

总当着他镜头里的女主角，有时候，宋时月也会把相机拿过来拍他。

男生仿佛是天然的主角，一上镜，就变成了屏幕中光彩耀眼的大明星，五官气质无一处不优越，随手一拍就宛如写真。

有一次，两人傍晚散步，偶遇了一场球赛。

足球场上战况激烈，两队拼搏对抗，于是他们随意停下脚步，观看起了这场临时邂逅的比赛。

两边都有支持的粉丝，手里挥舞着小旗子，宋时月也被旁边热情的球迷塞了一面，身不由己地变成了蓝色方。

"你觉得谁会赢？"她小声问。

祝星焰看了眼她手中的旗子，笑着说："蓝方。"

"……你认真分析。"

"蓝色吧。"他认真看了几眼，点评，"他们的前锋很厉害。"

"你是不是对足球很了解？"宋时月也跟着看了几眼，什么也没看出来。她想起从前他社交软件上更新的 Vlog，好像就记录过看球赛的画面。

"一点点。"祝星焰对她眨眼，"我也是个业余观众，很少踢。"

"可是我之前看过你看球赛的记录视频。"宋时月直接戳破。

祝星焰对这附近也很熟悉，完全不像第一次来，他知道哪里有好吃的餐厅，周末会带她去人少景观好的地方探索，两人曾经在最高的钟塔顶观看了一场盛大的日落晚霞。

"你是不是从前也来过这里？"

"被你发现了。"他眼中溢开笑意，嘴上这样说着，却丝毫没有窘迫，坦然交代，"之前休假旅游的时候来过这里，很喜欢，就住了一段时间。"

"啊……"宋时月懊恼，这么重要的信息就在眼前，被她忽视错过。

"我以为……你那个公寓是你爸爸当年外派工作留下的……"她还真是个木头脑袋，从没想过祝星焰会到这边旅行。

"怪我，你没问，我就没有特意说。"祝星焰把责任尽数揽过来，脸上漾着笑，耐心解释，"这几年，我除了拍戏，没有其他工作，休假时间很多，于是就全球各地旅行，一个人也很无聊，干脆就用镜头记录下来，拍成 Vlog。"

他说到这里停顿了下，乌黑润泽的双眸看着她，藏着一丝浅浅的期待。

"你都看了？"

纵使现在提起，还是很不好意思，宋时月耳根微热，点头承认："嗯。"

几乎是一期不落。

他是她列表里的唯一特别关注。

"你有特别喜欢的地方吗？"祝星焰的眼睛依然亮晶晶的，仿佛是某种璀璨的宝石，此刻光尽数落在她身上，"以后我们休假可以一起去。"

"你拍的都很好看。"宋时月抑制住自己鼓噪的心跳，努力镇定下来，"有机会的话，当然可以。"

"什么叫有机会？"祝星焰被她气笑，黑眸定定盯着她，低头清晰告知，"我就是机会，没有也可以创造有。"

他重复在一起那天说过的话，扣紧她的手指："你只要牢牢牵紧我的手，任何时候都别松开。"

两人话间，场上已经比分分明，蓝方粉丝发出巨大欢呼。

比赛结束，球员在场中撩起衣摆放松擦汗，和粉丝热情挥手。

场面热闹非凡，各种色彩交织，人声沸腾。

"要不要拍张照纪念一下？"宋时月提议，干巴巴地转移话题，带着一丝私心想要安抚祝星焰的情绪。

"好。"祝星焰无奈，顺着她递过来的这条简陋的梯子下来。

他举起相机，本想拍她，却被宋时月拉入了镜头里。相机掉转方向，变成了前置，取景框里是两人挨在一起的脸。

按下快门的那一瞬间，祝星焰举起两人紧握的手放到唇边，齿尖落在她手指上即将要咬下去时，又突然不舍，于是一场气势汹汹的泄愤变成了一个落在无名指上轻柔的吻。

感受到他嘴唇柔软温热的那刻，宋时月整个人都木了，被他碰触过的地方发烫，手指本能轻颤，想缩回的一瞬，想起自己被他牢牢握在手中，根本无法动弹。

她蜷缩起手指，努力定神望着镜头，最后记录下的，只有她微红的脸庞和身旁人嘴角暗自上扬的雀跃。

"你好，能给我们拍个照吗？"最后散场，离开前，祝星焰认真举起相机给宋时月取景拍摄单人镜头，被旁边两个来看球赛的女生出声叫住。

她们手里拿着相机，明显是结伴来的，想要找人帮忙拍一下合照。在场中环顾时，她们一眼便看到了这位在给女朋友拍照的中国男生，于是主动上前。

"可以。"祝星焰如常道，放下手里的相机，脸完全露出来。

两个女生愣了愣，有个女生率先忍不住了，瞳孔放大，轻呼出声："祝星焰！"

"嘘。"他朝她们竖起手指。

两人压下激动，站在球场前面摆着动作。往日只出现在镜头里的大明星正拿着相机摆弄，认真给她们取景。

照片拍完，祝星焰把相机还给她们。女生顾不上查看里头的成片，只激动地盯向他的背影。

人潮拥挤，他牵着他的女朋友，一转眼就消失在了人群中。

离开球场，走在回家的小道上，两旁的银杏树叶绿得透亮。

宋时月忍不住小声问："我们会不会有点太光明正大了？她们会发到网上吗？"

"你害怕吗？"祝星焰转头，目光温和地望着她。

宋时月想了想，摇摇头，又点头："一点点，但是只要和你在一起，我就没有什么可怕的。"

"无论发生什么，我都不会松开你。"她仰着头郑重保证。先前因为慌乱没有给出的回答，在此刻，她终于鼓起勇气说了出来。

"好。"祝星焰晃了晃两人紧握的手，慢慢往家中走去，声音含着浅浅的笑，"刚才还相机的时候，我有拜托她们暂时不要和别人说起遇到我们的事，她们很认真地答应了。

"所以别担心，我们还有很多、很多的好时光，未来的那一天或许不会太远，但是我一直都会在。"他望着她轻声告知，"我不会让你受到任何伤害。"

从来没觉得时间过得这么快。
回国之后，暑假只剩下半个多月。
祝星焰在宋时月游学结束前两天飞去了另一个国家，参加电影展。
两人在同一个机场分开，各自飞往不同方向。
久别的繁市，一落地，就感受到了气候炎热，此时正是盛夏。
他曾经占据这座城市的地标，热度席卷了整个夏天。
回家的路上，车子经过体育馆，那个夏日夜晚再度浮现眼前。
宋时月回来的第一件事，依然是和大力约了聚会。大力这个暑假都在家躺平，吃喝玩乐，乐不思蜀。
两人见面，聊起近况，大力兴致勃勃拿着宋时月的手机看相册里的国外风光，一溜景观照往下翻，猝不及防地出现了一张祝星焰的睡颜。
他趴在桌上，脸枕着手臂，面容恬静，对镜头毫不设防的模样，亲密感无形扑来。
大力立刻忍不住尖叫，用力抓紧宋时月："姐妹！你平时吃得也太好了吧！啊啊啊，每天对着这张脸，人生应该不会有任何烦恼吧？"
她目光贪恋地停留在照片上，恨不得当场传到自己手机上保存。
宋时月拿过手机飞速划过，脸热："不小心拍到这张，你别看了。"
"看不到真人，看看照片也不行？"大力意犹未尽，咂了下嘴，只能继续欣赏起纯风景照来。
只是吃过大鱼大肉，再看这些，不免觉得寡淡无味，大力手里一边划着，一边忍不住和宋时月聊天。
"对了，月亮，你知道我们班有几个同学成为小网红了吗？平台上小几十万粉丝呢。"
大力就读的是艺术班，班里有不少艺术特长生，长相出众的不在少数。随着这两年视频自媒体平台兴起，每个人都可以在网上自由展示自己，凭借着长相和才艺吸引到粉丝，似乎也不是一件很奇怪的事情。

宋时月配合"嗯"了声，点头。

大力又说："有个女生前不久拍了一期回学校的 Vlog，本来没什么，结果她经过你们班教室的时候，进去拍了，说这是祝星焰之前上课的教室，还拍了他的座位，然后那期视频爆火，点赞直接破百万了。

"评论里好多祝星焰的粉丝在问她八卦，好在她和你们班也不熟，没说什么，不过底下有好多问起你的。"

大力从手机里抬起头，紧盯着宋时月，压低声音故作神秘。

"粉丝都在好奇，他当初班上的女班长是谁，还想要看你的照片。"

"幸好这个女生也知道分寸，没有在网上透露你的信息，不然到时候看到你的照片，估计你们的恋情也不用主动公开，直接就被粉丝扒出来了。"

"啊？"宋时月微怔，神色迷茫，还有轻微的后怕。

"就你长成这样，被祝星焰念念不忘，对着镜头采访说出来，除了暗恋，还能有什么？

"姐妹，如果是个普通人，粉丝还可能把你们想象成纯洁的同学友谊，但是你照照镜子，你这张脸太没有说服力了。"

大力一席话说得宋时月无言，她下载了那个短视频软件，在上面搜索大力说的女生名字。

很快，一个账号跳出来，主页热度最高的正是那期回校 Vlog 视频，只不过女生趁着热度发了后续，更新时间是两个小时前。是她真人出镜的视频，妆造日常随意，就像是通过屏幕同广大网友闲聊。

女生开头挥手打招呼，然后挑着上期询问最多的几个问题统一回复。

"其实祝星焰当年很少来学校，我们不同班的人见过他的次数就更少了，不过有看过几次他打篮球，真的很帅！

"那会儿学校因为他在，管理很严，不准随意串班，不准拍照发网上，再加上一班都是学霸，大家便很少主动过去打扰。

"和大明星一起读书的感觉……哈哈，就是每天上课更有动力了吧。他在学校期间，我们大家去上学都很积极，每次午休吃完饭就四处乱窜，然后女生们一起幻想着能在下个转角偶遇他。

"有在学校撞见过他啦，毕竟大明星也需要正常生活，便利店食堂这些地方运气好会碰到。大家问他要签名他都会给，听说一班每个人还有他的电影签名照，说到这里，我又要流下羡慕的泪水了，呜呜……

"至于你们说的班长，我也没有太多了解哇，但是是个很优秀的女生，英语很好，每次都代表我们学校出去参加比赛，之前的升旗仪式，经常能看到她在国旗下讲话。

"好啦，今天的视频就到这里啦，哈哈哈，感谢大家又勾起了我的青春回忆，让我们一起祝大明星祝星焰星途坦荡，越来越好吧！"

女生张开双手面对镜头，笑容肆意自然，语气活泼又生动，很容易让人喜欢。最后她对祝星焰的祝福，又勾起了一波粉丝的好感，有些人顺手就给她点了关注。

她直到结尾才简单提了下宋时月，几句话带过，没有聊得太多。

大力在同宋时月一起看这个视频，看完回到女生的主页，忍不住感慨了一句："她仅仅这两天就涨了大几万粉丝。"

"她挺讨人喜欢的。"宋时月认真评价，"我觉得她很适合做自媒体。"

"确实，天生该吃这碗饭。"

两人聊了几句，话题移到别处，随口说起了班上其他同学的近况。

一班的同学都中规中矩，念书的念书，出国的出国，少有出格，大力班上则是百花齐放，能聊的话题颇多。

两人见完面回去，已经是晚上，宋时月洗漱完，又听了会儿国外电台新闻，准备上床睡觉时，已经将近十一点。

大力突然给她发来消息，满屏刺眼的感叹号，昭示着事态紧急。

大力：月亮！你快去看热搜，出事了啊！

大力：今天才说起你和祝星焰！晚上就翻车了！粉丝果然火眼金睛，我服！他们怎么不去当侦探，绝对一夜暴富。

大力：你赶紧和祝星焰商量一下吧，不过他的团队好像动作很快，热度已经在往下压了。

宋时月很少第一时间关注到网上的动态，很多事情都是靠大力的敏锐雷达转播分享。等她页面缓慢转动登录上微博时，那条热搜已经被压到最末了，词条不起眼地挂在尾巴上。

——#祝星焰 班长#

宋时月点进去，里面没有太多内容，都是一些粉丝疑惑追问，浏览量很低，没什么评论，看着根本没有办法把这么一个词条刷到热搜尾巴上的地步。

一眼看上去，像是被人买了黑热搜。

宋时月慢慢翻到最末，一条热度最高的粉丝发言的评论底下，有人贴了条链接。

网页缓慢加载，页面跳到另一个网站，好像是最初的发帖。

——我来总结一下祝星焰高中班长这个瓜。

——起因：他在采访里提起这个女班长，说两人毕业后就失联了。

——前两天，有人拍了一期他高中学校的 Vlog 发到网上，有粉丝问起了这个班长，博主的回复是：很优秀，英语很好，经常参加比赛。

底下附着一张图片，是女生今天回应视频里的截图，有关于宋时月的那几句描述原话。

——然后，重点来了，还有没有人记得祝星焰前几个月上热搜又很快撤下来的那个？W 大门口被拍，他在和一个女生讲话，两人一起进去学校。

——家人们，我好像发现了惊天巨瓜。

帖子几行扫下来，让人心惊胆战，宋时月正准备查看底下的评论，网页一顿，接着，整个帖都消失了。

再次刷新，显示发帖违规，已被删除。

重新返回微博，方才挂在末尾的热搜词条已经消失得一干二净，网络上风平浪静，唯独粉丝超话还在沸沸扬扬，吃到了第一手消息的粉丝今夜根本无法平静。

宋时月心中沉甸甸的，下意识看了眼左上角的时间。

祝星焰还在国外没有回来，两人隔着六七个小时的时差，他那边现在应该是下午。

她正这样想着，手机振动，祝星焰给她发来一条消息。

星星：睡了吗？

月亮：没有。

她几乎是秒回的。

对方头顶显示正在输入，她对话框里的光标也在慢慢闪动，下一秒，一个通话邀请弹出来。

宋时月心口重重跳了一下，顿了顿才接起。

男生那边很安静，声音轻轻响在她耳边，问话隐约带着几分温柔："看到网上的新闻了吗？"

"刚刚看了。"宋时月如实回复，原本焦躁略显不安的心莫名慢慢镇定下来。

"别担心，那些扒你私人信息的帖子都删了，这原本就是违规的，网站会处理。"

"好。"宋时月顿了顿，又紧接着道，"我不担心，我相信我们一起会处理好的。"

祝星焰很浅地低笑了声，语速因为缓慢而显得温柔，郑重询问宋时月的意见："我打算公开我们恋爱的关系，时月，你愿意吗？"

宋时月这一晚上不平静的心潮在此刻被推到极致，明明祝星焰询问的只是最简单的关系公开，但从他嘴里说出来，像是在和她求婚。

宋时月按捺住脑子里乱七八糟的联想，努力平静下来，维持着如常的声线："好。"

"我愿意的，"她又小声补充了一句，"祝星焰。"

祝星焰被她这几个字叫得心头发软，原本压抑的烦闷阴云仿佛被一阵风轻轻吹散了，不自觉地软下眉眼："我还有两天就回国了。"

"嗯。"

"到时候我们见面再具体聊这件事情。"

"那网上现在……不处理没关系吗？"宋时月迟疑地问。

"等现在的热度平息，大家都冷静下来。"

"好。"

听筒安静了一瞬，祝星焰又问："怎么还没睡？"

"刚准备睡了，然后就看到大力给我发的消息。"

"晚上会睡不着吗？"

"不知道。"宋时月如实告知，"可能会失眠。"

"那我哄哄你？"他含着笑试探问道，气音轻浅。

宋时月一直都知道他的声音好听，但感受从未像此刻般剧烈。她的脸应该有些热，还是鼓足勇气问道："你打算怎么哄？"

他想了想："给你唱首歌？"

夜晚寂静，宋时月咽了咽喉咙，好像有清晰的咕咚声。

"唱……唱什么歌？"她有些迫不及待，"你自己的歌吗？"

"你想听哪首？"他的口吻好像是任由她选择一样。

宋时月的心怦怦跳，报出了那个她记挂了许久的歌名："《星星》，我想听《星星》，祝星焰。"

这首歌是专辑《星焰》里的主打曲，也在"白日星焰"演唱会的歌单里。

也就是当年宋时月坐车路过体育馆，没有听完的那首歌。

安静的深夜，手机贴在耳侧，少年轻哼低吟，熟悉的旋律曲调徘徊萦绕，相似，又不同。这次没有喧扰的人流，不用隔着巨大的场馆聆听从音响中远远扩散出的歌声。他就在她耳旁，独唱给她听。

专属于她的星星。

宋时月闭上眼睛，已经沉浸在了梦里。

回国航班起飞当天，城市暴雨，飞机延误，祝星焰被困在了当地机场。

工作室早已拟好声明。

超话的粉丝已经从最初的沸腾到平静，消息爆炸冲击过后，理性一点点回炉，里头的发言终于不再情绪强烈，有一些更是开始试图主动说服自己。

△有一说一，就算星星谈恋爱了，也挺正常吧，他也二十多岁了……不！他才二十一岁怎么就谈恋爱了？妈妈不允许！

△退一万步讲，女方是圈外素人，高才生，两人曾经还是高中同学……比起在圈内找个不知道品性如何的女明星，或许也算是不错的归宿了吧。

△只是几个造谣的帖子，怎么大家都信了？有人拍到实锤吗？别再带节奏了，星星之前说过谈恋爱了会公开。

△本来不信的，但是就这删帖压热搜的速度，很难让人不信……明显看起来就在保护那个素人女孩子。

△理智讨论一下……确实没有拍到什么亲密画面，普通朋友许久不见突然联系上逛对方学校好像也正常……保护自己朋友隐私也没问题，但是……真的有女生能和祝星焰单纯做朋友吗？

△点了，而且自家偶像的性格，懂的都懂，出道将近十年，零绯闻，平时出席活动看到女艺人都离得八百米远。

△等工作室回应，清者自清，都在超话刷屏几天了，有意思吗？

最新这条发言刚出来，就收获无数点赞，一部分粉丝仍然心存希望，等待着祝星焰回应。

工作室的声明就在这时发布。

言简意赅地告知祝星焰已经非单身状态，双方正常恋爱，请尊重保护素人隐私。

几行字阅读下来，这则简短声明也仅仅透露出了两点。

第一，祝星焰确实谈恋爱了。

第二，对方是素人。

几乎是变相承认了前不久网上的八卦传闻。

粉丝炸了，底下的评论短短时间数量上万，热度被顶到第一，"祝星焰公开恋情"这个词条不出意外登顶，声明公布时间是下午两点，网站一度瘫痪。

大家不约而同扒起了他的这个圈外女友，只是搜索全网都找不到对方的资料，先前的消息爆料都被删得一干二净。

短视频平台上的那个女生回应又被翻了出来，多个营销号转载，对方私信消息被塞到爆炸，社交主页彻底沉寂。

粉丝既痛心他谈恋爱的事情，又痛心他公开承认，心中最后一丝期盼彻底破碎。

不多时，那条声明底下就有条评论被高热度推到最顶。

——你为什么要承认为什么要告诉我们为什么为什么？自己偷偷谈不行吗？只要你不说！我们就可以永远当你是单身！

祝星焰的微博主页，最近一条还是几周前转发的代言宣传，这条评论也被人攻占，激动的粉丝纷纷在下面留言。

只是正主一直沉寂，网上声势浩浩荡荡闹了许久，下午五六点，热搜才慢慢降下去，宛如浪潮短暂中止。

晚上八点，祝星焰终于露面，个人账号发布了最新动态。

是一张光影模糊的照片。

黑夜中，少年戴着鸭舌帽，等候在宿舍楼底下，少女朝他飞奔而去。

配文是：

——年少时心动的月亮，终于被我抓在了手里。

第八颗星星 ★
初吻月亮

祝星焰的这条回应，再一次把热度推到顶峰。

微博底下的评论每秒成倍增长，庆幸的是，今天维护后台的员工全在加班，服务器拼尽全力支撑起了这波冲击。

粉丝反应了几秒，脑子里才迟钝涌起认知，他的这条官宣，似乎表明他不仅仅是恋爱了，还告知了对方是他暗恋了好几年的人。这场轰动全国的恋情公布，大大方方给了女方一个身份，还顺便告知公众，他年少的暗恋终于修成正果，得偿所愿。

祝星焰的粉丝们没办法冷静了，评论里全是大哭的表情。不多时，热评第一被顶出来。

——大明星搞纯爱，我哭死，给粉丝一条活路吧！

#祝星焰暗恋#这个词条也很快被刷到了恋情后面，大众对女方的好奇达到巅峰，整个话题里面都是追问女生信息。

然而没多久，这个词条就消失了。

有关于素人的任何私人内容都被清除干净，独独爆炸的只有宋时月的手机。

祝星焰的这一公开，网上不明所以的粉丝无从知晓她的身份，但只要和两人同过班的学生几乎都知道，他公开的女朋友就是宋时月。

她的班级同学群都炸了，无数条"艾特"她的消息，群聊消息更是堆积到999+。

私聊对话框也一个接一个的，宋时月不敢打开。

高中班上的男生大多在起哄，女生都是尖叫，其中最为激动的是肖思敏，仿佛在屏幕那头都要晕过去了。

肖思敏：啊啊啊！

肖思敏：啊啊啊！班长！我没看错吧，你和祝星焰在一起了？

然后是"捂人中""晕倒""尖叫"的表情包。

肖思敏：我要死了我要死了我要死了。

肖思敏：原来我们每天都在班里八卦讨论他的时候，你们早已发生了这么多不为人知的小故事……我当年到底错过了什么？

肖思敏：呜呜，我不管，我现在就要听，你快和我说说你们怎么在一起的！

…………

手机振得发烫，宋时月都要掌握不住了，干脆一把丢到了桌上，用滚烫的手指捏住耳朵降温。

心跳"怦怦怦"，有一瞬间，宋时月想干脆断网，像鸵鸟一样把自己埋进沙子里。

可她还在等一个电话。

把网上搅得风风雨雨的人，发完微博，早已穿过城市的暴风雨，抵达了太平洋另一头的故乡。

星星：睡了吗？

简短的一条问候穿插在无数的亢奋尖叫中，显得格外突出。

宋时月还没来得及回复，似乎是感知到她此刻的处境，怕消息淹没在无数红点中，对方给她拨来电话。

宋时月接起的速度，昭示了他上一个问题的答案。

雨声沙沙，那边仿佛在车里，祝星焰声音平和温静，没有沾染半分外界喧扰，奇异地抚平了她内心的不安。

"我刚落地。"

"嗯。"她轻轻咽着喉咙，无意识回应。

"要见面吗？"他语气中有若有似无的笑意，"虽然现在很晚了。"

宋时月顺着他的话看了眼桌上的时钟。

夜晚十点。

放到大城市，夜生活才开始，可小区里已经安静一片，房门外没有动静，按照宋清和赵司茜的作息，两人应该已经在房间准备入睡。

可宋时月还是如同被蛊惑般，顺从本能地问："你在哪儿？"

"你家楼下。"祝星焰笑意更甚，嗓音轻浅，夹着不易察觉的温柔，"外面下雨了，记得带把伞。"

宋时月穿着睡裙撑伞仓促下楼时，觉得自己脑子被烧坏了。

雨夜潮湿，头顶茂密树叶间噼里啪啦掉着水滴，地面的积水溅上脚踝。

看到那辆熟悉的黑色车子停在僻静的树下，宋时月小跑过去。她还未靠近，车门已经被打开，祝星焰坐在驾驶座，车里只有他一人。

她收起滴水的雨伞，刚坐好，他修长白皙的手指拿着纸巾伸过来。

"擦一擦。"

"好。"

她没有淋湿太多，唯独手臂溅上一点水珠，匆忙低头擦拭。

车内亮着一盏暖黄的小灯，柔柔晕开一小片天地，她穿着白色的睡裙，泡泡袖花边，裙摆荡在小腿处，此刻白皙的肌肤上沾着几点乌黑。

"腿上。"

"啊？"宋时月不明所以抬头。

"脏了。"祝星焰手里拿着纸巾，低头弯腰下去，把她小腿上的污水擦干。

宋时月猝不及防，浑身僵住不敢动，愣愣看着他乌黑的头顶俯在身前。

好在只短短几秒钟，他就收回了手，直起身子。

"还好吗？"祝星焰清黑双眸静静盯着她，里头荡着柔光。

突如其来的一句关切，宋时月很快就明白了他的意思，她努力抛掉先前的不自在，示意手中紧握的手机。

"消息，快爆炸了。"

"实在抱歉。"他恳切道，眉眼间萦上歉意。

"没关系……"宋时月想说什么，又安慰不上来，费力思索了番，"这是我们两个的事情，你为什么要道歉？"

"就是觉得我的身份会给你带来很多没必要的困扰。"祝星焰脸色有些苍白，或许是刚结束长途飞行，往日清俊的面容带着隐隐的憔悴，惹人怜爱。

"你觉得我不当明星了好不好？"问出这句话时，他的手刚好拂过她的脸侧，指尖挽起她散落的发丝绕到耳后。

宋时月眸中闪过愕然，无暇去分神察觉他的动作，不可置信地反问："不当明星？"

"嗯，以后不拍戏了。我应该挺厉害，可以做很多其他的事情。"男生眨眨眼，里头有微弱的笑意。

宋时月分不清他是在逗她还是在做什么，一时抿紧唇，过了很久才答话："我觉得……如果拍戏也是你想做的事情的话，不用因为外界的一些无关紧要的因素而放弃。"

"你不是无关紧要，你对我很重要。"

祝星焰一直倾身静静看着她，说话间，握紧了她放在膝上的手，炙热的温度点燃了这个微凉的雨夜。

宋时月无声回握住他，两人在夜里安静地牵着手，隔得很近地对视着。

"我不想成为你的选择题。"

话语随着温热的气息瞬间扑来时，宋时月都没反应过来。

祝星焰按住她的肩膀往怀里收紧，牢牢把她禁锢在怀中，肌肤相贴，轻薄的布料不足以阻挡两人身上体温。

"宋时月……"

一个又轻又烫的吻落在耳后，她整个脖颈开始发烫。

"你根本都不知道我有多喜欢你。"

男生的低哑喃喃就像是一种莫名的魔力。

从见到她第一眼起，种子就扎根在心间，不知何时抽枝发芽，等他察觉时，已经在身体里长成了参天大树。

就是觉得她哪儿哪儿都好，哪里都招人喜欢，无时无刻不需要用尽力气去克制心底翻滚的潮涌，生怕一个不小心吓跑了她。

他闭上眼，缱绻依恋地埋在她颈间，女生身上轻柔的淡香萦绕而来，慢慢缓解着体内沸腾的岩浆。

宋时月能感知到一点祝星焰的情绪，但祝星焰周身的低沉来得太迅速，她不太能完全弄懂里头具体的东西，只是依靠直觉伸出手回抱住他，小心珍重地摸了摸他埋在自己肩上的脑袋。

少年发丝顺滑茂盛，柔软的触感从指尖传到心脏，宋时月顺从接纳，同他依偎，在深夜里小声告白。

"我也很喜欢你。"

网络上的八卦沸沸扬扬闹了两天，逐渐平息下去，粉丝们逐渐接受了这个事实，接受他们的偶像已经是非单身的事。

有些女友粉当场取关脱粉换墙头，还有大部分真爱、影迷或者普通粉丝受到的影响没有太大，只是冲击过后，逐渐接受了他的新人设。

一个有伴侣的男明星。

或者现在称呼演员应该更合适。

没有偶像敢在自己人气最巅峰的时期这么大大方方公布自己的恋情，公布的那一刻，或许他就已经想好放弃自己的偶像生涯了。

况且，他还这么年轻，事业应该才刚刚开始。

一想到这儿，大家对他背后的那个女生就更加感兴趣，火焰是强压不下去的，八卦爆料删了又删，还是逐渐燃起，在网络缝隙冒起点点苗头。

一个知名的问答网站，有人当晚就发了个提问上去：祝星焰的女朋友到底是个什么样的人，有人知道吗？有没有他们当初的同学大概说一说？

底下回复建起高楼，网友的浑水摸鱼中，有不少似真似假的繁花学生出来爆料，简略描述着自己当年旁观的印象。

总结起来，和那个自媒体女生视频里回应的差不多。

优秀、英语成绩好、经常在主席台上领奖讲话。

还有些八卦分享欲强的，忍不住再多说了一些内容，细节真实，几乎是坐实了自己当年就在繁花读书的事情。

△女生特别好看，好看到什么程度，毫无疑问的校花。还记得当年校运会比赛的时候，他们整个班的男生都在给她陪跑八百米加油，祝星焰暗恋她也不是什么奇怪的事，当时基本上学校里大半的男生都在暗恋她。

这条回答很快被顶到最前面，好奇的网友点进去，对方认证学校是国内一所名牌大学，平日的回答也和自己专业沾边。

不是营销号。

是真人。

所以上面的爆料八成是真的。

半个小时后，回答问题的账号变成了匿名，那人可能没想到自己随口答下的内容会火，动作已经很快了，只是快不过网上那些营销号。

这条回答很快被转到了其他平台，有个粉丝量很高的个人博主忍不住发出截图讨论，转发评论很快破万，大家对女生由开始的简单好奇变成了强烈的窥探欲。

底下的评论几乎都指向了一个风向。

△有没有人有女生照片啊？想看，呜呜呜，好奇死我了！

不知道哪个不知名的账号先发出的照片。

一张模糊不清的单人偷拍照片就这样流传了出来。

学校操场上，穿着蓝白短袖校服的女生站在绿茵上，侧脸洁白美丽，随意扎着丸子头，额前碎发被风吹动。

青春少女，灵动逼人。

即便是画质劣质，依然可以看出里面的少女难以掩盖的美。

照片一传出来，网友顿时感慨万千。

△天啊，真的很美。

△妹妹也太漂亮吧！祝星焰好眼光！

△有一说一，这种颜值放到娱乐圈里也不多见。

△难怪大明星都暗恋这么多年。
△可以出道了。
△别，人家未来可是要当翻译官的。
…………
大部分路人抱着吃瓜的心态，评论公正，而原本还对祝星焰恋情没有实质感的粉丝，看到女方真人后，心态再难以为继。
△原来女生长这样……确实很漂亮……
△很青春，是学生时代最会喜欢的那种类型。
△呜呜呜，我心好痛，我的星星他应该是一转学过去就对她一见钟情了吧！
△一想到我喜欢这么多年的少年这几年一直在暗恋着她，我就没办法平常心看待了。
△心碎。

舆论开始有了不同风向，路人吃瓜，有些人大方地说一句"般配"，夸赞女方颜值，粉丝两极分化，一部分真心祝福，还有一部分心态崩溃，奈何不了自家正主，便转移矛盾，开始攻击起了女生。

乌烟瘴气的网络上，不知道先从哪里传出来的造谣黑帖，自称和宋时月同校的人信誓旦旦站出来爆料女生私生活，称她高一就开始早恋，对方是外校的学生，私下男朋友没断过。还说她曾经霸凌过班上的女同学，逼得人家自闭退学。因为她家里人都是大学老师，所以她在学校也获得老师的优待和偏爱。她的成绩是靠资源堆积起来的，品性是低劣的，只剩长相，徒有其表，迷惑了众人。

总而言之，就是女生身上所有闪光点都是假的，只有那张漂亮的脸是真的。

然而在内里不堪入目的情况下，拥有一张漂亮的脸更加惹发众怒。

谣言悄无声息传出来时，大部分粉丝保持了理智，存着质疑态度看待，等待实际证据。

然而对有些人来说，这时候冒出来的黑料正中他们的心意，他们迫不及待把女生抹黑踩到泥里，似乎这样就能让偶像幡然醒悟，改变原本的决定和心意。

从帖子发出来到爆出照片，再到谣言甚嚣尘上，不过短短一天的时间，祝星焰工作室那边已经在飞快删帖，但还是挡不住谣言流传的速度。

吃瓜看热闹是人的天性，更何况祝星焰粉丝量庞大，即便已经转型几年，属于他的流量不仅丝毫没减，反而又吸引了一大批影迷。

几乎所有人都在热议这件事情，同事、朋友、同学见面必讨论的八卦，就是大明星最近公开的恋情事件。

宋时月一觉醒来，就发现手机消息不减反增，只是这次由一开始的八卦兴奋变成了担忧关切。

大力更是焦急，直接把网上讨论量最高的帖子截图发给她。

大力：月亮，出事了。

大力：不知道哪个嘴碎的在上面爆料你的私人信息，这种人就该死后拔舌下地狱。

宋时月极快浏览完内容，原本还残余睡意的脑子彻底清醒了。她松开手机，叹了口气，翻身把脸埋在枕头里，郁闷地长长闭息。

脑子因为缺氧开始空白，她一把松开枕头，大口喘气，堵塞的烦闷通畅了几分。

算了。

和祝星焰在一起时，她其实就做好了准备。

想要拥有世界上最漂亮的花，就得付出一些小小的代价。

不过区区造谣，她坦荡清正，不惧这些流言。

宋时月刚调节好状态，仿佛心有灵犀般，手机振动，祝星焰的名字在上面亮起。

"时月，我……"男生刚念出她的名字，声音就堵塞住，歉意压垮了他，没办法继续说下去。

"我已经让法务加急处理了，对不起，是我疏忽了。"祝星焰沙哑的嗓音不复从前明亮清澈，像是一夜未睡，明明昨晚分开前，两人还是一切如常的。

"没关系，清者自清。"宋时月坐起身，拥住被子，身侧从窗外打进来的晨光温暖，仿佛昭示着未来永远充满希望。

她对着手机轻声道："一切都会好的。"

没有实质性的流言终究难以为继，在法务团队出面快速镇压下，传播速度被飞速遏止，有些躲在账号下别有用心的挑拨，转发量破五百后，被一个个拎出名字按在声明里成为被告。

毫不留情的清扫镇压似乎在无形中昭示了偶像的态度。

哪怕女方被传得如此声名狼藉，祝星焰对她的维护依然丝毫不减，原本被带节奏的粉丝开始有些摇摆不定，觉得或许祝星焰的态度就说明了一切都是谣言。

如果女方真的像流传的那么不堪，祝星焰此刻做的应该是分手。

他们本能想要相信自己粉了这么久的人不是一个色令智昏的男人。

当然，也有一部分粉丝对此彻底失望，当场转黑，开始对他进行诋毁和攻击。

火苗一点点燃到了祝星焰身上，然而对他来说，丝毫无畏。

他是公众人物，可以接受任何有关他的点评议论，不管好坏，他全盘接受。

但是宋时月不行。

她是他倾尽全部想要保护的月亮，月亮本应是明亮皎洁的，不应该沾染任何污点。

事态逐渐得到控制平息，当天下午五点，一个拥有五百万粉丝的自媒体账号发了一条长文。

对方是国内知名女性杂志作者，自己出过书，平时会点评社会热点，发布个人观点，文字犀利精准，三观公正，经常回应女性粉丝的一些困惑和求助。

她在网络上风评不错，涨粉速度也惊人，出过好几篇爆款文章，粉丝日活量很高。

她这条长文开篇便让人讶异。

> 大家好，今天发这条微博，我是想聊一下最近热议的祝星焰公开恋情事件。

她的账号极少讨论明星八卦，几乎都是关注社会时事方面的，很多老粉都是第一次见她发布明星相关内容，一时好奇，抱着观望的态度纷纷点了进去，发现里面的内容却突然一转。

> 但我今天并不是想聊祝星焰，我想聊聊的是他这次公开的女朋友，传说中"私生活混乱""人品低劣""被众多粉丝笔诛口伐"的女班长。
>
> 这篇文章和我本人工作无关，但与我的过去有关。
>
> 我应该从来没在任何社交平台上提过，我曾在高中时和祝星焰做过同学，但时间很短，只有短短半个学期，我和他也没有太多交集。
>
> 和我产生交集更多的，是这位女班长。
>
> 我从不掩饰自己的出身和家境，也很多次公开提过我出生在一个落后偏僻的农村。高一时，母亲突遇车祸，高位截肢，瘫痪在家多年。家里债务高筑，父亲在我高二那年决定外出务工，我被迫放弃学业，

退学回了老家。

高一刚开学，我在班上不敢和任何人说话，母亲还在医院，家里给不出任何生活费，记忆中吃得最多的，是食堂五毛钱的馒头和免费的咸菜。

我们班长是个很尽职尽责的女生，发现了我的情况后，在班里组织了捐款。那个时候我每天在学校捡废品卖钱，用换来的收入去食堂买两个馒头，一个自己吃，一个带回医院给父亲当晚饭。

那笔钱解决了我们家的燃眉之急，后来班上同学都会把喝完的瓶子堆在教室后面，特意留给我。

很多人都知道，我大学很一般，只是一所普通的二本，但没人知道，我曾经差点彻底放弃读书。

改变我人生的节点，是退学回老家那天，我抱着所有的东西走到校门口，我们班班长从教室里追出来，气喘吁吁地把自己高中三年的复习资料递给我，告诉我，希望我不要放弃读书，哪怕生活再困难，也要坚持下去。

她有一句话，我记到现在，并且时常用来鼓励那些陷入短暂困境的女性粉丝。

困境是暂时的黑夜，我相信你总有一天可以挣脱枷锁，云开雾散，重见月亮。

于我而言，她就是我心中的那轮月亮。

还有更多细节赘余不叙，但她对我的帮助远不止上面那点，她就是我高中时期的班长，也是我和祝星焰共同的班长。

她是一个非常优秀善良的女生，身上具备着一切我能想象到的美好品质，外貌只是她微不足道的一个优点。

是非自有公论，公道自在人心。我们班不止我一个学生，认识她的也不止我一个。人在做，天在看，那些造谣抹黑别人的人，迟早会烂了心肠。

这篇文章最后的落款，不是她往日常用的笔名，而是她的实名"孙璟"。

这条微博一发出来，一班群里率先响应，大家不约而同站出来转发，那些原本在网络背后沉默的不知姓名的校友，也开始填补视角里的真相。

无数账号的发言平反，最后构出来的女生拼图，竟然与她文章中的描述相差无几。

认真负责、乐于助人、成绩优异、无数师生眼中的好班长好学生、让人心生好感想要接近的对象……
　　这些溢美词汇放到她身上，似乎毫不违和。
　　舆论风向一转，宋时月在公众眼里又多了个被造谣泼脏水的可怜标签。
　　最开始发黑料的账号被扒了出来，直接销号退网，无形中承认了自己的卑劣行径。
　　先前叫嚣的粉丝销声匿迹，网络的这场风波终于平息，宋时月的手机也慢慢平静下来。
　　她好像什么也没做，经历了一场海上风暴，但暴雨不曾打湿她的身体，在雨水还未溅上来时有人撑起伞，牢牢挡在了她的头顶。这把伞，有一半是祝星焰，有一半是她自己。
　　宋时月手机里收到了一条久违的短信。
　　两个女生不曾换过手机号码，也一直没有加其他的联系方式，她们就这样保持着特殊的联系，每年偶尔问候一两次，像是有根看不见的线，却一直未曾断过。
　　孙璟：班长，最近还好吗？事情耽搁，今天才得知你和祝星焰在一起的消息。得遇良人，佳偶天成，祝你们早结良缘，共白头。

　　繁市的夏天一如既往的热。
　　网上风波不曾蔓延到生活中的日常。
　　家中依然平静，宋清同赵司茜正值暑期休假，每天早上起床后都是固定的流程，买菜锻炼看新闻。
　　宋时月起床时，客厅里的电视已经在播报着新一天的晨间新闻，宋清坐在沙发上擦拭着眼镜，赵司茜系着围裙，从厨房端出来早餐。
　　"起床了正好，今天给你煮了鸡蛋。"抬头看见宋时月，赵司茜解开身上的围裙，宋清也慢吞吞地戴好眼镜过来。
　　一家三口照旧坐在饭桌前，赵司茜手里捡了个鸡蛋剥着，剥好后放到宋时月的盘子里。
　　宋时月刚洗漱完，脸蛋白净，额发处有微微潮湿，眼睫黑润。
　　她小口小口地吃着碗里的鸡蛋，听着爸妈开启闲聊。
　　"现在的新闻媒体真的越来越让人看不懂了，前两天一个劲给我推明星公开恋情，几个媒体公众号同时发，不知道的还以为我们国家又出了什么大事。"
　　"哪个？我好像也刷到过，没怎么注意。"宋清推了推眼镜。他平时关注的都是新闻时事,少有关注这种非官方账号。

赵司茜的爱好比较杂乱,养生也看,美食账号也有关注,还有些情感频道,杂七杂八的,获取信息的渠道较为广泛。

宋时月大气都不敢出,闷不吭声地埋头认真吃东西。

赵司茜努力回想:"名字好像叫……祝星焰?是月月他们当年高中班上的同学吧?"说到这儿,她来了点兴趣,好奇地看着宋时月,追问,"那个男生是不是和你同年?也才二十一岁,怎么这么早就谈恋爱了呢?还到处公开。"

宋时月突然觉得嘴里的鸡蛋无比噎人,卡在喉咙里,怎么也咽不下去。

"我当时看到那个标题就觉得眼熟,随手点进去看了下,看到照片才确认是他,好像说他还喜欢了那个女孩好几年。"

"还挺长情的。"她最后点评。

饭桌上,宋时月头快低到了桌子里,状似对这些八卦一点都不感兴趣,只顾着埋头吃饭。

赵司茜没有多想,倒是宋清忍不住多看了她几眼。

"月月,你知道这个事吗?"他沉思着,随口推测,"你们同学之间是不是更早知道人家谈恋爱的事情?"

宋时月努力咽下嘴里的鸡蛋,抬头回答:"……也没有,我们也是看到他发微博才知道的……"

"哦,那你们认识他公开的对象吗?"

"……我们同学和他很早就不联系了。"宋时月非常艰难地撒下这个谎。

高中生涯结束之后,大明星也离他们的生活越来越远,变成了隔着屏幕才会看到的存在。

宋时月账号被盗,后来和祝星焰彻底断了联络的事情,他们也有听闻,还有印象。

宋清没再多想,点点头,表示对这个话题的兴趣到此为止。

倒是赵司茜,由此开始延伸到了其他方向。

"你同班同学,人家这么大个明星都谈恋爱了,你怎么也没见有个男生朋友?"赵司茜倒是开明,不反对宋时月正常交友,但对她身边的"异性朋友"把控并不松懈,每次都要把对方的背景性格了解得一清二楚,"上次过年和你一起回来的那个男生我看就挺不错的,你们还有没有联系啊?"

周宗白这种类型,毫无疑问就是赵司茜心中最中意的人选,长相好、能力优秀、温和有教养,看着就舒心。

赵司茜颇感兴趣地期待着下文。

"没有了,我们很早就不联系了。"宋时月赶紧吃完早餐,放下空碗喝了口牛奶,迫不及待溜之大吉,"爸、妈,我吃饱了,你们慢点吃。"

窗外阳光明亮,绿影晃动,光束错落投在书桌上。
房间里只有宋时月一人,静谧舒适,仿佛回到了童年记忆里的暑假。
她趴在床上,刚才还在饭桌上被提起的人正和她聊着天。
星星:要不要出来玩?
网上舆论最严重的时候,祝星焰根本不敢见她,无数的媒体小报在翘首以待,企图抓拍到他们的最新现状。
他们明明在同一个城市,却也将近一周没有见过面了。
宋时月心口没出息怦怦跳了两下,按着手机给他回复。
月亮:去哪里玩?
月亮:现在可以出门吗?
她又不由得担心。
星星:有个地方很安全。
月亮:哪里?
星星:你收拾一下,半个小时后下楼,我让司机来接你。
宋时月松开手机,马上下床,赤脚踩在木地板上,拉开衣柜开始挑选衣服。

收拾完,看了眼时间,刚好还有最后几分钟。
宋时月提着包,蹑手蹑脚地打开房门,刚准备打探一下客厅的情况,就听到头顶传来声音。
"准备去哪儿?"
她一慌,抬起头,看到宋清站在旁边书房门口,手里端着一杯茶水,好整以暇地打量着她。
"我约了大力一起出门。"宋时月拿出早已想好的借口,只是因为被抓包得太突然,语气不免带上了几分仓促。
"和大力见面,你这么慌张干什么?"
宋清说话间,赵司茜也从书房里出来,她的视线在宋时月身上打量了一圈,不由得同丈夫对视。
女儿从小到大没有在着装打扮上花过心思,一直素面朝天,头发也是天然乌黑,只定期在理发店修剪。然而今天,她不仅穿了一条漂亮的蓝色纱裙,头发也用发卡别在了脑后,眉眼瞧着没有太大变化,但就是说不出来的精致,仿佛从头到脚都经过了一番细细打理。

做父母的应该最了解女儿，两人目光交流一番，暂且按下不表。

"可能是时间快来不及了。"宋时月逐渐镇定下来，神色如常，作势看了眼时间，"大力已经在催我了，爸妈，我先出门了。"

她在玄关处换鞋，弯腰忙碌。

宋清不急不缓地踱到她身后不远处："什么时候回来啊？"

"不确定，我们可能要在外面一起吃晚饭。"宋时月含混地回道，手里动作很快换好了鞋子，长松一口气，"那我先走了。"

"早点回来啊。"门关上前，还能听到身后传来的嘱咐声，宋时月紧张得肩背都绷直了，一直到上车才慢慢缓解。

等她察觉到周围的变化，感到有点不对时，车子已经经过繁花中学，拐进了她当初放学经常会路过的三岔路口。

车子驶向了每次祝星焰离开的那条路。

"张叔，我们去哪里呀？"她询问前头的司机。

张叔回过头来，也困惑："小焰没和你说吗？去他家里啊。"

"啊？"宋时月方才勉强平复的慌张卷土重来，甚至有超越的架势，席卷了全身。

她紧张得有些呼吸不畅，快哭了。

"他没说。

"他家里……现在都有谁在？"

她听祝星焰提起过，他在繁市都是和妈妈、外婆一起住，或许还有其他亲戚……

宋时月已经萌生起了退意。

"他妈妈和外婆都在家，不过没关系，她们都很好讲话的。"

宋时月恨不得叫司机立刻掉头。

然而手机作响，罪魁祸首在此刻给她打来电话，嗓音含笑问她到哪儿了。

宋时月半晌没作声，沉默许久才把手掌捂到嘴边，小声质问："你之前没说去你家。"

"我家里最安全。"祝星焰坦然承认，"而且我家人都在，你放心，我不会对你做什么的。"

车程短暂，很快便驶进一片静谧的别墅区，最后停在最里面一栋小洋楼前面。

复古的两层红砖小楼，花园篱笆上爬满蔷薇，墙砖有些年头了，院子角落还有个池塘，里面喂了两只鸭子，棕色小狗在花丛里追着蝴蝶跑。

和想象中的不太一样,很有生活气息。

祝星焰就等在门口,见到宋时月下车,笑着过来牵她的手,把她领进去。

"别担心,不要紧张,不会让你见家长的。"

"我只是想要见见你,我好久没见你了。"

他手指温柔地扣进来,穿插进她的指间,温度细密交缠上来,仿佛从指尖蔓延到了她的心脏。

宋时月觉得脸有点热,或许是时隔一段时间没见,突然的亲密让她有些心跳加速。

她晕晕乎乎地跟着他往里走,回过神,他们已经径直穿过了客厅上楼,来到了他的房间。

说是房间有点笼统,应该算是一个大的开间,好像整个二楼都是他的地盘。宽敞的客厅连通着旁边的卧室和书房,落地窗正对面是一片葱葱郁郁的山林。

祝星焰带宋时月在沙发上落坐,然后如同献宝似的把自己珍藏的"玩具"一样样拿到她面前,迫不及待地询问:"象棋、游戏机、飞行棋,还有看电影,你想玩哪一个?"

宋时月没想到,到他家约会,真的就是单纯的玩耍,甚至想象中非常严肃紧张见家长的场面都没有。

她卸下心理负担,看着他拿过来的一堆东西,认真挑选起来,伸手指了个象棋。

"你比较喜欢下象棋?"祝星焰笑着问,把其他东西收起来,在木茶几上铺开棋盘,开始摆棋子,"以前学过?"

宋时月摇头。

在一堆选择里面挑中象棋,也只是因为在他以前的 Vlog 里面见到过——

他在大树下同一堆大爷唠嗑下棋,年纪大的老人都不追星,也不认识什么明星,男生戴着鸭舌帽,穿着简单的 T 恤,低着头研究棋局,同大爷对弈,完美融入人群。

宋时月看完那条视频,鬼使神差地去网上查了象棋规则,还在象棋软件上练习了几天,一只脚踏入了门。

"我可能下得一般。"两人对弈即将开始,宋时月郑重告知。

祝星焰只望着她笑,齿尖磨了磨唇角:"我是不会手下留情的。"

男生说得杀伐果断,真正动起手来却堪称放洪水,几乎是走一步就指点一次她的棋路,手把手教她怎么打败自己,比起网上教学,更加完美贴心。

宋时月渐渐被代入进去,越下越专注,沉迷在棋局里面。

她向来都是一个好学生，热衷吸纳一切的新知识。

两人博弈到关键点，祝星焰停下手，耐心等待她想出解法。

宋时月拧眉认真思索，初出茅庐，正是想要证明自己的时候。

她盘腿坐在地毯上，沉浸在思绪中，手握棋子，神情无比凝重，敲门声响起的那刻都没反应过来。

祝星焰先说了句"进来"，紧接着，一道温柔的女声从门口传来。

宋时月回过头，看到面容温婉的女人手里端着水果盘，眉眼含笑："你就是月月吧？很早就听小焰提起过你，真是个好漂亮的小姑娘。"

宋时月就这么猝不及防地和祝星焰的家里人见面了。

似乎是怕她不自在，送完水果，肖柔就离开了，还贴心地给他们带好了门。

宋时月坐在原地，半晌回不了神。

"你……你妈妈看起来好年轻，好漂亮。"她心神震荡，没话找话，先直愣愣地把脑中想法说了出来。

"她以前在舞团跳舞，所以可能看起来比同龄人年轻一点吧。"祝星焰思忖着，显然是为了附和她的话。

宋时月抿抿唇，回忆着方才那短短的照面。

女人穿着简单的连衣裙，面孔素净美丽，全然看不出岁月的影子。看到她的第一眼，宋时月就感觉到了一种淡淡的熟悉。祝星焰似乎遗传了她几分，因此眉眼更为昳丽，容貌秀越。她说话的声音也格外温柔，轻声细语的，还叮嘱宋时月好好玩，让祝星焰要照顾好。

"你眉毛眼睛长得很像你妈妈。"宋时月忍不住端详祝星焰，凝视着他的脸。她瞳孔乌黑清澈，里头盛满了他的影子。

祝星焰原本的从容变得难以为继，不自然地挪开眼。

"唔……"他伸手摸了摸自己的鼻子，没答话。

"有人这么说过吗？"宋时月见状更来了兴趣，倾身靠近他，追问。

原本祝星焰就不自在，被她一贴近，满片淡香扑来，像是不知名的花香混着她的气息柔柔地往他鼻子里钻。

"没有。"祝星焰面不改色地诱导她，"你是不是看错了？"

"没有吗？"宋时月困惑，不禁更加凑近他，眼睛盯着他的眉眼仔细打量。

她心无旁骛，察觉到不对时，耳边的空气已经格外静谧，男生的脸与她相隔不到几厘米，黑眸正专注地看着她。

悄无声息间，不知道已经盯了她多久。

宋时月骤然回神，眸光颤了颤，刚准备坐直回身，撑在棋盘上的手就被人拉住，滚烫的温度贴上手腕。

祝星焰俯身过来，垂眸，睫毛覆住眼底的深浓，盯着她的唇，低头下来。

唇上的触感像羽毛轻飘飘地一触而过，宋时月还没反应过来，他已经松开手离开，坐在那里冲她笑。

瞬间，"轰"的一下，宋时月脸上烧起高温，不用照镜子都可以感知到上头火热。她嘴唇轻动，想说什么，又指责不出来，最后只用力咬住下唇，垂下眼，不说话。

"生气了？"面前的始作俑者反而又靠近过来问她，声音清润，带着不知名的纵容。

宋时月闷头抠着棋子，声音很低："祝星焰，你笑得很可恶。"

"亲到喜欢的人都不允许我开心一下吗？"男生的语气在透亮的光里显得干净无辜。

宋时月顿时偃旗息鼓，眼睫轻颤，鼓起勇气抬眸看他，正好撞上他凝视着她的双眸。

视线相对，他荡开笑，突然伸出手背轻轻贴了贴她的脸。

"脸怎么这么红？"

宋时月再也不要原谅他了！

这盘棋最终没有下完。

房间里闷热挤压，两个人单独待在一起的气氛，让宋时月有种如坐针毡的感觉。

她待不下去了，站起来，借口要出去走走。

房子后面有一片山林，种满了竹子，此时已经不是春笋季节，只有一条小径通往半山坡的亭子，权当锻炼散步了。

一出来，空间宽阔，新鲜的微风涌来，先前的紧张不畅消散，宋时月慢慢恢复平静。

祝星焰自知理亏，不再故意逗她，规规矩矩牵着她的手，不紧不慢往上爬着。

"晚上吃完饭再回去好不好？"

"想让外婆见见你。"

宋时月原本松缓下来的心又压上了重担，她思及今天发生的一切，略显懊恼："你都不提前和我说，我没有准备任何礼物。"

"小孩子准备什么礼物？待会儿收礼物就好了。"祝星焰风轻云淡地说着。

宋时月脑袋里突然冒出一个问号。

"你……我……"她连话都说不完整了，努力压下混乱的思绪，强迫自己冷静下来，"我还要收什么礼物？"

她想到了传说中的见家长好像要给见面礼，但是他们两个才在一起这么短时间……

宋时月这一刻想要敲开他的脑子看看里面是什么。

"你今天不是夸那个送来的甜点好吃吗？"祝星焰又露出了先前熟悉的坦然和无辜，口吻如常，"我们出来的时候，我妈妈说吩咐厨房做了很多，到时候给你打包好带回去。"

宋时月反应过来又被他耍了。

她觉得面前的人和刚认识的祝星焰区别很大，简直判若两人，以前印象中的他，沉稳、早熟、冷静寡言、难以接近，现在一看，哪个词都没办法放到他身上。

宋时月一动不动地盯着他，模样有点唬人，祝星焰本能心虚，抬手想动作，宋时月已经一把松开他的手，无奈叹了口气。

"祝星焰，你好幼稚。"

这次气笑的人换成了祝星焰。

他没有辩解，只是重新拉起她的手握住，好在她并没有挣脱，只是乖顺地任由他拉着。

"我还不是为了让你别这么紧张。"

"我妈来完房间，你连话都不敢说了，下棋也心不在焉。"

他倒是有理有据。

宋时月气闷，难得和他说话提高了音量，而且因为激动，双眸亮得惊人："我那是因为阿姨过来吗？

"明明是……"

她说不出口了。

棋局后半程的难以为继，罪魁祸首明明是他。

"那是什么？"

两人争辩间，已经沿着山间小径走到了亭子里。午后山中无人，只有满片的绿意清幽。

祝星焰顿住脚步，转头望来，微微俯下身，黑眸紧紧盯着她，话里裹挟着难以觉察的笑意。

他又在逗她……

宋时月不想答话，低垂着眼抿唇，不料一只手伸来，抬起她的下巴，让她被迫抬头。

"是因为这个吗？"男生话音刚落，气息扑来，柔软的吻落在她的嘴唇上。

同先前房间里的那个短暂的亲吻不同，这次他俯压下来，许久未曾离开。

宋时月脑中缺氧，完全察觉不到时间流逝，直到他掌心轻微用力，迫使她仰头，接着，温热的嘴唇轻轻一含，有不属于她的气息探了进来，席卷进她的唇齿间，舌尖碰触到了柔软，紧接着被包裹着。他捧在她脸侧的手掌移到了她的颈后，她在他的力道下本能张唇，配合接纳起了这个突如其来的吻。

温度交缠，呼吸乱作一团，不知名的悸动席卷全身，神思空白。

直到此刻，她脑中才迟钝地涌起认知。

原来这才是真正的亲吻。

两人亲了很久，亲到宋时月喘不上气，用力推他，祝星焰才松开。离开前，他还恋恋不舍地吮含了下她的唇瓣，呼吸乱得比她还厉害。

他紧紧抱着她，整张脸埋在她肩头，平缓着胸前混乱的起伏。

一抹滚烫落在她颈间，留下湿漉漉的印子。

"对不起，我有点失控了。"祝星焰的声音不复先前清澈，沙哑低沉。似乎是怕宋时月生气，他一直不敢松开手抬眼看她。

"你先松开我。"宋时月只能这样说道。

山间风大，裹着凉意拂来，脸慢慢降温，她感觉先前的沸腾在一点点平息，晕沉的大脑逐渐冷静。

闻言，祝星焰缓缓松开了她，眼底潮湿，仿佛经历了一场暴风雨。

"是不是快吃饭了？我们准备下山吧。"宋时月神色如常地开口，除了脸上残余的红晕，几乎瞧不出异样。

祝星焰定定看了她几眼，颔首点头，牵着她准备返回。

亭子下便是台阶，两旁布着青苔，宋时月刚准备迈下去，脚下猝不及防一个发软，差点跌倒。

幸好祝星焰眼疾手快，紧紧拉住了她："小心。"

表面强压下去的镇定再也难以为继，肌肤下的热潮再次席卷而来，宋时月感觉自己手心都冒汗了，这一路走得一点也不轻松。

他们回到了房子里。

傍晚日暮薄红，宛如少女晕红的脸。

晚风习习，小楼宽阔的餐厅里已经摆上了饭菜，家中香味蔓延。

祝星焰的妈妈亲自忙碌着，弯腰布着碗筷，桌子旁还坐着一位老人，银白头发，面容和蔼，坐在轮椅上，穿着一件简单的裙子。

祝星焰一见她，就温声叫外婆，然后把宋时月带到身侧介绍："这是我的女朋友，外婆，她叫宋时月。"

"月亮？什么月亮？"老人迟钝反问，双目浑浊。

宋时月微微愣住，只见祝星焰弯腰，耐心重复："宋、时、月，不是月亮，外婆。"

"月亮，月亮。"老人充耳不闻，反而看着宋时月开心地叫起来。

祝星焰无奈摇头笑："行吧，月亮就月亮。"

"不好意思啊，月月，小星他外婆前几年得了阿尔茨海默病，有时清醒，大多数时候犯糊涂，你别介意。"肖柔端着餐盘上来，对宋时月温和解释。

宋时月连忙摇头："不会。"

"我觉得月亮这个称呼很可爱。"她小声补充。

肖柔笑起来，祝星焰也忍不住弯唇，餐厅里弥漫着轻松的气氛。

阿姨和护工忙完就出去了，桌上只有他们四个人。

这顿饭吃得比宋时月想象中的要自在。

肖柔照顾着老人，给老人喂饭。

祝星焰不住往宋时月碗里夹菜，肖柔偶尔和她交谈几句，日常而随和。

最后准备离开时，肖柔去给宋时月拿打包好的甜点，祝星焰则上楼去取她落下的手机。

宋时月站在屋檐下，外婆就坐在门口，安静地发着呆。

忽然，她出声叫了句："小月亮。"声音清晰清醒。

宋时月一时以为自己听错了，抬起头望去，看到轮椅上的老人双目难得清明，正望着她笑。

"你和小星好好的，不要吵架，有空多来看外婆。"

祝星焰的这个休假，休出了退圈的架势。

自从恋情公开之后，就没有任何消息传出去，安静得仿佛圈内没有了这个人。

距离上一部电影杀青已经过去了四个月，他中间只去过一次电影节，工作室发了红毯照，便再没有其他工作物料。

他今年二十一岁。

没有哪个正值上升期的男明星会干出这种事，事业心仿佛为零，准备就地养老退休。

233

原本还对他公开恋情颇有微词的粉丝，底线也一降再降，只在微博底下呼呼留言，让他出来多冒个泡，勉强慰藉粉丝苦等的心。

结果他的账号就是毫无动静，哪怕评论堆积如山，照片公开那条已经破了百万量。

最新的热评变换，口风不知何时有了变化。

——哥哥，哪怕你出来发个恋爱日常呢！

后面还有个"哭"的表情包。

暑假结束，大三新学期开始。

宋时月收拾行李，准备赶赴京市。

祝星焰定了同一趟的飞机票，和她一起回去。

去京市之前，他们抽空回了一趟高中看望张风。

"你最近没有工作吗？"宋时月忍不住困惑发问。

最近她也刷到了网上的一些声音，良心不安，试图主动督促。

男生停下订票的手，黑眸盯着她，突然出声控诉："你是不是腻了？觉得我太黏人了，老跟着你，不想和我一起待了，是吗？"

"没有……"宋时月微微叹了口气，为自己澄清，"我只是担心你的事业。"

"事业告一段落了，现阶段的任务是好好学习，我还没毕业。"祝星焰一番话说得面不改色。

宋时月愣了愣。

话虽如此，但他们电影学院应该对正当红的艺人没有这么高的出勤要求吧？

她心知肚明，可也只能配合："好好好，学习是人类进步的阶梯。"

"哪个名人说的？"祝星焰问。

她思索了下，有些不确定："宋月亮女士？"

"果然是位名人。"闻言，祝星焰立即盛赞，"未来出色的翻译官，当红明星祝星焰的女朋友，繁花中学20届优秀毕业生……"

他的溢美之词刚说到一半，就被宋时月用力捂住了嘴。她脸颊微红，羞恼地说："祝星焰，你闭嘴！"

"唔……"他倒是安分，没挣扎。

宋时月见状松开手，男生重获自由后的第一句话便是："为什么对我这么凶？宋月亮……我觉得有点伤心。"

宋时月望着他耷拉的眼角，略微后悔，竟然真的开始反省："……有很凶吗？"

"嗯。"

她试图补救,刚要道歉,就见男生自然无比地说出下一句话:"除非你亲我一下。"

"你去死吧,祝星焰!"

"这次是真的受伤了!"

她把男生的声音抛诸脑后,在林荫道上走得飞快。

暑期的学校门口,除了值班老师,没有闲杂人等。

盛夏枝繁叶茂,光束薄薄斜入,洒下金色斑点。

少女走得飞快,裙摆下的双腿迈着阔步,发丝在肩头扬起。

祝星焰按捺不住笑,轻松几步追上她,力道很浅地拉住她的手腕。

"你看,走这么快,都错过路上的风景了。"

宋时月黑白分明的眼睛瞪他,面前的人依然笑得开怀,一把拉着她往旁边的小树林里走。

面前景色变化,熟悉的错落树木映入眼中。

这是……当初遇到来福的地方。

"想起来了吗?"祝星焰好整以暇地望着她,嘴角上扬,眸色黑得深重。

莫名的压迫感袭来,宋时月涌起警觉,身体还未动作,就被他拽着手腕压在了身后来福当初躲雨的那棵粗壮树干上。

头顶枝叶遮天蔽日,四下无人,寂静得只有日光流淌。

"刚刚被凶了,你得补偿我。"男生借口找得理所应当,话音刚落,就扶着她的下巴吻了上来。

有了经验,他这次熟练很多,贴上来后吮含两下,温热唇舌径直撬开她的齿关,迫不及待地往里钻,汲取她的气息。

宋时月被他的强势压得喘不过气,才稍微往后躲了几分,就被跟前的人扶着后颈往前压。

整个人像是送上去给他亲。

里里外外扫刮了一遍,祝星焰才意犹未尽地松开她。

两人分开的唇上是如出一辙的红艳湿润,宋时月眼角都带上了潮湿。祝星焰看得眼热,又忍不住俯身过去在她唇瓣上含咬了一下,又舔了舔,像是小狗叼着喜欢的糖果。

他睫毛遮盖下来的眼底,蕴藏着痴迷。

宋时月靠在他胸前缓了好几秒才平息,短暂安静的时间里,她垂在身侧的手不知什么时候被他抓着把玩,手指扣紧她又松开,指间穿插摩挲,泛起细密的痒。

他俯身微微弯腰，左手松松搂在她腰间，微垂下来的衬衫领口露出大片白皙，散发着热意。

宋时月闻到了清淡的香味，是从他身上传来的，像是洗衣液被阳光暴晒后渗透进布料的味道，又像是男生从肌肤里透出来的香。

她偷偷嗅了一口，分辨不出来，反而被身前人察觉，手里把她搂得更紧。

"怎么像小狗一样偷偷闻我？"

头顶调笑的声音清晰响起，面前修长脖颈上喉结滑动，宋时月脸热，伸手推开他："你才是小狗，动不动就咬人。"

"好好，我是小狗。"祝星焰好脾气认下，扬着唇，定定睨着她笑。少年神采飞扬，清俊的眉眼比起舞台上的任何一刻都要诱人。

"回去了。"宋时月努力板起脸。

两人踩着日光的碎片往前走，走出老远，男生的声音慢悠悠传来。

"我想来福了，好久没见到它了，我可以去你家看看它吗？"

"我爸妈在家。"女生毫不留情拒绝。

"其实我想说的是我们一起去你家旁边的小公园里遛遛它。"他从善如流改口，没有丝毫停顿。

"这个时候公园里很多人。"

又是一通无情拒绝。

祝星焰微微叹气，无计可施，做最后的尝试："好吧，那我们要不要再在学校逛逛？"

九月返校，飞机落地，两人要各自去学校报到。

祝星焰把宋时月送到校门口，临分别前，没说什么话，只是眼神仿佛有温度地缠着她，引得前面的司机都忍不住望过来。

"你在学校好好学习。"宋时月装模作样正经叮嘱了他一句。

祝星焰破功，那抹离别的不舍莫名消散，笑着点头："嗯，你也是。"

"好的。"

说着，宋时月忙不迭拉开车门下车，走出老远，一回头，还看见那辆车子停在原地。

手机振动，祝星焰给她发来消息。

星星：专心走路，别东张西望。

月亮：[省略号.jpg]

她回了一串省略号。

似乎能脑补出他在那头的笑声。

他总算给她发来一句正经的话。

星星：到宿舍了和我说一声。

月亮：好。

宿舍楼一如既往的朴素陈旧，宋时月上去三楼，找到自己的宿舍，刚推开门，耳边就响起礼炮声，喷射出来的丝带亮片落了她一头。

宋时月吓了一跳，又听到两人异口同声的欢呼。

"热烈欢迎祝星焰女朋友回归宿舍！"

"蓬荜生辉，备感荣幸！"

宋时月连忙环顾四周，接着飞快掩上宿舍门，吓得不行。

"你们声音小点！"

"别怕别怕，我们宿舍楼里几十个祝星焰女朋友，没人会认出你。"

大学生喜欢玩梗，为了保护隐私，外卖快递都不备注自己的真实名字，每次宿舍阿姨一叫都是某某女朋友，其中"祝星焰女朋友"最多，最高纪录一天叫了十几个下去。

话虽如此，宋时月依然"做贼心虚"，把行李箱放好，忍不住倒了杯水压惊。

"好了，欢迎仪式结束，接下来是采访时间。"柏佳没等她那口水喝完，就迫不及待拖了椅子过来，手里卷起课本做话筒递到她唇边，率先兴奋发问，"请问成为祝星焰女朋友是什么感觉？每天都浸泡在幸福的大缸子里，就连空气都觉得是甜的吗？"

宋时月愣了愣。

"无时无刻对着他那张脸，是不是整个人生都没有烦恼了？而且还被他这么高调的官宣，那可是顶流啊，呜呜呜，偶像剧情节都不敢这么写。"徐弥紧跟上，激动得都抓紧了宋时月的手。

宋时月一口水卡在喉咙里，差点被呛到，平复了好一会儿才稍稍冷静，面色复杂地望着两人，努力措辞："其实……嗯……可能，祝星焰谈恋爱的时候也和普通男生一样……"

"普通？你竟然把这个词和他联系在一起？宋月亮，我看你真的是吃到嘴里了才可以轻飘飘地说出这种话。"柏佳一脸快要晕过去的神情，真情实感地谴责。

宋时月听到"吃到嘴里"这种话，不可控制地思绪发散，想到了某些画面，有些心虚，脸上泄露出了几丝红晕。

柏佳火眼金睛，立即察觉，出声大叫："快说！你们发展到哪一步了！啊啊啊，接下来是我可以听的吗？"

她作势要捂耳朵，徐弥已经双目放光，手中用力："我要听我要听，什么尺度都可以，我成年了，不怕羞！"

宋时月这一刻很想逃离这个宿舍，坚强支撑着默默辩解："不是你们想的那样……"

"那是哪样？"柏佳和徐弥几乎是同时追问。

"什么也没发生，你们别问了，我们才在一起不到两个月……"宋时月含混过去，假装很忙地低头整理行李，搪塞着，"没有你们想象的那种事情……对了，我给你们带了特产，还有些是祝星焰准备的……"

祝星焰的名字一提出来，果然好用，那两个人立刻忘了刚才的八卦，连忙来帮忙收拾起了宋时月的行李箱。

宋时月也不算说谎，早上在机场，祝星焰给她带来了一大袋的吃食，都是他妈妈特意准备的，让她带回来自己吃和分给舍友。

满满当当包装细致的食物，装满了长辈的心意。

宋时月又想起那天临走前，外婆期盼的眼神。

寒假回去的时候，一定要再去看看外婆。

她在心里暗暗许诺。

新学期的课业也并不轻松，几乎一开学就排满了课程，周末还有实践活动。一整天下来，柏佳和徐弥丝毫不复开学当日的精神抖擞，一个个像是霜打的茄子，几乎瘫在了椅子上。

宋时月比她们还要多一件事情，陪男朋友。

对于她忙碌的这一周，祝星焰没有什么怨言，只是在得知她明天休息后，很快给她发来一个定位。

她有些困惑，揉着笔译了一天发酸的手指敲键盘。

月亮：明天去这里吗？

已经很晚了，她没做他想。

星星：现在过来接你，时间够的话带一套衣服，不带也没关系，这边都可以买。

宋时月一怔，等反应过来，开始起身收拾东西。

一旁瘫在椅子上的两人见她动作，立马来了精神。

"宋月亮！你这么晚突然收拾东西是什么意思？现在要出门吗？"

"停！你手上拿的是什么？你是准备和祝星焰夜不归宿？"

两人几乎要抱头尖叫。

宋时月看着自己手里的贴身衣物，脸发红。明明是单纯无比的见面，不知为何，突然有种跳进黄河都洗不清的百口莫辩感。

/ 238

"只是单纯……住一晚。"她说完，自己都觉得太苍白，于是干脆放弃挣扎，认命道，"我先去洗个澡，白天太热，出了一身汗。"

门掩上，身后骤然响起尖叫，还有两人激动的大嗓门。

"救命！"

"我简直不敢相信我的耳朵！"

"什么见面需要特意洗澡啊？我的老天爷！"

宋时月心里也没底。

宋时月出门时，已经将近夜里十点，车子等在学校门口。

司机体贴地给她拉开车门，是见过好几次的张叔。

最后车辆停靠的地点是一处闹中取静的高级会所门口，入口隐蔽，还要穿过弯弯绕绕的林荫道。

祝星焰站在台阶处，过来接人牵她进去。

"陈之驯刚从国外拍戏回来，非要拉几个朋友聚聚，推托不开，我又想见你，就一起了。你待会儿要是觉得不好玩，我们就早点回去。"进去的路上，祝星焰耐心地同宋时月说着。

电梯直上八楼，她即便早已有了心理准备，还是难免紧张。

"会有很多别的明星吗？"她靠在祝星焰身旁，小声问道。

宋时月确实对娱乐圈不是很熟悉，除了同祝星焰合作过的几个艺人，其他的基本都不太认识。

她有点担心待会儿的社交。

"都是比较熟的朋友，你不用刻意去应付，我们坐一会儿就走。"似是看出她心底的不安，祝星焰低头悄声叮嘱。

包间门推开，里头的场景映入眼帘，灯光错落，宽敞的沙发上坐着五六个人，有男有女，面孔有陌生的有熟悉的。

陈之驯在其中最为抢眼，穿着暗紫色衬衫和西裤，手握话筒，站在缓缓流淌歌词的大屏幕前，正陶醉地歌唱。

宋时月小心瞟了眼，上面放的还是他自己的歌……

几人应该都知道祝星焰出去接人了，此时一见他推门进来，立刻站起身迎接，视线不由自主投向他牵着的女孩。

和圈内的女明星截然不同，宋时月显得过于干净，头发黑亮，双眸水润，面孔不染脂粉，却丝毫不素淡，明明是清新纯美的长相和气质，因为五官过于饱满漂亮，而偏显浓颜，属于一眼惊艳，再看还是惹人惊艳。

就和网上传的一样，很漂亮。

可漂亮又不过只是她其中的一个特点。

大家纷纷打招呼，唯独陈之驯最为夸张。他离两人最近，立即走上前，盯着宋时月，仿佛看到了什么珍稀物种。

"你好啊，小月亮，我是祝星焰的好朋友陈之驯，很高兴认识你。"他自来熟地朝她伸出手，眼底都是兴奋。

只是他伸来的手被祝星焰毫不留情地拍开，男生冷淡地垂着眼，低声蕴藏着警告："月亮也是你叫的？"

"冤枉，不是你自己公开叫的月亮吗？我又不知道妹妹的名字，不就只能这样打招呼？"陈之驯笑嘻嘻的，丝毫没有被祝星焰的冷脸劝退，无拘无束的性格，和在镜头前相比，并没有太大区别。

"不用理他。"祝星焰对宋时月说道，然后径直越过陈之驯，一一同她介绍其他的人。

宋时月大概记住了这些人的名字，在心里搜索一番，有些有印象，是业内小有名气的演员，还有个是他们当初节目一起出道的队友，现在也是当红偶像，另外还有两个眼生的，也是艺人，作品没接触过，都是他们的共同朋友。

社交最重要的互相认识寒暄环节结束，宋时月终于安稳落座，恰好躲在了角落的位置，身旁是祝星焰，她长松一口气。

她这口气似乎松得太明显，旁边的人察觉，侧过头来笑，低垂着脸靠近她："……很紧张？"

"还好。"宋时月下意识地攥了攥他的手指，"就是不太熟，不知道要说什么。"

"没关系，觉得无聊可以玩手机。饿了吗？我给你点点吃的。"说着，祝星焰拿过菜单，按铃叫来服务生，点了甜点和主食，最后结束时，习惯叮嘱一句，"对了，都不要放辣。"

食物很快上来，香味弥漫，蟹黄面浓郁扑鼻。

宋时月确实还没来得及吃晚饭，饿得饥肠辘辘，顾不上客套，拿筷子吃了起来。

旁边还有饮品，是水果味的甜水，夹着淡淡的椰奶香。

其他人在如常交谈，偶尔传来碰杯声，音乐旋律始终在播放，有人拿着话筒唱歌，歌声十分悦耳。

在她的食物上来前，空气里有轻淡的酒精味，桌上摆放的是玻璃瓶装的酒，每人面前的杯子里都有浅浅的酒液。

就连祝星焰也不例外，在门口时，宋时月就敏锐地闻到了他身上的淡淡酒味。

不难闻，但是很少见，印象中，她还是第一次见他碰酒。

大概是她吃东西太香，安静又专注，陈之驯的视线在她身上打了个转，又没忍住："妹妹是不是还没吃晚饭啊？吃这么香，我都想再来碗面了。"

"嗯……"宋时月咽下嘴里的面条才抬头答话，略显歉意，"今天学校有活动安排，地方离得比较远，我刚回校就过来了，还没来得及吃。"

"那真的怪我们了。本来祝星焰这人怎么都喊不出来的，说今天要见女朋友，是我硬拉着他来的，况且大家也都想见见你。他把你护得跟眼珠子似的，好不容易才找到机会。"

陈之驯一番话，说得宋时月都尴尬得脸红了，祝星焰直接塞过去果盘，让他堵住嘴。

"闲得无聊就多练练歌，上次还有人被粉丝骂业务能力不行，不知道长教训？"

"你怎么一提到小月亮就跟刺猬一样，见人就扎？祝星焰，你平时没这么刻薄的。"陈之驯控诉。

可不是，祝星焰平时都不爱搭理他那些废话。

"理解一下吧，小焰难得舍得把女朋友带出来，就你看热闹不嫌事大，老喜欢去逗人家。"另外有一人帮腔。

宋时月望过去，发现是一张比较面生的面孔，看起来年龄比他们稍大，气质儒雅沉稳。

不太像演员……是主持人吗？

她回想了一下，方才介绍时听到的名字好像又隐约有点耳熟，想不出来，干脆放弃，朝两人礼貌地笑了笑。

"哟，妹妹笑起来好可爱。"陈之驯不怕死，依然把话题落在宋时月身上。

其他人哄笑，看着祝星焰变了脸色。

几人都认识很久了，算是圈内比较熟的朋友，也习惯了祝星焰早熟沉稳的性子。平日在社交场合，他大多沉默内敛，少有主动开口，今天算是连连破戒，露出少年心性，陈之驯都被他堵得哑口无言。

大家早便听闻他这个女朋友了，从官宣开始就闹得尽人皆知，但一直被祝星焰护得严实，从来没在公开场合露过消息，就连他们这些老朋友也是难得找到今天这个机会才见到人。

真正见到了，才发现祝星焰对这个女朋友真的不一般。少年人的爱恋丝毫不加掩饰，尽数暴露在眉眼神态里，女孩的一丝风吹草动都能被他飞快捕捉，低眉关切，哪里还有一丝往日高冷的大明星影子？

真像先前陈之驯调侃的那样——护得跟眼珠子似的。

包厢热闹，在祝星焰的眼神警告下，陈之驯缩了缩脖子，识趣没再搭腔，轻咳几声转移话题。

"哎，给我点歌了没？快来一首我的经典曲目，让你们瞧瞧我真正的实力。"

他叫叫嚷嚷，完全是聚会的气氛组，宋时月倒觉得有几分可爱。同是年少成名，陈之驯还保留着性格里的天真，像个孩子。

"你不点歌吗？"念及此处，她不由得转头问旁边的人。

祝星焰安静地看着她吃东西，微垂着黑眸，里头神采不明。

"嗯，不喜欢在这种场合唱歌。"说完，他又停顿了一下，目光停留在她身上，试探着询问，"你想听吗？"

宋时月思索了两秒，摇摇头，诚实地道："想你回去单独唱给我听。"

这个回答明显取悦了祝星焰，他唇边弥漫出笑，眼底是明晃晃的开怀："好，只唱给你听。"

吃饱喝足，宋时月安分地坐在沙发上休息。

服务生来收走碗筷时，祝星焰抬腕看了眼时间，显而易见不想继续奉陪。

陈之驯一眼就看出了他的小动作，立刻大喊："你别刚等妹妹吃完就想开溜，我不允许！把我这里当餐厅了是吧？"

宋时月挺不好意思的，扯了扯祝星焰的袖子，眼神询问。

他再度抬腕看表，用口型无声询问：再坐几分钟？

宋时月点了点头，听着他们聊天。饭后倦意缓缓上涌，她靠在沙发上，拿出手机。

刚打开，宿舍群的消息疯狂弹入，还有一条条艾特她的提醒……幸好她手机开了静音。

上好佳：*我的宝贝月月！快给我转播一下前线情况！我的 CP 目前怎么样了？在！线！等！粮！*

宋时月从宿舍临走前，祝星焰就告知了今晚聚会的事，为了让两个舍友安心，重点是防止她们思想发散。宋时月如实转达给了舍友，结果就成了如今的局面。

柏佳当场就更加兴奋了。

宋时月略微心塞。

她总不能说，"你的 CP 刚经历一场不小的冲突，差点感情破裂，始作俑者还是我"……

宋时月无奈地叹气，敲着键盘。

月亮：他们很好，陈之驯本人也很帅，性格和屏幕里差不多，两个人看起来关系不错。

她发完觉得太过官方客套，想了想，又额外补充了一句：确实性格挺互补的。

那头几乎是秒回。

上好佳：啊啊啊，信女愿瘦十斤换取我的CP长长久久，心愿已了。感谢月亮大人成全我等CP粉的心愿，大恩大德，没齿难忘。

上好佳：当然，如果能有些什么偷拍视角的双人合照，我就圆满了。

没等宋时月语塞结束，徐弥的消息先弹了出来。

万人迷：别搭理她，时月！这人嗑CP已经把脑子嗑坏掉了，在你这个正牌女朋友面前说这些离谱的话，你可千万别给她拍！

宋时月看完，刚刚开始感动，就见徐弥后一条消息飞快弹了出来。

万人迷：偷偷拍两张祝星焰的单人照就可以了！

仿佛是察觉到了宋时月的心情，柏佳发了一串超长的"哈哈哈"，聊天终于正常起来，八卦来的都有哪些人。

宋时月回忆着名字，凭着大致印象告诉她们，提到其中不太熟悉的人时，还有点不确定。

月亮：好像还有个是叫徐宜。

这便是前面帮陈之驯打圆场的那个面相儒雅的男人。

下一秒，柏佳的感叹号差点敲出天际。

上好佳：我的妈！是真的徐宜吗？你没听错吧？

上好佳：啊啊啊，宋时月，你竟然亲眼见到徐宜了，我好酸！

宋时月满头雾水，刚准备询问，就见柏佳直接甩来一条链接。

上好佳：你不认识他本人，总听过他的歌吧？国内金曲奖获得者，行走的CD机，无数经典流传，业内公认最牛的词曲创作者。

上好佳：哎，不过我以为他之前已经和祝星焰断交了，没想到两人私下竟然还有联系，挺意外的。

宋时月蹙眉困惑，又不着痕迹地看了眼远处沙发上模样温和的男人，缓慢好奇地敲下问号。

月亮：为什么会闹翻？

柏佳过了会儿才给宋时月回消息。

上好佳：嗐，也不是什么大事情，就他妹妹是祝星焰的粉丝，嗯……极度狂热的那种，你懂吧？听说还做过一些比较匪夷所思的事情，后来被人爆了出来，祝星焰和徐宜就没有在公开场合互动过了。

上好佳：不过现在看来，应该一切还好！月亮，你不要多想，没什么大事！

她后面这句欲盖弥彰得彻底，原本宋时月只有点好奇的心被彻底勾起，打开搜索软件，手指放在输入框上停顿许久，还是忍不住敲下"徐宜妹妹祝星焰"的关键词，按下确定。

搜索结果很快出来，点进去第一条链接。

——#徐宜妹妹跟踪祝星焰，非法入侵房间，听说骚扰已持续将近半年……#

宋时月第一次了解"私生粉"这个词。

因为这篇报道，她除了认识了徐宜的妹妹，还知晓了祝星焰刚成名那段时间的往事。

出道即巅峰，选秀节目结束，是祝星焰人气最火的时候。新人刚出道，粉丝狂热追捧，便很容易出现一些打着喜爱旗帜失去理智的私生粉。

他们疯狂入侵他的私人生活，偷拍、追车、跟踪，用各种手段收集他的行程，无孔不入地黏在他身边，所有行为都在法律的边缘来回踩踏，以爱为名做着侵犯他人的事。

这种乱象持续了一年多，直到工作室慢慢完善，祝星焰的作品面世，人气稳固，粉丝群体日益正规，商业价值毋庸置疑，经纪公司开始出手整顿，工作室收集证据，发声明，本人严厉抵制。

有一次，面容稚嫩的十几岁男生在机场被堵得寸步难行，人流中粉丝推搡，还有人趁乱拉扯他的衣服。不知道是谁把这一幕发到网上，配文是"一群私生粉"。

再后来，是无数人熟知的偷拍事件。祝星焰还没转学前，在当时学校的班里有个他的私生粉，偷拍他在更衣室换衣服，并将照片分享到了网上。

幸好只是更换上衣，幸好发现得及时。

那个女生最后被学校做了退学处理。

她最开始发照片的那个群，几乎都是私生粉，被工作室一个个搜罗账号调查并发律师函。

祝星焰对着镜头说出了那句广为流传的话。

"私生粉不是我的粉丝，我见一个告一个。"

因为这句话，他当时脱了不少粉，那些人觉得他太无情，哪怕行为过激了些，对方也是因为喜欢他才这样，况且也没做出真正伤害他的事情，由此可见，他对自己的粉丝也没有太多爱心。

况且祝星焰自从出道，一直给人的感觉便是早熟内敛，有极强的专业素养,舞台魅力,私下却安静谦和,让人觉得没有攻击性,再加上他当时年纪小,所有人便形成了刻板印象,觉得他脾气很好。

他突然的强势,让不少粉丝难以适应,而往后,随着少年在成名路上越走越远,真实底色展露得越来越多,最初的强势和他真正的性格契合了起来。

如剑出鞘。

舞台上张狂夺目,演绎出那样锋芒毕露作品的人,怎么可能是个温暾的好脾气。

一步步站到高处的少年,没有辩解,只是用实力证明,他不被任何人定义,他就是他自己,不受限制,自由独立,可以是任意模样的祝星焰。

从宋时月认识他起,他就是这样的祝星焰。

她未曾了解过他这些被人书写的过去。

徐宜和祝星焰瞧着关系一切如初,融洽自然。

徐宜朝祝星焰举杯,男生低头轻啜杯沿,吵闹间,他们会偶尔低声交谈两句。

整个晚上,宋时月都不自觉地在观察,全然看不出这两人之前发生过不愉快。

祝星焰还是提前带着宋时月离场了,因为"临阵脱逃",走之前,还被狠狠灌了几杯酒,主要力量是陈之驯,似乎是为了报复今晚祝星焰的"恶语相向",他趁机使坏。

上车时,男生已经满身酒味,脸上呈现淡淡的红晕。

宋时月不由得关切:"还好吗?"

"嗯。"祝星焰靠在座椅上,垂着眼睫,迟钝的视线缓慢定在她身上,回应从鼻腔里溢出来。

……像是喝醉了。

"你醉了吗?"宋时月心里想着,也就直接问了出来。

祝星焰一时没反应,像是认真思索了一番,摇摇头,很快想到什么,又轻轻点了点。

"醉了。"他看着她,颇似委屈地说道。

"那我送你回家吧。"宋时月只能这样回答。

"好。"男生的手从底下摸了过来,牵住她,掌心温度滚烫,"我们一起回家。"

聚会地点离他家有点远,车程后半段,祝星焰支撑不住,靠在了她身上,脑袋抵在她肩头，湿热的呼吸直往她颈窝里钻。

宋时月不敢动，目光落在他脸上，迟迟难以移开，窗外霓虹五彩斑斓，光束滑落在他眉眼间，落下绮丽的点缀。

她还是不太敢相信，自己拥有了这个少年。

他本该是人群的焦点，被无数的热爱簇拥，偏偏只选择了她这一颗心。

抵达目的地，祝星焰缓缓醒来。他只是浅寐了一会儿，整个人就看起来清醒许多，酒意散去。

宋时月也是第一次到他京市的家，中心地段的小区，安保森严，可以俯瞰大半个城市的大平层，电梯都是专属直达。

祝星焰牵着她上去，到门口，在银灰色指纹锁前准备开门时，他突然输入字符，然后听见"叮"一声。

"给你录入一下指纹。"

他拉着宋时月的手，未等宋时月反应过来，就按着她的食指在上头轻轻一摁，像是签字画押。

机器音提示指纹登记成功。

昏黄的光下，男生偏头朝她笑，带着某种狡黠。

"成功了。"

"你就不怕我把你家东西都搬走？"宋时月故意板着脸。

祝星焰径直牵着她推门进去，开灯，嗓音里带着显然的愉悦："都给你，只要我有，你想要的都拿去。"

宋时月知道他此刻说的是醉话，心头还是不免突兀地跳了两下。

还没等她从这种情绪里脱离出来，祝星焰已经拉着她在沙发上坐下，手极其自然地扶着她的腰，把她抱到腿上。

气息扑过来，贴住唇，说话含混。

"忍了一晚上……"

"想亲你。"

"好久没亲了。"

又是黏黏糊糊的醉话。

宋时月被他堵得说不出话来，本能地回应着亲吻，搂住他的脖子。

本以为这个吻很快就可以结束，没料到身下的人今晚格外难缠，祝星焰真像是和她太久未见，抱着她不肯放手，亲了一遍又一遍，到最后，耳边都是水声。

宋时月听得面红耳赤，偏偏推不开他，被他温热的唇舌缠上，从唇间一直流连到耳后、脖颈。

仅仅几次经验，祝星焰就飞速进步，变得越来越会亲，一点也看不出最初的青涩与不自然。

最终分开时，两人都喘得不行，有点受不住。祝星焰反应尤为大，意犹未尽地蹭着她颈间的肌肤，一遍遍叫她的名字。

"好喜欢你……"

"你喜欢我什么？祝星焰。"

原本宋时月微合着眼休憩，不指望醉鬼能回答她的问题，没料到面前的人突然开口，声音在深夜里竟意外清晰："都喜欢……

"见到你的第一眼就喜欢了。"

"你把伞放在面店，让老板转交给我时，我就彻底记住了你。"

宋时月有一双过于干净的眼睛，澄净得仿佛世界上最干净的湖泊。

祝星焰习惯了别人望向他的各种眼神，里头装满了复杂的情绪或各式各样的人心。

唯独她看向他的第一眼，未起波澜，平静得仿佛对待一个普通同学，他的心却在那瞬间刮起了一场狂风。

波澜四起。

祝星焰在他的房子里给宋时月布置了一个房间。

房间里有小熊玩偶、鲜花、可爱的床单和温暖的窗帘。

两间卧室相邻，只隔着一堵墙壁，属于他的那间的色彩是截然不同的黑白灰。

"以后周末休息你就可以过来住了，这里就是你在京市的家。"祝星焰告知她时，刚到厨房喝完水，神色温和清醒，身体倚靠在门边上，目光柔柔地笼罩着她。

宋时月本以为和他住的第一晚会很难熬。

然而身体比她更快接纳。

即便是周末两人单独待在家一天，也没有任何的不适应。

祝星焰太自然了，在国外那段时间，他们刚确认关系，他就可以把宋时月叫到他公寓里去，给她做饭，带她逛公园，一起看电影、散步，除了夜晚会送她回宿舍，几乎做尽了热恋期情侣会做的事情。

再之后回国不久，他更是直接带她见了家人。

他迟缓又不由拒绝地推进着这段关系。

或许还要更早一点，他们还没有在一起时，两人的单独约会就在郊外的别墅，而且待了两天。

身份使然，限制了约会地点，但宋时月总有种感觉，她像是一只刚飞到天空的雏鸟,就被袭来的大风吞噬包裹着,拖回了自己的洞穴,慢慢吃干抹净。

周一,宋时月是早八点的课。

闹钟响起,洗漱完一拉开房门,宋时月就闻到了一股黄油香味。

祝星焰在厨房做早餐,把烘焙好的吐司装盘,动作慢吞吞的,微垂着眼,不由自主地打了个哈欠。

昨晚他好像还熬夜做歌,在书房待到了凌晨。

晨光微暖,似乎察觉到了她的动静,厨房里的人抬起头望来,看见她的一瞬,眼底疲倦淡去,只剩下明亮的专注和雀跃。

"醒了?快来吃早餐,待会儿送你去学校。"

宋时月突然为自己先前莫名的联想感到愧疚。

腹黑点也不是什么坏毛病,祝星焰已经是世界上最好的男朋友了。他是专属于她的、独一无二、闪闪发光的宝藏。

第九颗星星 ★
秀恩爱

　　大三学期也并不轻松，课业甚至更为紧张，就业的压迫感十足，周末还有可能被安排活动实践。

　　宋时月去祝星焰那里的次数并不多，基本上一个月三四天。两人见面也不算频繁，只是偶尔间隔太久，祝星焰会到她学校找她，两人一起去吃食堂。

　　自从公开以后，他就没什么可避讳的，象征性地戴个鸭舌帽，光明正大陪她吃饭牵手逛学校。

　　W大这边人比较少，还有一部分不追星，有时在路上撞见认出他，有的人会上来要签名，大多数情况下都比较礼貌克制。

　　宋时月没去过电影学院，不过听祝星焰说，里面有不少明星艺人，大家虽然习以为常，但是看见他还是会激动上来打招呼，跟着就是一系列的要签名合影。他觉得有点烦，并不是经常去上课，到他自己学校打卡的次数可能还没有来她的学校多。

　　隔三岔五被拍到上热搜，久而久之，粉丝也习惯了，都忍不住调侃，说让他干脆转学到W大去算了。

　　然后"祝星焰 W大"这个词条又被顶上了热搜。

　　宋时月看到那会儿，还觉得挺丢人的，好在很快就被撤下去了。

　　晚上打电话时，她不禁低声抱怨，让他少来W大串门。

　　祝星焰在那头气得直笑，直骂她没良心，是个焐不热的冷月亮。

　　宋时月被他骂得脸一阵阵发热，刚想要辩驳，他在那头就切断了通话，临挂断前告诉她是家里打来的。

　　宋时月抱着手机等了好一会儿，没等到他的回拨，只等到了一条简短的消息。

星星：家里有点事，我可能要先回去一趟，晚点联系。

然后一个晚上都没有音信。

宋时月第二天早上醒来，手里还握着手机叠在小腹上，睁眼第一件事就是点开屏幕。

里面很安静，没有新消息。

她不自觉地拧眉，下床洗漱，慢吞吞地望着镜子刷牙时，脑中有根弦轻轻一动，担忧涌上来，又被极快压下去。

一上午的课，她都心不在焉。

这种莫名的心绪一直持续到了午饭后，下午第一堂课的时候，放在课桌上的手机突然振动，进来一条简短信息。

星星：外婆走了。

祝星焰发来这么一句。

课堂上老师的声音瞬间湮灭，宋时月大脑空白了几秒，本能浮现出的是那日傍晚离开前，老人坐在屋檐下的面容。

她慈和地笑着，让他们有空多回去看她。

未曾想到，第一面竟是最后一面。

宋时月握紧手机，低下头，喉咙不禁哽咽，有泪水从眼眶溢出来，模糊了视线。

情绪犹如决堤的洪水，短短失控几秒又被她飞快制止。念及这是在课上，她吸着鼻子，伸手抹干脸上的泪水，让自己冷静下来。

她深呼吸几次，给他回信息。

月亮：你和阿姨还好吗？

月亮：外婆走的时候……有没有痛苦？

消息刚发出去，下一秒，机身又是振动。

祝星焰径直给她拨来了电话。

宋时月按下静音，举手朝老师请假示意："老师，我……家里有重要的事情，可以先出去接个电话吗？"

台上的老师闻言一怔，然后点头："去吧。"

宋时月走出教室，第一时间按下接听。

走廊上悄无声息，空寂的楼梯口落满阳光，耳边响起男生沙哑疲倦的声音。

"突发脑梗，护工阿姨第一时间发现，送到医院已经来不及了，抢救了一晚上，还是失败了……

"时月，我以后没有外婆了。"

最后一个字的尾音，仿佛带着一丝失控的哽咽。

宋时月的心也难以自制地痛了一下，鼻间酸意复而涌来。

即便电话里祝星焰情绪短暂失控后恢复冷静，告知她一切都好，不用担心，已经在准备丧事流程，他的父亲也赶回家操持着，他让她好好上课，安心在学校，等他回来，但宋时月还是心神不宁，煎熬上完一堂课，坐在座位上陷入低落情绪，手无意识地点开了订票软件，查看机票日期。

最近的一班航班在今晚十点。

W 大请假并没有那么容易，明天还有一场很重要的翻译活动。

她夜里怀着焦虑入睡，还梦到祝星焰望着她流泪的眼睛，真实得吓人。

宋时月醒来才发现那一幕是他曾经的一个电影镜头，悬崖边穿着白衬衫的少年同现实里的祝星焰仿佛重叠在了一起。

她再也没办法继续在学校待下去，抓起手机订票。

活动从早上持续到下午六点，她从头忙到尾只啃了几口面包，午休间隙加班加点完成课业报告，下午临结束前成功向老师请到假。

她早已收拾好行李，早上匆匆往背包里塞了几件随身衣物出门，翻译工作一结束，她直接从活动地点打车到机场。

时间很赶，好在路途还算顺利，掐着点安检登机，舷窗外的深蓝天幕一点点转暗，最后变成黑夜。

夜里十点，飞机降落在繁市。

十月的京秋已经凉爽，这里还有夏天的余温，夜晚吹来的风里带着一丝难得的微凉。

宋时月坐上出租车，报出祝星焰家的地址，司机好心提醒她，那边范围很大，出租车只能送到小区门口，步行难以抵达。

她说没关系，低头看手机。决定做得突然，没有空告知祝星焰，直到此刻落地才敢同他联系。

宋时月发出去消息，又不禁忐忑自己的不请自来是否会打扰他。

她的这一切不安，都在门口看见祝星焰时消散殆尽。

男生在夜里穿着一件单薄的黑 T 恤，神情憔悴，见到她从车上下来的第一眼，就不顾其他，大步走来把她抱入怀中。

"你怎么来了？"他脸埋在她的颈间，深深呼吸。

宋时月感觉自己肩头的布料有些濡湿，又像是她的错觉。

夜色昏暗，遮掩住细枝末节，祝星焰抬起头，未等她看清，就牵着她往里走去。

家中一片白色,小楼不复当日的温馨,红砖都被丧幡遮挡,灵堂正中摆着老人的遗像。

音容笑貌都是往昔的模样。

肖柔一身素缟迎上来,双眼通红,握着宋时月的手问候舟车劳顿。

宋时月被祝星焰带着,对着外婆的遗像上了三炷香。

老人讲究入土为安,难得清醒时早早就交代过,以后死了要和外公葬在一起。肖柔是独生女,尊重她的意愿,定下日子明日出殡。

今晚亲人守夜,祝星焰留下来看守灵堂。

宋时月见到了他的父亲,隐隐觉得面熟,依稀记得曾经在电视里见过。

似乎对她早早就有了解,两人碰面,他先是问候,聊起她的学校,然后叮嘱她课业为重,中国外交事业任重道远,未来还在他们年轻人身上。

男人面容端正,眼神清明,望向她时,带着温和亲切。

宋时月纷乱的心感受到了一丝轻微的安慰,颔首应下,语气敬重地道:"谢谢叔叔。"

长辈都上了年纪,尤其是肖柔,几天未合眼了,晚上撑不住,凌晨两点多,被祝父扶回房间休息浅寐一会儿,四五点钟又要准备发丧。

只剩下祝星焰跪坐在桌前,低头往盆里烧着纸钱,低垂的眼角带着挥不去的红。

宋时月静静陪坐在一旁。

夜色悄无声息,火苗舔舐着纸钱,他烧完了手里的东西,静静抬眼,望向桌上的照片,目光留恋,就像是老人还在。

外边的天色一点点亮了起来,寂静清晨里,从后山传来鸟雀啁啾。一夜过去,他脸色越发苍白,嘴唇毫无血色,唯有眉眼依然深刻清晰。

外婆的灵柩被抬了出去,上山,安置在了外公的墓旁。

封土下葬之后,肖柔和祝父还在山上处理后续事宜。

祝星焰提前下来,安静沉默地回到房间。

宋时月再看到他时,是在楼顶阳台。家里阿姨做了早餐,她吃过之后,给他端上来一份。印象中,从昨晚到现在,他还没进过食。

朝阳红艳,未曾感知人世间的悲欢离合,依然明亮的光芒落在了红砖上。

阳台角落养着好几盆花,仙人掌和多肉在围栏上摆成排,鲜润饱满,在阳光下朝气蓬勃。

男生坐在躺椅上,洗过澡,换了件白色上衣,领口微敞,露出消瘦的锁骨,垂落的黑发间带着微微潮湿。

"吃点东西吧。"宋时月端着小馄饨走过去,轻声道。

祝星焰抬起头,一言不发,唇角紧抿,漆黑双眸定格几秒,在她走近的一瞬间,伸手环抱住了她。

他脑袋搁在她腰间,湿润的发丝沾染衣服,透过布料一点点洇开丝缕凉意。

宋时月微愣住,动作僵持许久未动。

男生嗓音沙哑干涩,叫她的名字,低低请求:"让我抱一下。"

这个清晨,他抱了她很久很久,她分不清那时他有没有哭,因为腰间的布料已经被他的头发打湿。

只记得那天他抬起头,微红的双眼望着她,嘴角往下耷拉着,像是莫名的委屈。

他再度重复了一遍那天电话里的话。

"时月,我再也没有外婆了。"

祝星焰后来和宋时月说了好多的话。

两人挨得极近,他低头轻语,如同翻着一本藏在心里的回忆录。

他说阳台上的这些盆栽都是外婆养的,她生病之前,最爱伺弄花草。以前每天这个点,她都会起床散步,带他去林子里采摘花草或菌子。

小时候爸妈忙碌工作,他有好长一段时间是在繁市和外公外婆生活在一起,外婆最拿手的就是小馄饨,每当他想家了,就会给他做一碗。

生病之后,外婆就趁着清醒的时候把手艺一点点教给了阿姨,每次他回来,就让阿姨给他做,就像是从前那样。

他说到后来,看着宋时月端上来的那碗小馄饨,沉默不语,平复下来的眼角,又无声无息弥漫上了潮红。

最后,那碗馄饨泡软烂了,宋时月拿着勺子一口口喂他。

祝星焰就着她的手吃下,边吃边红了眼睛。

宋时月以前从来没见他哭过,这几天,已经不知道是第几次见他难过到落泪。

印象中的祝星焰总是意气风发、从容不迫,仿佛什么事情都难不倒他。

他们共享了无数次的喜悦,在这里,第一次分享难过。

她对他的悲伤感同身受,为他的落泪想要落泪。亲人离别,是世上最难以割舍的,往后的每一天,只要想起,都是人生无法停歇的漫长细雨。

她只愿能在他身旁帮他撑起一把雨伞,陪他走过这段最艰难的道路。

安葬外婆过后,宋时月又在繁市待了两天,周一到来,她必须要返校。

祝星焰送她去机场,他还要在繁市待一段时间,陪着肖柔处理外婆的身后事。

葬礼过去几天了，他看起来状态好了不少，恢复了一点精气神，眉眼间也有了生气。

到达地下停车场，宋时月准备下车。

"到学校了给我发个信息。"祝星焰嘱咐。

她点头，想了想，还是放心不下，犹豫着对他说了句："你开心点。"

这几天，这句话已经不知道重复多少次了。

昏暗的车里，他垂着眼，温和地注视着她，低低"嗯"了声："好。"

"那我走啦？"她轻声告别。

祝星焰沉默不语，眼睫覆盖住大半情绪，让人难以分辨。

宋时月刚准备再出声，面前的人就攥住她的手，气息盖下来。

他轻浅吻着她，力度轻柔，好一会儿才松开，唇留恋地抵住她的额头，满腔情意都化成克制的一句话。

"我会早点回来。"

祝星焰回京之际，已然入秋。

银杏金黄，落叶纷飞如蝶，深秋的清冷自带韵味。

将近大半年没有工作，祝星焰的团队显然有些坐不住了，在他一系列事情结束，状态调整差不多后，给他接了一档综艺。

录制地点就在京市，他作为嘉宾受邀参加其中两期，工作时间短暂，并且这档综艺作为国内王牌推理节目，大型卫视上星，网络关注度也极高，非常适合为他销声匿迹大半年后增加曝光度。

刘焱在电话里苦口婆心地劝道："祖宗，你好歹也是个艺人，能不能有点职业道德，出来给粉丝露个面？别光顾着谈恋爱，微博上你还有大几千万嗷嗷待哺的粉丝。我个人号，还有工作室的私信都被塞爆了，全是骂我们光吃饭不干活的。

"就当是可怜可怜我们这些打工人吧。"

果然，节目官宣本期邀请嘉宾名单一发出去，祝星焰的粉丝就沸腾了，这条官博的评论转发创下有史以来最高，底下一水的期待，欢欣鼓舞。

祝星焰回来的当天，宋时月正在考试，两人只在校外匆匆见了一面。

男生穿着长风衣，前段时间的颓废苍白不再，又恢复成了往日意气风发的祝星焰，只是宋时月总觉得他身上有了些变化，或许是沉淀了，眼睛里没有了从前那样的轻快明亮。

宋时月第一次感受到"成长"这个词。

等她忙完，好不容易迎来了假期，祝星焰又刚好那几天录制综艺。

地点在一个繁华商区，那里曾经是著名的古建筑，后来被开发建设成了景点，节目组直接包场，开放了一部分让游客进来参与节目录制。

祝星焰听宋时月说完放假时间，沉默良久。

她犹豫了一下，还是说："那我们等下次放假的时候再见面吧。"

他安静了会儿，突然开口："你想不想来节目玩？"

这周学校没有活动任务，周末刚好有两天假期。

放到平时，宋时月也是在图书馆或者听力室，最多和舍友出去逛逛吃饭，少有彻底放松出去玩的时候，即便是假期，也常常沉浸在课业里。

听到祝星焰的这个邀请，她心间不可避免地一动，仿佛是某种危险的诱惑，她心有顾虑又难以抵挡，更何况她也很久没有好好看过他了。

节目录制时间是早上十点，景区也是十点钟才开门，宋时月抵达时，古朴的商业街空荡冷清，商铺紧闭，只有节目组的工作人员在忙碌着。

祝星焰被人团团围住，摄像师摆弄着相机紧紧跟随他，他面前站着一个手握剧本导演似的人，表情也很恭敬。

"祝老师，我们的意思是待会儿你和其中一个嘉宾搭档找线索，特殊NPC这边会标注出来，但是线索可能要你们自己分析，关键时刻节目组会有提示。"

祝星焰一边听着，一边点头，目光却始终游离，不自觉飘向街道入口，看见刘焱带着一个熟悉的人走来时，眼底才露出真正的笑意。

"差不多就这样，晚点正式开始录制，祝老师要不要先和嘉宾互相认识了解一下？"

导演还没说完，祝星焰就已经心思飘远，礼貌克制地颔首："好的，不过我现在还有点事情，晚点再了解可以吗？"

导演一愣，点头："哦哦，好，当然可以……"

他话音刚落，就见面前这个年轻人浮起笑意，示意之后，迫不及待大步往前，从经纪人手中接过来一个纤细高挑的女孩。

这个女孩穿着简单的白色外套，黑色长发扎成了马尾，露出光洁饱满的额头，鼻梁高挺，下巴小巧精致，灵气清纯的长相。

电光石火间，导演想到了什么。圈内人或多或少都会关注一些八卦，印象中，祝星焰传闻的那个女朋友就是这样的类型。

他眼神瞬间一变，感觉自己吃到了不得了的大瓜。

距离节目正式录制还有半个多小时，街上的商铺陆陆续续开门，这些都是打点好的临时出镜演员，老板和员工都是真的，只不过今天专门为剧组服务。

宋时月来得早,还没吃早餐,被祝星焰拉着去到旁边一个早点铺子。

店主是个热心的阿姨,见到他们,热情地往里招呼。

桌上放着菜单,宋时月点了豆花和生煎包,祝星焰研究了一下,加了一份红糖糍粑和八宝粥。

这边今天都是节目组的人,还没有真正的游客进入,整个店里也只有他们两个顾客。

早点很快端上来,除了她点的生煎包,都是甜的。

阿姨非常热心,还给他们多赠送了一份咸豆花,顺道拿着小本本上来问祝星焰要签名。

"我女儿可喜欢你了,你叫那个祝……祝星星是吧?大明星。她房间墙上贴的都是你的海报,这回拿到签名肯定开心死。"

她捧着本子美滋滋地看着,双手在身前的围裙上擦了又擦,擦了好几遍之后才敢伸手过去,在边角浸着油渍的旧本子上摩挲着签名笔迹。

"谢谢您女儿的喜欢,待会儿我让经纪人再给您送几张签名照。"祝星焰说道。

阿姨顿时开心得手舞足蹈,道过谢之后,小心翼翼地让他们慢点吃,便不再打扰。

店外只有两个工作人员忙碌着,里面清静。

宋时月先是尝了两口自己的甜豆花,满足地眯起眼睛。祝星焰抽出勺子,去吃阿姨赠送的那份咸口的。

宋时月好奇地看着,见他面色如常,不紧不慢地吃着,不由得引起她的兴趣。

"好吃吗?"她忍不住问。

祝星焰抬头,瞥了眼她睁大的眼睛,忍住笑,把面前的豆花推过去:"你自己试试?"

她于是好奇地舀了口,立即皱起眉头,同种食材截然不同的味道让她难以接受,把碗推了回去。

祝星焰唇畔的笑意难以掩饰,接过她推来的碗,一口一口把东西吃完。

"你怎么能吃……"咸口的豆花。

宋时月话没说完,想起了他与她不同,儿时有大半时期是在京市度过的,和她这个土生土长的繁市人不一样。

宋时月摇摇头,无奈地笑。

面前的人擦擦嘴,还好整以暇的模样:"下次带你去尝尝豆汁。"

"不必了。"她憋了两秒,"谢谢你。"
"不客气。"他坦然应下。

吃过早餐不久,节目正式开录,工作人员扎堆,宋时月在中间也并不显得突兀。

她站在剧组工作人员中,看着街道上被一群摄像围着的六七个艺人,有些认识,有些不熟,唯独中间的祝星焰长相气场过分突出,镜头也紧紧围绕着他,他独占C位。

他们在讨论接下来如何做任务,祝星焰话并不多,一直是一个年轻男生在安排,只不过始终找不到完美方案,其他队员不时质疑。

时间在一点点流失,最终还是祝星焰站了出来。他只是临时嘉宾,却在开拍前弄懂了规则,提出自己的见解之后,很快让队员们统一意见,任务安排下去,各自完成自己的任务。

和祝星焰搭档的是位男生,不知道是导演刻意安排还是怎么,女艺人都和他没有任务合作。两人一路奔跑争分夺秒寻找线索,在临近最后一个关卡时,副导演却着急忙慌地走来,说临时安排的一个演员出了岔子。

这个角色NPC本应该是糖铺的店员,负责给他们提供线索,到开拍之际,人突然不见了踪影,打电话来说吃坏了肚子,在厕所一时半会儿出不来。

谁也没想到重要关头会出现这种事情,导演顾不上其他,只急着找人顶替。节目组此刻正是人手紧张的时候,大家各司其职,分不出空闲,只好把注意力放到了艺人自己带来的工作人员中,准备待会儿去说说好话让对方帮忙补一下位。

可助理们都在围绕着自家艺人打转,唯独摄像旁边站着位女生,距离祝星焰不远,目光一直注意着他。

导演涌起一个大胆念头,富贵险中求,干脆去找了今天咖位最大的那位。

祝星焰听导演说明来意,皱眉犹豫,禁不住身旁人的恳求,于是望向女生,目光中透着询问。

他们说话的时候,宋时月就在旁边,听到导演说NPC只有两句话的台词,镜头短短几秒,况且可以不拍到脸。

宋时月并不想让祝星焰为难,慎重思考过后点头答应了下来。

导演长舒一口气。

祝星焰提出要求,要他们正片播出前,先和工作室对接审核一遍。

导演迟疑了下,答应下来。

宋时月被带去换上衣服,正式到糖铺子上岗。店是真的店铺,里面卖的都是古法手工糖，好几种都是她小时候吃过，现在市场上难觅的。

节目组还没拍到这里来，她系着店里蓝色围裙，心痒，望着面前柜台里散发着香味的各种糖果，忍不住偷偷吞咽了一下。

"……这些可以吃吗？就尝一点点。"她终于禁不住诱惑，忍不住问旁边节目组的人。

对方憋不住笑，告诉她："随便吃，这些都是剧组花钱包下的。"

宋时月一听如蒙大赦，小心拉开柜门，抓起了自己垂涎许久的花生糖往嘴里塞。她刚尝到味道，突然听到外头响动，一群摄像师先冲进来，后头跟着艺人。

祝星焰他们动作太快，提前做完任务过来了。

宋时月一口硬糖差点卡在喉咙里，好不容易咽下去，人已经走到了跟前。

祝星焰好整以暇的，后头跟着一个摄像师，镜头正对着他，只收录到柜台后宋时月的半截身影。

"你好，请问你这里有糖卖吗？"这是剧本里原定的台词，嘉宾对着店员念出这一句就会触发线索回复。

"有的，请问你要哪种？"宋时月赶紧念出先前记下的内容。

按照原定的剧本，祝星焰这会儿应该回复"你们店卖得最好的那种"，宋时月就可以趁机从柜台里拿出准备好的道具盒子递给他，然后成功完成NPC的客串。

谁料面前的人不按常理出牌，祝星焰一见到她，脸上的笑意便加深，突然在空气里闻了闻。

"你刚刚吃的是哪种？"

宋时月震惊地瞪大眼睛，看了眼一旁如常拍摄的工作人员，只能硬着头皮回道："花生糖。"

"这种吗？"祝星焰低头指着玻璃柜台里的糖果，竟然就这样同她闲聊了起来。

宋时月只好点头："是的。"

"那给我也来一份。"他抬眸道，深黑的眸子里藏着明亮的狡黠，一瞬间仿佛回到了从前外婆还没去世的时候。

宋时月不由得心软，真的低头给他包起来。

明黄色包装纸用细绳系好，四四方方，打成活结，只是她手法颇为生涩，递过去的一份糖品包得乱七八糟。

镜头还特意对着这份花生糖拍了下，宋时月不禁脸热，好在祝星焰神色自若地接过，下一刻，说出了原本的台词："你们店卖得最好的是哪种？"

她松了口气，赶紧拿出柜台下方的道具，递给他。

祝星焰认真说了谢谢，然后一群人如风进来，又如潮水般离去。

宋时月抬手擦了擦额头上的薄薄汗意，浑身发热，迫不及待要去换下这身衣服，藏到人群里。

最后节目录制结束已经是傍晚了，祝星焰收工回来，晚风徐徐，手里还拎了一份店里的花生糖带给她，然后当着周围收拾道具的工作人员的面，径直牵起她的手："回家了，女朋友。"

这期综艺节目播出那天，是冬至。

京市早已下过两场小雪。

刚好周五，祝星焰把宋时月从学校接来。

落地玻璃外，雪花慢悠悠飘落，房子里的桌上煮着火锅，热气腾腾的。

锅底是鸳鸯的，一半番茄一半红油，宋时月安安分分吃着自己的番茄锅，就连蘸料都是葱花配香菜，没有丁点辣椒的痕迹。

电视里播放着那天录制的综艺，节目经过后期剪辑，变得紧张又刺激。倒计时开始，众人在街上奔跑寻找线索，争分夺秒，让人不自觉地跟着提心吊胆。

宋时月没想到，她在糖铺里面无所事事扮演着NPC时，他们外头竟然是这番紧张局势。

她不禁看得认真，目不转睛地盯着屏幕，连筷子上夹着的虾滑都许久忘了咬。

"认真吃饭。"祝星焰敲了敲桌子提醒。

她悻悻收回视线，低头吃东西，吐字含混："这个综艺真会拍，还挺好看的。"

"谁好看？"一旁的人问。

宋时月以为他没听清，抬头蒙蒙地重复一遍："我说节目好看。"

"里面谁最好看？"他又清晰问了一遍。

宋时月这下还不懂他的意思就是傻子了，望着面前这张脸，只能回答："你好看。"

"嗯。"他心满意足地移开视线，从锅里给她夹起一片肉，温声叮嘱，"多吃点。"

锅里的汤煮得咕噜咕噜的，综艺慢慢往后播放，来到了收尾的关键时刻。

祝星焰他们只剩最后一条线索了，根据节目组的提示，去往了开在街巷里的糖铺。跟随着镜头的奔跑移动，熟悉的牌匾出现在画面里，祝星焰一行人走了进去。

宋时月还没有看过正片,镜头往里扫的时候不免有些紧张,然而画面里只有当时她身上系着的那件蓝色围裙。祝星焰问完话后,她听到了自己的声音。

"有的,请问你要哪种?"

用设备录制再播放出来的声音似乎有点陌生,和平时不太一样,细听还带着微微的颤抖,仿佛是紧张。

原本只是设定的一个任务关卡,念完台词便很快进入下个阶段,推任务进度,观众也没抱太多期待,况且这个NPC连脸都没露,一看就是打酱油的。

谁料,祝星焰下一句话问出来,像是在同对方日常闲聊。

"你刚刚吃的是哪种?"

空气沉默了下,观众也略感诧异,不由得集中了注意力。

"花生糖。"

"这种吗?"

"是的。"

"那给我也来一份。"

短短几分钟的互动后,拿到线索,祝星焰拎着一包花生糖结束,镜头离开糖铺,开始他们下面的任务关卡。

观众也没把糖铺这一段小互动放在心上,虽然觉得有些奇怪,但注意力很快被接下来的紧张探秘吸引,把方才的小插曲抛诸脑后。

宋时月同祝星焰一起看完了这段,脸有点热,感觉奇怪。

她默不作声低头吃着东西,突然听到一声轻笑。

宋时月抬起头,双眸润润的,质问:"你笑什么?"

"怎么不看了?"旁边的人如常问道。

"我想认真吃饭了。"她一本正经的。

"哦,现在知道认真了?"他拖长了尾音。

"嗯。"

一时间,客厅里只听见火锅的咕嘟声。

宋时月吃得额头冒出薄薄细汗,经过这一通埋头苦吃,胃里很快传来饱胀感。

两人几乎是同时搁下筷子,动作默契。

祝星焰又不禁转头望着她笑。

她有些羞恼,板起脸:"不准笑了。"

"为什么笑都不准？"祝星焰佯装无辜。

宋时月憋屈地想了半天，找到理由："你笑得不怀好意。"

他倍感冤枉，语气无奈："我哪里不怀好意了？"

"眼神。"宋时月努力从自己的直觉中找到不对劲的点，"你在戏谑。"

他的认错态度也是一流，很快正色，黑眸变得清澈专注："那我错了。"

"嗯。"她点点头，也很大方，"那我原谅你了。"

祝星焰又被她逗笑了，这次不敢太放肆，只是视线落在她脸上，笑着笑着，目光不对劲起来。

宋时月脑中刚涌起警觉，跟前的人就靠了过来，阴影从头顶覆下，挡住灯光，他长长的眼睫在脸上打出一片影子。

炙热的唇覆来，试探的舌尖触碰纠缠，除了热意，还有另一种刺激顺着味蕾传来。

祝星焰没亲几下就被宋时月抵着肩膀推开，女生呜呜控诉，一脱离他的桎梏，立刻双眸含泪吸气，端起桌上的水杯大饮几口。

"好辣……"她泪眼汪汪地瞪他，嘴巴绯红，像是刚吃完一大桶辣椒。

他反应几秒，失笑，有些不敢置信："我就亲一下你都辣成这样？"

"你刚刚才吃完火锅。"她指着他那碗鲜红色的调料。

遭遇无妄之灾，莫名其妙被辣了一顿，连连喝水才压下脸上的热度，委屈不已。

"我看看。"他伸手想捏她下巴仔细查看。

宋时月误以为他还想故意使坏，连忙偏头躲开："不行。"

祝星焰认命投降站起："我去刷牙。"

晚上节目播出的时候，祝星焰就一直挂在热搜上，他时隔数月终于重新出现在公众视线里。这期综艺关注度有史以来最高，收视率同时段第一，网络播放在线人数也破了百万。

各种关于祝星焰的话题在热搜主页刷着，他在节目里的个人镜头很快被单独剪辑了出来，粉丝反复细品讨论，一开始还都是欢声笑语，直到糖铺那里……

祝星焰明显和他平时不太一样，节目里的他一直在认真做着任务，也很少笑，只有在成功解开线索之后才会对着镜头露出满足的笑容，可爱又帅气，搭配他那张脸，对粉丝来说简直是绝杀。

进去糖铺后，他和对面的NPC说话，镜头给了他一个特写——男生笑得和先前截然不同，过分灿烂，细品的话，隐约还带着一丝宠溺。

粉丝还以为自己看花了眼，把进度条拉回去来回看了几遍，两人短短两分钟的对话被翻来覆去细看分析，他多年的老粉终于确定了，自家偶像绝对是故意的。

主动问对方吃的是什么，再让她帮忙打包一份，最后在接下来的任务中一直没有丢下过那份包装简陋的糖果。

好几个镜头晃过他，都能看到那根黄色细绳好好地在他手里拎着。

有鬼。

绝对有鬼。

敏锐察觉到猫腻的粉丝点进专属超话寻求组织，果不其然，里头已经有人专门发出了这一段，忍不住和其他人讨论。

△只有我一个人觉得他在这里怪怪的吗？

△姐妹，你不是一个人。

△哈哈哈，我就是专门到超话看有没有人截出这段的。十年老粉飘过，星星肯定有问题。

△对面店员小姐姐到底是谁啊？怎么让他笑得这么开心？

△有个猜测我不知该不该说……

△+1……应该不至于吧，这么明晃晃地秀恩爱？

△呵呵，自家偶像什么样难道你们心里没数吗？祝星焰就是个纯纯恋爱脑啊。

△悬着的心终于死了……

△来人，扶朕去上吊。

…………

这条讨论的微博热度实时最高，很快被转出圈，营销号嗅到风头立即上来蹭热度，不一会儿就被转发到平台首页。

关于祝星焰今晚的热搜又多了一个，后面跟着词条。

#祝星焰秀恩爱#

自从他官宣恋情之后，隔三岔五出现在公众面前的都是他各种恋爱事迹。

网友已经有些脱敏，习惯了，但手里还是忍不住点进去，想看看他又被爆出来什么恋爱脑瓜。

结果不看还好，一看人都麻了，仿佛路过的狗被莫名其妙踹了一脚。

当红顶流光明正大地把自己的女朋友带到工作现场，暗暗在节目里秀恩爱，不少人是第一次看见祝星焰恋爱中的样子，往日的高冷偶像对着镜头笑得不要钱的模样，真是让人无力吐槽。

粉丝咬碎了牙,又爱又恨,竟然主动站出来辟谣。

△没有得到节目组的确认之前,大家还是不信谣、不传谣,相信演员祝星焰。

粉丝在刻意压热度,降低影响,但不免有心人在背后搅浑水,开始带节奏攻击起了祝星焰的业务能力。

不多时,节目组官博底下,官方号站出来回应发布了一条评论:NPC小姐姐是过来帮忙的家属哦,原定的演员临时身体出问题,没办法上场,导演主动请求拜托对方救场,在此再度表示感谢。祝星焰业务能力毋庸置疑,相信大家在节目里也有目共睹,期待和他的下次合作。

这个澄清一出,莫名其妙被人泼了脏水的祝星焰形象立即逆转,由"不顾粉丝死活秀恩爱"变成了"敬业偶像遭遇诬陷",美强惨人设立即浮现出来。

粉丝由气愤化为怜爱,同仇敌忾打起了黑子,一时间忙着一致对外,没空再细究祝星焰又无意识在节目里秀了通恩爱的事情——反正三天两头的,也快习惯了。

网上纷纷扰扰,在家刚看完节目的两人也不免被波及,祝星焰接着刘焱的电话,时不时"嗯"一声,吩咐对方控制舆论降热度。

宋时月手机里也被大力和柏佳她们的消息塞满。

待两人各自处理完,放下手机,对视一眼,宋时月深深叹气:"你下次能不能低调一点?"

"我已经很低调了。"祝星焰也深深叹息,敛下眉眼,"最近半年只接了这一档工作,已经尽力降低曝光了。"

"但是你在节目录制的时候……明明可以……"宋时月难以启齿。

明明他可以再收敛一些。

"这个是我的问题,我道歉。"他温和又无奈地注视着她,语气沉郁,"但是时月,要在喜欢的人面前控制自己的生理反应,是一件很难的事情。"

所以,他的意思是,当时对着镜头的表现,完全是本能的。

宋时月感觉自己脸又要发烫了,脑子又晕又沉,混乱了数秒,只能没什么底气地对他下规定。

"那你下次工作的时候,我不过去了。"

祝星焰低眉沉默,没说行,也没说不行,一言不发,似乎是一种无声的对抗。

宋时月察觉到他的情绪,咬了咬唇,还是狠心继续:"那就这么说定了。"

他猛地抬起眼,黑眸有点凶,像兽类攫获着猎物,朝她压迫过来。

"不行。"她本能地伸手推拒。

"我刷过牙了。"

他一口用力咬在她嘴唇上,像是觉得还不够泄愤,又用尖尖的犬齿狠狠磨了磨。

"你想都不要想。"

"如果你因为工作不见我,我以后就放弃这份工作。没有什么能阻碍我们见面,除非你不想见我。"

他警告说完,仿佛浓烈的情绪终于发泄殆尽,捏着她的下巴,轻轻往下一压,迫使她重新张开嘴。

一个轻柔的吻缠绵落下……

宋时月不知道被他亲了多久,气息都混乱了,终于平复下来时,整个人已经被他抱到怀里。

方才捏着她一通揉搓的人,此刻好像还受了天大的委屈,脸抵在她肩头轻靠拥抱,声音又轻又浅,在夜里低低控诉。

"宋时月,你真的很狠心。"

"绝情的月亮。"

最后一句夹带着浓烈的私人情绪。

她心里轻微愧疚,安静片刻,学着他今晚从善如流道歉的模样开口。

"对不起。"

"不原谅。"

"嗯?"

"除非你把今天晚上那句话重新说一遍。"

"啊?"她反应了会儿,想起来,很快改口,"那你下次工作的时候,我就在一旁静静陪着你。"

"好。"他立刻答应,抬起头,先前沉郁的眼里终于重新有了笑意,签字画押般抵上她的额头,"不可以反悔,宋时月女士。"

临近寒假的时候,系里老师告知宋时月,假期有个很好的实习机会,问她感不感兴趣。

他们还没经过专业系统的外事翻译培训,即便大家的目标都是同一个,但在学校阶段也只能做做简单的翻译工作。

系里老师说的这个兼职是和外事部门挂钩的,历年各国新闻资料积攒过多,他们准备从各大高校挑选几名学生,在假期帮忙翻译整理成册,归根结底就是一些笔译工作。

对个人来说有一定的锻炼积累，况且这个机会并不是人人都有，翻译司向来有人才引进项目，和 W 大的联系更为紧密。去年宋时月参加的那个英语演讲比赛，评委里就有高级翻译，作为国内最高水平的外语赛事，考核本身就严格，表现突出的获奖者早已进入翻译司的关注名单。

去年比赛结束，宋时月就在老师的引荐下，在校内见到了几位知名的高级翻译老师。简单考核过她的学业之后，对方口头上向她抛来橄榄枝，叮嘱她继续勤勉学业，待正式遴选时，期待她的优异表现。

翻译司正式选拔在大四，除她之外，学校里还有好几个综合条件优秀的同学参加，并且参与竞争的不止他们学校，还有其他国内一流高校。

宋时月完全没有拒绝的理由，立即把这份兼职应承下来，暗自下定决心要抓紧这个机会好好表现，争取留下好印象。

确定这件事的第一时间，她就和家里说了，宋清和赵司茜一向支持她的学业，对于她寒假不能回家的事情也没有什么不满，只是在电话里遗憾地说："可惜你吃不到妈妈亲手包的饺子了。"

"对啊，你妈妈最近看了好几个美食视频，学了不少新馅料配方，就等着你回来露一手了。"宋清在旁边帮腔。

宋时月虽然很感动，但还是说："没关系，我春节说不定会有假期。"

"……哦，不用做一个寒假啊？"

"看情况，如果工作没忙完，春节后也要去，但是我们过年应该会放假。"

"好的，那你自己注意身体，别太累了。"

"你们也是。"

父慈子孝完，双方都颇为满意地挂断了电话。

相比于父母的开明和支持，男朋友这边就显得难缠一些，像是黏黏糊糊的年糕。

"好吧，我的大翻译。"

祝星焰听完她的寒假安排，在一旁把日历翻得哗啦作响，拿红笔往上面圈着日期。

"从 1 号到月底，你都没有空闲，我自己一个人在家里，不如让刘焱给我找个班上算了。"

他用平稳无波的神情说出上面的话，听得宋时月汗颜，只能绞尽脑汁想着如何宽慰。

"也行……正好你这么久没拍戏了，趁这个机会复出一下？"

她的话换来祝星焰一个无比幽怨的眼神。

没多久，真的在网上听到他官宣即将参演话剧，演出地点就在京市大剧院，预计年底上映。

这样一来，大家都各自忙碌起来。

宋时月忙完紧张的期末考，马上又迎来实习，工作的地方在外交部的一个小办公室，距离他们学校不算太远，差不多三十分钟的车程。

去那里报到的第一天，宋时月就撞见两个熟人——当初比赛结束一同去国外游学的队友，女生秦阳，男生刘献。

意外又不意外，这次的实习机会原本就是给先前表现优异的学生准备的，他们两个分别来自不同的学校，都是他们学院里拔尖的选手。

好在到陌生的地方有熟人，三人在门口互相打完招呼，被负责人领进去。

等人到齐之后，负责人开始安排工作。

笔译比起同声传译要简单一些，工作内容还算能适应，忙碌一上午，到休息时间，宋时月放下笔把翻译出来的稿子整理装在一边。

秦阳他们率先过来叫她一起去吃饭。

三人刚好组成饭搭子，在食堂端着盘子坐一桌。

此时祝星焰大概也是排练间隙，给她发来了消息。

星星：吃饭了吗？

宋时月举起手机对着自己面前的餐盘拍了张照，发过去。

刚发送，关掉屏幕，她就瞥见对面秦阳八卦的眼神。

对方迫不及待地问："祝星焰？"

她也知道压低声音，防止周围的人听见。

阔别几个月，虽然早在英国就得知了他们在一起的消息，但回国后隔三岔五的热搜也让秦阳他们吃足了瓜，并且因为先前自身的高度参与而分外关注。

现在好不容易见到了当事人，当然要趁机了解一下最新进度。

宋时月也不避讳："嗯，他问我吃饭了没有。"

闻言，秦阳顿时露出羡慕的神色。身边各种情侣很多，院校内不乏政商二代，但直接谈到顶流的还是很少，况且还是这么大大方方公开的。

"你们现在……还好吧？"她隐晦试探。

宋时月吃着东西，习以为常地回道："挺好的，就是时不时在网上要被讨论一下，有点压力。"

"你得理解，祝星焰那个粉丝量……"秦阳缩了缩脖子，"你们公开的时候我就忍不住捏了把汗，但是祝星焰的粉丝大部分还是挺理智的，竟然也没有闹什么大事，上了几天热搜就没了。"

"现在好像都接受事实了。"

"也挺让人意外的，不容易。"

她带上感慨。

刘献突然插话，语气有几分不赞同："还不够大吗？当时小……小宋都差点被网暴了。那些粉丝疯狂得很，一个个好像追星追疯魔了，搞不懂。"

自从那次祝星焰过来宣誓主权之后，刘献就没再敢亲密叫过她"小月"了，改成了"小宋"。

刘献纯直男，从来不关注网上的八卦新闻，对粉圈文化也是无比费解，搞不懂他们有这个闲心为什么不多去学习一下，而且为什么会把偶像当作自己的对象产生占有欲。

圈地自萌也就算了，还要在人家公开真正的女朋友后，千方百计想办法泼脏水去攻击那个女生。

那段时间光看新闻都要把他气死了。他这个从来不刷微博的人都忍不住一天打开这个软件三遍，还要在底下和粉丝互骂对战。

想起之前的那些经历，刘献就来气，最后总结一条："反正我就觉得和明星谈恋爱不好，不知道什么时候就会碰到粉丝发疯，太危险。"

"你又知道了，你是懂王是吧？"秦阳容不得有人当着她的面拆CP，不由得失去往日风度，出言嘲讽。

刘献钝感力十足，也不生气，只是依旧理直气壮："本来就是。"他看向宋时月，还一脸认真叮嘱，"小宋，你自己平时多注意，千万不要暴露自己的身份，网上那些乱七八糟的东西也别看，眼不见为净。"

"谢谢刘主席。"宋时月真心道谢，收下这份关怀和好意。

"只不过……"她还是控制不住为祝星焰辩解一句，"我认识他的时候，他就已经是大明星了，我喜欢他自然就是喜欢他的全部，不管他是花团锦簇，还是低谷尘埃，我只在意他这个人而已。

"况且，人不能太贪心，什么都想要，既然享受了他的耀眼夺目，就要去接受这份光环带来的灼热。"

宋时月说完，秦阳恨不得立刻放下筷子给她鼓掌。

刘献则脸一阵红一阵白，唇动了动，最终还是没再说什么。

宋时月一鼓作气表达得直接，冷静下来后又觉得有些愧疚，因为刘献也只是关心她。

她还没动过的小碗排骨推到他面前，认真道谢："刘主席，谢谢你这么为我着想，大恩不言谢，小小排骨不成敬意。"

刘献当天在食堂说的话，谁也没有放在心上。

宋时月后来和祝星焰提起与刘献、秦阳在一起实习的事。

祝星焰一听，又拈酸吃醋了一通，轻哼："哦？就是那个张口闭口小月的？"他睨她一眼，着重强调，"是吧？宋月亮同学，我应该没记错吧？"

"是是是，你记忆力最好了，八百年前的事情都记得。"

"当然了，我还记得有个什么白的，呵，宋月亮魅力无限。"

"你多吃点吧，醋大伤身。"宋时月抵抗不住，干脆往他碗里夹了两筷子肉片，试图堵住他的嘴。

"行，不提你的周同学了。"祝星焰不紧不慢地吃着她夹来的菜，不再揪着不放，恢复往常的样子。

宋时月刚松了口气，就听到他若无其事地问："对了，你们明天几点下班？"

宋时月惊疑不定地咬着半颗肉丸，望着他，艰难地咽下去："做什么？"

"就问问。"他云淡风轻的。

宋时月本能回避，装鸵鸟，状似专心吃东西模糊回答："不确定，可能忙不完就要加班……"

"哦。"

她不清楚自己有没有敷衍过去，但祝星焰没再追问，并且一如既往地收拾着餐桌和厨房，还特意给她切了水果，睡前落下晚安吻。

第二天，又是一个新的周一。

祝星焰照例送宋时月过来上班。

过完这个周末，她晚上又要回去宿舍住了，他家离她工作的地方很远，有一个多小时的车程。

所以即便是祝星焰提了好几次让她搬过去，她也没有同意，说路上来回时间太长，两个人都很累。

况且同他一起，总是会耽误工作效率。有时候忙不完，宋时月也会把一部分资料带回宿舍翻译。

柏佳这个寒假也还没回家，她想要考研，打算利用这段时间准备资料，正好留下来和宋时月做伴。她们打算年前一同离开，过完年的计划还没定下来。

下车后，宋时月站在路边，目送祝星焰的车子离开，最后消失在马路尽头才转身进入大厦。

她昨晚的话也不全是敷衍他，需要整理的资料数量庞大，要全部弄完不是一件轻松的事。

晚上到了下班的点，办公室里谁也没有走，直到晚饭点到来，禁不住饥饿，才陆陆续续有人打卡离开。

外面天已经黑了，这边位置偏僻，马路上车辆不多，路灯刚亮，冷白薄弱的光线映亮四周。

宋时月背着包慢慢前往公交车站，从公司走过去需要穿过一条马路，斑马线上正亮着绿灯，她提步，刚走到三分之一处，比起视觉，先感知到危险的是大脑，紧接着，刺耳的声音从左前方传来，她抬眼望过去时，那辆大货车已经不受控制地朝她冲来。

"时月——"有人惊恐地叫她的名字。

宋时月还没反应过来，身体已经被人重重一揽，两人因惯性倒往了旁边的绿化带，背后疼痛袭来。

祝星焰压在她身上，呼吸急促剧烈。

身后的货车猛踩下油门，呼啸着消失在了路口。

事发地点已经算是郊区了，当时的目击者不多，马路上只有几个监控，大货车被拍到的车牌是伪造的。

这辆车查不出任何信息，最后出现在监控里的画面是驶向市外，然后再也找不到踪迹。

宋时月在医院做了全身检查，除了倒地时后背撞到绿化带台阶青了一块外，没有其他损伤。倒是祝星焰，为了护着她，落地时手臂垫在她脑后，伤了腕骨。

病房内，他坐在床上，手腕上缠着厚厚的绷带，还在和警察交涉。

这件事情影响极为恶劣，相关部门高度关注，事情刚发生没多久，消息还在封锁状态，没有引起太多舆论。

秦阳他们第二天上班才知道昨晚公司外面差点发生车祸，警察这两天在路口那儿忙前忙后调取监控排查。宋时月的请假理由是身体不适，除了部门领导，没人知道真实原因。

祝星焰打了好几个电话，没多久，陈之驯就收到消息，提着花篮上门探望，闲得完全不像是当红偶像。据说他已经在家休假大半个月了，对此，他的说辞是劳逸结合，身体是革命的本钱，说完还意有所指地望向他包扎得层层叠叠的手腕。

祝星焰没同他计较。

插科打诨开篇完，陈之驯脸色正经起来，拉着椅子坐下，认真地问："怎么回事啊？"

他用上了一个很严肃的词："真是蓄意谋杀？"

祝星焰脸色始终沉重，眉头从事情发生开始就未舒展过："嗯，车牌号都是假的。"

陈之驯犹豫了下，难得谨慎，衡量措辞："是……粉丝？"或许觉得这个词用得不太对，他又立即改口，"私生？"

祝星焰垂眸盯着手机不语，过了会儿，仿佛想起什么，抬起头来，问道："你最近和徐宜有联系吗？"

陈之驯一愣，随后眼神闪动，有些不确定："你是怀疑……"

"我仔细想了很久，能把信息调查得这么清楚，目无法纪，事情发生到现在还查不到痕迹的，除了她，我印象中没有类似的人了。"祝星焰抬眼，黑眸深邃，犹如旋涡，"上次是不是有人提过，徐霓快回国了？"

当初徐霓一系列的疯狂行为让徐家自觉丢人，把她送到了国外，到现在刚好是第五年。

算一算时间，她也该毕业了。

徐家或许以为这些年她在外面会有所收敛，松口让她回来，没想到，本性难移，回国的第一件事依然是找死。

"确实是有提过……这个事我帮你查一下。对了，你联系徐宜了吗？"陈之驯小心试探。

"还没。"

"万一要真是……你打算怎么办？"

"按法量刑，不是我定罪。"祝星焰淡声道。

这就是没有转圜余地的意思了，陈之驯懂了，不由得看向一旁的宋时月。女生全程安静坐在那里，唇色苍白，乖巧，眼神柔韧。

遭受这一通无妄之灾，她依然温静，情绪稳定。

他刚刚动摇的心又硬下去：谁不可怜？如果不是祝星焰刚好在场，后果简直不堪设想。

陈之驯咬咬唇，下定决心："这事我帮你查，最迟今晚给你回复。"

陈之驯人脉广，狐朋狗友一大堆，他这个左右逢源的性格，在鱼龙混杂的娱乐圈又保有一丝难得的赤忱天真，很吃得开，无论谁都对他讨厌不起来。

不多时，他就在一个朋友那里打听到徐霓确实回国了，就在上个月10号，算算快两个月了，从盯上宋时月到策划这起事故，时间也差不多。

对方还说徐霓自回国后就老老实实待在京市，很少出门，安分不少，就连徐宜这个哥哥都少操了心。

徐家本身在京市就有一定的名望，底蕴深厚，徐宜当初进娱乐圈也是因为随手写的几首歌爆火了，才华遮挡不住，这些年也不怎么上心事业，每年发的歌却人气不减，在圈内地位稳固。

无人知道他身后还有一个大家族支撑。

徐霓当年为所欲为，和家里也脱不开干系。她从小到大习惯了什么东西都唾手可得，一旦遇上极度喜爱却又无法拥有的，便难以接受，不择手段也要达到目的。

可是她忘了，现在已经不是五年前，她已经是个具备完全行为能力的成年人了。

事情有了眉目，祝星焰就往徐霓身边查起，任何人际交往的蛛丝马迹都不放过。

同时，警方那边在追踪货车的线索，车子在市内消失之后，开始盘查邻市的道路监控。

自从这件事发生，祝星焰已经几天几夜没好好休息，短暂休憩时也睡不安稳，眉头紧锁，突然又瞬间惊醒。

两人伤势并不严重，休养得差不多了便出院回家，当时住院也是为了和警察对接方便，同时防止有心人再次加害。

宋时月现在去到哪儿他都寸步不离地陪着，饭菜都有专人送上来，只不过他刚好伤的是右手，前两天谨遵医嘱不能乱动时，一应日常需求都是宋时月帮忙打理。

比如喂饭、拧毛巾、挤牙膏这类小事。

两人共同生活这么久，这些日常行为自然顺畅，并不会觉得尴尬，唯一让她有些难为情的是第一天刚处理好伤口回来没过多久，祝星焰要去洗手间。

里头许久没动静，也没有人出来，宋时月看着那扇紧闭的门，才想起来他现在只有一只手能用，进去的时候，他好像也没有换病号服……

她想着就已经脸颊发烫，正犹豫着要不要主动上去敲门时，祝星焰的声音从里头传来，听起来还算冷静。

"时月，你帮我去外面叫一下刘焱，我可能需要他帮忙。"

她一听，如蒙大赦，忙不迭点头："好，你稍等一会儿。"

出院前，医生又给他换了一次药，手腕已经消肿了，不使重力的话没有太大问题。

他们从医院回去的路上，车子前后还跟着两台车辆，小区原本就是防护森严，有最高级别的安保。

刘焱把两人送到家，还是忧心忡忡地叮嘱："没找到徐霓的证据之前，你们先暂时不要出门,虽然她应该没这么快有下一步动作,但是疯子的行为不能用常规理论推测。"

"为了你们两个人的安全,还是谨慎一点,有什么需要的给我打电话。"

他最后看向宋时月,神情凝重。

"尤其是小同学,你千万要注意,这段时间不要随便出去。"

他是见过徐霓的,当年就是他领着警察把她从祝星焰家中带出来。十几岁的小女生却拥有着一双黑沉沉的眼睛,望着人时,眼底的疯狂偏执让人不寒而栗。

刘焱走后,宋时月先检查冰箱,里头已经提前打点过,蔬果食材一应俱全,就算不出门也可以吃上一周。

她不自觉松了口气。

祝星焰似乎察觉到什么,站在她身旁开口:"徐宜已经知道了,我和他聊过,这段时间他应该会看好徐霓,你不用太担心,刘焱是关心则乱。"

"没关系,我觉得我们谨慎一点也好。"宋时月合上冰箱门,抬头望着祝星焰。

她是第一次与死神擦肩而过,当时的情形直到现在回想起来还让人悚然。她从前看影视剧里的主角遇到危险时总是站在原地发呆,很不理解,直到自己亲身经历。

她到现在都清晰记得那辆货车的巨大车头,两盏明亮的大灯射来,眼前一片白色。在危险降临的时刻,人类好像失去了逃生的本能,大脑不足以在极短时间内作出反应,拿回身体的掌控权,于是那几秒钟的时间,只能等待命运的判决。

如果不是祝星焰突然出现,她已经是无情车轮下的一缕亡魂。既后怕,又庆幸,如今得来的每一天都觉得是命运额外的奖赏。

"对不起。"祝星焰拥住宋时月,脸埋进她的肩头,手用力收紧,仿佛要把她嵌进身体里,声音中透着痛苦与愧疚。

宋时月抬手轻轻拍了拍他的肩膀,无声安抚。

两人之间不需要再多说其他,这些天,他已经不知是第几次突然情绪失控,紧紧抱住她道歉。

进医院的第一晚,祝星焰惊魂未定,受到的惊吓仿佛比她更甚,脸色惨白,就连医生处理伤口时,手里都紧牵着她不放,好像这样才会有安全感。

她不能离开他的视线一秒钟,就连晚上睡觉也是如此。

病房里只有一张床,他受伤的是右手,宋时月就躺在他左边,被他揽着,紧靠在他怀里。

他抵在她头顶的下颌、湿热的呼吸、身上的体温，都在安静的夜里清晰传来。

　　她好像忘了前不久受到的惊吓和与死亡交错的恐惧，内心一点点镇定下来，奇异地被安抚。

　　那晚宋时月其实睡得并不好，总是断断续续醒来，她知道身旁的人也一样，因为每次半梦半醒中，都能感知到颤动的呼吸。

　　他似乎总在看她，看她是否真的存在，柔软的吻不时像羽毛般轻轻掠过她的眼睛、睫毛、鼻尖、嘴唇。

　　他一遍遍亲着她，诉说着后怕。

第十颗星星 ★
宇宙两端 / 你和我 / 连成线

　　在医院的几晚，两人都是同住一个病房，因为祝星焰的手受伤，宋时月怕不小心压到他的伤口，他第二天便叫护士加了一张床，并在一起。

　　某种意义上的同眠，在当初那种特殊情境下，竟也没觉得奇怪。

　　回到家中，一切照旧，吃过饭各自忙完洗漱，按照往常的习惯，宋时月该回自己房间休息。

　　客厅亮着柔和的灯，祝星焰穿着睡衣，在厨房，手里拿着一瓶薄荷水准备拧开。

　　他手还没完全好，动作略显吃力，宋时月见状，立即走过去："我来。"

　　她接过他手中的水瓶，轻轻一拧，递给他。

　　"我没这么娇贵。"他无奈眨眼，还是接过来轻抿一口。

　　简单的动作，由他做来也赏心悦目，修长的脖颈间喉结上下滚动，格子睡衣敞开的领口里露出一片白皙肌肤。

　　宋时月不自觉垂下眼，喉咙莫名干渴。

　　她也拿起一瓶水拧开，喝了口。

　　"准备睡了吗？"祝星焰问道，声音在这安静的夜里莫名温情。

　　她点了点头："嗯。"

　　"你也早点休息吧。"宋时月望着他。

　　祝星焰微颔首，应声："好。"

　　两人聊了几句，喝完水，从厨房出来，各自站在自己的房间门口。

　　"晚安。"祝星焰手握在门把手上，对她说。

　　"晚安。"说完，宋时月推开门进去，掩上。

　　隔了几天没回来，房间如初，没有任何变动，淡黄色的床单被套依然温暖柔软。

她拉开被子，躺进去，一动不动，望着天花板，突然觉得有些许不适应。

这些天在医院，两人睡在一起，临睡前总会聊几句天，看着对方的眼睛，伴随着身旁的人入睡。

即便体温难以觉察，呼吸清浅，但陪伴和存在感强烈，不知不觉，好像已经养成了习惯……

宋时月闭上眼，制止自己的胡思乱想，强迫着思绪放空，一点点聚集睡意。

不知过了多久，夜色寂静无边，房门处突然传来轻响，声音极浅，轻不可闻。

如果不是宋时月刚好没睡，这细微的响动惊扰不了她的梦。

她睁开眼，缓缓坐起身，下床，趿拉上拖鞋，走过去拉开了房门。

光亮忽然涌入。

祝星焰站在门口，单手抱着一只枕头，似乎有些赧然，眼中晕开难为情的笑意，无意识地抿了抿唇。

"我有点睡不着了。"

宋时月眨眨眼，没说话，微微偏头看他。

"所以，能一起睡吗？"

宋时月一时怔住，不太明白这两句话的联系，但她听清了他的最后一句话。

他双眸明亮又坦荡，荡漾着顶灯折射下来的微光，就这样等待着她的回答。

"好。"她愣了下，拉开门，侧身，让他进来。

祝星焰踏进房间，面上没有看出不自在，目光落在她床上，上面还有她睡到一半掀开的被子。

他弯腰把自己的枕头放到旁边，和她的并排，然后直起身，看向慢吞吞拖着脚步跟上来的宋时月。

"要不要关灯？"

"……好。"

两人躺下，房间黑下来，重新恢复安静。

宋时月依旧面朝上方，望着天花板，似乎比起先前还要难挨一点点。

她正想着要不要开口，身旁的人轻动，极其自然地把她搂入怀中，手环在她腰后，气息覆盖，胸膛轻轻压上她的额头。

"好像只有这样，我心里才能安稳一点。"他的吻落在她发间，嗓音轻柔低沉,"时月,我真的怕极了。"

"都过去了。"她在他怀里蹭了蹭,闭眼低声道。

"嗯。"祝星焰放在宋时月身后的手抚了抚她的头发,脸颊又眷恋地贴向她,"睡吧。"

他似乎就想保持这样的姿势睡一整晚。

宋时月默默放纵自己片刻,还是忍不住问:"会不会压到你的手?"

"……不会。"他沉默了一下。

宋时月不相信,手往自己腰间摸索,顺着他松松环着的那只手往前摸到受伤的手腕,轻柔摩挲了下。

祝星焰仿佛触电般,飞快抓住她。

"……真没事了。"他逗弄似的捏了捏她的指尖,解释,"而且这只手没受力。"

"那你今晚瓶盖都拧不开?"她稍微放下心,收回手,重新安分地靠在他怀里。

"你看错了。"

"嗯?"她诧异地抬了抬头,想去看他的神情,可惜月光稀薄,还没等她看清面前人的轮廓,温热的呼吸就俯来。

祝星焰轻轻吻着她的唇,浅浅辗转微含,气息交缠沉溺,才撬开她的唇探入,温暾轻柔。

大脑好像在氧气耗尽后一点点变得空白,先前的担忧凭空消散,心脏搏动剧烈又沉缓。

宋时月喉咙咽了咽,慢慢平缓呼吸。

两人依然亲密地抱在一起,她的脸颊触到了他睡衣领口敞开处的锁骨,温热细腻,脑中本能出现了晚上灯光下的那一幕。

她的脸不受控制地升温,有点热,又有点口干。

"赶紧睡觉。"

耳边传来祝星焰温柔的催促,她收起乱七八糟的念头,轻"嗯"了声,紧紧闭上眼。

一夜莫名其妙的梦。

第二天宋时月醒来,床上已经没了祝星焰的身影。她起身下床,拉开门时,看见晨光下坐在沙发上的人。

祝星焰在打电话,不知对面说了什么,他神色严肃。

"好,东西尽快发给我。"

明明宋时月没有发出动静,那边的人却似乎有所感应,转头朝她望来。

对上宋时月视线的那一瞬,祝星焰神情立即软和,对着手机应付几句,挂了通话。

"先去洗漱,待会儿吃早餐。"他温声对她说。

宋时月点了点头,转身去洗漱。

看到他,心里便不自觉安定了下来,只剩下一片温和的平静。

荡漾着的海水,已不知何时由深沉冷寂的黑一点点转成浅淡的蓝,清澈起伏的水波像是漂浮着的彩色气泡。

早餐依旧是祝星焰亲手做的,三明治、煎蛋,还给她热了一杯牛奶。

用餐时,他才提起案情进展。今天早上有了重大突破,警方前两天便查找到了那辆货车的踪迹,在外地一处垃圾报废站,很偏僻。

道路监控里显示它消失在城市边缘,那片郊区占地广袤,无数警力一寸寸搜索,足足花了一天一夜才找到车子的踪迹。

他们赶过去时,那辆车子已经在进行报废处理,车身大部分已经解体,只剩一个框架,靠着车架上的编号,警方才最终查到一丝线索。

这辆车子没报废前,属于京市一家私人物流公司,那家公司规模不大,法人是一个叫宋明的人。

祝星焰第一时间就让人去查,方才陈之驯给他回来消息,说这个宋明是徐宜他们圈子里一个人的远房亲戚,关系隔了十万八千里远,大家都没听过这号人,废了很大劲才查到宋明的公司和某个人有关联。

这个人叫闫鹏,家里有厂子,是做制造业发家的,宋明的物流生意全靠闫鹏家的公司吃饭,每年大部分订单都来源于这里。

再顺藤摸瓜往上调查,听说闫鹏和徐霓关系不错,从小一起长大,闫鹏还追求过对方一段时间。

徐霓出国之后,闫鹏倒是交往过不少女朋友,像是早已放下她移情别恋,直到陈之驯把那些前任女朋友的照片发来,才发现每个人的脸上都有徐霓的影子,无一例外。

宋明很快被传唤,只不过警察一审,他矢口否认参与案件,并声称这辆货车早已报废,并移交给了回收单位,不知怎么又流入了市场,和他们公司没有一丝关系。

他还拿出了车子的报废证明、回收买卖单,以及注销资料。

像是早有准备。

警方顺着他说的那家回收单位去查,对方竟然只是个三无小公司,并且极为凑巧的是,这家公司前不久便因为经营不善倒闭了,回收站人去楼空,只留下一大堆不值钱的垃圾和一个看门大爷。大爷耳朵不好使,一问三不知。

再提审宋明,他委屈地表示公司效益一般,为了多赚点钱,所以才选择了不正规渠道。

车祸这件事他实在不知情,在没有确凿证据的情况下,满打满算也只能罚款他一个监管不当,非法交易。

案件进展又停滞不前,线索卡在了这里。

这时距离案发已经过了快一周,宋时月不免有些焦虑,因为她已经请了很长时间的假了。

正要考虑周全的解决办法,第二天早上,陈之驯那里传来消息,说徐霓在家被关这么多天受不了,不知道是听到了最新消息还是什么,爬窗户跳下来,跑了。

人是在闫鹏家里找到的,徐宜气得要当场动手,最后还是把她带了回去,准备息事宁人。

祝星焰听完沉默许久,静坐在沙发上很长一段时间,拿出手机调出徐宜的号码,看了一遍又一遍,最终还是关掉屏幕,身体往后仰靠在椅子上,手背压住眼睛。

当天晚上,警方那边传来最新消息。

货车司机抓住了。

在为数不多拍到他的监控画面里,只有一个镜头捕捉到了他的侧脸,对方全程牢牢戴着鸭舌帽,警方靠着没日没夜的反复查看比对才找出来。

放到数据库一搜索,对方个人信息被锁定,只有前一天的出境记录。

然后调查他的资料,他名下的银行卡里不久前有两笔巨额汇款。

付款账户是注册在国外的一个皮包公司,查不到其他信息。

机票的终点是太平洋彼岸一个地域辽阔的大国,警方立刻布置,对接当地机场,经过仔细搜索后,当地却没有找到他的入境记录。

再经过细致排查,发现那个货车司机在中转的时候就没有再继续办理登机手续,而是留在了那座境外的海滨城市。

似乎是龟缩了几天,他觉得稍稍安全,便试探性地露面去附近吃饭,被监控拍到,随后被警察联手逮捕了。

犯罪事实已成定局,对方为了争取宽大处理,把自己知道的所有事情和盘托出。他和买凶者一直是通过网上联络,包括宋时月的信息也是对方通过软件发给他的。

警方很快锁定了买凶者账号最后一次出现的 IP 地址,正是京市。

网警锁定地点到抓捕,时间很短。

警察带人到徐家把徐霓带走时,徐霓疯狂挣扎,双手戴着手铐,望着

278

徐宜发疯似的哭喊:"哥哥,快救我!我不想坐牢!你知道的,我生病了,我一直以来精神状态都不好,你知道的……"

随着徐家众人的痛心疾首,她被带上了警车。

抓捕的同时,警方展开了搜查,在她房间找到了一部手机,并不是她常用的。

从被关禁闭起,她的手机就被徐家没收了,直接切断了她同外界的联系,但没想到即使这样也防不住。

警方查到货车来历的那天早上,她从用人嘴里听到了消息,慌了,跳窗出去找闫鹏。对方大概是安抚过她,然后给了她一部手机与自己联系。

她却用这部手机联系了肇事司机。

即便知道对方早已逃到国外,她依然不放心,想要亲自确认结果。

就是这么一条消息,暴露了自己的身份。

那部手机里,还有她和闫鹏的聊天记录,收录到证据的同一时间,闫鹏也被逮捕了。

徐霓被抓进去审问的第一天,闭口不言,不肯说一个字,唯独那双漆黑的眼睛紧盯着人时阴森深沉,仿佛被什么脏东西缠上。

审问几天都没有审出结果,倒是等来了徐家的一纸精神鉴定书,上面判定徐霓患有严重的躁郁症,并且这么多年一直有诊疗记录。

徐宜终于主动联系了祝星焰,代表着徐家,想要祝星焰出具谅解书。

桌子另一边,男人神色憔悴,愧疚地道歉:"小焰,对不起,是我没有教育好妹妹,差点酿成大错。这件事结束,我们会把她送出国,这辈子都不会再回来,关于宋小姐,我们家也会竭尽全力赔偿弥补。"

"我不想为她辩解,但是她这么多年确实一直在接受精神治疗。当初她生病的事情,老爷子为了面子一直瞒着,外界只当她是任性大小姐脾气,其实是确诊了躁郁症的。"

"小焰,就当看在我们这么多年交情的份上,再给她一次重新开始的机会,我以徐家继承人的身份保证,这辈子都不会再让她出现在你们面前。"

徐宜这个承诺的分量很重,以他的名声还有身份立下的保证便绝不会反悔。

祝星焰却全程平静,直到听完徐宜最后一段话才轻淡抬眼,黑眸注视着他。

"你不应该和我说这些,谅解书我也没有资格出,受害者不是我。

"不过你既然找到了我,那看在朋友一场的份上,我就直接告诉你了。

"谅解书不会出的,法律该怎么办就怎么办,哪怕她有精神病,也要为自己的所作所为付出代价。"

祝星焰这边咬死不松口，徐家想要找宋时月本人，但她被祝星焰保护得太好了，无论如何都找不到机会。

案件从开庭到判决，花了两个月的时间。徐霓以故意杀人罪判处十年，从犯闫鹏判处五年。

判决一出，先前忙着奔走的徐家也安静了，只不过提出了二次上诉，不死心，想要继续挣扎。

整个冬天就在这肃杀的寒冷中度过，宋时月最终春节也没能回家，刚好可以用实习忙这个理由。

只不过大年三十那天，宋清给她打来了视频。

宋时月是躲在阳台上接的，说是在一个同学家跨年吃饭。

她还没有公布自己和祝星焰谈恋爱的事情，没找到合适的机会是一个原因，还有一个顾虑就是祝星焰的身份。

宋时月总感觉坦白之后，定会在家里引起轩然大波。

她鸵鸟心态发作，不自觉地拖延躲避。

两边隔着视频聊家常，简单聊完之后，宋清给她展示着家里的年夜饭，还有赵司茜亲手包的饺子。说着说着，赵司茜的脸就出现在镜头里，赵司茜盯着她一个劲儿打量。

"瘦了，一定要多吃点，你们实习太累了，注意身体，想吃什么买什么，生活费还够不够？再给你打点？"

宋时月都不好意思说自己没怎么花钱，实习工资加上这些花不完的生活费，她已经有一笔不小的积蓄。

她只能含糊应和。

"嗯嗯，吃得很好……别担心。"

"那给我们看看你今晚的年夜饭。"赵司茜说道。

宋时月憋了下，不禁扭头往里看。祝星焰正从厨房忙完，把饭菜都端上桌，准备过来叫她吃饭。

还没打完？

他用唇形无声问，远远瞥了她的屏幕一眼。

宋时月点头，为难地看向屏幕，想要婉拒："在别人家，好像不是很方便吧……"

"那有什么不方便的！刚好和你同学的爸妈打个招呼，感谢他们照顾你。"谁知赵司茜一听更来劲。

宋时月害怕她还会冒出什么新的提议，赶紧拿着手机进去。

"他们都在厨房忙，就别进去打扰了，我给你们拍一下桌子上的菜。"宋时月装模作样对着餐桌上祝星焰的成果拍了一通。

暖色灯光下，瓷白的餐桌上摆着四菜一汤，主菜是鲍鱼虾汤煲、芦笋牛肉粒、清蒸石斑，旁边是莲藕清炒豌豆，青翠欲滴，中间还点缀着胡萝卜片。

汤是熬煮了几个小时的鸡汤，黄澄澄的。

赵司茜见了，不由得立即夸道："卖相不错，这些菜看起来都很有食欲，你同学妈妈手艺挺好呀，就是分量可能有点少。"

"还有的在厨房里没端出来呢……"

宋时月心虚道。

她甚至还能感受到旁边灼热的视线。

宋时月悄悄抬眸，就撞见祝星焰漫不经心地站在餐桌旁，似笑非笑地看着她。

……赵司茜的话都让他听到了。

客厅里安静，手机开的免提，一切无处遁形。

"爸妈，那我先吃饭了，晚点再聊。"宋时月迫不及待想要结束通话。

两人刚点头，就见镜头中出现一只男人的手，修长白皙，端起了碗。

"我先给你盛饭。"

男人声音悦耳，还没等他们听清，就听"咚"的一声，视频通话结束了。

宋清和赵司茜面面相觑，互看一眼后，是赵司茜先迟疑出声："刚刚……我没听错吧？"

"应该是男同学？"宋清也怀疑推测。

"我问问。"赵司茜连忙扭头去发消息。

这头，客厅灯火通明，宋时月看到手机里的质问，又抬头望向正把盛好饭的碗放到她面前的人。

"我刚才视频还没挂！"她愤愤谴责。

"对不起。"祝星焰眼神无辜，在她身旁坐下，"我听到你们告别，还以为已经挂了。"

宋时月安静三秒，忍不住抬头："你是不是故意的？"

祝星焰扭头同她对视，沉默数秒后，眉眼笑开："嗯。

"宋小姐，什么时候给我一个名分？"

寒假开学之前，两人抽空回了一趟繁市，宋时月带祝星焰回了家。

哪怕早在跨年夜便得知了消息，开门的那一霎，看到宋时月真领着电视里的大明星站在门口时，两人还是呆了一瞬。

祝星焰手里提着无数礼品，礼貌朝两人颔首问候："阿姨好，叔叔好。"

"哎哎……好。"见惯了大场面的宋教授和赵教授难得手足无措，慌张迎着他往屋里走，嘴里连声道，"家里简陋，别嫌弃，饭还没弄好，你先和月月坐一下。"

这次见面，应了那句老话——

丈母娘看女婿，越看越顺眼，老父亲则是使尽手段，一门心思考核。

宋清先是闲聊盘问，问清楚祝星焰家里所有情况之后，又开始下棋，几局对弈，稍稍面露满意点头，紧接着又到书房鉴赏起了字画。

宋时月在一旁陪听得汗颜，倒是第一次见到自家父亲这么"知识渊博"，忍不住趁着宋清专注讲解画作没注意时，在下面偷偷牵手挠祝星焰的手心。

祝星焰反握住她，捏了捏，意思是别闹。

好在祝星焰应付得都很得体合宜。

吃饭时，赵司茜更是一个劲不停往他碗里夹菜，全程笑眯眯的，就差把满意写在脸上。她还夸他春晚表演好看，唱歌跳舞都很厉害，还说自己经常和宋时月聊起他这个大明星同学。

祝星焰目光饱含深意地望来。

被赵司茜揭老底，宋时月不由得脸热，出声制止："妈！"

见完宋时月的父母，两人又去小楼探望了肖柔。

外婆去世后，肖柔并未搬回京市，眷恋故处，独自住在这边，祝父时不时抽空过来看望。

忙完这些事情，学校正式开学，按理说，徐霓的犯罪事实板上钉钉，已经被关押，已然不会有太多危险，但徐霓的判决还未正式下来，祝星焰担心徐家还会有其他动作，怕在判决正式下来前他们对宋时月施压，所以仍然让她住在这边，暂时没搬回宿舍。

两人已经同居了快一个月，在此之前，他们从未有过这么长时间的朝夕相处，但奇怪的是，一切都很顺畅自然，宋时月就这样接受了生活中多出来的另一半。

甚至，他们已经习惯了夜里同眠。

她不是什么都不懂的小女孩，也曾经在宿舍听柏佳她们聊过男女之间的八卦，但不知是因为两人第一次同床是在医院的这个契机不对，还是祝星焰无形中展露出来的安抚让她只感受到了温情，她觉得和男朋友睡在一起更加温暖安心，夜里的梦也变得甜美充实。

那段时间，她总归是后怕的。

正式收到徐霓判决的那天，宋时月总算感受到了尘埃落定，心里那颗深埋的不安的种子，终于生根发芽，长成嫩绿的大树，化作坚定的希望。

这晚临睡前，她和祝星焰面对面躺在被窝里，聊着天。

"徐霓真的会被关那么久吗？"直到这一天真正来临，她还有些不确定，因为一切来得太圆满，像是场不真实的梦。

从她遇到那辆货车开始，好像后来所有的事情都在慢慢脱离现实。

她从未想过自己有一天竟然会和这么严重的刑事案件挂上钩，而且自己还是其中的主角。

"法律规定是的。但她有精神类疾病，即便判刑时没有因此酌情减免，但以徐家的人脉手段，或许会想办法运作，比如保外就医之类，提前减免刑期。"祝星焰带着歉意道。

即使他很不想戳破宋时月心中的乌托邦，但现实就是如此，他只能努力缝补，把最好的呈现给她。

闻言，宋时月沉默了许久，好不容易雀跃的心又沉了下去，不过很快，她眼底重新燃起亮光。

"至少，她现在受到了法律的制裁，付出了她应有的代价。

"未来就交给未来，说不定那时候我已经成为很厉害的人，如果她敢再弄什么小动作，我就再次把她送进监狱。"

宋时月说这番话时是斩钉截铁的，眉眼间的意气勃发让她看上去仿佛是即将展翅高飞的雏鹰。

祝星焰忍不住靠近，伸手揽住她，克制着心底的满腔柔情，轻轻在她眉间落下一个吻。

"嗯，我相信你。

"我的大翻译官。"

大三下学期，学校老师通知了外交部选调生名额，院里符合条件的学生都可以报名。

成绩优异、拿过国家奖学金、有学生会干部工作经验……光这些就刷掉了大批人，翻译司的定向岗位，还要求获得过国内英语专业大赛名次。

宋时月是每年系里的第一，去年大赛的冠军，早早被看中的种子选手。

通知一出来，老师就第一时间把她叫到办公室，让她填写报名表。

"上次和翻译司的领导聊过，他们都很看好你，意思是只要通过笔试，之后就没有太大问题。

"你这学期准备一下，考试安排在十一月份，目前来说时间还很充裕。"

宋时月弄完报名事宜，回到宿舍。

她上个月底就搬回来了，只有周末才会去祝星焰那边。

距离徐霓的事情落幕，已经过去了快两个月，徐家也没有其他动静，听说徐宜正式接手了家里的公司，基本是半退圈了。

学期过半，学业压力依然不减，宋时月习惯泡图书馆和教室，深夜走在校园里，觉得回宿舍的那段路程总是格外安宁。

祝星焰没有再正式接拍作品，闲赋在家的这段时间都在演话剧，还重新捡起了自己写歌的爱好。两人不出门时，他就在客厅研读剧本，或者独自待在工作间创作。

他家里有一间属于他的音乐制作室，里面空间宽阔，墙壁都装了隔音材料，中间摆着各种乐器，还有整套的专业录音设备。

有时候周末两人就各自做着自己的事情，宋时月在客厅学习，他在里头创作新歌，偶尔中间休息，出来翻翻冰箱拿瓶水，赖到她身旁亲亲抱抱。

名为监督她的课业，实则趁机贴贴。

他最喜欢在宋时月学习时从后面抱着她，把脑袋搭在她肩上，听着她跟着视频练口语。

她的发音很好听，咬字清晰甜美，稍带柔软的声线却又透着干脆利落，像是裹着饴糖的剑，毫无攻击的外表中藏着锋利的刃。

祝星焰甚至能脑补出她以后在正式场合大杀四方的画面。

每个周末都像被按了加速键，过得飞速。

六月份，久未有动静的祝星焰账号发了两首新歌，一上传，就被顶到了网站排行榜第一，热度不停往上攀升。

他的两首新歌和早期的风格有点不同，少了张扬个性，偏甜歌，旋律悠长动人，让人欲罢不能的同时心动飘然，仿佛沉浸在了恋爱中。

这两首歌名叫作《初恋》和《横跨宇宙》。

后一首中间的高潮部分，有一句歌词是——

宇宙两端，你和我，连成线。

祝星焰恋爱了的这件事，更为具象化了。

没有人听完会不清楚这两首歌就是为他女朋友写的。

粉丝已经麻木了，甚至在音乐网站的歌曲评论区直接留言：感谢祝星焰的女朋友让我们在有生之年又听到他的新歌。

这条评论底下点赞数万。

宿舍里，柏佳和徐弥也在听，不仅听，两人还单曲循环，分享到朋友圈，打榜做数据一条龙。

"啧啧啧，我们现在连听首歌都在吃狗粮。"桌上的平板在放歌，屏幕上滚动着歌词，柏佳拖着腔，故意一句句大声念出来，"宇宙两端，你和我，连成线……"

"谁不知道你们一个星星一个月亮，整个宇宙只有你们两个了是吧？有没有考虑过我们这些尘埃的感受？"

"何止如此，你看看这首歌封面。"徐弥帮腔。

平板上旋转的歌曲封面是一张手绘图片。

一片漆黑宇宙的对角线两端悬着一颗星和一个月亮，中间牵着一根发光的线，牢牢把它们系在一起。月亮在上方，星星在底下，一眼看去，就像是这颗星子在仰望着天上的月亮。

宋时月已经脸热得不行。

这两首歌的制作过程，她完全没参与，就连试听也是断断续续的旋律——祝星焰写到满意的部分会忍不住同她分享。

直到歌曲正式发布当天，她才在中间发现了这么多的小心思。

宋时月只庆幸自己没有开通个人微博，不然想象不到会被群情激愤的粉丝骂成什么样。

她此刻也安静龟缩，努力在书桌前假装认真温书，降低存在感，嘴上装模作样应着："都快考试了，你们还有心思八卦，有人还考不考研了？"

"好好好，开始压力舍友了！"柏佳愤愤的，"你别转移话题。"

"就是，我们这些就业还没着落的都没着急，你可是半保送翻译司，劝你不要太卷！"

"我也要考试的。"宋时月无奈转身。

"你考试还有半年，着什么急？你看祝星焰微博底下的评论没？快来快来，给你看看。"

两人看热闹不嫌事大，直接拉着椅子过来。

盛情难却，宋时月只好低头去看撑到眼皮子底下的平板。

祝星焰的微博评论区一向很热闹，这两天新歌发布，粉丝更是激情无处安放，评论数吓人。

点赞最高的几条被顶在最前，回复最多。

△哥，你是真恋爱脑啊！

△有幸当场围观大明星谈恋爱，没错，我就是主角旁边那个没有姓名的NPC。

△有一说一，歌还挺好听的……听完好像我也恋爱了。

△谁还记得小焰多少年没发歌了，即便经历风风雨雨，你依然是当初那个舞台上的天才少年，希望有生之年还能看见人气偶像祝星焰的演唱会。

△只有我一个人在等新电影上映吗？

△不管是唱跳还是演戏，我粉的永远是那年夏天横空出世的少年。第一张专辑横扫音乐榜单，演唱会万人空巷，转型演艺圈短短两年拿下奖项大满贯，在事业最巅峰期公开恋情——祝星焰永远鲜活热烈。

…………

宋时月的目光落在上面怔住。

这上面的每一条评论都跟着十几万或几十万的点赞，代表着大部分粉丝的心声，从众多的评论中脱颖而出，被顶到了最顶端。

徐弥也在低头看着，一边滑动页面，一边忍不住问道："你们说，这些评论祝星焰都会看到吗？"

"应该吧，他总不会自己的微博看都不看一下，最前面的这些这么显眼，点开就看见了。"柏佳随口回答。

两人说完，突然反应过来当事人之一就在现场，立即纷纷抬头盯来。

"时月，你说呢？"柏佳笑得不怀好意，满是调侃。

"我没问过他！"宋时月连忙撇清，"他看不看评论区我不知道。"

"那你今晚回去问问？也算是为民请愿了！"

莫名其妙带着任务回家的宋时月，在餐桌上欲言又止偷看了祝星焰无数眼后，终于想到了合适的切入点。

"我觉得……我们老这么秀恩爱不太好。"她扒拉着碗里的蔬菜，慢吞吞地说。

"为什么？"对面的人抬眸看她，诧异地微挑了下眉。

"我怕粉丝骂你。"宋时月赶紧把话题往评论上转移。

"不会。"祝星焰不假思索地回答。

"嗯？你平时会看评论吗？"她心里燃起一丝希望。

谁料，祝星焰回答得干脆利落："不看。"

宋时月沉默几秒，不死心："你不看怎么知道呢？"

"就是不看才不会啊。"他放下筷子，唇边带着好整以暇的笑意，眼底了然，"你今天一晚上鬼鬼祟祟就是想问这个？"

"……我哪里鬼祟了？"宋时月一时忘记了任务，不服气地争辩。

"从回来到吃饭就一直在偷看我，蔬菜都夹了三根，我给你盛了两碗汤都喝下了，今天汤里放了当归和苦参。"

这几样都是宋时月平日里不愿意吃的东西。

她向来不爱吃蔬菜，冬天手脚寒凉，焐都焐不热，祝星焰就去问了中医，平时有空会在食谱里加药材，给她补气血。

"……为什么要害我？"她毫无底气。

"你再说一遍？"

"好吧，那我坦白。"宋时月叹了口气，放下筷子，无缝切换到另一个话题，把下午的事和盘托出。

只不过她没说是舍友想问。

她自己也是好奇的。

"你的粉丝都好爱你，反正我下午看的时候，都很感动了。"宋时月依稀记得，当年和大力路过体育馆看到他演唱会外场时，就发出过这样的感慨，时至今日，当着他本人的面，又再度感怀了一遍。

"我知道，我也很感谢他们，所以演唱会已经在筹备了，电影也快上映。希望明年的这个时候，夏天依然热烈。"祝星焰带着微笑，语气和神情是另一种柔和。

宋时月刚刚有些感动，立马想到什么，提高声音："你不是说你从来不看评论区？"

某人笑得毫无负担："骗你的。

"不这样怎么炸出你真正在想什么。

"诡计多端的宋月亮。"

今年的夏天悄然来临，伴随着长长的暑假。

校园时代最后一个夏日假期，宋时月没有去实习，专心过夏天，还有准备年底的考试。

她又从宿舍搬了出去，回到她和祝星焰的小家。

本以为一切都和那个寒假一样，顺其自然开启共同生活，但这次不知为何发生了点变化。

祝星焰和她分房睡了。

之前有几个周末，他们也是分开睡的，宋时月没有多想，以为他怕影响她学习。

然而搬回来第一晚，两人在沙发上亲得难舍难分。

宋时月正投入，祝星焰拍拍她的背，勉强推开她，抵着她的额头，呼吸很重。

"先去睡觉了。"

"嗯……"她迷糊回应，没多想，拉着他的手准备回房间。

"晚安。"把她送到门口，祝星焰在外头克制地同她告别。

灯光下，他的眼角莫名绯艳。

宋时月蒙了一下才反应过来他的意思，张嘴刚准备说话，祝星焰就已经推着她的肩膀转身，给她合上房门。

最后落下的一句话是温柔道别。

"做个好梦。"

原本涌起的睡意，在真正躺到床上的时刻又消散全无，变得格外清醒。

宋时月有些困惑祝星焰的古怪行为，仔细回想了下两人最近发生的事情，仿佛察觉到了什么，但又一知半解。

上一次一起睡，还是初夏的时候，京市天气刚刚转热，她洗完澡换上了轻薄的睡衣，露出了胳膊和腿。

那天晚上睡觉，祝星焰离得老远，规规矩矩盖着薄被，闭着眼一动不动，白净的面容格外温顺。

宋时月忍不住过去抱他，他一如往常般把她拥到怀里，安抚地亲她额角。

"睡吧。"

那晚她睡得格外好，早早便醒了，醒来时身旁的人还睡着。两人原本睡前规矩的睡姿已经大变了样，她不知怎么整个人贴到了祝星焰身上，腿还搭在了他腿间。

除此之外，还有些别的东西横亘其中。

初夏天气微燥，晨风从窗外送入，浇不熄两人滚烫的体温。

祝星焰梦里也睡不安稳，微蹙着眉，把她揽得很紧。

宋时月尴尬到温度从脸上直冲大脑，轻轻把自己的腿抽出来，然后松开手，蹑手蹑脚从他怀里离开，逃到洗手间。

念及此处，宋时月好像想明白了什么，在床上辗转反侧片刻，终于下定某种决心，敲开了和大力的对话框。

大力虽现实经验匮乏，但深知男女纠葛，在网上阅遍各种"资料文献"。

宋时月成功接收对面发来的几个文档后，当夜彻底失眠，第二天上午，顶着熊猫眼起来。

已经是十点多了，阳光洒进客厅。

祝星焰或许是觉得她这一周上课累了，竟也没叫她起床，任由她睡到自然醒。

宋时月推门出去时，他正在客厅敲着电脑办公，手旁一杯咖啡，笔记本就搁在他腿上。

"醒了？晚上睡得好吗？"

原本只是平常的一句问候，可撞上他含笑的眸子，宋时月脑中就控制不住钻进了乱七八糟的东西，连忙在心里念了几遍清心咒。

"还可以。"她清了清嗓子，努力镇定地回答。

"微波炉里有早餐，我给你热一下。"祝星焰放下电脑起身，进到厨房，站在操作台前低头按键操作。

宋时月拖着脚步走到他身旁，刚刚站好，就听见机器运作的声音。

祝星焰抬头看她，把她拉进怀里亲了亲："你怎么好像一副没睡好的样子？"

她心虚："有吗？"

"有，无精打采的。"他端详着她。

"可能是睡太久没力气了。"宋时月避开他的视线，同时闻到了食物的香味，连忙转移话题，"今天吃什么早餐？"

"你上次不是说想吃阿姨做的鸡蛋饼？"

"啊？你不会……"宋时月惊讶地睁大眼睛。

"前两天拜师学艺了一下，待会儿你试试味道。"

宋时月突然沉默了。

其实两人没在一起前，祝星焰在家是有专人做饭的，印象中，他好像从来没有下过厨，俨然是个十指不沾阳春水的小少爷。

但是两个人在一起，总要有个人打点饮食。他不喜欢叫外卖，也不喜欢家中有生人，便开始研究自己下厨，所幸天赋不错，又刚好在家时间充裕，不知不觉习惯就延续了下来。

宋时月想到这儿，突然有点愧疚，扬起头认真提议："祝星焰，明天早上我来做饭吧。"

"嗯？"他眨了下眼，思索片刻，缓慢出声，"你这是吃腻了？"

"……不是，我觉得你每天给我做饭太辛苦了。"

祝星焰摇摇头："不辛苦，主要是做给自己，顺便给你吃。

"你的一片好意我心领了，但是术业有专攻，刚好我对食物……有一点点的小挑剔。"

"所以还是算了吧。"

他气定神闲地睨着她，轻描淡写的。

宋时月差点气坏了。

虽然知道祝星焰可能是故意这样说，让她不要有负担，但她还是有种莫名的憋屈。

289 /

瞧着她气鼓鼓的没说话,祝星焰又低下头来,唇边挂着笑,嗓音轻柔:"生气啦?"

"没有。"她闷闷的。

"我瞧瞧。"他手托着她下巴抬起来,作势左右认真端详了几眼,一本正经地点头,"像是有点生闷气。"

"亲一下会不会好?"他得寸进尺地压过来。

里里外外又让他占了一遍便宜。

微波炉结束加热的"嘀"声已经响起很久了,安静的厨房里,纠缠的亲吻才意犹未尽地松开。

祝星焰眉眼藏着满足,轻轻揉了揉她白皙肌肤上被捏红的指印,宛如无意识的安抚:"怎么亲了这么多次还学不会换气啊?月月。"

这一声"月月"叫得宋时月差点缺氧。

男生轻浅上扬的嗓音带着故意的亲昵逗弄,弯起的嘴唇上还有刚刚接吻完的绯艳。

宋时月觉得面前的祝星焰像故事里描写的妖精,在故意勾她的魂魄。

她有点招架不住。

这一晚,宋时月不用祝星焰先说,就主动道晚安回房,毫不犹豫地关上房门。

原本还想让她晚上盖好被子别着凉的祝星焰,望着面前的门板,悻悻地摸了摸鼻子。

不知不觉,已过小暑。

京市难得降下雨水,缓解了近期连绵的暑热。

雨在傍晚来临,伴随着大风阵阵,吹得外头的树叶簌簌作响。

天空阴沉,偶尔夹杂着一声闷雷,白光一闪而过,短暂映亮昏暗,却更添几分惊悚。

宋时月检查家里的窗户,牢牢关实之后才稍微安心了几分。

外头打雷,不敢用电器设备,听着雨水噼里啪啦猛烈敲着玻璃,做事也不由分神。

两人干脆在客厅里下起了五子棋。

宋时月在棋艺上没有太多天赋,了解过围棋入门之后,果断放弃,另辟赛道。

虽然她在围棋上永远打不赢祝星焰,但这种稍微简单的棋路,她偶尔也能找到一两个机会,在围追堵截之中窥见一丝生机,棋子连成一线。

每每这个时候，她的成就感格外爆棚。

祝星焰是个非常好的棋搭子，两人实力旗鼓相当，每局对弈都让她充满胜负欲。

被她最后一局又最后一局的挽留下，两人下到了深夜。

外头雨声渐止，漆黑窗外只有闪电偶尔一闪而过，昭示着这个夜晚经历的暴雨蹂躏。

宋时月意犹未尽收回手，刚准备说回房睡觉，外面突然一声重重的惊雷，大雨有彻夜蔓延的架势。

她犹豫了一下，错失时机，先让祝星焰开口。

"晚上害不害怕？"

作为一个二十几岁的成年人，万万没有什么害怕打雷下雨的毛病，宋时月诚实摇了摇头："不怎么怕。"

"好的，我怕。"面前的人动作利落地收好棋盘棋子，冲她笑得好看无辜，"你可以晚上陪我一起睡吗？"

黑漆漆的房间，外头时不时响起雨声雷声。

两人躺在被子里，相隔不远，一时间没人说话。

宋时月也不知道祝星焰是真怕还是假怕，毕竟从前也没听说过他有这个毛病，但她还是不太敢轻举妄动，呼吸放得轻缓，捂着被子一动不动。

"你睡了吗？"黑暗里，突然传来祝星焰轻浅的声音。

她的心猛地一跳，回答："……还没。"

很奇怪的是，之前两个人一起睡，都是心无旁骛，没有任何乱七八糟的念头，但不知道是那段时间的动荡不安过去了，还是情谊日益加深，祝星焰身上最初的温良好像越来越难以维持。

念及此处，宋时月不由得在心里暗暗叹了口气，紧接着，就感觉到床垫晃了晃。

祝星焰靠过来，伸手抱住她。

"快睡吧。"他轻轻拍了拍她的背。

像是哄小宝宝。

……这和她想象中的不太一样。

他好像是真的在担心她晚上打雷睡不好。

宋时月顿时陷入巨大的自我谴责中，一边唾弃自己思想污浊，一边为自己莫名的揣测而愧疚。

她立即回抱住他，紧紧依偎在他怀中，脸往里埋了埋，发出瓮声瓮气的一声回应："……好。"

她连呼吸都好像埋进了他胸前的睡衣里,湿热的气息宛如羽毛一下下扫过。祝星焰忽然后悔,好像又给自己找了个酷刑。

"晚安。"他控制着心潮起伏,努力稳定声线道晚安。

却不料,下一刻,浅浅的呼吸袭来,好像湿热的羽毛从睡衣扫到了肌肤上,带起一阵酥麻痒意。他还未反应过来,柔软就堵在唇间。

宋时月亲得毫无章法,在祝星焰愣神中,学着他往日的样子一点点往里探入。

心头那把火烧得更为旺盛,祝星焰再也按捺不住,按住她作乱的脑袋,张唇深吻下去。

温和的假面好像都被烧掉了,只剩下原始赤裸的欲念,往日的温柔荡然无存,气息充满了侵略性。

宋时月承受不住他这样的力度和吻法。

她本能往后躲,缩着肩膀,但推拒他肩膀的手被牢牢扣住,十指穿插,压在了脸侧的枕头上。

男生炙热的胸膛同她紧贴在一起,睡衣薄薄的布料完全阻隔不了温度。

事态失控前,祝星焰及时打住,松开她被蹂躏得不堪的嘴唇,脸埋在她肩头,用力呼吸。

伏在她身上的人体温高得吓人,呼吸声很重,胸膛剧烈起伏,好像是在受着某种巨大折磨。

宋时月又感觉到了那天早上隐约察觉的热意,紧紧贴着她,仿佛有生命力在侵入她的感官。

她脑中空白,浑身僵住不敢动。

昏昏沉沉中,祝星焰先调整好,松开她,安分地躺到一旁,嗓音低哑颓然。

"对不起。"

夜色深浓,房间被黑暗包裹,只有一深一浅的呼吸声悄然起伏。

须臾,宋时月面朝着身旁的人,小声询问:"你难不难受?"

漫长的沉默。

热意并未消散,反而有愈演愈烈的架势,祝星焰轻轻拧眉,吐出两个字:"难受。"

男生沙哑颓丧的声音透着一股难掩的自厌和消沉,仿佛连自己都无法接受此刻的状态。

宋时月心头一软,酸涩涌来,本能怯声试探提议:"那、那我帮帮你?"

窗外掀起一阵风,透过缝隙吹动纱帘,透进一丝暗淡光线。

无边昏暗中,她隐约看到祝星焰侧了侧脸,转过身,面朝她。

"我是说我心里难受,你打算帮我哪里?月月?"被热意灼得干哑的嗓子,每个音都像带上了无意识的蛊惑和引诱。

宋时月面红耳赤,尴尬沉默。

又是一阵莫名的安静。

"身体也难受。"祝星焰再度响起的嗓音已经完全变得低哑难耐,他握着她的手摁向了被子下,望来的双眸滚烫潮湿,"帮帮我吧,月月……"

"抱歉。"

许久后,祝星焰俯在宋时月耳边小声歉意地说,刚洗过的脸透着湿意。她突然想起了他某一刻汗湿的模样。

宋时月已经感官麻木,抿着唇,说不出一句话,直至祝星焰弄好,重新关上灯,把她圈到怀里。

"你是不是生气了?月月。"他在黑暗中轻声问。

"没有。"没有了让人无所遁形的灯光,宋时月总算恢复几分自在,脸仍然埋在他肩头,声音闷闷的,"我只是有点不好意思。"

"噢。"

"噢?"

"我也是。"

"……没看出来。"

祝星焰在笑,笑得肩膀都在颤动,胸腔传来闷响。

"真的。"他垂眸温柔地亲了亲她的脸颊,"我只是装得比较好。你已经在被子里缩成鹌鹑了,我再不主动一点,这个房间里都要烧起来了。"

潘多拉的魔盒一打开,就难再合上。

祝星焰每晚洗完澡就自觉到宋时月房间来,起初还会装模作样带个枕头,后来直接把个人生活物件都搬了过来。

洗手台上一点点被他的东西填满,慢慢入侵,像是温水煮青蛙。

这个夜晚,宋时月再一次从闷热的被子里钻出来,推开身前的人,声音断断续续:"别、别亲了。"

"今天换个方式好不好?"

男声的低哑就在耳旁,宋时月迷迷糊糊的:"嗯?"

热意重新覆盖下来,这次换成了滚烫的身躯,从未被人碰触过的角落——被探索殆尽,天堂地狱都在他掌控之间。

余韵退潮的房间,她趴在床上,双眸失神,久久未曾回复。

洗手间里传来水声,稀里哗啦裹挟着一丝隐秘,最后煎熬的依然是祝星焰。

宋时月茫然的双眼中慢慢涌起一丝若有所思。

傍晚，晚风吹散暑热，红霞肆意晕染。

吃完饭，差不多到了定期采购的时候，两人出门去逛附近的超市。

超市是会员制，人流量不大，祝星焰戴着口罩，两人推着购物车进去，并未引起太多关注。

他在食品生活区流连，目光扫过货架，拿下家里需要的调料物品。

宋时月在一旁乖乖看着，逛到零食区才来了精神，往里放着果冻、巧克力，还有一些包装漂亮的小甜食。

她采购得专心，没有发现她刚放一件，就有人从购物车里拎起一件，重新放回货架。

直到逛完这一片区域，她扭头一看，车里空空如也，她方才精心挑选的商品只剩下果冻和天然水果。

宋时月气得找他算账："你干什么？"

"医生上次说你血糖不稳定，叮嘱少吃甜食。"祝星焰从容不迫。

她短暂心虚两秒，狡辩："偶尔吃一下没事。"

"嗯，所以给你留了一袋果冻。"他深以为然地点头。

两人逛了一大圈，购物车被塞满，最后准备去结账。

自从车里的零食被祝星焰拿掉之后，宋时月就怏怏的。收银台近在咫尺，祝星焰瞥她一眼，突然伸手从前面柜台上抽出一支棒棒糖，放到购物车里。

"给你补偿，行了吧？"

那是整个柜台里最小号的一支，老式的包装，圆圆的糖粒裹在印着卡通图案的纸中。

从小吃到大的真知棒。

宋时月不知该气还是该笑，瞪了他几眼，很有骨气："我不要。"

"不喜欢这个口味？"他随即低头，作势认真在柜台上挑选着，"那这个草莓的？蓝莓？还是荔枝？"

他在这儿认真挑着棒棒糖，宋时月自觉丢脸，连忙拉着他往前走："都不要，你快去结账吧。"

"真不要啊？"

队伍前头排了几个人，他们推着车子在不远处等候，百无聊赖的，祝星焰又低下头逗弄她。

宋时月却没回应，目光定定望着前方某一处，微抿着唇，好一会儿没作声。

祝星焰顺着她的视线望去,看到收银员右手侧摆放着成排的计生用品。

他罕见地也沉默了。

突如其来的莫名安静中,宋时月抬头,清黑的双眸静静望着他,里头明亮又干净。

"要买吗?"

她突然冒出这么一句语气如常的询问话语。

祝星焰定力远不如她,只有自己才觉察到耳根的热度在清晰往上烧。

他无奈闭眼,气得笑了下才睁开看她:"宋月亮,胆大包天。"

"我是觉得,你老憋着,万一……"面前的女生低垂着眼,声音很小,未说完的话淹没在了欲言又止中。

不解释还好,一解释他更生气了。

看着面前好像小心照顾着他自尊心的人,祝星焰气得发笑,一时间也不知道是哪根筋搭错了,干脆顺着她的话颔首,咬字干脆:"行,买。"

说着,他手直接越过她头顶拎起两盒商品,丢进了购物车里。

宋时月呆了一瞬。

她还没反应过来,祝星焰已经在结账了,她只得呆呆跟着他的步伐,直至出去,整个人还在神游。

"怎么了?有贼心没贼胆?"男生站在她跟前,手里拎着购物袋,个子很高,影子斜斜投下,眼帘低垂,刘海遮住神采,浅杂着几分戏谑。

怎么好像反过来了?

明明……

宋时月感觉自己一片好心被践踏,于是咬牙低声说:"那你别用。"

回去后,家里的气氛分外奇怪。

祝星焰整理购物袋时,有条不紊地把蔬菜食材收纳到冰箱里,零食也好好给宋时月放到客厅的小筐中,左右拖延,两大袋还是见了底,只剩下最后临时丢进去的那两盒小东西被故意落在袋底,不知该如何处置。

他紧盯了数秒,最终认命叹气,用两根手指拎起,塞到了房间的床头柜里。

这原本是宋时月的房间,现在已经变成了两人的卧室。

吃完晚饭,各自忙活,也不知是不是因为白天的事情,彼此都有点心神不宁。

宋时月没有听太久课,摘下耳机,干脆去阳台收衣服洗漱。

她去洗澡，祝星焰心绪更加烦乱，克制不住想到更多的场景，最后思绪归结到了床头被他放进去东西的柜子里。

他干脆合上电脑，手背搭着额头，闭眼，努力保持清静。

临睡前，谁也没有说话。

关上灯，没按捺太久，祝星焰屈从本能靠过去，把人圈在怀里，小心亲了亲。

"我白天不是那个意思。"他轻声解释。

宋时月没回答，嘴角却轻轻抿着。

"我只是想着……你还没毕业。"他有些难以启齿，犹豫着，想要坦诚，"我们还没有正式见过双方家长，还没有……结婚。"

宋时月今天已经不知道受了多少次刺激，但这一刻还是忍不住又呆了呆，有点儿怀疑自己的耳朵。

"你、你认真的？"她沉默片刻，忍不住问道。

"难道你是和我随便玩玩？"闻言，祝星焰松开她，拧眉冷下脸。

"……我不是这个意思。"宋时月想辩解什么，最后还是作罢，伸手拍拍他的头，叹息一声，"睡吧。"

这一晚还是没有睡好。

大抵是被她最后那个莫名其妙的眼神和动作伤害了，祝星焰翻来覆去想从她口中追问出真实原因。

宋时月实在招架不住，被他弄得气喘吁吁，举手投降。

"我真没有其他意思。"她水光潋滟的眸子泛红，透着无辜，睡衣扣子解得乱七八糟，肩膀上还有好几个牙印。

祝星焰看得眼热，火气又开始乱涌，余光情不自禁往床头飘，动心思后一秒，立即想起了自己不久前说的话。

他突然有种搬起石头砸自己脚的感觉。

祝星焰不由得深深叹气，刚叹完，回想起宋时月睡前那一声叹息，突然福至心灵，懂了。

恰好宋时月也在看他，把他的反应收入眼底。两人目光对上的那一瞬，追寻了一晚上的困惑迎刃而解。

他气得发笑，不依不饶扑过去咬她。

"你是不是在心里取笑我？"

"……我没有。"她抽出间隙回应。

"就有。"

"那就有吧。"

"坏月亮。"男生蹭着她的唇,含混轻骂,像是在撒娇。

少年人的心动如同野火,稍微一阵风,就燎原而上。

宋时月的无声纵容助长了他的气焰,欲念在纠缠厮磨中滚成不可遏制的趋势。关键时刻,一只手从被子里探出来,伸向被挂念了一整晚的床头柜。

他修长的手指拆着小盒包装,窸窸窣窣的动静过后,有人先忍不住出声:"怎么刚好合适?"

"嗯,看着尺寸拿的。"男生难耐地解释。

宋时月没记错的话,当时他从伸手到放进车里,也就短短几秒钟。

"……说实话,你是蓄谋已久吧?"她不禁控诉。

"专心点,别说话了。"身前的人堵住她的嘴,呼吸滚烫。

真正来临的那一刻,没有她想象中的那么难受,也不曾有书中描绘的初次痛苦。

或许是两人先前的准备工作太缠绵漫长,早已做好了接纳彼此的准备,伴随着祝星焰气息而来的,是从未有过的充实酸麻。

他们像是刚刚踏进一扇门的初学者,在一点点探索着有关对方的技巧,直至越发顺畅,生涩慢慢转化为愉悦。

第一次结束时,祝星焰靠在宋时月身上缓了很久,感觉所有的一切都是湿漉漉的。

宋时月抬起湿润的眼睫,还未完全从失神中脱身,整个大脑都是狠狠脱力后的空白迟钝。

"……先去洗澡吧。"她还是强撑着力气推了推他。

身前的人缓缓动了,低头靠过来,绵密轻柔地吻着她,溢出满足的碎音,像是在回答她方才的话,乖顺柔和。

宋时月刚松开眉眼,想催促他快去,就被人掌控着翻了个身,包装撕开的声音在房间里很轻地响起。

"再一次就去洗,好不好?"

阳光唤醒房间,沉睡的意识慢慢苏醒,昨晚的一切如碎片般涌进来,宋时月想起他最后那句话,忽然疑心是幻觉。

昨晚祝星焰确实乱七八糟地说了一些,什么"宝贝""月月""好棒"……情到深处,他什么都喊得出来,她此刻回想都觉得不堪入耳。

宋时月收回繁乱的思绪,睁开眼,准备起床。

床头不知何时被人摆了一束鲜艳的蓝白色玫瑰。

她愣愣回神,动了动,才发现手一直被人紧握着。

床边，祝星焰盘腿坐在那里，不知道等候了多久。

阳光一股脑地从他身后的窗户洒入，明亮灿烂，连他头顶的发丝都被染成了金色。

祝星焰抓着她的手指放到唇边轻轻吻了吻，眼睫忐忑颤动，对她荡起一个温软眷恋的笑。

"时月，我爱你。

"有人说，爱情最好的归宿是婚姻，但我觉得爱的另一面是自由，所以我把这两样东西都放到你面前。未来很长，你尽管不受拘束地往前走，无论何时何地，只要停下脚步，我都在。"

他话音落下的一瞬间，倾身过来，动作轻柔地往她脖子上系了一根项链。

肌肤传来微凉的触感，宋时月低头，在这个清晨，看到了一枚坠在她脖间的钻戒在闪闪发亮。

那是一颗星星。

进入翻译司的头一年格外辛苦。

去年入部考试结束，成绩最好的前十五名才有资格参加翻译司观察培训，短短几周，堪称魔鬼训练营。

翻译司几位前辈老师带着他们做大量的练习，听力、口译和笔译。班上有十几位学员，既是同学又是竞争对手，观察培训又名淘汰培训，脱颖而出的佼佼者才能被留下。

再经过一年的试用期，成功通过的极少数人才能正式成为一名外交翻译官。

那段时间，宋时月仿佛回到了高考前，甚至强度更大，每天不到六点钟起床，刷牙时开始听英语广播，持续到早餐结束，抵达培训室。

一整天学习结束，脑子里都被各种时事新闻填满，记着高级翻译特殊符号的草稿纸厚厚一沓，手指都发酸了。

晚上还有晚课。

每每到家都是深夜了。

她不敢松懈，也不愿有一丝松懈。

祝星焰那半个月里也仿佛和她经历了一遍魔鬼培训。

他和宋时月同睡同起，配合着她的作息，早上给她准备早餐，夜里等她回来才休息。

每晚客厅里总是亮着灯，他坐在沙发上看书或者看电影，等待着她安全归家，然后给她一个拥抱。

宋时月困倦地投入他怀中，深深呼吸，仿佛充电般合上眼睛。

"辛苦了。"他拍着她的脑袋，温声安慰。

顺利结束这魔鬼式的培训才迎来真正的考核，进入为期一年的翻译司试用期。

试用期也相当于是培训，只是专业度更高，强度更大，前半年集中训练，后半年开始加入适量工作，考验个人能力。

这是最疲惫，也是最充实的一年。

恰好这一年祝星焰接了一部新电影。

他已经将近两年没有拍摄过新作品了。

上一部与张浔立导演合作的电影《云边》在去年春节档上映，《云边》聚焦的是留守儿童问题，基调并不轻松，在这种节日算不上热门场，但一经首映，还是以过硬的口碑和质量在一干贺岁片中杀出重围，成为票房黑马。

低调许久的祝星焰再次回到公众视线，带着数十亿票房，点燃热浪，牢牢占据了这个春节档的所有话题。

过完年，他就开始穿梭在国内外各大颁奖典礼上，各种电影邀约纷至沓来，递到他手里的本子向来很多，只不过他对内容要求高，很少能碰到心仪的角色，再加上事业心并不强，这几年可以说是半隐退状态。

恰逢宋时月最为关键的阶段，这大半年里他一直陪在她身边，即便是两人只能早晚见一面，她有时候回来累得话都说不出来，洗完澡趴到床上就睡，但因为他的存在，宋时月也不觉得苦，反而很安心。

很多年后依然刻在她脑海中的幸福瞬间，就是那段时间每天早上起来推开房门，闻到厨房飘来的食物味道，黄油、烤吐司、牛奶的气味混成一种馥郁的甜，日复一日地，刻进她的感官，萦绕不散。

导致后来每一次经过蛋糕店，闻到烘焙的香气，她总会产生一种甜蜜的错觉，感到幸福。

每当这种时刻，她总会格外思念祝星焰。

宋时月独自站在蛋糕店的落地橱窗前，初秋暮色降临，店内充斥着明暖的灯光，宛如一个漂亮的发光盒子，阵阵香味顺着推开的玻璃门飘出来。

天气降温，路上的行人早已换上薄衫外套，她穿着长风衣，单肩背着一个大挎包，里面装着翻译笔记和一台笔记本电脑。

这天下班又是夜晚，转乘公交车，下车步行时路过这家店，宋时月被勾住驻足停留。此时此刻，祝星焰不在她身边，而是在与京市相隔几千公里的一座偏僻小城拍戏。

距离他进组已经过去了大半个月，宋时月还是没能完全适应。剧组的进度毫不松懈，从他入组第一天，两人就只能抽空透过手机联系，唯一的见面，是睡前的视频通话，还要建立在他不拍夜戏的前提下。

宋时月毕业后就彻底搬了过来，空阔的大平层在夜里尤其显得寂静。她独自躺在床上，手机广播频道外放着英语新闻，迷迷糊糊中，她困倦到闭眼睡去。半梦半醒间，仿佛感觉到有人给她掖紧被角，抽出她掌心的手机，轻轻按下了暂停键。

一夜好眠。

她睁开眼，已是翌日清晨，推开门，闻到了熟悉的早餐香味。

祝星焰从剧组回来了。

"你怎么回来了？"她又惊又喜，难以置信地睁大眼睛，定在原地。

年轻男人迎着晨光朝她走来，轮廓中依然有少年气，眉眼却日渐沉稳，五官被岁月雕刻得越发立体深刻。

"这些天我不在，听小周说你每天都大半夜回来，饭也没好好吃？"祝星焰无奈叹气，垂眸盯着她。

小周是祝星焰的助理兼司机，祝星焰进组之后，就把他留下来接送宋时月上下班，名曰为了安全，其实是为了监督。

宋时月自从进入翻译司就满腔干劲，学习工作投入起来堪称废寝忘食，祝星焰不放心，特意安排了个人在旁边盯着。

"我就加了两次班，小周怎么这样……"宋时月心虚嘟囔，没什么底气地辩解，"况且我昨天很早就回来了，在部门食堂吃了晚饭，一日三餐都很规律。"

她说到这儿，还是余忿未消，忍不住添补一句："他也太爱告状了。"

祝星焰气笑，在她额头上不轻不重地弹了下，轻声警告："想要人不知，除非己莫为。"

宋时月委屈地揉揉额头，软绵绵地伸手去抱他，试图混淆视听："我想你了。"

"祝星焰，我从来没有一个人待过这么久，晚上都睡不好，总是做梦。"

话里半真半假。

总做梦是真的，倒没有睡不好，每天回来已经累得倒头就睡。

祝星焰明知道她在耍赖，还是不由得心软，手臂收拢圈住她，把人往怀里拢得更贴近，安慰地吻了吻她。

"我一有空就回来看你，电影很快，最多还有两个月就可以拍完。"

"也不是这个意思……就是……突然一下有些不习惯而已，估计再过一段时间就好了。"宋时月突然又有点不好意思。

"不可以。"他忽然拒绝。

"啊？"

"要习惯我在身边的习惯。我会一直陪着你的，月月。"

说好要一直陪伴的人，晚上便要赶航班回剧组，这不过是调整拍摄突然空出的一天调休，后续行程依然紧密。

他在深夜匆匆来，又在夜里匆匆离开。

宋时月垂头无意识地摸着脖子上的那颗星星，看到窗外有起飞的夜机划过天空，一闪一闪的，宛如星子。

她的那颗星星也乘着属于他的那趟航班飞走了。

她从未如此思念过他。

祝星焰电影正式杀青那天，宋时月刚好结束为期一年的实习，翻译司宣布了正式录用的名单，她的名字赫然在列。千锤百炼，她终于抵达台阶的起点。

从立下梦想到这一天，她走了十几年。

部门前辈老师给他们这批转正的新人组织了聚餐，就在不远处的商圈，一家环境较好的烤肉店。

席间没人喝酒，都在谈论着工作，到后头气氛渐好，开始聊起生活相关，言谈间穿插着笑声。

不知道是谁先提议品尝一下店里的招牌青梅酒。

果酒度数很低，但也含了酒精，大家在门口分别，商量着怎么回去。好几个人开了车过来，只能麻烦代驾。

"时月，我送你回去吧。"同她一批转正的实习翻译陈霖主动开口，顺道解释了一句，"我没喝酒。"

宋时月来时坐的是带教老师的车，现在肯定不好麻烦人家再帮忙送回家，况且那位老师今晚也喝了酒，正在联系代驾。

闻言，对方也从手机中抽出间隙抬头，出声道："对，小霖帮忙送送，两个女生的安全就交给你了。"

除宋时月之外，在场还有一个女生，这次总共只转正了三位实习生。

女生家离得比较近，最先到，之后车里就只剩下宋时月和陈霖。

他从后视镜往后看了眼，仿佛随意闲聊："你男朋友平时没空接你吗？"

宋时月脖子上那根项链太显眼，几乎是到翻译司的第一天，大家就都知道了她的感情状态，只是这么久，祝星焰都未曾露过面。

"他工作不太方便。"宋时月只含混说道。

很快抵达小区,她道完谢下车,陈霖也推门下来,出声叫住她。

"时月。"

"还有什么事吗?"宋时月礼貌驻足。

"没有,就是……"晚风飘来,吹动他的额发,男人欲言又止,最后还是隐忍下去,对她很浅地笑了下,"未来合作愉快。"

他朝她伸出了手,非常普通的一个礼节,宋时月此刻却莫名犹豫。

她正思考措辞拒绝,身后突然传来一个熟稔亲近的称呼:"月月——"

她转头,看到祝星焰不紧不慢朝她走来,脸上是光风霁月的笑。

他看向陈霖温和询问:"这位是?"

"哦,这是我同事陈霖。"宋时月松了口气,连忙同对面的男同事介绍,"这位是我的男朋友……"她犹豫了下才报出名字,"祝星焰。"

陈霖眼中的震惊难以掩饰,还没从宋时月的男朋友是当红明星的这个消息中平复下来,就又见面前的男人微弯着眼,带笑纠正:"未婚夫。"

"你好,陈同事,月月在部门麻烦你们照顾了。"

祝星焰朝他伸出手,姿态从容,是同他几分钟前一模一样的动作。

陈霖脸色复杂,极为缓慢地把手搭了上去,勉强吐字:"客气了,没有麻烦什么。"

车子消失在了视野里。

夜色下,祝星焰和宋时月牵手回家,两人的身影被月光拉长,交织在一起。

"你什么时候成我未婚夫了?"女生的声音先传来,轻轻浅浅。

"刚刚。"男人理所当然地回答。

"……哦。"

"什么时候对我负责?宋月亮。"

"你正常一点。"宋时月有些招架不住。

"我看明天是个好日子,适合结婚登记。"祝星焰自顾自说着。

空气短暂沉默。

"你怎么看?未婚妻?"有人不依不饶地偏头看她。

宋时月愣了愣。

她还能怎么看?

她无奈抬头,微微叹气:"也行吧,明天就明天。"

"是个好日子,值得纪念。"

她正式成为一名翻译官的这天,同时做了人生中重要的一个决定。

很早很早之前，收到那颗星星时，她就已经在心里说了我愿意。
这个答案终于在今天破土发芽。
翌日，祝星焰官方微博晒出了两张鲜红的结婚证。
毫无预兆的官宣，配文只有简短的一句话。
——我们结婚了。
当晚，#顶流英年早婚#这个话题，上了整夜的热搜。

宋时月正式工作后很忙，刚入翻译司，初出茅庐，开始参与一些小场合的翻译工作。
同声传译对专业度要求极高，工作之余，她还要抽空学习巩固，少有闲暇。
祝星焰行程宽裕，婚后更是深居简出，一年难得拍一部电影，偶尔参加一些商务活动，大部分时候都待在京市。
他喜欢在家里写歌，空闲时会早起做好早餐，待宋时月出门工作之后便独自待在工作间，戴着耳机，写写听听一整天。
待到她下班回来，桌上是已经做好的饭菜，通常都是简单的家常菜。
宋时月少有准点下班的时候，每次到家外头天色都已迟暮，玻璃外透着暗调的蓝。
餐桌上方亮着一盏灯，整个空间都笼罩着温暖。
曾经的少年偶像穿着家居服，周身温和干净，炽热仿佛被月辉浸染，越发内敛从容。
婚后这两年，他发歌的频率比起以往更高，去年竟还打磨出了一张专辑，整整十二首歌，让粉丝倍感惊喜。
要知道他自从转影视之后就少有出歌，更是整整三年都没有出过一张新专辑。
过去这么多年，他人气依然不减，专辑一经发布，就登上了当日畅销榜，粉丝们都在各平台自发宣传打歌。短短几天，外出路过商场，里头盘旋的都是他的声音。
夏天来临之际，他兑现了对粉丝的承诺，时隔数年，再次举办了属于他的个人演唱会。
"聆听宇宙"全国巡演期间，恰好撞上了一次至关重要的国际交流会议，经历层层选拔和考核，宋时月凭借优秀成绩在部门中脱颖而出，成为这次的翻译人选，她将担任某位领导人的同传翻译，在会议上正式出席。
两人都在准备着属于自己的大事情，最长的时候，有整整二十天未曾碰上面。祝星焰全国各地飞，演出排练，宋时月几乎泡在了翻译司，争分夺秒地学习。

演唱会京市场次开始那天，距离交流大会只有不到一周的时间，宋时月在部门参加了一场紧要的会前培训，结束时，恰好演唱会收尾。她搭乘同事的车顺路回家，经过鸟巢，人声鼎沸，灯光映亮夜空。

不一会儿，旋律声静止，似乎演出已经结束，广场上的粉丝依然拿着灯牌和荧光棒恋恋不舍地逗留徘徊。

车里几个人都不由自主地被吸引，从手机中抬头往外看。

一位女同事随口发问："这是有明星在开演唱会？"

"是吧，好像还挺有名的，祝星焰。"开车的人手扶方向盘，顺着车窗瞟去一眼。

人群把发亮的灯牌举得高高的，上面用火红色描绘着"祝星焰"三个字。

"哦，原来是他，我看过他的电影。"

"可惜了，我们不知道什么时候才能有空去听演唱会。"

"忙完这阵肯定可以的。"

几句交谈声中，车辆已经驶过了场馆，灯牌和人声渐渐被抛在身后。

宋时月没有参与话题，她在低头看手机。

手机光微弱，映亮她微垂的温柔眉眼。

几分钟前，刚散场的人给她发来一条消息。

星星：*几点钟到家？*

宋时月不自觉弯起唇，轻轻敲着键盘给他回复。

月亮：*在车上了。*

没过两秒。

星星：*我也快了。*

两人早上出门前才见的面，分开不过十几个小时，却感觉已经过去了很久很久。

两人到家时间刚好同步，宋时月先一脚抵达小区，在地下车库等了两分钟，就看到一台熟悉的车驶来。

祝星焰拉开车门下车，望见站在不远处等待着他的人，先笑起来，然后径直走过去，自然地牵住她的手。

"等很久了？"

他们并肩朝电梯走去。

"没有，我也刚到。演唱会还顺利吗？"

"很顺利，你工作准备得怎么样了？"

"目前还行,就不知道正式会议那天会不会有突发状况。"

"怎么露出这个表情?你可是非常厉害的宋时月。"

两人渐行渐远,说话声也伴随着最后一道轻笑调侃,彻底消失在了电梯闭合的门内。

社会新闻热点总是随时在变,热搜词条上的八卦一天更换数条,主流媒体少有八卦版块,今天的热议话题却被上午展开的国际交流会议占据。

各国重要领导人在列,国内外无数媒体聚焦,会议全程直播,实时同步画面。

中方发言人旁边是一位新面孔的女翻译,端正地坐在桌前,专注冷静地目视前方,准确流利地翻译出长达十几分钟的讲话。

这位翻译非常年轻漂亮,但镜头移到她的瞬间,就会让人忽略掉她的长相,印象深刻的,只有她那双漆黑清冷的眸子,里面带着大杀四方的肃然。

#最美女翻译#这个词条飞快上了热搜,宋时月镜头下的截图依然美得鲜活动人,英姿飒爽。

宋时月的履历很快被人扒了出来,从她的学校到成长经历,以及一路拿的奖项,都被尽数列出。众人感慨"优秀人生""女学霸""天之骄子"的同时,不知道是哪位敏锐的网友发现了一丝不对劲。

△谁懂,她也是繁花中学毕业的。

△大学W大……毕业进入翻译司……名字里还带了个月……救命!我好像发现了不得了的事情!

△麻麻,我嗑到我正主和他老婆了。

△救救我救救我救救我,没想到有一天会在官方镜头里吃到大瓜。

△我家偶像捂了几年的对象就这么水灵灵地公开了。

△只有我是小姐姐的颜粉吗?当年照片入的坑,没想到几年后直接变成大翻译,帅哭我。祝星焰这小子真是有点福气。

△你们都从哪里拿到的实锤?万一弄错了很尴尬吧?人家毕竟是国家翻译,牵扯到明星绯闻里恐怕不太合适。

△+1,高中学校这么多人,怎么就确定是那一个?评论区里的粉丝都冷静一下吧。

△@祝星焰@祝星焰@祝星焰。

…………

网上沸沸扬扬,热度几个小时后才慢慢消退下去。宋时月结束下来看到新闻时,热搜已经掉下来了,只剩一个残余的红字标题,昭示着先前的惊心动魄。

会议一共持续两天，中途只有短暂休息，晚上统一住在酒店。

酒店的隔音效果自然是极好的，她在房间打着电话，嗓音因为一整天的翻译显得略低，还带着细微的沙哑。

祝星焰轻轻询问着她今天的感受，充满关切，嗓音因为被温柔包裹而显得尤为悦耳。

哪怕是听了这么多年，宋时月还是无意识地陷落下去，心仿佛被看不见的温暖海水包裹，整天的疲惫消散，紧绷的精神找到舒缓地，全然松懈下来。

"好紧张……一刻都不敢分神，好怕出错。"

"在电视上看到我了吗？我没注意镜头，脑子里只剩下各种翻译词汇。"宋时月轻轻叹了口气，微微发愁，"明天还有一天。"

"宋月亮女士。"祝星焰突然略显严肃地叫她的名字，她刚刚提起心神，就听他继续说，"你不知道你今天有多优秀，我们所有人都为你感到骄傲。"

"别担心，明天的你依然可以大杀四方。"

网上关于宋时月和祝星焰的关系的推测依然没有结束，尤其是随着这两天的新闻，宋时月的关注度突然增高。

好在她并没有任何网络账号，纷扰影响不到现实。

反而是祝星焰的微博底下增加了无数网友粉丝的询问。

会议结束的当天晚上，他久未有动静的账号突然更新了一条微博。

是一张宋时月在大会上的身影截图。

她穿着黑色正装，侧脸秀美，清亮的眉眼间充斥着飒意。

配文只有简短的几个字。

@祝星焰：是我家的翻译官。

粉丝沸腾。

刚刚平息下去的热度再度攀上顶峰，一条热评不知不觉被顶上最前。

——原来书里写的天作之合是这样子的。

夏天在轰轰烈烈和细水长流中悄然收尾。

祝星焰巡回演唱会的最后一站在繁市。

依然是全场爆满。

这一场结束的单曲同以往的都不一样，是他几年前发布在社交平台上的那首《横跨宇宙》。

无边黑暗中,男人站在唯一一束聚光灯下,望着某处,握着话筒,轻声吟唱。

"……宇宙两端,你和我,连成线……"

演唱会结束当天,有粉丝拍到了宋时月在台下的身影。

她在人群中听他的演唱会。

这个晚上,宋时月自工作后就少有分享私人内容的微信更新了一条朋友圈。

是一张照片。

从台下拍摄的视角,舞台上的偶像光芒万丈。

——十七岁那年,错过了他的演唱会。二十七岁这年,愿望实现了。

看到这条朋友圈时,已是深夜,祝星焰睡前随手刷新,这条内容夹在一堆无意义的动态中毫无征兆地撞进他眼里。

房间安静,宋时月早已在忙碌的一天后疲惫睡去。他放下手机,把旁边的人拥入怀中,闭眼亲了亲。

"宝宝。"

"嗯?"她迷迷糊糊地回应。

"我爱你。"

宋时月睡意沉沉,没睁开眼,在半梦半醒中无意识回道:"我也爱你。"

番外小星星 ★

小颂

祝颂小朋友一岁时就表现出了极高的音乐天赋。

哦，不，应该说是还在妈妈肚子里的时候。

那会儿宋时月还在上班，只是高强度的翻译工作换成了较为清闲的笔译方向。

第一次感受到胎动，是某个阳光灿烂的周末上午。客厅音响里放着祝星焰新专辑中的歌，轻缓明亮的音符跳动在光束之中，她突然感受到了一阵陌生的鼓动从肚皮下轻轻传来，像是新生命的第一缕轻颤，就这样毫无征兆地点亮了生活。

小朋友很乖，还在妈妈身体里时就少有闹腾，出生后更是乖巧听话，每天安安静静喝奶睡觉，偶尔哭两声，一给他放音乐就能安抚下来。

家里有育儿嫂，两边的长辈也会常来照看。宋时月刚怀上时，他们搬到了市内另一处独栋别墅，空间大了很多，可以完全容纳一个新生命的自由成长。

生完休养不到半年，宋时月就重新回到翻译司工作了。

一切好像没有太大变动，回到正轨，甚至连她的工作都没有耽误太多，唯一的不便，就是上班距离远了一些。

宋时月抽空去考了驾照，开始自己开车上下班。

与她截然不同的是，祝星焰工作量骤减，祝颂一岁之前，他几乎没有任何行程通告，专心在家陪着孩子。

祝颂小朋友一岁就会自己走路了，不需要其他人搀扶，迈着白生生的两条小短腿从宽阔的客厅走到大门口，然后乖乖扶着门框，等着妈妈下班回来。

宋时月因为工作，几乎是这个家庭里最少陪伴祝颂的人。

小祝颂出生之后就获得了所有长辈的爱，爷爷奶奶、外公外婆隔三岔五就会飞来看他，肖柔甚至还因此从繁市搬回了京市，就是为了方便过来照顾他。

家里还有阿姨，还有甚至二十四小时陪伴着他的爸爸。

祝颂很小很小的时候，有段时间不知道是不是受了惊吓，晚上总睡不好，要哭很久才肯睡，那些夜晚都是祝星焰抱着他哄睡。明明平时精神很好的人，眼底硬是被熬出了一片乌青。

即便如此，祝颂还是很黏宋时月，好像这个阶段的小孩，天生就有种喜欢妈妈的本能，无论家里有多少人，看到妈妈的一瞬间就会张开双手，朝她开心扑去。

别墅一楼摆放着一台钢琴，是祝星焰平时练习随手弹奏的乐器。祝颂一岁多的时候，有次阿姨没看住，让他爬到了钢琴长凳上。小孩胖乎乎的手指在上头一通乱按，仿佛发现了新大陆，耳朵轻动，身体兴奋地律动起来，手指舍不得离开琴键。

不过短短几分钟的工夫，他竟然从杂乱无章的音调中能断断续续拼奏出一段流畅的音符。

闻声寻来的祝星焰惊讶地立在原地，眨了眨眼睛，看着站在钢琴前的儿子，无奈地笑了出来。

祝颂出生不久，宋时月就给他取了一个小名，叫小乐，本意是希望他快乐，在将来的人生中做一个没有烦恼忧愁的人。

但阴错阳差，这个"乐"字变成了"音乐"的"乐"。

"好了，今天的课就上到这里。"通透明亮的工作室里，女老师放下手中的小提琴，看向一旁乖乖收拾自己琴包的小男孩，温柔地轻声问，"小乐，今天是爸爸还是妈妈来接你啊？"

"爸爸出差了，妈妈今天也加班，是奶奶和司机来接我。"小孩稚声回答。

"好的，小乐路上注意安全，老师送你出去。"女老师温和体贴，带着浅浅的笑意送他到门口，神情中难掩一抹失落。

祝颂认真看了她几眼，奶声奶气地问："老师，你是想问我爸爸要签名吗？"

他已经五岁了，知道了很多大人的事情。

祝颂第一天上幼儿园是祝星焰送的，本来他并不方便在公共场合露面，但抵不住老父亲的担忧之心，分离焦虑这个词好像没有出现在人类幼崽身上，反而让他这个成年人中招了。

祝星焰亲自把祝颂送到了幼儿园校门口，然后在周围老师和家长的一片震惊目光围观中，久久立在外头望着小孩的背影。

祝颂回头朝他挥了挥小手，很沉稳地交代："爸爸，放学记得来接我回家。"

有个大明星爸爸是种什么体验？

幼儿园小朋友祝颂表示这是一种有点甜蜜的负担。

班上同学都会对他有种莫名的热情，同桌小蝴蝶还连续三天从家里给他带了妈妈自制的小点心，说她妈妈是他爸爸的粉丝，很喜欢听他爸爸的歌。

就连老师也对他格外关照，甚至还偷偷私底下问爸爸要签名。

祝颂年纪虽小，但把这一切都偷偷观察记录在心，于是在发现自己小提琴老师露出失望的神色后不由主动询问。

他想，如果需要的话，他可以回家问爸爸去要，家里有个抽屉里装着一大堆爸爸的写真照片，都是签好名的。

就是因为他上幼儿园之后，问他要签名的人太多了。

祝星焰一开始还不知道这个事情，直到某天被老师打电话通知。那天祝星焰正在外头拍摄，没拿手机，电话打到了宋时月那里。

两人回家，罪证已经被送回来放在客厅的茶几上。那是祝星焰的两张单人照，宋时月私下里拍的，还算正经。男人站在绿色草坪上，模样懒散，含笑注视着镜头。

照片的右下角，用黑色水笔写着三个歪歪扭扭的大字。

这一看就是幼儿园的水准。

也难为祝颂，竟然费劲地写了出来，勉强辨认的话，确实能从这一堆歪七扭八的线条中看出"祝星焰"三个字。

从幼儿园把他接回来的肖柔在一旁解释："老师说是小乐同桌的那个女同学拜托他要两张爸爸的签名，这几天小焰不是在忙工作，每天早出晚归，觉都睡不够，小家伙估计是看到你辛苦怕你累，就自作主张拿了两张照片去学校了。"

肖柔话里不免有为祝颂开脱的嫌疑。

此刻犯错的人低垂着小脑袋站在原地，一脸愧疚，不敢吭声。

祝星焰再度看了眼茶几上的照片，被气笑了。

他也就是这两天去参加了一个奢侈品广告拍摄，外加品牌慈善晚会，合作敲定很久了，还是等祝颂上学了才提上日程，结果一转眼的工夫，祝颂就搞出这种让人哭笑不得的事。

祝颂自以为犯了大错，偷偷瞥了眼爸爸的脸色，瘪着嘴要哭，眼圈微微红了。

宋时月瞬间心疼了，过去蹲下揉了揉他的头发，把人抱到怀里，柔声安抚着："宝宝，爸爸没生气，下次要是有同学想要爸爸签名的话，你直接回来问爸爸妈妈要就可以了，他们都是你的朋友，爸爸很乐意给他们签名。"

"真、真的吗？"祝颂放下心，抬手环住她，脸颊亲昵地贴了贴，却还是忍不住抬眼去看祝星焰的神色。

"真的。"祝星焰只好无奈回答，重复了一遍宋时月的话，"下次有人问你要爸爸签名的话，你直接回来问爸爸妈妈要就可以了。"

他指了指茶几上的照片，认真地告诉他："不可以再自己偷偷拿相册里的照片出去给别人。"

祝颂记住了。

他是一个聪明乖巧的孩子，大多数时候都能听懂大人的话并遵守。

但祝星焰还是不放心，为了预防这种事情再发生，没两天就从工作室带了一堆签名照回来，专门放在客厅显眼的柜子里，并且叮嘱祝颂，谁问他要的话就直接从里面拿。

祝颂现在已经习惯了身边人问他要爸爸签名照这件事情。

毕竟，每年的春晚，他都会和妈妈、奶奶爷爷、外公外婆一起看电视里的爸爸。

白色房子外，绿色草坪鲜嫩，一大一小刚走到门口台阶边，年轻的小提琴老师听到他这样开口问，有些愣住。

须臾，她忍俊不禁："小乐，老师虽然也会听你爸爸的歌，但不是想要他的签名哦。"

祝颂小脸露出疑惑，接着听到自己的小提琴老师温声开口："是很想见见你妈妈，她是我们国家非常厉害的一位翻译，老师很喜欢她，如果有幸的话，想要拥有一张她的签名。"

祝颂坐车回到家。

家里除了阿姨和奶奶，暂时还没有其他人回来。

祝星焰在外地参加一档颁奖典礼，需要两天时间，宋时月临时有工作加班，可能也没这么快。

祝颂放下小提琴，感觉还没那么饿，想等妈妈回来一起吃饭。

他今年已经开始上兴趣班了，全部按照他自己的意愿，选的都是他感兴趣的乐器，小提琴是最近才学的，一周两节课。

祝颂百无聊赖地坐了会儿，看到客厅里摆着的那架钢琴，忍不住又溜上去弹奏。

他钢琴学得最早，最开始是祝星焰给他启蒙，有空就带他练会儿，他现在已经会弹不少曲子了。

宋时月下班推门进来时，就看到她的小音乐家坐在钢琴前弹奏，家里浮动着美妙的音符，浑身疲惫仿佛被顷刻驱散。

"妈妈！"一见到她，钢琴前的人就立马松开手朝她奔过来，扑到她身上。

"我想你了。"小孩抱着她撒娇。

"我也想你，宝宝，今天上课开心吗？"宋时月温柔地理了理他的头发，轻声询问。

"开心！"祝颂被她抱着往里走，开始喋喋不休地分享起今天的日常，提到最后签名时，不忘抬高声音，"老师说她是你的粉丝！"

"谁的粉丝？"

他话音刚落，玄关处再度传来动静，祝星焰刚好到家。

他一进来，就看到亲昵地抱在一起的母子二人。

"妈妈的粉丝。"

祝颂看着两天没见的爸爸，又看了看正抱着自己的妈妈，有点左右为难，谁都想要，却无奈只有一个他。

好在下一秒他的问题就得到了解决。

祝星焰放下行李，洗过手，径直走过来把两人一同拉进怀里。

"宝宝，想你了。"

祝颂听到爸爸的声音，有点小感动，刚要从他胸前抬起头说话，就见爸爸的唇落在了妈妈脸上。

下一秒，祝星焰注意到了祝颂抬起的小脸，唇边勾起笑，又低头在他脸上亲了亲。

"也想你了。"

在祝颂憋屈的小表情中，祝星焰笑得恣肆，疏懒随意地问起："你们刚才在聊什么？"

"聊妈妈的粉丝。"祝颂乖乖把傍晚的事情再度说了一遍，"我们小提琴老师说妈妈是一个很厉害的人。"

"当然啦。"祝星焰说话时看向的是宋时月，神情不改，一如当年，认真而郑重地轻声开口，"你妈妈呀，是爸爸心中最优秀的大翻译官。

"她超级厉害。"

熠焰流星

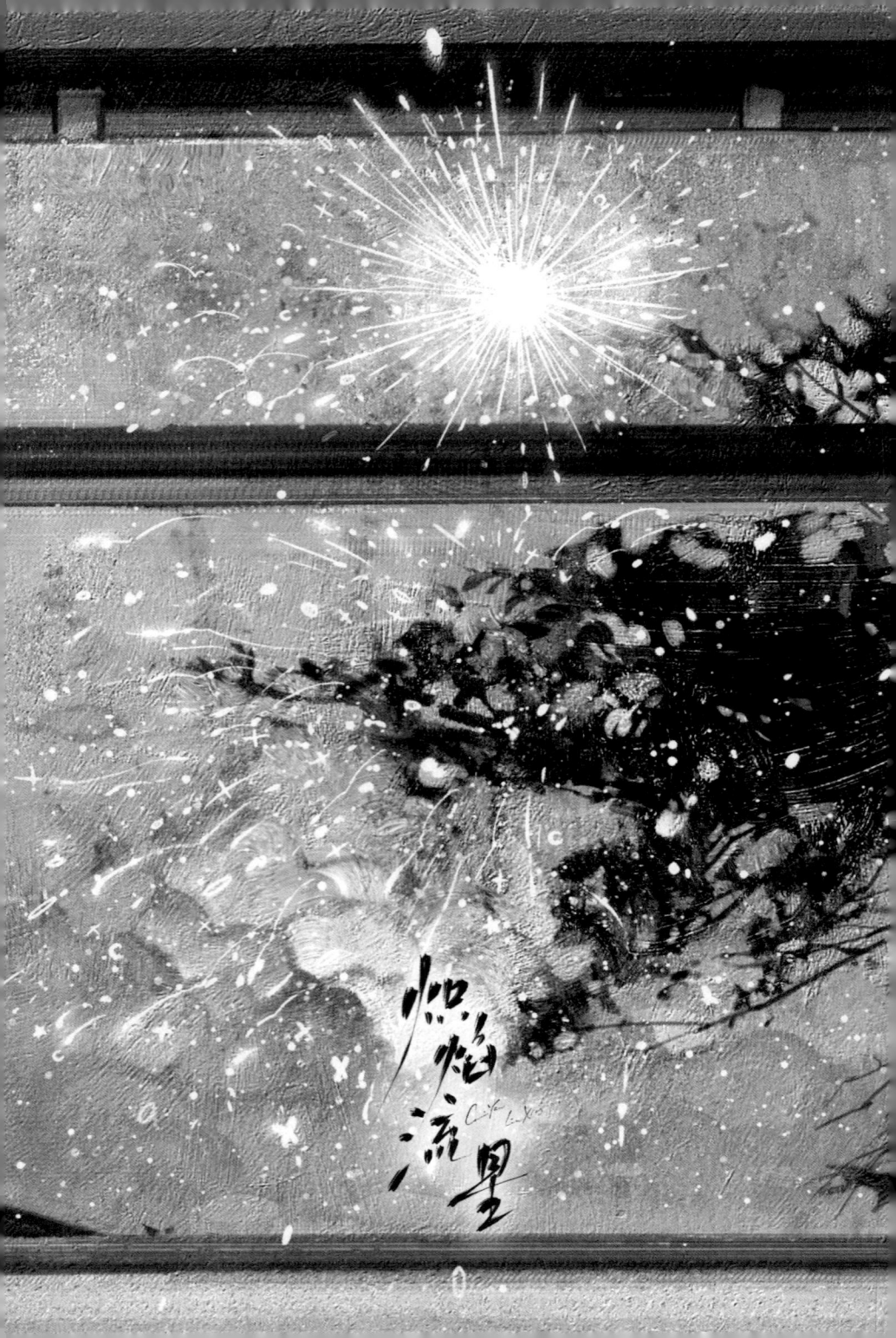